戲非戲248

雪中悍刀行

第一部

（六）

扶搖上青天

烽火戲諸侯　作

高寶書版集團

道門真人飛天入地，千里取人首級；佛家菩薩低眉怒目，抬手可撼崑崙。
誰又言書生無意氣，一怒敢叫天子露戚容。
踏江踏湖踏歌，我有一劍仙人跪；提刀提劍提酒，三十萬鐵騎征天。

目錄

第一章　溫柔鄉好夢好眠　敦煌城春光旖旎

男人贏了江山，贏了美人，不過任你豪氣萬丈，多半還是要在床榻上輸給女子的。

任勞任怨的徐鳳年總算沒死在女子肚皮上，主要是紅薯沒捨得，臨了她嬌笑著說要放長線釣魚，慢慢下嘴入腹。不過徐鳳年精疲力竭，躺在小榻上氣喘如牛，沒力氣去反駁。

盡情盡歡，雲雨過後，紅薯依偎在徐鳳年懷裡，一起望向窗外如同一只大玉盤的當空明月。

以前梧桐苑裡的丫鬟們一起陪同世子殿下中秋賞月，都是綠蟻、黃瓜這些爭風吃醋喜歡擺在臉上的二等丫鬟，猜拳贏了就去他懷裡，紅薯只會柔柔笑笑坐在不遠不近的地方，伺候著那個有一雙漂亮眼眸的年輕主子。她們喜歡他的多情，喜歡嘰嘰喳喳聚頭說些他在外頭如何拈花惹草了，然後個個氣呼呼幽怨，想不明白怎就捨近求遠，去青樓勾欄裡頭臨幸庸脂俗粉，唯獨紅薯鍾情他的涼薄無情。

她貼在徐鳳年心口聽著心跳，手指摩挲著他的腰身，不覺又起興致，頓時身子酥軟如玉泥，滿眼春情，望向公子。

徐鳳年繳械投降道：「女俠饒命。」

紅薯瞥了眼徐鳳年的腰下，俏皮地伸手一彈，笑道：「奴婢在六嶷山上初見公子，還有些納悶為何明明練刀卻去背劍，現在知道了，公子劍好，劍術更好。」

徐鳳年無奈道：「別耍流氓了。」

紅薯輕聲道：「遠在數千里以外，誰都不認識我們，真好。」

徐鳳年才坐起身，熟稔公子脾氣的紅薯披了一件綢緞子外裳，下榻去拿過底衫，回榻後半跪著幫他穿好，戴好紫金冠，再伺候穿上那件紫金蟒衣，然後用兩根手指撚著紫金冠的絲帶，站在他身前，瞇眼笑道：「公子，真的不做皇帝嗎？」

徐鳳年搖頭道：「要是做皇帝，尤其是勤政的君王，別的不說，就說咱們耕作的時候，就會有太監在外頭拿著紙筆記錄，若是時間長久了，還會用宦官獨有的尖銳鴨嗓子提醒皇帝陛下珍重龍體。不是很掃興？不過要是做愛美人不愛江山的昏君，一旦亡國，妳瞧瞧那件龍袍的舊主人，不說嬪妃，連皇后、公主都一併成了廣陵王那頭肥豬的胯下玩物。西楚的皇帝、皇后，也就是運氣好，碰上了徐驍，換成顧劍棠、燕剌王這幾位，妳看看是怎樣的淒涼場景。」

紅薯嘆息一聲。

徐鳳年平靜問道：「聽師父李義山說仍有『皇帝寶座輪流坐，明天到我北涼軍』的『餘孽』，還說這些人既是忠心耿耿又是冥頑不化，以後可以成為我對付陳芝豹的中堅力量，那妳算不算一個？」

紅薯抬起頭，與他直視，眼神清澈，搖頭道：「奴婢沒有投了哪家陣營派系，只聽公子的。」

徐鳳年自嘲道：「才歡好過，說這個是不是很煞風景，有拔卵不認人的嫌疑？」

紅薯笑臉醉人，使勁搖頭，「奴婢最喜歡公子的這股子陰冷，就像是大夏天喝了一碗冰鎮梅子湯，透心涼，舒爽極了。」

徐鳳年伸了個懶腰，「妳已經病入膏肓，沒得治。要不出去走走？會不會牽一髮而動全身，給妳惹來麻煩？」

紅薯一邊穿上尋常時候的裝束，一邊笑語答覆道：「無妨的，姑姑治理敦煌城，以外鬆內緊著稱於橘子州和錦西州，就像那夜禁令一下，被更夫發現，稟告給巡騎，後者可以不問事由擊殺當場。聽姑姑說當初禁令推出時，效果不好，她也不急，後來有一名臨近金剛境的魔頭遊歷至敦煌城，半夜違禁行走，姑姑得到消息，非但沒有息事寧人，而是一口氣出動了巨仙宮外的全部侍衛，大概是五百騎，那一場街道截殺，血流成河，魔頭事後被懸首城頭，打那以後，敦煌城的夜禁就輕鬆百倍。」

徐鳳年和她走出慶旒齋，一個玉帶紫蟒衣，一個錦衣大袖，十分登對。

涼風習習，這一雙身分吊詭的公子丫鬟在月下愜意散步，走到隔開內廷外廷的兩堵紅牆中間，徐鳳年一隻手抹在牆壁上，突然問道：「五百騎截殺高手，妳給說說是怎麼個殺法。」

紅薯回憶了一下，慢悠悠說道：「一般說來，北莽成名的魔頭都喜歡落單行走，也不會主動和朝廷勢力鬧翻，大抵可以井水不犯河水；加上北莽律令相對寬鬆，也就少有這類硬碰硬的事情。那名魔頭之所以抵死相擊，可不是他骨頭硬，而是姑姑親自壓陣，帶了幾名武道高手，不許他逃竄溜走。

敦煌城有七、八萬人，守城士卒都稱作金吾衛騎，都是輕騎兵，短刀輕弩，夜戰、巷戰都不含糊，一半在巨仙宮外，一半在城外。其中有四、五十人都是江湖草莽出身，身手不錯，在外邊犯了事，走投無路，才投靠敦煌城，姑姑也以禮相待，有功者，甚至將一些大齡宮女賞賜給他們。

那場大街戰事，大致說來，就是兩側屋頂上蹲有百餘弩手，並不是不能多安排一些弩手，只不過受限於射程，一百人已經足夠，其餘四百騎兵屯紮街道兩端，三騎並列，一輪衝殺，東西兩頭各出二十騎，分別由一名武力不俗的校尉帶頭，戰死殆盡以後，屋頂箭矢就會一撥撥激射投下，不給魔頭喘息機會，當下一批騎士衝至，就停弩不動，恢復臂力。

這裡頭有一點很關鍵，除去巨仙宮五百金吾衛騎兵，還有三十幾人的黃金甲士專門針對敦煌城內犯禁的武林人士，這些人不擅長騎兵作戰，就被姑姑偷偷分散藏入衝鋒隊伍，每次兩人、三人，伺機偷襲刺殺，屋頂上也安插有一批，他們准許敗退，身分和職責形同刺客。如此一來，第六次騎兵衝殺中，魔頭就力竭而亡，被馬蹄踩踏成一攤爛泥。」

徐鳳年點頭說道：「這很像咱們北涼軍當年對陣一劍守國門的西蜀劍皇，都是鐵騎和死士雙管齊下明暗交替，加上那名皇叔也心存必死之心，這才有了那讓整個江湖寒心的一幕。上次沈門草堂，說到底還是少了一個一品高手坐鎮，而且配合不夠嫻熟，那批弓弩手數量過少，造成不了實質性傷害，否則我絕不可能那麼輕鬆下山。我很好奇兩百年前吳家九劍是如何破得北莽萬騎，敦煌城這邊有沒有文獻祕錄？」

紅薯笑道：「姑姑是個武癡，除了珍藏兵器，還有一些冷僻祕笈，再就是喜好點評天下武夫，都寫在紙上。奴婢對這些都不怎麼感興趣，回頭去給公子翻出來。」

徐鳳年玩笑道：「妳放心，我一時半會兒不離開敦煌城，想看看一座城池是如何運作的，所以在這件事上不必藏藏掖掖。」

紅薯摟著徐鳳年的胳膊，胸前那一團物事真可謂是分量驚人，壓迫得徐鳳年又有些心神蕩漾，只聽她嬌笑道：「奴婢哪敢糊弄公子。」

徐鳳年感慨道：「這裡真像是皇宮大內。不知道天底下最大的那一座，是怎樣的景象，早知道當初碰上三入皇城的曹長卿，多問幾句。」

紅薯笑道：「這裡倒是也有宮女宦官，不過不多，就幾百人，不好跟太安城皇宮去比。太安城出了一位人貓韓貂寺，跟曹長卿死磕了三次，實在是閹人裡的奇葩。奴婢這巨仙宮，大小老幼宦官都沒出息，倒是宮女個個姿容上品。姑姑以前跟五大宗門裡第四的公主墳一位密妃宗主以姐妹互稱，這個門派是北莽第一大的大魔教，女子居多，極為擅長蠱惑男子，採陽補陰，調教出的女子更是絕品。巨仙宮的敦煌飛仙舞，就脫胎於公主墳的一門絕學，公子要不要看？只聽說有無數男子瞧見了後喪心病狂的，沒聽過有誰還能老僧入定做菩薩的，因此又有長生舞一說，意思是誰能不動如山，就算是證道長生了。可惜敦煌飛仙舞比較公主墳的長生舞，只得了三四分精髓。」

徐鳳年直截了當說道：「不看白不看。就算沒法子長生得道，看了養眼也好。」

紅薯巧笑倩兮，眼底秋波裡沒有半分幽怨冷清，這便是她的乖巧智慧了。

徐鳳年摟住她腰肢，躍上高牆，一路長掠，挑了一座敦煌城中軸線上的雄偉宮殿屋頂躺下，身邊就是屋簷翹角，鬆手後望向頭頂那輪明月。

徐鳳年指了指，輕聲道：「小時候問別人月亮上到底有沒有住著仙人，身邊人都問了一遍，答案各異。我娘親說有的，只要飛升，就可以住在天上。徐驍不正經，也說有，還說天上下雨就是天人撒尿，打雷是放屁，冰雹是拉屎，那會兒害得我每逢下雨，就不敢出門。二姐跟師父李義山一般，不信鬼神之說，都說沒有。

大姐喜歡與二姐頂牛，偏偏說有，一次中秋，就跟二姐賭氣，抱著我說以後她死了，肯定就要和娘親一起在月亮上看著我，還故意對二姐說妳不是不信飛升嗎，妳死了就再見不著兩個弟弟了，把二姐氣得差點動手打人。

說實話，我也不懂兩個姐姐為什麼總是吵架，那時候不懂事，還喜歡煽風點火，樂得見她們瞪眼睛、鼓腮幫。妳也知道我二姐多驕傲的一個人，也就只能在這種雞毛蒜皮的家事上讓她惱火了，什麼軍事、國事、天下事，她都跟下棋計算一樣，因為漠不關心，才可以心算無敵。

記得每次打雪仗，跟她做一夥兒，那叫一個隆重，都被她折騰得跟行軍打仗一樣，總是大勝而歸，她也不膩歪。有一次我偷偷往她後領口塞進一個小雪球，她追著我打了半座王府，徐驍沒義氣，就在那兒傻樂，我被二姐不痛不癢拾掇了一頓後，就攆著徐驍追殺了半座王府，解氣啊。現在想想看，天底下有幾個徐驍這樣憋屈當老爹的？沒有了吧？有我這麼個不爭氣兒子，不氣死都算好的了。及冠以後，我也不想做什麼皇圖霸業，就是只想著做好兩件事：習武，親手給娘親報仇；掌兵，給徐驍一個肩膀輕鬆點的晚年。」

紅薯握著徐鳳年微涼的手，沒有勸慰什麼。

徐鳳年搖了搖腦袋，笑道：「真的有飛升就好，我願意相信騎牛的。」

紅薯輕聲笑道：「聽說洪洗象是呂祖轉世，那公子你可是天底下最厲害的人物了，都揍過呂祖神仙，還是經常揍。」

徐鳳年笑了笑。

紅薯側過身，一手托著腮幫，另一隻手雙指抹過她家公子的睫毛，柔聲道：「公子，你的睫毛可長了，以前做夢都想摸上一摸。」

徐鳳年沒有阻攔她的小動作，說道：「紅薯，等我離開敦煌城，妳也回北涼，別做什麼死士棋子了，以後做我的側妃。徐驍也會答應的，他有一點很好，對誰都不問身世。連青黨女子陸丞燕都做得，妳就做不得？」

紅薯搖了搖頭。

這興許是她這輩子第一次不答應。

徐鳳年轉過身皺緊眉頭。

看似性子柔弱卻骨子裡異常執著的紅薯眨了眨眸子，「做了牽線木偶一般的側妃，還怎麼殺人啊？」

徐鳳年沒好氣道：「妳喜歡殺人？」

她毫不猶豫地點了點頭。

徐鳳年瞪眼。

紅薯躲入他懷中，悄悄說道：「公子喜歡只當一個做樣子的北涼世子嗎？」

徐鳳年嘆氣道：「將心比心，道理我懂，可妳就不許我不講理嗎？」

紅薯如小貓兒一般蜷縮在他懷裡，「是紅薯不講理，奴婢本該萬事都聽主子的。」

徐鳳年默不作聲，猛然眼睛一亮，瞇起那雙讓女子豔羨的眸子，伸手拍了拍紅薯的圓滾翹臀，命令道：「坐上來！」

紅薯騎在他身上後，一臉懵懂嬌羞，小聲問道：「公子，要在這兒嗎？」

徐鳳年狠狠道：「妳說呢？」

「知道嗎，姑姑說奴婢與那北莽女帝年輕時有七八分相似哩。」

她窸窸窣窣褪下裙內束縛，附耳輕輕膩聲道：「公子，殿內有一張龍椅，明兒奴婢穿上龍袍，去那兒。」

◆

初出茅廬的少俠遇上了一樣才出道的女俠，結果一敗塗地，只能讓女俠饒命。送了紅薯回去休息，徐鳳年心底也不指望最近幾天能夠在殿內龍椅上做那苟且之事，女子初破瓜，就天天盤腸大戰，也未免太不憐香惜玉。

徐鳳年獨自回到宮殿屋頂坐著發呆，期間子時養劍玄雷，之後依次滴血青梅、竹馬，當拂曉以後，朝霞緩緩於東方天邊絢爛綻放，徐鳳年望著九天之上的瑰麗景象，此時恰值巨仙宮悠揚晨鐘響起，一聲遞一聲，聲聲相傳，不絕於耳。

不知為何，興許是長樂峰一場廝殺抒發盡了戾氣，徐鳳年胸中轉換有一股浩氣鼓蕩，氣機流轉速度遠遠超過平時，尤其是當他站起身，親眼看到天地間朝暉由東推移至西，那一縷霞光灑落眼前，徐鳳年盤膝而坐，馭劍朝露出袖，飛劍劍芒暴漲。

這柄十二飛劍中只算中下質地的飛劍脫手而飛，不受控制，歡快飛旋。如同神怪志異中的妖物，數百年艱辛修為，一朝悟道得性靈。劍胎圓滿。

有一劍東來。

徐鳳年欣喜若狂，踏破鐵鞋無覓處，得來全不費工夫，當下無需氣機牽引，心念一動，飛劍朝露便一閃而逝，心之所向，劍之所至。

逗弄許久，徐鳳年滿腦子就只有一個毫無高手可言的想法：你娘的，終於可以少養劍一柄了！徐鳳年沒有急於收劍，而是安靜坐在原地，看著朝露飛行的軌跡，眼中一點一點露出驚駭神色，然後死死抿起嘴唇，咬牙切齒道：「好一個鄧太阿，飛劍之妙，根本不在飛劍本身，甚至不在養劍，而在所藏劍術！」復又自嘲道：「早說的話，以我的性子肯定就要削尖腦袋去尋捷徑了，還是不說的好。」

他揚起一個笑臉，五指翻動，飛劍縈繞，好似情竇初開的嬌憨女子，讓徐鳳年越看越想笑，這恐怕就是習武的樂趣所在了。武道一途，苦心人天不負，如果再碰上一些機緣，就會有各種柳暗花明又一村，會有跳出井底天地豁然開朗的驚喜。

徐鳳年收起朝露回劍囊，跳下屋頂，走在紫金宮中，返回慶旒齋，以他練刀習武前唯一拿得出手的記憶，居高臨下認清了宮殿庭院的脈絡，不會迷路。興許是紅薯有過發話，一些早起做事的宮女宦官都畢恭畢敬，雖未跪地行禮，也是低頭側立，絕不敢多看一眼。

看到她斜靠院門等候著自己歸來，徐鳳年有些失神。

紅薯柔聲道：「公子，奴婢已經照著你的口味，做好了一份清粥、幾碟小菜。」

徐鳳年點了一下她的額頭，「妳就不知道一些養生之道？不會偷個懶？」

紅薯笑道：「那是小姐千金們的日子，奴婢可羨慕不來，而且也不喜歡。吹個風就要受寒，曬個日頭就得中暑，讀幾句宮闈詩就哭哭啼啼，可不是咱們北涼女子的脾氣。」

徐鳳年吃過了早餐。當今世道一般是富人三餐，窮人兩餐，至於有資格去養宮女閹人的就已經不是一般意義上的富貴人家了。如此說來，都能穿上龍袍扮演女皇帝的紅薯實在是比千金小姐還要富貴萬分，她一手執掌了敦煌城七、八萬人的生死大權，結果到了他這裡，還是素手調羹的丫鬟命，徐鳳年實在找不出不知足的地方。

來到如同置身北涼王府梧桐院的書房，紫檀大案上擺滿了紅薯搬來的檔案祕笈和她姑姑的親筆手書，徐鳳年瞅見有一幅黃銅軸子的畫軸，瞥了一眼站在身畔捲袖研墨的紅薯，見她嘴角翹起，不由打開一看，不出所料，是一幅明顯出自宮廷畫師之手的肖像畫。畫中之人戴著一頂璀璨鳳冠，母儀天下的架勢十足。徐鳳年的視線在畫上和紅薯之間來來回回幾次，嘖嘖道：「還真是像，形似七分半，神似六分。」

見到紅薯視線炙熱，徐鳳年面無表情地擺手道：「休息兩天再說。」

徐鳳年一巴掌拍在她臀部上，笑道：「德行！到了梧桐院以外，就野得不行。等公子我養精蓄銳一番，下次一定要讓妳求饒。」

她撇頭一笑。

徐鳳年沒有去碰那些武林中人夢寐以求的祕笈——自家聽潮閣還少了？那些根骨天賦不差的武人，是憂心巧婦難為無米之炊，既無名師領路登堂，師父領進門後，又無祕笈幫著入室，的確是舉步維艱，英雄氣短，難成氣候。但是亂花迷人眼，一樣遺禍綿長。這兩樣東西對於門閥子弟而言也不算少見，但其中成就大氣候的，卻也為數不多：一方面是他們毅力不夠，吃不住逆水行舟的苦頭，但很大程度上則是有太多條路子通往高層境界，以至於不知如何下手；或者是誤入歧途，樣樣武藝都學，本本祕笈都看，反而難成宗師。

對於近水樓臺的徐鳳年來說，自知貪多嚼不爛，故而一直只揀選裨益於刀法的祕笈去咀嚼，如今有了王仙芝的刀譜，就更加心無旁騖。徐鳳年這般拚命，實在是覺得再不玩命習武，對得起一起吊兒郎當、偷雞摸狗如今還是挎木劍的那傢伙嗎？下次見面，一旦被知曉了身分，還不得被溫華拿木劍削死。

放下畫軸，徐鳳年翻閱起紅薯姑姑的筆箚，觸目千篇一律的蠅頭小楷，顯而易見，是狸毛為心覆以秋兔毫的筆鋒，所謂字由心生，其實不太準，畢竟寫字好的人數不勝數，但加上用筆何種，尤其是鑽牛角尖只用一種的那類人，大體上可以猜個八九不離十。

這名女子不愧是跟當今北莽女帝爭寵、爭皇后的猛人，她寫的雖然是筆劃嚴謹的端莊小楷，極其講究規矩格調，但就單個字而言，下筆卻字字恨不得入木三分，徐鳳年有些理解她如何教出了紅薯這麼一位女子了。

慢悠悠流覽過去，所記大多是一些上一輩北莽江湖的梟雄魔頭成名事蹟，僅作書讀，許多精彩處就足以令人拍案叫絕。紅薯善解人意地拎了一壺北涼運來的綠蟻酒，徐鳳年終於看到吳家劍塚九劍那一戰，紅薯姑姑也是道聽塗說，不過比起尋常人的天花亂墜，這位敦煌城「二王」的文字就要可信太多，她本身就是武道頂尖高手，筆下寥寥數百字，讓後來者的徐鳳年觸目驚心。

徐鳳年反覆看了幾遍後，意猶未盡，唏噓道：「原來如此。」

吳家劍塚兩百年前那兩代人，號稱劍塚最為驚才絕豔、英才輩出的時分，九位劍道宗師，一位高居天象境，兩位達到指玄高度，一名金剛境，加上剩餘五名小宗師，可想而知，只要再給吳家一代人時間，哪怕算上老死一、兩人，一樣有可能做到前無古人、後無來者的一門五一品！

徐鳳年對於吳家九劍赴北莽，只是聽一名守閣奴說當時北莽有自稱陸地劍仙的劍士橫空出世，揚言中原無劍。不過對於這個說法，徐鳳年並不當真，吳家雖然一直眼高於頂，始終小覷天下劍士，但再意氣用事，也不至於傾巢而出去北莽；他曾在遊歷途中詢問過李淳罡，羊皮裘老頭只是神神叨叨說了一句西劍東引，就不再解釋。

憑藉紅薯姑姑所寫內容，徐鳳年瞭解到一個大概，九劍對萬騎，不是各自為戰，而是交由最強一人——那位天象境劍冠做陣眼，八人輪流做劍主、劍侍，終成一座驚世駭俗的御劍大陣。可以想像那密密麻麻萬騎，死死包圍九人的場景畫面，荒涼而血腥，一撥一撥鐵騎衝鋒，加上千百次的飛劍取頭顱，是何等劍氣縱橫的可歌可泣？

徐鳳年驚嘆復驚嘆，向後靠在椅背上，自言自語道：「這劍陣需要頂尖劍士才能造就，沒可能用在沙場戰陣，能不能像騎牛的那套拳法簡而化之？好像也挺難，江湖高手本就不耐煩條條框框，給權貴府邸當看門狗，本就只是衝著安穩的武道攀登而去，傻子才樂意去廝殺搏命。不過要是能拿到手那座劍陣的粗胚子也好啊，去哪兒找？吳家劍塚？好像不現實。北莽王庭會不會有祕密文案？就算有，也更不現實，這不是拿黃金白銀就換得來的。」

紅薯輕笑道：「公子真想要，可以動用潛伏在王庭的死士去做。」

徐鳳年搖頭道：「那也太不把人命當人命了，不值當。」

紅薯「哦」了一聲。

徐鳳年頭也不抬，繼續翻閱，說道：「妳也別動歪腦筋了，不許妳湊這個熱鬧，聽到了沒？」

紅薯輕輕用鼻音「嗯」了一聲。

徐鳳年抬頭氣笑道：「別跟我打馬虎眼！」

紅薯眉眼風情無限，皺了皺小巧精緻的鼻子，十分稀罕地孩子氣道：「知道啦！」

在徐鳳年印象中，她除了恪守本分做丫鬟，再就是像個無微不至的姐姐，挑不出瑕疵，讓人如沐春風。院子裡幾個二等丫鬟和世子殿下相處久了，知道他的好脾氣，就都會有些小無賴、小調皮，唯獨從沒有生過氣、黑過臉的紅薯和性子清冷的青鳥，十幾年如一日，從無絲毫逾越。

徐鳳年重新低頭，看著看著，冷不丁燙手一般縮回了手。好奇的紅薯定睛一看，「拓跋菩薩」四字映入眼簾，不由會心一笑。來到北莽，如何繞得過這位武神這尊菩薩，何況公子還跟拓跋春隼有過生死相向。

滿滿三頁都是在講述這名北莽軍神，按照字跡格式排列來看，是數次累加而成，幾乎拓跋菩薩每一次躍境，那位女子敦煌城主就書寫一次感悟心得。

徐鳳年顛來倒去反覆閱讀，不厭其煩。紅薯看了眼桌上的龍吐珠式刻漏，見到了午飯時分，便悄悄離開屋子，然後很快端了食盒進來。

徐鳳年胡亂扒飯，繼續讀那三頁彌足珍貴的文字。紅薯搬了張椅子坐在身邊，見他嘴角有飯粒，就伸手拈下放入自己嘴中。徐鳳年也不以為意，跟紅薯相處多年，可以說自己第一次少年遺精都是她收拾的殘局，始終什麼事情都暖心得很，連昨夜的兩次梅開二度都水到渠成了，還有啥好矯情的？

紅薯拿走了食盒，坐下後輕聲道：「奴婢要是今天死了，公子會不會記住紅薯一輩子？」

徐鳳年平靜道：「紅薯，妳要是敢死，我就敢忘記妳，忘得一乾二淨，我說到做到。」

紅薯紅了眼睛，卻是開懷笑著說道：「公子真無情。」

◆

敦煌城巨仙宮硬生生一分劈作二以後，被派去掖庭宮的宮女宦官就如同被打入了冷宮，不受待見。這批人大多是不得勢、不得寵的小角色，起先還有些希冀靠著投機博取地位的權勢人物，主動由紫金宮轉入掖庭宮，後來瞅見那位神龍見首不見尾的新主子，根本就沒入駐的跡象，立馬心涼，趕忙給內務府塞銀子、遞紅包，牆頭草般倒回紫金宮。

如今留下不到一百人守著空落落的兩宮四殿，加上一座風景極佳的御景苑，也就只是做些侍弄花草、灑掃庭院雜活，不僅乘龍無望，而且連半點油水都沒有。前些天還有一位女官不慎，給金吾衛騎兵小統領禍害了，都不敢聲張，若非那名滿城皆知有狐臭的統領自己酒後失言，傳到紫金宮宮主耳中，被斬首示眾，否則指不定還要被糟蹋幾回身子。

御景苑模仿中原皇室花園而建，敦煌城建於黃沙之上，這座園子僅僅供水一項就花費巨萬，可想而知，當初魔頭洛陽帶給敦煌城多大的壓力。不過對於小閹宦來說，那座紫金宮的新宮主也好，這座掖庭宮從未露面的北莽首席魔頭也罷，都是遙不可及的可怕大人物，還是更希望一輩子都不要見面才好。

小童子姓童，十二、三歲，長得清秀瘦弱，前年冬天入宮時認了一名老宦官拜作師父，是以改名冬壽。他家裡窮苦至極，爹娘又身體多病，幾個妹妹都要餓死，雖說窮人孩子早當家，可沒田地、沒手藝，就算當乞丐又能討幾口飯回家？

當時才九歲的他一咬牙就根據無意中聽來的法子，私白了身子，頓時鮮血淋漓痛暈在地藏本願北門之外的雪地裡，被出宮採辦食材的老宦官瞧見，回去跟內務府說情，好說歹說，用去了一輩子小心翼翼積攢下來的那點人情，才帶了這個苦命孩子入宮做了小太監。不曾想他私白不淨，在床上躺了三個月後才痊癒，就又被拎去慎刑房給淨身一次，孩子差點沒能熬過那個冬天，幸好老宦官有些餘錢，都花在了這個孩子的生養上，這才保住了性命。孩子懂得感恩，毫無懸念地拜了老宦官做師父，這便是冬壽的由來。

不過老宦官無權無勢不結黨，自己本就在紫金宮御景苑打雜，冬壽自然無法去紫金宮撈取油水活計，不過好在宮中開銷不大，每月俸錢都還能送出一些宮外給家人，這期間自然要被轉手宦官剋扣掉一些。小太監冬壽也知足，不會有啥怨言，聽說家裡還是賣了一個妹妹，但是接下來他的俸錢就足夠養活一家子。冬壽只是有些愧疚，想著以後出息了，熬五、六年去做個小頭目，再攢錢把妹妹贖回來。

掖庭宮年長一些的小太監都喜歡合著夥拿他逗樂。宮中規矩森嚴，宦官本就不多，除了兢兢業業埋頭做事，也無樂趣可言，聚眾賭博私自碎嘴之類，一經發現就要被杖殺，況且掖庭宮人煙稀少，跟後娘養的似的，格外死氣沉沉，性情頑劣的小宦官就時不時把無依無靠的冬壽當樂子耍，也不敢正大光明，一般都是像今天這樣喊到御景苑背靜處，剝了他褲子，一頓亂踩，也不敢往死踩踏，鬧出人命可是要賠命的。

五、六個小宦官嬉笑著離去。冬壽默默穿上褲子，拍去塵土，靠著假山疼痛喘息。他身後假山叫堆春山，師父說是由東越王朝那邊春神湖找來的石塊堆砌而成，山上種植有四季長春的名貴樹木，於是就叫堆春山了。腳下石板小徑是各色鵝卵石鑲嵌鋪成的「福、祿、壽」

三字，他現在也就只認識那三個字，估計這輩子也就差不多是這樣，最多加上個名字裡的「冬」字，他本想請教師父那個自己姓氏的「童」字如何書寫，老宦官冷冷說了一句，進了宮就別記住這些沒用的東西，那以後冬壽就死了心，開始澈底把自己當作宮裡人。

冬壽走了幾步，吃不住疼，又彎腰休息了會兒，想著還要偷偷替師父去給一片花木裁剪澆水，就忍著刺痛挪步，猛然停下腳步，看到眼前堆春山口子上站著個穿紫衣的俊逸人物，人長得可比金吾衛騎還要精神，至於那件袍子，更是從未見過無法想像的好看貴氣，冬壽趕緊下跪請安。

徐鳳年看著這名小宦官，這是他第二次遇見冬壽。第一次他當時坐在一棵樹上賞景，看到少年在園子裡鬼鬼祟祟去了堆春山頂，望向宮外，偷偷流淚。

徐鳳年平淡道：「別跪了，我不是宮裡人。」

小宦官愣了一下，臉色蒼白，趕忙起身抓住這人袖口，緊張道：「你趕緊走啊，被抓住是要被殺頭的！」

徐鳳年笑著反問道：「你怎麼不喊人抓我？」

冬壽似乎自己也懵了，猶豫了一下後還是搖頭，意識到自己一隻手可能髒了這個人的袖子，連忙縮回手，仍是神情慌張，壓低聲音央求道：「你快逃啊，被發現就來不及了，真會被砍頭的！」

徐鳳年說道：「放心，我是來御景苑的石匠，負責修葺堆春山，就是身後這座假山。」

冬壽盯著他瞧了一會兒，見他不像說謊，頓時如釋重負。

徐鳳年問道：「怎麼被打了？」

冬壽又緊張起來，有些本能地結巴道：「沒、沒，和朋友鬧著玩。」

徐鳳年譏諷道：「朋友？小小宦官，也談朋友？」

冬壽漲紅了臉，轉而變白，不知所措。

徐鳳年微微搖頭，問道：「你叫冬壽？宮裡前輩宦官給你取的破爛名字吧，不過我估計你師父也是混吃等死的貨色。」

冬壽破天荒惱火起來，還是結巴：「不許你……你……這麼說我師父！」

徐鳳年斜眼道：「就說了，你能如何？打我？我是請進宮內做事的石匠，你惹得起？信不信連你師父一起轟出宮外，一起餓死？到時候你別叫冬壽，叫『夏死』算了。」

冬壽一下子哭出聲，撲通一聲跪下，不再結巴了，使勁磕頭道：「是冬壽不懂事，衝撞了石匠大人，你打我，別連累我師父……」

小宦官很快在鵝卵石地板上磕出了鮮血，恰巧磕在那個「壽」字上。

徐鳳年眼角餘光看到紅薯走來，擺擺手示意她不要走近，慢悠悠說道：「起來吧，我是做事來了，不跟你一般見識。」

小宦官仍是不敢起身，繼續磕頭：「石匠大人有大量，打我一頓出氣才好，出夠了氣，小的才敢起身。」

徐鳳年怒道：「起來！」

別說小宦官，就連遠處的紅薯都嚇了一跳。

冬壽怯生生站起身，不敢去擦拭血水，任其流淌下眉間，再順著臉頰滑落。

徐鳳年伸手拿袖口去擦，小宦官往後一退，見他皺了一下眉頭，便不敢再躲，生怕前功盡棄，又惹怒了這位「石匠大人」。

擦過了血汙，一大一小，一時間相對無言。

徐鳳年盡量和顏悅色道：「你忙你的去。」

小宦官戰戰兢兢離去，走遠了，悄悄一回頭，結果就又看到身穿紫衣的「石匠大人」。

徐鳳年笑道：「我走走看看，你別管我。」

接下來冬壽去修剪那些比他這條命要值錢很多的一株株花草，當他無意間看到「石匠大人」摘了一枝花，就忍著心中畏懼哭著說這是砍頭的大罪，然後「大人」說他是石匠，不打緊。於是接下來冬壽幹了一個時辰的活，就哭了不下六次。所幸御景苑占地寬廣，也沒誰留意這塊花圃的情形。

冬壽感覺自己的膽子都嚇破了，上下牙齒打戰不止，偏偏沒勇氣喊人來把這個紫衣大人物帶走，雖然「石匠大人」嘴上說得輕巧，可他覺得這樣犯事，被逮住肯定是要被帶去斬首示眾的，這兩年，每次見著從樹上鳥巢裡跌落的瀕死雛鳥，他就都要傷心很長時間，哪裡忍心害死一個活生生的人。

然後冬壽被眼中一幕給五雷轟頂，那名「石匠大人」走到遠處一名看不清面容的錦衣女子身前，有說有笑。

私通宮中女官，更是死罪一樁啊！

冬壽閉上眼睛念念叨叨：「我什麼都沒有看見，什麼都沒有……」

徐鳳年走回小宦官身前，笑道：「你入宮前姓什麼？」

冬壽欲言又止。

徐鳳年安靜等待。

冬壽低頭輕聲道：「童貫，一貫錢的貫。」

徐鳳年點頭微笑道：「名字很不錯。」

冬壽迅速抬頭，神采奕奕，問道：「真的嗎？」

徐鳳年一本正經道：「真的，離陽那邊有個被滅了的南唐，曾經有個大太監就叫童貫，很有來頭，做成了媼相。」

冬壽一臉迷惑。

徐鳳年坐在臨湖草地上，身後是姹紫嫣紅，解釋道：「尋常男子做到首輔宰相後，叫公相，其實一般沒這個多此一舉的說法，耐不住那個跟你同名同姓的童貫太厲害，以宦官之身有了不輸給宰相的權柄，才有了『媼相』和相對的『公相』。」

少年咧嘴偷偷笑了笑，很自豪。

徐鳳年換了個話題，問道：「知道堆春山是敦煌城主在九九重陽節登高的地方嗎？」

小宦官茫然道：「沒聽師父說過。」

徐鳳年笑道：「以後想家了，就去那裡看著宮外。」

小宦官紅了臉。

徐鳳年問道：「如果有一天你當上了大太監，會做什麼？」

冬壽靦腆道：「給宮外爹娘和妹妹寄很多錢。」

「還有呢？」

「孝敬師父唄。」

「沒了？」

「沒了吧。」

「說實話。」

「殺了那些笑話我師父的宦官！」

「欺負你的那幾個？」

「一起殺了，剝皮抽筋才好。」

不知不覺吐露了心事，記起師父的教誨，小宦官驟然驚駭悔恨，再不敢多說一個字。

徐鳳年望向湖面，輕描淡寫道：「別怕，這才是男人該說該做的，我沒空跟你一個小宦官過意不去。」

冬壽低頭道：「我是男人嗎？」

徐鳳年笑道：「你自己知道就行。」

雲淡風輕。

紅薯始終沒有打攪他們。

◆

接下來幾天徐鳳年除了閱覽筆箚和類似史官記載的敦煌城事項，得空就去御景苑透氣，和小宦官聊天，一來二去，冬壽也不再拘謹怯弱，多了幾分活潑生氣，兩人閒聊也沒有什麼邊際。

「女子的脾氣好壞，跟胸前那團物事的大小直接掛鉤。不信你想想看身邊宮女姐姐們的情景，是不是這個道理？」

「咦，好像真的是！」

「那你覺得哪個宮女姐姐那裡最為沉甸甸的？」

「那當然是女官綺雪姐姐，臉蛋可漂亮了，那些值衛的金吾騎每次眼睛都看直了，嘿，我也差不多，不過也就是想想。嗯，還有澄瑞殿當差的詩玉姐姐，可能還要大一些，就是長得不如綺雪那般好看。」

「那你是喜歡大的？」

「沒呢，我覺得吧，太大其實不好，還是小一些好，長得那麼沉，都要把衣裳給撐破了，我都替她們覺得累得慌，還是臉蛋最緊要了。」

「你還小，不懂。」

「石匠大人你懂，給說說？」

「你一個小宦官知道這個做什麼。」

「唉。」

「很愁？」

「有吃有喝，愁啥，男女之間的事情，才不去想，其實我知道宮裡有對食的大宦官和宮女姐姐，都挺可憐的。」

「有你可憐？」

「唉。」

「冬壽，你就知道『唉』。」

「嘿嘿，沒學問哪，不知道說啥，沒法子的事情。」

最後一次碰頭很短暫，是一個黃昏，徐鳳年說道：「事情辦完了，得出宮。」

小宦官不想哭但沒忍住，很快哭得稀里嘩啦。然後說讓他等會兒，跑得匆忙，回來時，遞給徐鳳年一紙錢袋子，求他送給宮外家人。

徐鳳年問道：「不怕我貪了去？」

小宦官搖頭道：「知道石匠大人不是這樣的人！」

徐鳳年丟回錢袋，砸在他臉上，罵道：「你知道個屁！萬一被私吞了或者被我不小心忘了，你一家子挨餓熬得過一個月？」

冬壽撿起那只錢囊，委屈而茫然，又開始哽咽。

徐鳳年摸了摸他的腦袋，輕聲道：「以後別輕易信誰，不過認準了一件事，是要鑽牛角尖去做好。錢袋給我，保證幫你送到。」

冬壽擦了擦淚水，送出錢袋子，笑得無比開心。

徐鳳年轉身就走，想了想轉身，吩咐道：「去折根花枝過來。」

小宦官天人交戰，最終還是壯起膽去折了一枝過來，徐鳳年蹲在地上拿枝椏在地上寫了兩個字，抬起頭。

冬壽激動顫聲，小心翼翼問道：「童貫？」

徐鳳年起身後，捏斷花枝一節一節，一捧盡數都丟入湖中，使勁揉了揉小宦官腦袋。

少年哭哭笑笑。

徐鳳年徑直走遠，到了拐角處，看到亭亭玉立的紅薯。

紅薯輕聲問道：「給小傢伙安排個安穩的清水衙門，還是丟到油鍋裡炸上一番？」

徐鳳年搖頭道：「不急，再等兩年，如果性子沒變壞，就找人教他識字，然後送去藏經閣，祕笈任他翻閱。妳也別太用心，揠苗助長，反殃其身，接下來只看他自己造化。」

紅薯點了點頭。

湖邊，小宦官撿起一些臨湖的枝椏，塞進袖子，準備丟進堆春山那些深不見底的狹小洞坑裡。回到「童貫」兩個字邊上，他蹲著看了一遍又一遍，記在腦中，準備擦去時，仍是不捨得，想了想，拿出一截帶刺的花枝，在手心深深刺下細小兩字。

他蹲在那裡發呆，許久才回神說道：「早知道再懇求恩人教我『冬』字如何寫了。」

小宦官一巴掌狠狠拍在自己臉上，「別不知足！」

他站起身，攥緊拳頭，眼神堅毅。

少年鬆開拳頭，低頭望去，喃喃道：「童貫！」

◆

紫金宮有養令齋，可俯瞰全城，頂樓藏書閣，齋樓外有石雕驪龍吐水，紅薯姑姑手植有五株海棠樹。徐鳳年這幾天由慶旒院搬到齋內書閣，經常站在視窗，一站就是個把時辰。

紅薯在梧桐苑可以只在那一畝三分地優哉游哉，如錦鯉游水，在敦煌城就斷然不行，如今七、八萬人都要仰其鼻息，她就像一位垂簾執政的年輕女皇，雖然有紫金宮一批精幹女官幫忙處理政事，但是敦煌城勢力盤根錯節，千頭萬緒，如一團亂麻，都要她來一錘定音。好在徐鳳年也不讓她黏在身邊。

世上沒有不透風的牆，哪怕這牆是天子家牆，也一樣遮瞞不住。時不時就在宮內隱匿游走的徐鳳年察覺到一股暗流湧動，觸鬚蔓延向外，再反哺宮中。徐鳳年不知道這是否是巨仙宮和敦煌城的常態，一次詢問紅薯，她說敦煌城在姑姑手上，就向來是管不住人、管不住嘴，當初魔頭洛陽在城外，敦煌城就是一盤散沙，受恩於她姑姑的勢力都眼睜睜看著她獨身出城，重創而返。洛陽離去，之後才做些錦上添花的事情，至於那些老百姓，大多將此視作天經地義的事情——妳是敦煌城城主，妳不出馬誰出馬？妳死了無非換個主子，城若破，洛陽不管如何濫殺無辜，七、八萬人，總不太可能殺到咱頭上不是？換了主子，最不濟也不過是大家一起吃苦頭，總好過當下強出頭給魔頭宰了。徐鳳年聽到這個答案，一笑置之。

紅薯那會兒問了一句：「如果北涼三十萬鐵騎有一天沒能守住西北國門，北涼道百萬戶百姓一齊束手就擒，甚至投靠了北莽，反過來對付北涼軍，公子會不會心冷？」

徐鳳年反問道：「如果妳是我，怎麼做？」

紅薯手指抹過嘴唇，笑咪咪道：「奴婢若是公子這般世襲罔替北涼王，真有這種事情，不被我看到還好，見到一個，殺一個。」

徐鳳年感嘆道：「妳來做敦煌城城主，還是有些大材小用。」

溫柔鄉終歸是英雄塚，紅薯說起再往北去五百里錦西州境內，就是吳家九劍破萬騎的遺址，徐鳳年就起了離城的念頭。

那一夜在巨仙宮主殿龍椅上，她身穿龍袍，高坐龍椅，擺出君臨天下的架勢，若是上了歲數的北莽皇帳重臣，見到這一幕，只會誤以為是女帝陛下返老還童。

暮春時分，一夜荒唐，幸好敦煌城沒有早朝一說，否則城內的讀書人就有的說了。

破曉前，一起回到了慶旒院，兩人洗了個鴛鴦浴，徐鳳年在她服侍下穿回文士裝束，背上書箱，紅薯繞了兩圈，查漏補缺，只求盡善盡美，實在是挑不出毛病，她才一臉惋惜道：「公子這般裝束像腹有詩書的讀書人，很好看，不過那身紫蟒衣，更好看。」

徐鳳年拍了拍那柄春秋劍，輕聲道：「就別送了。」

紅薯搖頭道：「送到本願門外。」

來到地藏本願門外，紅薯又說要送到十里地外，徐鳳年無奈道：「照妳這麼個送法，直接回北涼算了。」

紅薯又給徐鳳年細緻打理了一番，問道：「真的不要那匹夜照玉獅子？就算是怕扎眼，隨便弄匹良駒騎乘也好，若是不耐煩了，隨手丟掉。」

徐鳳年搖搖頭道：「誰照顧誰還不知道，還是走路輕鬆。處出感情來了，不捨得說丟就丟。」

紅薯柔聲道：「公子走好。」

徐鳳年點頭道：「妳也早點回北涼，我還是那句話，我不管敦煌城在北涼的布局中是如何重中之重，都要妳好好活著。」

紅薯低眉道：「奴婢知曉了。」

徐鳳年想了想，繼續說道：「小宦官童貫妳再冷眼旁觀個兩、三年，之後送去養令齋，這個孩子的識字讀書和武道築基，就要妳多費些心思，說是放養，全然不顧聽天由命，那也不行。」

紅薯笑道：「公子放一百個心，冬壽以後一定可以讓敦煌城大吃一驚，藏經閣裡還真有幾本適合他去習練的祕笈，算他運氣好。」

徐鳳年「嗯」了一聲，低聲道：「希望世間多一個苦心人天不負。」

「走了。」徐鳳年轉身背對錦衣大袖如芙蓉的紅薯，揮了揮手。

紅薯似乎想追上去，一腳踏出尚未踩地就縮回，久久停留，當宮中晨鐘敲響，這才走過本願門，走往掖庭宮，站在堆春山上眺望遠方。

◆

敦煌城在她姑姑手上按例十五一朝，這類朝會規模不大，也就是城內有資格分一杯羹的各方勢力聚在一起瓜分利益，姑姑一直想將其擰成一股繩，奈何至死都沒有達成，紅薯也不奢望同仇敵愾，不過似乎眼下連表面上的和氣都成奢望了。

她眯起眼，流露出和徐鳳年相處時截然不同的冷冽氣息，跳梁小丑都該浮出水面了，其實姑姑一死，他們就開始鼓噪，尤其是確定魔頭洛陽懶得插手敦煌城後，這些以元老自居的老狐狸就要拿她這個勢單力薄的狐媚子開刀了，時下城內瘋狂流傳的面首竊權一事，不正是他們府上撒出去的魚餌？

紅薯緩緩走下堆春山，她雖然是北涼王府的一等丫鬟，但每年都會有兩、三個月在敦煌城，親眼看著姑姑如何處理政事，那些算是看著她長大的勢力，都只知道她是「二王」當作下一任城主去器重栽培的親外甥女，而不知她是錦麝。

走下山經過一塊花圃，無意間遇上又早起替老宦官師父做活的冬壽，站在花圃外，紅薯安靜站立。

小宦官之前曾遠遠瞧見過她，對其依稀有些模糊印象，將她當成了與恩人私通的宮中女官，此刻見到她不由羞澀笑了笑，靦腆真誠。他小心翼翼想著「石匠大人」真是好眼光，這位姐姐長得跟壁畫上的敦煌飛仙一般。

紅薯柔聲道：「你叫冬壽？」

小宦官趕忙放下手中青銅水壺，眉眼伶俐地跪下請安，「冬壽見過女官大人。」

紅薯笑道：「起來吧，跪久了，你那身衣衫就又要清洗了。暮春多雨，這兩天就得下一場，萬一曬不乾，穿著也難受。」

冬壽緩緩起身，眼神清澈，笑臉燦爛道：「女官姐姐菩薩心腸，保準兒多福多祿。」

紅薯爽朗笑道：「果然沒看錯，小小年紀，是個有心人。你師父痰黃黏稠，常年反復咳血，是肺癆，回頭我讓人給你師父治一治，病根子興許祛除不掉，不過能讓他安度晚年。」

冬壽「哇」一聲哭出來，磕頭道：「姐姐和石匠大人都是活菩薩，冬壽這輩子都不敢忘記你們的大恩大德！」

紅薯冷淡道：「多哭多跪，進廟燒香，見佛磕頭，在宮裡是頂好的習性。」

等小宦官抬起頭，已經不見神仙姐姐的蹤跡。

紅薯走出掖庭宮，兩宮中間有一條畫線做雷池的裕隆道，幾名被姑姑親手培養出來的死士女官都肅穆站立，眉宇間透著一股視死如歸的剛毅神情。

一同走向巨仙宮南大門白象門，一名鵝蛋臉女官輕聲說道：「城主，宮外五百金吾衛騎，有三百騎兵忠心耿耿，其餘兩百人都已被收買。」

一名身材高大似魁梧男子的女官平靜道：「小姐，密探傳來了消息，除了補闕臺搖擺不定，不願早早露面，還有宇文和端木兩大家族按兵不動，剩下幾大勢力都已公然聚集在白象門外，藉機鬧宮政變。其中茅家重金雇用了近百位江湖人士，想要趁著內鬥時渾水摸魚，城外五百金吾衛則在茅柔的率領下即將衝過主城門，屆時聲勢浩大朝巨仙宮奔來，紫金宮暫時沒有多餘力量去阻攔。小姐，這恐怕會讓許多中立人士倒向那批亂臣賊子。」

一名長了張娃娃臉的紫緞長裳女官皺眉道：「宮主，為何不讓奴婢去聯繫魔頭洛陽，城主在世時說過這一天到來，就可以搬出這尊魔頭彈壓作亂勢力。即便是拒狼引虎，也總好過這些養不熟的白眼狼來做敦煌城新主子呀，畢竟洛陽是掖庭宮名義上的宮主，名正言順，而且以洛陽的地位，相信也不會鳩占鵲巢太過厲害。」

紅薯伸手點了下這名女官額頭，調侃道：「胳膊肘都拐向那尊魔頭了，洛陽這還沒進敦煌城，來了以後還了得，可不得把我給賣了？」

娃娃臉女官紅著臉，鼓起腮幫道：「宮主欺負人！」

一路上，又陸續加入十幾名雙手衣袖沾血的老宦官，才解決了宮中內患。他們在紅薯面前都以臣子自居，都是紅薯姑姑死前就擺下的暗棋，不乏原本看似倒戈投入敵對陣營的人物，一旦真正揭鍋，就知道這些老閹人的確比起那些褲襠子帶把的金吾衛騎更男人一些，更懂得認準一個主子去忠誠。歷數那些宦官當政的王朝內鬥，昏聵皇帝都喜歡放權給身邊閹人，重用這些宦官去與權相或者外戚勾心鬥角，並非完全沒有道理。權臣可以坐龍椅，外戚可以披黃袍，誰聽說過連子孫都沒有的閹人去自己做皇帝？

三十幾名身披重甲的黃金甲士也加入隊伍。

紅薯笑了笑，自己有了一場好隆重的死法。

死之前總要拉上幾百人去陪葬。

如此一來，敦煌城就澈底乾淨了。

到時候就輪到連她都不知底細的北涼勢力開始接手。

上一次出北涼時，聽潮閣李義山面授機宜，便是如此算計的，步步不差，她毫無怨言。

出了北涼，就再不回北涼。

紅薯回首望北。

公子走好。

她卻不知，敦煌城大門。

一名書生模樣的負劍年輕人，面對五百騎兵，一夫當關，為她獨守城門。

第二章 徐鳳年仗劍拒敵 敦煌城禍起蕭牆

清晨鐘鼓響起，敦煌城主城南大門就緩緩推開，一些聚集在城門內外的百姓蜂擁出入。敦煌城建立在荒涼黃沙之上，因方圓百里內獨樹一幟，成為當之無愧的活水城，商賈眾多，城池出入頻繁，一天不下五、六千人來來往往，加上城外有釋教聖地采磯佛窟，每逢初一、十五信徒禮佛出城燒香，就更是浩浩蕩蕩滿城皆出的盛大場景。

今天恰逢暮春時節尾巴上的最後一個十五，若是往常，南門主道早已密密麻麻，今日卻出奇的少，僅有幾百虔誠香客，還都不是拖家帶口的，沿街兩旁有因利起早的販夫挑擔吆喝售賣蔥餅點心，還有的賣些粗劣香黃紙。

街邊就一家店鋪開張，店主是個出了名不善經營的中年漢子，本來以他鋪子所在的地段賣些燒香物件，保管一本萬利，可他只是賣酒，還賣得貴，生意慘澹，只得清晨做幾鍋清粥賣給商旅。

此時狹小店鋪裡就一個熟客，還是那種熟到不好意思收銅錢的熟面孔，漢子雖然家徒四壁，沒有媳婦幫著持家，不過卻把自己收拾得清爽潔淨，有幾分儒雅書生氣。

敦煌城都知道他這麼一號人，寫得一手好字，也傳出過許多膾炙人口的詩文佳句。當年敦煌城裡的一名大姓女子，姓宇文，瞎了眼竟然逃婚跟他私奔，在敦煌城闊綽程度首屈一指的宇文家族倒也大度，沒有追究，鑽牛角尖的秀美女子還真跟這個外來戶落魄書生成親，她那個差點氣得七竅生煙的爹惦念閨女，生怕她吃苦，還偷偷給了好些嫁妝。

不曾想這個男子頗為扶不起，有才氣，卻不足以建功立業，而且高不成、低不就，偌大一座酒樓開成了酒肆，最後變成了小酒鋪子。女子心灰意冷，終於讓旁觀者覺得大快人心地離他而去，改嫁了門當戶對的端木家族，夫妻琴瑟和鳴，皆大歡喜。那位坐擁佳人的端木公子還來酒鋪喝過酒，沒帶任何僕役丫鬟，溫文爾雅，盡顯士子風流，據說只說了幾句客套話，說是以前聽過酒鋪漢子的詩詞，十分拜服。再後來，女子偶有燒香出入敦煌城，都是乘坐千金良駒四匹的輝煌馬車，好事者也從未見她掀起過簾子看看身為舊歡的落魄男子一眼，想必是真正傷透了心。

來這裡蹭吃的漢子一腳踩在椅子上，喝完一碗粥又遞出碗去。都說吃人家的嘴軟，可這廝卻是大大咧咧教訓道：「徐璞，不是我說你，這兒要是賣香火你早掙得盆滿缽滿了。嘿，到時候我去燒香拜佛也好順個一大把，菩薩見我心誠，保管心想事成，我發達了以後，不就好提攜提攜你了？」

神色恬淡的中年男人接過大白碗，又給這位臉皮甚厚的朋友盛了一碗米粥，搖搖頭道：「燒香三炷就夠了，敬佛敬法敬僧，香不在多。」

接過了白碗的邋遢漢子瞪眼道：「就你死板道理多，你婆娘就是被你氣走的。你說你，有個不要那胭脂水粉、山珍海味，卻樂意跟你受凍吃曬、一起吃苦的傻婆娘，還不知珍惜，不知道上進，活該你被人看笑話戳脊梁骨！」

男人端了條板凳坐在門口，望向略顯冷清的街道，皺了皺眉頭。身後健壯漢子猶自嘮叨著，「要不是我爹當年受了你一帖藥方的救命大恩，我也不樂意跟你一起受人白眼。你說你既然會些醫術，做個掛懸壺濟世幌子的半吊子郎中也好啊，這敦煌城郎中緊缺，有大把人樂意被騙，只要你別醫治死人就成。喂，說你呢，徐璞，你好歹嗯嗯啊啊幾聲。得，跟你這悶葫蘆沒話可說，走了走了，那幾隻我打獵來的野鴨，自己看著辦。」

酒肉朋友都講究一個不揭傷疤、不打臉，多錦上添花、少雪中送炭，可見這人要麼是沒心沒肺，要麼就是真把寒酸的酒鋪老闆當作朋友。

中年男人突然問道：「今天出城燒香的人這麼少？」

才要起身的獵戶白眼道：「都說你們讀書人喜歡兩耳不聞窗外事，一心唯讀聖賢書，你倒好，書不讀，外邊事情也不去聽。跟你說了吧，今天巨仙宮那邊不安分，老城主跟大魔頭洛陽一戰後，已經過世登仙，是三歲孩子都知道的事實，現在明擺著造反，恐怕就那位小姑娘不知情了。有消息說城外那茅家手裡的五百金吾衛，馬上要殺進城，直直殺去紫金宮，把那個小姑娘從龍椅上拖下來，老子看這事兒十有八九要成。一個二十幾歲的小姑娘當敦煌城主，說出去都丟人。」

男人問道：「城內宮外不是駐紮有五百金吾衛騎卒嗎？」

獵戶都不樂意回答這種幼稚問題了，實在是憋不住話，這才說道：「你當那些茅家和端木、宇文幾個家族都是木頭，用屁股想都知道這些傢伙肯定花錢給官送女人，那五百騎裡頭肯定有很多傢伙早就不跟宮內一條心了啊。再加上外頭這五百騎兵一股腦殺進城去，就是我這種小百姓也知道根本擋不住。不過這些都是大人物的把戲，要死也是死那些生下來就富貴的，跟咱們沒半點關係，躲遠點看熱鬧就好。變了天，咱們一樣該吃啥吃啥，該喝啥喝啥。」

你等著瞧，沒多久肯定就有金吾衛衝進城了。」

中年男人陷入沉思，準備關鋪子，獵戶踏出門檻，一臉欣慰，「徐璞，這次你總算有些腦子，知道關起門來看熱鬧了。」

男子笑了笑，沒有出聲，等到獵戶走遠，才輕聲道：「湊熱鬧。」

他看到獵戶沒多時跟許多香客一同狼狽往回跑，才關上最後一塊門板，就見獵戶跑得上氣不接下氣，急匆匆道：「你咋還沒躲起來，快快快，進門，借我躲一躲，他娘的有個腦袋被驢踢了的年輕後生，堵在城門口，好像要和五百騎兵硬抗，瘋了瘋了！」

男子問道：「多少人？」

獵戶罵道：「那後生找死！就一個！」

已經一腳向前踏出的男子想了想，追問道：「用刀還是用劍？」

獵戶腳底抹油溜進酒鋪，氣急敗壞道：「管這鳥事作甚，方才聽旁人說是一名背書箱的讀書人，倒也用劍，老子估摸著也就是個不知天高地厚的繡花枕頭，讀書讀傻了！徐璞，你還不滾進來？」

一些個腿腳比獵戶慢些的香客，住處離得城門較遠，見到酒鋪子還沒關門嚴實，都過來躲著。膽大一些的讓酒肆老闆別關門，立馬被膽小的痛罵，生怕被殃及池魚，給幾個當權大家族秋後算帳。

◆

城外三百步，在為首的茅家女子停下後，金吾衛五百騎驟停。

一名三十來歲的英武女子披銀甲、持白矛，騎了一匹通體烏黑的炭龍寶駒。茅家勢大，根深蒂固，是敦煌城建城時就屹立不倒的元老派，在諸多勢力角逐中始終不落下風，很大原因就是茅家始終牢牢掌控有這五百精銳騎兵。

茅家子弟歷來尚武驍勇，但這一代翹楚卻是一名女子，叫作茅柔。敦煌城出了三位奇女子，第一位當然是被譽為「二王」的城主，一位是宇文家族那名不愛富貴愛詩書的癡情女子，嫁雞隨雞給了一個賣酒的漢子，再就是當下這名靠武力統帥五百鐵騎的茅柔。

城內金吾衛是輕騎，近幾年來城外五百騎都被換成重甲鐵騎，在敦煌城寬敞主道上策馬奔馳，只要不入巨仙宮，足以碾壓城內五百輕騎。

茅柔素來瞧不起那名作威作福的小丫頭，靠著跟城主拖親帶故，不就是胸脯大一些、腰細一些、屁股蛋圓一些嗎？能當飯吃？她已經跟一些世交子弟談妥，事成以後，這頭可憐小狐狸精就交給他們輪流玩弄，即便是做連襟輪番上陣，玩壞了那具柔軟身子，茅柔也只會開懷大笑，恨不得在床榻邊上盡情旁觀，親手拿刀割去那對礙眼很多年的胸前肉才讓她舒爽。

茅柔停馬以後，死死盯住那名守在城門口的年輕書生，是長得人模狗樣，是她好的那一口，可惜大事臨頭，容不得她貪嘴。

揮了揮手，她對身後一名壯碩騎將吩咐道：「去宰了！就當祭旗。」

茅柔身後金吾騎尉獰笑著提槍衝出。

鐵騎鐵騎，就是重馬重甲，以衝刺巨力撕開一切布防。金吾騎尉喜歡這種奔襲的快感，跟在床上欺負那些黃花閨女是一個感覺。

主子茅柔是個讓所有她裙下重騎兵都心服口服的娘們兒，帶兵和殺人都帶勁，騎尉這輩子最大的念想就是有朝一日能爬上她的身上去衝刺。茅將軍有一句話被整座敦煌城將門子弟稱頌：姑奶奶帶出來的士卒，胯下一杆槍，手上一杆槍，比起城內五百軟蛋金吾衛強了百倍！金吾騎尉隨著馬背起伏而調整呼吸，握緊鐵槍。他並未一味輕敵，那傢伙敢獨自攔在城門口送死，多少有些斤兩。

敦煌城畢竟藏龍臥虎，大好功業等著老子去掙取，不能在陰溝裡翻了船。

徐鳳年摘下書箱，放在腳邊上。

他並未摘下春秋劍，對上那名鐵騎，徐鳳年不退反進，大踏步前奔。

茅柔和五百騎都有些驚訝，一些鐵騎訝異過後，都發出笑聲。想要攔下一名衝刺狀態下的重騎兵，知道得有多少氣力嗎？何況這位金吾騎尉可不是稻草人，他槍法超群，在金吾衛中是戰力可以排在前五的絕對好手！

金吾騎尉與那名書生相距五十步時，精氣神幾乎已經蓄勢到了頂點，眨眼過後十步時，他兇猛提槍就是一刺。

徐鳳年側過頭，彎臂挽住鐵槍，一掌砸在踩踏而來的高頭大馬脖子上，連人帶馬都給往後推去五、六丈外，當場馬死人將亡。

鐵槍環繞身體一圈，徐鳳年身體繼續前掠，期間經過那名痛苦掙扎的重騎都尉，一槍點出，刺透頭顱，將其釘死在地上。

茅柔皺了皺眉頭，抬起手，劃出一個半弧，騎兵列作六層，層層如扇面快速鋪開。

其餘有八十隨行弓弩手在前。

戰陣嫺熟，在茅柔指揮下如臂指使。

不論是單兵作戰，還是集結對衝，都絕非城內刻意安排下弓馬漸疏的五百金吾衛可以媲美。

百二十步時，茅柔冷血道：「射。」

箭雨撲面。

徐鳳年身形一記翻滾，鐵槍掄圓，潑水不進，擋去一撥箭矢後，一槍丟出。

雖然僅是形似端孛爾紇紇的雷矛，卻也聲勢如驚雷。

在戰陣之前的茅柔神情劇變，身體後仰貼緊馬背。

一槍掠過，她身後兩名鐵騎連人帶甲都給刺透，跌落下馬。

茅柔不再奢望弓弩手能夠阻擋，率先衝殺起來。

雖有三人陣亡，六層扇形騎陣卻絲毫不亂，足見茅家之治軍森嚴。

鐵蹄陣陣。

徐鳳年眯眼望向那名英偉女將，扯了扯嘴角，微微折了軌跡，直撲而去。

茅柔不急於出矛，當看到這名年輕劍士身形臨近，輕鬆躲過兩根鐵槍刺殺，這才瞅準間隙補上一矛，直刺他心口。

矛尖看似直直一刺，樸實無奇，實則剎那劇顫，鋒銳無匹，這是茅家成名的跌矛法，無數次戰陣廝殺都有不知底細的敵人給震落兵器。

「下馬！」

徐鳳年左手一彈，蕩開長矛，身體前踏幾步，一個翻身，就與鐵矛脫手的茅柔好似情人相對而坐，才要一掌轟碎這名女子的心口，她便抽刀劃來，徐鳳年兩指夾住，指肚驟然傳來

劇烈震動，摩擦出一抹血絲，茅柔趁機棄刀，一手拍在馬背上，側向飛去，接住鐵矛，撞飛
一名騎兵，換馬而走，流竄進入戰陣，不再給徐鳳年捉對廝殺的機會。
十來條槍矛刺來，徐鳳年身形下沉，壓斷這匹炭龍馬的脊梁，寶馬痛苦嘶鳴一聲，馬腹
著地。徐鳳年一手推開一騎，一肩撞飛一騎，恰到好處地奪取驟如雨點般刺來的槍矛，身形
並無絲毫凝滯。
在五十步外撥轉馬頭的茅柔臉色陰沉，怒喝道：「結陣。」
徐鳳年身形後掠，將背後偷襲的一騎撞飛，腳尖踩地，瀟灑後撤，撤出即將成型的包圍
圈，然後長呼出一口氣，抽出春秋劍。
他右手握劍，劍尖直指五百騎，左手豎起雙指併攏。
開蜀。
茅柔怒極，沉悶下令道：「殺！」
她眼中那一人，一人一劍。
身前五百騎，身後是城門。
徐鳳年不動如山。
哪怕魔道第一人洛陽駕臨，敦煌城也只是一人對一人。
徐鳳年習武以前還有諸多對於江湖的美好遐想，但是真正瘋魔習武以後，就從不想去做
什麼英雄好漢，但既然身後是自己的女人，別說五百騎，五千騎，他也會站在這裡。
我死前守城門。
教你們一步不得入！

茅柔見這名年輕劍士如此托大，恨得牙癢癢，若是以往見著如此性子剛烈的俊彥，還不得好好綁去床上調教憐愛一番，只是此時兵戎相見，就只剩下刻骨撓心的怒意了，一連說了好幾個「殺」字！

戰馬前奔炸如雷，徐鳳年一氣不歇滾龍壁，雖然做不到羊皮裘李老頭那樣一條劍氣數十丈，不過在草原上對陣拓跋春隼的生死之間，悟出了一袖青龍，劍氣滾龍壁就越發貨真價實，身形如魚游弋在潮頭，對上第一批鐵騎衝鋒。

徐鳳年春秋在手，當下就劈開一人一馬，然後橫向奔走，無視鐵矛點殺，仗著真氣鼓蕩的海市蜃樓，一開始就抱有持久廝殺的念頭，不去執意殺人，而是見馬便斬。重甲騎兵馬戰無敵，下馬步戰就成了累贅。

戰馬衝鋒如同一線潮的陣形，被徐鳳年殺馬破潮，頓時有十幾騎人仰馬翻。迫於第二撥鐵矛如雨點，他只是略微後撤停歇，復爾再進，身形逍遙劍氣翻，好似丹青國手的寫意潑墨，看得持矛高坐的茅柔咬牙切齒。彷彿才幾個眨眼工夫，茅家傾注無數心血精力和足以堆成小山真金實銀的鐵騎，就已經陣亡了將近二十人。

騎卒一旦墜馬，就要被那名書生裝束的劍士一劍削去腦袋，或者劍氣裂重甲，死無全屍。這幾乎是剮去她身上肌肉一般疼痛，她很想一腳踩爆那相貌英俊小王八蛋的褲襠，然後質問一句：「你知道老娘養這些鐵騎跟養自家兒子一樣，容易嗎？容易嗎！」

茅柔很快安靜下來，別說五百騎殺一人，就是三百騎，對陣一品金剛境高手，後者十有八九也得被活生生耗死，不過這裡頭有一個重要前提，那就是死了一、兩百人後，鐵騎陣形不亂，膽子沒碎，不至於被殺潰逃散。對於這一點，茅柔有不小的自信，這五百金吾衛騎兵等同於茅氏親兵，她養兵千日，極為看重實戰和賞罰，經常拉出去絞殺山寇和馬賊；即便對上前者輕騎輕甲，後者鐵騎鐵甲也是毫不猶豫撲上去好一陣混雜廝殺。每次功成歸來，別說酒肉賞銀，只要你敢拚命搏殺，就算是敦煌城裡窯子裡的那些花魁，茅柔也有魄力去花錢請來軍營打賞下去。

氣悶的茅柔重重吐出一口濁氣，惡狠狠道：「玩劍的小子，你死了以後，姑奶奶我用鐵蹄將你的屍體踏成肉泥！」繼而對著手下騎兵高聲道：「別給他換氣的機會，用馬撞死他！哪個傢伙第一槍刺中這廝，老娘就打賞他城裡全部叫得上名號的花魁，玩個三天三夜，直到你們再沒力氣折騰為止！誰第一個刺死他，老娘親自上陣，給那個走狗屎運的王八蛋來一次玉人吹簫！」

金吾騎兵都殺紅了眼。

徐鳳年面無表情，一手馭劍取頭顱，一手近距離殺馬殺敵。

茅柔看著戰場中驚心動魄的單方面絞殺，冷笑道：「拉開三十步，丟矛擲槍，撿起以後再來！」

與徐鳳年糾纏的半圓形騎陣頓時後撤，第二撥騎兵瞬間擲出槍矛，這可不像百步以外的箭矢那般能輕易撥開，能夠成為重騎兵，膂力本就不俗，因此每次勁射都堪稱勢大力沉。

馭劍不停，斬亂陣營，徐鳳年握住兩柄擦肩的鐵槍中段在手中一旋，兩槍如鏡面圓盾，所有近身槍矛都彈飛在外。一撥丟擲過後，徐鳳年握住鐵槍，雙手回贈了一次拋擲，立即有兩騎應聲落馬，鐵甲通透！

茅柔看得觸目驚心，事已至此，竟然開始麻木，聲調冷硬下令：「圍住他！」

這名心狠手辣的女將低聲嗤笑道：「老娘就不信你能做到兩百年前的吳家九劍破萬騎，一人如何成就劍陣？」

茅柔給身邊五名嫡系騎兵都尉一個眼神，撇了撇下巴。

五騎開始悄悄提槍急速衝鋒。

一圈六十騎，盡量躲避那柄恐怖飛劍，然後三十步外同時丟擲槍矛。

徐鳳年雙手渾然抱圓，槍矛出人意料地隨之旋轉，左手錯過一抹，六十杆槍矛便反向射出。

雖然這些重騎兵靜止時行動相對輕騎要遲緩，卻也不是稻草垛子，除去十幾根大箭太過於刁鑽，刺死重創了騎兵，其餘都只是擦傷或者被竭力撥去，不過最內一層圈子開始有破裂的跡象，而六名武力在金吾衛中登頂的騎兵都尉就在間隙中瞬間奔出，同時丟出槍矛，然後抽莽刀，向徐鳳年奔殺過去。

紛亂間，一人被春秋飛劍割去半張臉，墜馬身亡，第二匹馬仍是筆直凶悍地撞在了這名可怕劍士的胸口，一撞之下竟然只是讓他一腳後滑幾步，便止住了身形，所幸另一騎側向撞來，才將其撞飛，另外一名都尉抓住千載難逢的機會莽刀當空劈下！

總算見血了！

這幫廝殺到現在的憋屈金吾衛騎兵差點熱淚盈眶。

那名砍中書生劍士肩頭的彪悍都尉心頭一熱，才想要將吃奶的勁頭都推到刀鋒上，削去這個年輕狠人的整隻膀子，就瞧見那廝那雙不帶感情的陰柔眸子寒光一閃，下一刻，他的莽刀就被崩開，被其給一把拽下馬，用雙手擰斷了脖子。

徐鳳年丟下鮮血淋漓的頭顱和身軀，嘴角扯了扯。

茅柔沉聲道：「都尉唐康戰死，撫恤錢是五十兩黃金，准許他兒子進入茅氏私學讀書，及冠後立即進入金吾衛擔任都尉一職！」

茅家重諾！

這是一塊比金銀還要沉重的金字招牌，也是茅氏能夠在敦煌城數次跌宕中始終占據實權高位的根基。

軍心再次凝聚。

徐鳳年拿住春秋劍，開始狂奔，直線衝向發號施令的茅家女子。

成胎大半的金縷和劍胎圓滿的朝露終於出了劍囊。

所到之處，兩側騎兵脖頸間紛紛綻放出一抹血珠。

茅柔瞇起眼，這一次並未退走。

兩名不起眼的重甲騎兵猛然落馬，手持莽刀，大踏步和徐鳳年展開對衝。

茅柔則一夾馬腹，遊入陣形厚重腹部。

她顯然不惜讓金吾衛中隱藏的茅氏精銳死光死絕，也要慢慢耗死這個橫空出世的劍士！

◆

宮城白象門外，可謂梟雄林立，各自的狼子野心昭然若揭。茅氏族長茅銳是一個精瘦老者，坐轎而來，此時簾子掀開，車廂內擺有一整套精美絕倫的爐瓶三事。

香爐是舊南唐官窯燒制的三足瓷香爐，五彩斑斕，是久負盛名的南唐國器，一寸瓷片一寸金；香盒更是蔗段盒，貯藏有一塊海中百年漂遊才呈現出純白色的珍品龍涎香，箸瓶插有幾根黃金小箸白銀香鏟。兩名身段妖嬈的妙齡女子跪在一旁，低眉順眼，輕巧焚香。

茅銳瞇起眼，臉色看似安詳，眼神卻尤為炙熱，望向城門口，一隻手探入一名侍香女的領口，按在其胸脯上，另外一隻手也沒閒著，隔著精絕天下的西蜀緞子，撫摸另外一位侍女的臀瓣兒。茅銳這些年親眼看著那名女子，在城主身邊一點一點，由女童蛻變成嫵媚少女，再長成國色天香的成熟女子，沒有一夜不去垂涎她的身段，尤其是她身上的獨有體香。

車廂香味彌漫出去，連相隔十步以外的一名騎馬老者都清晰聞到，不過顯然這位老驥伏櫪不服老的佩劍老人並不領情，聞著撲鼻而來的香氣，有些厭煩。

他曾是錦西州上一任持節令的舊將，叫魯武，弓馬熟諳，青壯時候更是錦西軍中名列前茅的騎射高手，上了歲數後也沒落下武藝，對於同枝通氣的茅銳，其實向來看不起。伸手揮了揮香氣，魯武腹誹一句老不正經的東西。

魯武雖未像茅家這般掌握五百鐵騎，卻也有大量精銳私兵，老人以豢養假子著稱於敦煌城，私兵兩百，其中假子占了一半，這次城內金吾衛倒戈了兩百，他的幾名假子功不可沒。

按照祕密約定，事後坐下來瓜分戰果，那女娃兒和兩、三百宮女都歸茅銳這老色胚所有，他則要那宮中所藏的數百具兵甲，至於武癡城主收集搜刮入藏經閣的全部祕笈，則由橘子州慕容寶鼎的一頭走狗去接手。這次不光彩的篡位，算是大家各出其力，各取所需，省得等下分贓不均，到時候再鬧出一場烏煙瘴氣的窩裡鬥。

當看到那團錦繡衣袖出現在城門口，所有人都不由自主屏氣凝神，便是茅銳這種老神在在的老狐狸，也下意識停下揉捏嫩肉的動作，微微用力，那名吃痛的侍香女冷汗直流，小手一抖，手持金鏟子的她不小心鏟壞了龍涎香塊，多刮下幾兩香料。

茅銳眼神死死盯住那位身段誘人身分更可口的錦衣女子，而一隻乾枯如老松的手則扯住女婢的頭髮，按在香爐上，侍女被燙得嘶聲尖叫，茅銳慢慢鬆手後，不理睬縮在角落瑟瑟發抖的破相侍女。

除了他們這些大人物遙遙對峙，宮外五百金吾衛更是劍拔弩張。一批兩百騎，不過有三十黃金甲士坐鎮；另外一批人數占優，有三百人，而且摻雜了許多魯家假子死士。

更有茅家重金引誘來的一百來號江湖人士，一半是敦煌城本土勢力，一半是近日由城外滲入的亡命之徒。

這批人密密麻麻聚集在一起，聲勢一樣不小。

陶勇是公認的慕容寶鼎麾下的一條惡犬，他在敦煌城內勢力只算末尾，主要是滲透得時日不多，才五、六年時間，比不得茅家和宇文、端木這三個靠年月慢慢積累起威勢的大家族，不過城內許多成名的江湖豪傑都歸攏在他帳下，而且有十幾名慕容親軍打底子，不容小覷。

這次他精銳盡出，而且胃口小，只要藏經閣那幾十本生僻祕笈，故而有一席之地。他不曾騎馬，只是步行，朗聲道：「姓燕的，你暗中害死城主，整整兩年祕不發喪，心機如此歹毒，不愧對列祖列宗嗎！」

暫任紫金宮宮主的紅薯笑了笑，簡簡單單說了一個字，「殺。」

金吾衛騎兵展開一場不死不休的血腥內耗。

當魯家假子和陶勇嫡系以及江湖莽夫都投入戰場，使得黃金甲士都悉數戰死，再去看那名女子仍是輕描淡寫揮了揮手，連宮女和老宦官都掠入門前血河。茅銳有些按捺不住，走下馬車，來到魯武身邊，沉聲問道：「宇文、端木兩家當真不會幫著那小娃兒？」

與那兩個大族有密切聯姻的魯武搖頭道：「絕對不會。唯一需要小心的就是補闕臺。」

茅銳鬆了口氣，譏笑道：「這個你放心，補闕臺有老夫的密探，這次一定不會插手。只要宇文、端木不出手攪渾水，老夫不介意分給他們一些殘羹冷炙。」

魯武冷哼一聲。

陶勇有些憐憫地望向那名妖豔女子，「敦煌城檯面上就只有這麼些人，就算你還有一些後手，也扭轉不了戰局。需知馬上還有五百鐵騎入城！嘿，可惜了這副皮囊，真是便宜姓茅的老玩意兒。」

紅薯形單影隻，站在空落落的宮門前，伸出一指，重重抹了抹天生猩紅如胭脂的嘴唇。

她由衷笑了笑，可惜沒大雪，否則就真是白茫茫一片死得一乾二淨。

就當紅薯準備出手殺人時，人海漸次分開。

五百騎不曾有一騎入城，只有一人血衣背劍拖刀入城。

一身鮮紅，已經看不清衣衫原本顏色。

他手中提著一顆女子頭顱。

這名背劍拖刀的年輕人丟出頭顱，抹了抹滿臉血汙，說道：「這娘們兒好像叫茅柔，說只要殺了我，就給他手下動嘴活兒，我就一刀攪爛了她的嘴巴，想來這輩子是沒法子做那活了。」

然後他指了指紅薯，「她是老子的女人，誰要殺她，來，先問過我。」

煢煢孑立在宮門外的紅薯一襲錦衣無風飄搖，眼眶濕潤，眼眸赤紅，五指成鉤。

幾乎剎那入魔。

她親姑姑死時，都不曾如此。

不知何時出現了一名背負眼熟書箱的中年男子，對她搖了搖頭。

紅薯的錦緞大袖逐漸靜止下來。

場上，眾人只見那名血衣男子好像是咧嘴笑了笑，然後說道：「放心，我沒能殺光五百金吾衛，就殺了兩百騎。宰了這個茅柔後，三百騎就逃散去。」

就殺了兩百鐵騎。

車廂內的茅銳那副老心肝差點都要裂了，城外五百金吾衛是茅氏數代人的心血，被茅柔掌握兵權後，更是力排眾議，輕騎改做重騎，這裡頭的算計、付出和代價，早已不是三言兩語可以說盡，你個挨千刀萬剮的跟老夫說就殺了兩百騎？

茅銳踉蹌撲出馬車，在無數視線中跑去抱住小女兒的頭顱，顧不得什麼顏面體面，坐在地上號啕大哭。茅柔雖然離二品小宗師境界還差一線，可眾所周知，女子相較男子，登堂入室困難百倍，但只要踏入二品門檻，往後在武道上的攀登速度往往能令人瞠目結舌，何況茅柔不論武力還是才智，都是茅氏未來三十年當之無愧的主心骨，死了她，絲毫不遜色於失去兩百鐵騎的傷痛程度，甚至猶有過之。一個家族，想要福澤綿延，說到底還是要靠那一、兩個能站出來撐場面的子嗣，百人庸碌，不及一人成材，白髮人送黑髮人的茅銳如何能夠不肝腸盡斷？

這期間，又有幾道玩味古怪的眼神，來自深知敦煌城骯髒內幕的魯武之流。茅銳嗜好漁色，生冷不忌，被嘲笑成一隻趴在豔情書籍裡的蠹魚，而茅柔年過三十仍未嫁出，看來父女兩人私下苟且多半是真實無疑。不過取笑過後，魯武和陶勇默契地視線交會，都看出對方眼中的憂慮，一介匹夫之怒，不足掛齒，可當這名武夫臨近一品，是誰都無法輕視的，那些北莽甲字大姓為何不遺餘力去聘請供養這些人物？還不是想要震懾宵小，不戰而屈人之兵？像眼下這種肯為了個娘們兒去抗衡整整五百鐵騎的瘋子，魯武自認就算把自己正房媳婦、偏房小妾一併拱手相送，都捨得！只要那滿身血汙的年輕人看得上眼。

那些個被金銀錢財吸引來的武林草莽都早早嚇破了膽，他們比不得那些個抱團家族，自個兒單槍匹馬闖蕩江湖，死了就澈底白死了，都沒人收屍，板上釘釘的，身上武器銀票祕笈都會被人搜刮殆盡。這趟入城是在穩操勝券的前提下去博求富貴的，不是來當墊背送死的。一時間跟金吾衛廝殺過後還剩下七、八十號的這夥人，都蠢蠢欲動，萌生退意，一些個相互有交情的，都提防著其餘面生臉孔開始竊竊私語，打算盤權衡利弊。

魯武有大將風度，策馬衝出，問道：「來者何人！」

徐鳳年只是看著那名撕心裂肺哀號的老頭子，平淡道：「你叫茅銳，我知道你。」

負弓猛將陶勇猛然喊道：「小心！」同時搭弓射出一箭，眾目睽睽之下，射向茅銳腦袋，讓一些眼尖的旁觀者以為陶勇喪心病狂了，或者是要落井下石。

殊不知箭矢與某物相撞，發出金石鏗鏘聲。

但茅銳的腦袋仍是往後一蕩，一顆眼珠子炸出一團小血花。

茅銳鬆開那顆女子頭顱，摀住眼睛，嘶吼越發淒厲。

眼睛通紅的陶勇咬牙吱吱作響，沉聲提醒道：「此子可馭劍兩柄！」

徐鳳年抹了抹嘴角滲出的鮮血，伸出一根手指旋了旋，有雙劍繞指飛掠如小蝶，問道：「我再刺他一眼，這次你如果還是攔不住，下一次就輪到你了。」

陶勇二話不說，乾淨俐落地收回鐵胎大弓。

徐鳳年自然輕而易舉地馭劍刺透茅銳手掌，刺破另外一顆眼珠，笑道：「我的女人，好看嗎？可惜你看不到了。」

分明是笑，可看他那一身鮮血浸染的紅衣，還有那扭曲的英俊臉孔，實在是讓人看著戰慄心寒。

徐鳳年不急於殺死茅銳，歸鞘春雷立在地上，雙手搭在刀鞘上，問道：「誰敢與我一戰？便是群毆也無妨，老子單挑你們一群！」

這實在不是一個能逗人發笑的笑話。

這名原本只被當作宮中裙下面首的年輕人，滿身的血腥滲出滔天戾氣。

還有那幾乎所向無敵的劍氣和刀意。

這一刻，不知道有多少老一輩梟雄都感慨，生子當如此！

◆

當時城外，明明可以馭劍的年輕書生竟然拔刀，殺人如麻後，一刀刺入躺在地面上的茅柔的嘴巴，扭動刀鋒將其攪爛，不忘記仇地對著屍體說了句「讓妳吹」。

大半仍有戰力的金吾騎兵澈底崩潰，開始瘋狂逃竄。徐鳳年不去追殺這些做散兵游勇奔走的騎卒，割下茅柔的腦袋，提著蹣跚返身，看見城門口站著一名乾淨清爽的文雅男子，徐鳳年默不作聲，春秋即將出鞘。

男子擋下一劍後平靜說道：「在下徐璞，北涼老卒。來敦煌城之前，算是朋友李義山的死士。」

殺紅了眼的徐鳳年微微錯愕，問道：「徐璞，當年北涼輕騎十二營大都督徐璞？」

男子單膝跪地，嗓音沙啞，輕聲道：「末將徐璞見過世子殿下。」

北涼王府，不去說徐驍那些見不得光的死士，除了鎮壓聽潮閣下的羊皮裘老頭，深藏不露的劍九老黃，接下來就是這位素未謀面的徐璞了。他的身分極為特殊，曾經官拜正三品，在軍中跟教出兵仙陳芝豹的吳起地位相當，兩人在北涼三十萬鐵騎裡的聲望堪稱伯仲之間，不過徐璞的形象更傾向於儒將，至於後來為何棄官不做，成了死士，註定又是一段不為人知的祕辛。

徐璞眼神真誠和煦，幫忙背起那只曾經藏有春雷刀的書箱，笑了笑：「殿下放心調息便是，雖比不得殿下英武，徐璞到底還剩下些身手，沿街一路北去，斷然不會有人能打擾。」

揮出不下六十記一袖青龍的春雷刀，已然斬殺將近兩百騎，此時在主人手中顫動不止，可見已經到了極限。徐鳳年伸手摀住胸口，緩了緩氣機，皺眉問道：「不會讓徐叔叔身分暴露？」

徐璞搖頭道：「無關緊要了，今天按照李義山的算計，本來就要讓敦煌城掀個底朝天，末將肯定要露面的。原本殿下不出手，事後末將也一樣會清理掉。」

徐鳳年緩緩步入城，聽到這裡，冷笑道：「那時候徐叔叔再去給紅薯收屍？掬一把同情淚？」

徐璞神情不變，點了點頭。

察覺到他的勃然殺意，徐璞隱約不悅，甚至都不去刻意隱藏，直白說道：「殿下如此計較這些兒女情長？」

徐鳳年緩步入城，一個字一個字平淡道：「放你娘的臭屁！」

徐璞並未出聲。

沉默許久，大概可以望見巨仙宮的養令齋屋頂翹簷，徐鳳年好像自說自話道：「我今天保不住一個女人，以後即便做了北涼王，接手三十萬鐵騎，你覺得我能保得住什麼？」

徐璞哈哈大笑，整整二十年啊，積鬱心中二十年的憤懣，一掃而空，笑出了眼淚。

徐鳳年疑惑地轉頭看了一眼。

徐璞收斂神色，終於多了幾分發自肺腑的恭敬，微笑道：「當年李義山和趙長陵有過爭執，李義山說你可做北涼王，趙長陵不讚同，說陳芝豹足矣！外姓掌王旗也無妨。」

徐鳳年扯了扯嘴角，實在是擠出個笑臉都艱難，若非那顆當初入腹的兩禪金丹不敢肆意揮霍，一直將其大半精華養在樞泉穴保留至今，這一戰是死是活還真兩說，不由好奇問道：「那徐叔叔如何看？」

徐璞瞇眼望向城內，滿臉欣慰，輕輕說道：「在徐璞看來，殿下選擇站在城門口，勝負仍是五五分，可走入城中以後，李義山便贏了趙長陵。」

他忽又說道：「李義山斷言，吳起絕不會惦念親情而投靠殿下，此次趕赴北莽，殿下可曾見過？」

徐鳳年臉色陰沉，「興許我沒見到他，他已經見過我。」

◆

此時場中，寂靜無聲，落針可聞，竟是無一人膽敢應戰。

不知何時，試圖圍攻巨仙宮的茅氏等多股勢力，報應不爽，被另外幾股勢力包圍，堵死退路。

除了仍然沉得住氣的補闕臺在外，宇文家、端木家等等，都不再觀望，可謂是傾巢出動，螳螂捕蟬、黃雀在後。

什麼聯姻親情，什麼多年交情，什麼唇亡齒寒，比得上剷除掉這幫逆賊帶來的權力空位來得實在？

徐鳳年望向那些江湖莽夫，冷笑道：「要銀子是吧？茅家給你們多少，巨仙宮給雙倍，如何？」

徐璞笑著放下書箱，開始著手殺人。

他作為北涼軍六萬輕騎大都督，親手殺人何曾少了去？

徐鳳年負劍提刀前行，大局已定，更是無人敢攔，徑直走到錦衣女子眼前，抬起手作勢要打。

她淚眼婆娑，根本不躲。

紅薯死死抱住這個紅衣血人，死死咬著嘴唇，咬破以後，猩紅疊猩紅。

徐鳳年只是伸手捏了捏她的臉頰，瞪眼道：「妳要死了，妳以為我真能忘記妳？做丫鬟的，妳就不能讓妳家公子省省心？退一步說，做女人的，就不能讓妳男人給妳遮遮風、擋擋雨？」

有那些幾十號草莽龍蛇倒戈一擊，戰局就毫無懸念，而在紅薯授意下依著兵書上圍城的封三開一，故意露出一條生路。

陶勇明擺著捨得丟下敦煌城根基，率先丟棄失去主心骨的茅家，帶著親信嫡系逃出去。錦西州舊將魯武則要身不由己，身家性命都掛在城內，悍勇戰死前高聲請求紅薯不要斬草除根，給他魯家留下一支香火，紅薯沒有理睬，魯武死不瞑目。

茅家扈從悉數戰死，足見茅銳、茅柔父女不說品性操守，在養士這一點上，確實有獨到的能耐。徐璞將宮外逆賊金吾衛的厚實陣形殺了一個通透，剩餘苟活的騎兵都被殺破了膽，丟了兵器，伏地不起。

徐璞隨手拎了一根鐵槍，瀟灑返身後見到紅薯，以及一屁股坐在書箱上調息休養的徐鳳年。

紅薯欲言又止，徐鳳年笑道：「敦煌城是妳的，其中利害得失妳最清楚，別管我，該怎麼做就怎麼做。這位徐叔叔，是我師父的至交好友，信得過。」

「見過大都督。」紅薯斂衽輕輕施了個萬福，先私後公，然後正色道：「勞煩徐叔叔帶五十騎兵，追剿陶勇，只留他一人返回橘子州，也算敦煌城給了慕容寶鼎一個面子。徐叔叔然後領兵去補闕臺外邊，什麼都不要做就可以。」

徐璞領命而去，幾名僥倖活下來老宦官和紫金宮女官也都跟在這名陌生中年男子身後，徐璞三言兩語便拉攏起五、六十名想要將功贖罪的金吾騎兵，殺奔向一直不知是搖擺不定還是按兵不動的補闕臺。

徐鳳年一直坐在書箱上吐納療傷，看似滿身血汙，其實一身輕傷，外傷並不嚴重，不過經脈折損嚴重。一人力敵五百騎，沒有半點水分，雖然茅家鐵騎欠缺高手坐鎮，但五百騎、五百坐騎，被徐鳳年斬殺兩百四十幾匹，又有撞向徐鳳年而亡四十幾匹，足見那場戰事的緊湊凶險。

茅柔顯然深諳高手換氣之重要，靠著鐵腕治軍和許諾重賞，躲在騎軍陣形最厚重處，讓騎兵展開綿綿不斷的攻勢，丟擲槍矛，弓弩勁射，到後來連同時幾十騎一同人馬撞擊而來的手段都用出來，這其中武力稍高的一些騎尉，在她安排下見縫插針，伺機偷襲徐鳳年。

可以說，若只是雙方在棋盤山對弈下棋，只計棋子生死，不論人心，哪怕徐鳳年再拚死殺掉一百騎，也要註定命喪城門外，只不過當春秋以劍氣滾壁和一袖青龍開道，再以春雷刀捅死茅柔，好似在大軍中斬去上將首級，鐵騎士氣也就降入谷底，再凝聚不起氣勢，兵敗如山倒就在情理之中。徐鳳年即便有五六分臻於圓滿的大黃庭和金剛初境傍身，也要修養兩旬才能復原。

這一場血戰的驚險，絲毫不下於草原上和拓跋春隼三名高手的死戰，放在市井中，就像一個青壯跟三名同齡男子廝殺，旁觀者看來就是心計迭出，十分精彩；後者就是跟幾百個稚童玩命，被糾纏不休，咬上幾口、幾十口，甚至幾百口，同樣讓人毛骨悚然。

徐鳳年安靜地看著那些塵埃落定後有些神情忐忑的江湖人士，然後看著那個撲地身亡的壯碩老人。這位敦煌城魯氏家主原本應該想要擺出些虎死不倒架的勢頭，死前將鐵槍擠裂地面，雙手握槍而死，但很快被一些人亂刀劈倒，踐踏而過。

一些個精明的江湖人邊打邊走，靠近了屍體，作勢打滾，湊近了老者屍體，手一摸，就將腰間玉佩給順手牽羊了去，幾個下手遲緩的，腹誹著有樣學樣，在魯武屍體上滾來滾去，一來二去，連那根鑲玉的扣帶都沒放過，給抽了去，腳上牛皮靴也只剩下一隻。

都說死者為大，真到了江湖上，大個屁。此時的茅家，除了馬車上兩名蜷縮在角落的香侍女，都已經死絕，一個眼尖的武林漢子想要去馬車上痛快痛快，就算不脫褲子不幹活，過過手癮也好，結果被恰巧當頭一騎而過的徐璞一槍捅在後心，槍頭一扭，身軀就給撕成兩半，就再沒有誰敢在亂局裡胡來，個個噤若寒蟬。

徐鳳年已經將春雷刀放回書箱，一柄染血後通體猩紅的春秋劍橫在膝上，對站在身側的紅薯說道：「接下來如何安撫眾多投誠的勢力？」

紅薯想了想，說道：「這些善後事情應該交由大都督徐璞，奴婢本該死在宮門外，不好畫蛇添足。」她笑了笑，「既然公子在了，當然由你來決斷。」

徐鳳年皺了皺眉頭，「我只看，不說不做。不過，先得給我安排個說得過去的身分，對了，連妳都認識徐璞，會不會有人認出他是北涼軍的前任輕騎十二營大都督？」

紅薯搖頭道：「不會，奴婢之所以認得徐璞，是國士李義山當初在聽潮閣傳授錦囊時，專門提及過大都督。再者，涼莽之間消息傳遞，過於一字千金，都是拿人命換來的，密探諜子必須有所篩選，既不可能事無巨細、面面俱到，也不可能有本事查探到一個二十年不曾露面的北涼舊將。咱們北涼可以說是兩朝中最為重視滲透和反滲透的地方，就奴婢所知，北涼有祕密機構，除了分別針對太安城和幾大藩王，對於北莽皇帳和南朝京府，更是不遺餘力。這些，都是公子師父一手操辦，滴水不漏。」

徐鳳年自嘲道：「仁不投軍，慈不掌兵。我想徐璞對我印象雖然有所改觀，不過估計也好不到哪裡去。」

紅薯黯然道：「都是奴婢的錯。」

徐鳳年笑道：「妳這次是真錯了，如果不是因為妳，我執意要逞英雄，返身入城，徐璞興許這輩子都不會下跪喊一聲世子殿下，頂多叔侄相稱。妳是不知道，這些軍旅出身的春秋名將，骨子裡個個桀驁不馴，看重軍功遠遠重於人情，徐璞已經算是難得的異類了。像那個和我師父一起稱作左膀右臂的謀士趙長陵，都說三歲看老，可我未出生時，徐驍還沒有世子，他就料定將來北涼軍要交到陳芝豹手上才算安穩。人之將死，在西蜀皇城外二十里，躺在病榻上，他不是去說如何給他家族報仇，而是拉著徐驍的手說，一定要把陳芝豹的義子身分，去掉一個『義』字，他才能安心去死。」

紅薯沒敢詢問下文。

徐鳳年站起身，春秋歸鞘背在身後，吐出一口猩紅中透著金黃的濁氣，笑道：「因禍得福，在城外吸納了兩禪金丹，又開了一竅。還有，妳可知道這柄才鑄造出爐的名劍，若是飲血過千，就可自成飛劍？」

紅薯眨了眨眼睛道：「那借奴婢一用，再砍他個七、八百人？」

徐鳳年伸手彈指在她額頭上，氣笑道：「妳是當這把有望躋身天下前三甲的名劍是傻子不成，得心意相通才行的，養劍一事，馬虎不得，也走不了捷徑。」

徐鳳年望向宮外的血流成河，嘆了口氣，暗罵自己一句婦人之仁，矯情，得了便宜還賣乖。言罷提著書箱起身往宮內走去，紅薯當然要留下來收拾殘局。

她望著這個背影，記起那一日在殿內，她穿龍袍坐龍椅，一刻歡愉抵一生。此時才知道，跟姑姑這樣，在選擇一座孤城終老，為一個男人變作白首，也不是多麼可怕的事情。

徐鳳年突然轉身，展顏一笑。

紅薯剎那失神，不知此生他最終到底會愛上哪一名幸運的女子。姜泥？紅薯打心眼裡不喜好這個活著就只是為了報仇的亡國公主，她覺得要更大氣一些的女子，才配得上公子去愛。當然，這僅是紅薯心中所想，至於公子如何抉擇，她都支持。

徐鳳年早已不是那個五穀不分、四體不勤的世子殿下，在慶旒齋獨自沐浴更衣，換過了一身潔淨衣衫，神清氣爽。

敦煌城大局已定，各座宮殿的宮女宦官也就繼續按部就班、安分守己，宮外那些風起雲湧，對她們而言，無非是一朝天子一朝臣，只是大人物們的榮辱起伏，對他們的影響無非就是官帽子變得大一些或者被連腦袋一起摘掉而已，驚擾不到他們這些小魚小蝦的生活，不過說心裡話，他們還是十分喜歡現任宮主做敦煌城的主人，雖然賞罰分明，但比起上任幾十年如一日冷如冰山的城主，要多了些人情味。

徐鳳年坐在繁花似錦的院子石凳上，桌上擺有春秋和春雷，光聽名字，挺像是一對姐弟，徐鳳年沒有等到情理之中的紅薯，反而是徐璞意料之外地獨身造訪。

徐璞也沒有用下跪挑明立場，見到徐鳳年擺手示意，也就平靜坐下，說道：「按照李義山的布置，造反勢力，分別對待，城內根深蒂固的本土黨派，斬草除根，一個不留。近十年由城外滲入敦煌城的，如橘子州和錦西州兩位持節令的心腹，舊有勢力被掏空鏟平以後，會繼續交給他們安排人手填平，而且新敦煌城會主動示好，不光給臺階下，還搭梯子上，放手讓他們吞併一些茅家和魯家的地盤，如此一來，有了肥大魚餌去慢慢蠶食，可保五年時間內相安無事，說到底，還是逃不過一個廟堂平衡術。」

徐鳳年點了點頭，好奇道：「補闕臺到底是怎樣一個態度？」

不殺人時分外文雅如落魄書生的徐璞輕聲笑道：「不表態便是最好的態度，新敦煌樂意分一杯羹給他們。」

徐鳳年問道：「到底有哪幾股勢力是北涼的暗棋？」

徐璞毫不猶豫地說道：「宇文、端木兩家都是李義山一手扶植而起，不過恐怕就算是這兩族之內，也不過四、五人知道真相。其餘勢力，都是因事起意，因利而動，不值一提。」

徐鳳年苦笑道：「我鬧這麼一出，會不會給師父橫生枝節？」

徐璞由衷笑道：「李義山自己常說，人心所向，方才使得棋在棋盤外，可見國手真正棋力，世子殿下不要擔心，末將相信李義山肯定樂見其成，能讓一局棋額外生氣眼，可見殿下已經真正入局發力，是好事。」

徐鳳年感興趣道：「徐叔叔也精於弈棋？」

徐璞趕緊擺手道：「跟李義山相處久了，只會說些大道理，真要對局，就是俗不可耐的臭棋簍子，萬萬下不過殿下的，殿下不要強人所難啊。」

徐鳳年哈哈笑道：「我想總比徐驍來得強上一些。」

一個恭恭敬敬稱呼世子殿下，一個熱熱絡絡喊徐叔叔。

是不是牛頭不對馬嘴？

一場暮春苦雨驟然潑下。

徐鳳年和徐璞一起走入齋子，徐鳳年說道：「魔頭洛陽何時入城，才是當下敦煌城的真正劫數。」

徐璞點了點頭，饒是這位輕騎大都督，也有些憂心忡忡。

徐鳳年自嘲道：「可別烏鴉嘴了。」

◆

城內城外瓢潑大雨。

一襲白衣去過了采磯佛窟，緩緩走向敦煌城。

白日大雨如黑幕，男子白衣格外顯眼，雨滴在他頭頂身遭一丈外便蒸發殆盡。

一些逃散潰敗的茅家金吾衛騎兵，路上見著了這名菩薩女相的俊美男子，心生歹意，只是還來不及出聲，就在大雨中連人帶馬給大卸八塊。

院中植有幾株肥美芭蕉，雨點砸在蕉葉上，聲響清脆。

異鄉相逢的徐鳳年和徐璞端了兩條凳子就坐在門口，徐鳳年突然笑了笑，看到徐璞投來疑惑視線，汗顏道：「徐叔叔應該也知道我以前有花錢買詩詞的無良行徑，記得有一次花了大概兩、三百兩銀子買了首七言絕句，裡頭有一句『雨敲芭蕉聲聲苦』，當時我覺得挺有感覺的，就拿去二姐那邊獻寶，不曾想被罵了一個狗血淋頭，說這是無病呻吟之語，我臨時起意，就說修改成『雨打薄衫聲聲重』如何，二姐還是不滿意，我一惱，就破罐子破摔，說『雨打芭蕉人打人，院內院外啪啪啪』，問她這句詩咋樣，哈哈，沒想到二姐揍了我一頓後，金口一開，有些吝嗇地說了兩個字：『不錯』。」

徐璞起先沒領悟「啪啪啪」三疊字的精髓，有些納悶，後知後覺才會心一笑，眯眼望著灰濛濛、陰沉沉的雨幕，輕聲道：「是不錯。」

徐鳳年正想說話，紅薯撐了一柄緞面繡傘走入慶旒齋院落，收傘後將其倒立在門口，徐鳳年記起小時候娘親的教誨，雨傘不可倒置，去把小傘顛倒過來。

紅薯莞爾一笑，言語諧趣，柔聲道：「處理得差不多了，雖然不能說皆大歡喜，不過大方向談妥了，細枝末節就交給他們回去府邸私下磋商，反正板上就那些幾塊肉，割來割去，也就是落在誰家碗裡的事情。奴婢猜想少不得又要靠家族內適齡女子去聯姻，大夥兒結成親家才寬心。這兩天幾家白事、幾家紅事，都有的忙。」

徐璞一笑置之。

徐鳳年看了眼天色，問道：「要不出去走走？」

徐璞笑道：「敢情好，走累了，可以到末將那裡歇腳，還有幾壺捨不得喝的綠蟻酒，溫熱一番，大口下腹，很能驅寒。」

紅薯面有憂色，徐鳳年則無奈笑道：「真當我是泥糊菩薩、紙糊老虎，嬌氣得見不得雨水？」

聽到這話，紅薯便不再堅持己見，三人兩傘，一起走出芭蕉飄搖的慶旒齋，走出復歸安詳寧靜的巨仙宮。

徐璞所在酒肆就在主城道上，筆直走去即可，大雨沖刷，鮮血和陰謀也就一併落入水槽中。不過城禁相比往常要森嚴許多，已經有好幾起謀逆餘孽在家將忠僕護送下，喬裝打扮試圖逃出城外，給臨時補充到三座城門的金吾衛騎和江湖人士識破身分，當場截殺，至於是否有逃出生天的漏網之魚，天曉得，恐怕只有從若干年臥薪嚐膽後的復仇才能知道，這就又是另外一出類似趙老夫子和西蜀遺孤太子的悲歡離合了，而且這筆濃稠血帳，將來多半要強加到徐鳳年頭上。

昏暗的街道上人跡寥寥，三人繞進一條寬敞巷弄，才總算見到了些人聲生氣，只見前方一座撐起大油傘的蔥餅攤子前，排了長長的隊伍。

老字號攤子在敦煌城賣了好幾十年的蔥餅，不怕巷子深，口碑相傳，便是這等時光，也有嘴饞的食客前來買餅狼吞虎嚥，或是捎給家人。

徐鳳年一行三人排隊站在末尾，期間又有一些百姓前來，有幾個認識賣酒有些歲月的徐璞，知道他曾經娶了個貌美如花的大姓媳婦，然後跑了跟端木家的長公子過上只羨鴛鴦不羨仙的日子，都帶著笑意悄悄對這名中年男子指指點點。

其中一位體態臃腫的富態商賈，跟寫得一手極好毛筆字的徐璞討要過春聯，念舊情，當下有些不滿，阻止了那些相熟食客的取笑，插隊來到徐璞身後招呼了一聲，徐璞轉身笑道：「喬老闆，又給你家寶貝閨女買蔥餅了？小心長太胖，以後嫁不出去。」

肥胖商賈哈哈笑道：「我那閨女可不是吃胖的，長得隨我，嫁不出去沒啥關係，入贅個就成，老喬我起早摸黑地掙錢，圖啥？還不是想著自家子女日子過得輕鬆一些。對了，徐老弟，我在城東那邊購置了一棟新宅子，回頭還得跟你要幾副聯子，能不能幫忙寫得氣魄一些？」

徐璞點頭道：「這個沒問題，記得常來喝酒，沒你這喬大老闆撐場子，酒肆就辦不下去了。」

喬姓胖商賈拍了拍徐璞肩頭，豪爽道：「這個沒問題，這不湊巧趕上喬遷之喜，本來想去你那邊商量一聲，酒水都從你鋪子裡買，中不？不過說好了，可得給老喬我一個實惠價格啊。」

徐璞點頭笑道：「喬老闆是行家，我要敢賣貴了，以後就沒法子在敦煌城做生意了。」

紅薯撐傘而立，轉頭望著這一對中年老男人嘮叨客套，有些興趣玩味。

徐鳳年轉過身，見商人興許是瞧見自己衣著鮮亮，還帶了個傾城的絕色婢女，一副想要套近乎又不敢造次的扭捏姿態，主動笑道：「這位就是喬老闆？我是徐叔叔的遠房侄子，才來敦煌城做些瓷器買賣。徐叔叔常說這些年虧得喬老闆照應鋪子，回頭喬遷之喜，別的不說，我手邊趕巧兒有些瓷碗瓷碟，還算上得了檯面，登門時候給喬老闆送十幾套去。」

喬老闆一臉驚喜道：「當真？」

徐鳳年溫顏笑道：「要是糊弄喬老闆，小侄還不得被徐叔叔罵死，當真當真。」

喬老闆家境殷實，倒不是說真稀罕那十幾套瓷器碗碟，只不過眼見著這對主僕男女風采驚人，做生意想要滾雪球錢生錢，一靠本錢，再靠人脈，尤其是後者，做過生意的，都知道很多時候在這個狗眼看人低的世道，廟裡的那些座高高在上的菩薩，要是覺得你身分低賤，恥與為伍，就算有再多真金實銀也白搭，提著豬頭都進不了廟。碰上個好說話的權貴人物，真是比逛窯子遇上是雛的花魁還破天荒了。

喬老闆之所以跟徐璞這種落魄士子接近，說到底心裡還是有些劈里啪啦的小算盤。他是商人出身，對於那些肚子裡有墨水的讀書人，都有一種天生的自卑，好不容易逮著一個落魄寒酸的，總有些沾沾自喜，想要抖摟抖摟自家的富貴氣派，邀請徐璞寫春聯和入府喝酒，何曾不是有著叫徐璞見著府邸後生出自慚形穢感覺的那點小心思？

錦衣紅薯買過了三只裹在油紙裡的蔥餅，徐鳳年和徐璞就跟喬老闆告別離去。胖子當時不敢正視紅薯，這會兒得空就使勁瞧著她的曼妙身段，狠狠咽了一口口水，心想徐璞怎的就有這種闊綽親戚了？

走在巷弄春雨洶湧的青石板上，紅薯笑道：「大都督，想必不需要多久，宇文家就要悔青腸子了。」

徐璞略帶澀意，笑著搖了搖頭。

徐鳳年問道：「怎麼一回事？」

紅薯瞥了瞥徐璞，後者笑道：「但說無妨。」

紅薯這才緩緩說道：「曾經有個獨具慧眼的宇文家女子相中了大都督，不惜私奔跟家族決裂，嫁給了大都督，做了販酒的老闆娘，後來不知為何，回到了家族。」

徐璞平淡道：「是改嫁給了端木家的長公子。不怪她，有幾個女子樂意跟一個不上進的男子白頭偕老。說實話，她當年願意陪我這麼個窮書生柴米油鹽醬醋茶，就已經讓我刮目相看，這些年也一直心懷愧疚，覺得虧欠了她太多。有幾對門不當、戶不對的年輕男女，真正能夠白首以對的？就算有，也多半只是才子佳人小說裡的段子。再者，書中男子還得是高中狀元才行，那才揚眉吐氣。如徐璞這般的，能把百兩黃金的嫁妝揮霍一空，就常理而言，如何都做不成書中的男子。」

徐鳳年輕輕笑道：「這些女子看似可歌可泣，其實說到底還是既看錯了男子，也誤認了自己。富貴悠遊時，不諳世事，一方面家境優裕，可以看不起那些鮮衣怒馬、胭脂檀榻，真跟了男子吃苦，才逐漸知道黃白俗物的厲害之處。不說別的，與閨房密友閒聊時，次次聽她們說起山珍海味，說起最新衣裳又不夠穿了，珠玉金釵又樣式老舊了，跌落枝頭變麻雀的女子興許不是真的圖這種享受，卻總也心裡不太好受。久而久之，潛移默化，再去看身邊那個沒出息的男子，知道了他的詩書才氣沒辦法變作妻憑夫貴，甚至還要連累自己子女以後吃苦受累，自然而然的心思就變了，當初那些轉首問夫君，畫眉深淺入時無，就悄悄成了相看兩相厭。徐叔叔，如果我猜得沒錯，是不是起先她去見昔日好友，都會與你說起，還會說笑幾句？過了幾年，接下來就越發沉默，然後會與你發些莫名其妙的小脾氣，到最後，乾脆都不跟你說這些事情了？」

徐璞愕然。

顯然被這個年輕人一語中的了。

「徐叔叔，你要愧疚，在情理之中，無人敢說你的不是，不過若是太過於愧疚，深陷其中，就有些小家子氣了。退一萬步說，那名女子嫁了個好人家，這比什麼自怨自艾的此情可待成追憶，都要圓滿許多。真要怪，就怪我師父去，他若給你一個敦煌城將軍的身分，哪來這麼多糟心事。」

徐璞愣了許久都沒有說話。

紅薯小聲嘆息道：「那女子若是聽到公子這一席話，可就要無地自容了。」

徐鳳年自嘲笑道：「我本來就是這種煞風景的庸俗男子，她估計都不樂意汙了她耳朵，不會聽上半句的。」

中年文士裝扮的春秋名將不禁喟嘆道：「殿下這些看似薄情的言語，讓徐璞心結解開了太多。」

徐璞隨即笑道：「等下喝那幾罈子綠蟻酒，好好罵上一頓李義山。」
三人前往城門口上的小酒肆。
此時，白衣入城。
城門處幾十人無一全屍。
狹路相逢。
徐璞遠遠望著那白衣男子，倒吸一口涼氣，沉聲道：「魔頭洛陽！」

◆

宮變那一天，敦煌城內如今真可謂是幾家歡樂幾家愁，茅魯兩族頃刻間就灰飛煙滅，城東北這一塊，權貴紮堆，許多一跺腳能讓滿城震的家族都算是街坊鄰里，興許隔著一堵牆，就可以看到隔壁抄家的場景。
茅家府邸夾在宇文和端木兩家之間，後兩者的年輕後生瞅著熱鬧，都在各自高樓頂層望去，有些遮掩不住的幸災樂禍，只依稀見到滂沱大雨中，幾名面白無鬚的老宦官領著茫茫多的金吾衛甲士衝入茅家，成年男人不論反抗受降，皆是亂刀砍死，一些身負武藝把式的漢子想要越牆逃竄，早被牆根蹲點的武林草莽給輕鬆截殺。
偶然有幾人仗著皮糙肉厚、武藝高強，翻過了高牆，才落地，就給守株待兔的兩族精銳扈從拿槍矛捅中，釘死在地上或是牆壁上，或是被成排弓弩射成刺蝟，幾名被兩族青年視作眼中釘的茅家俊彥也頗為硬氣，帶著死士家丁誓死抗爭，甚至一些平時不顯山、不露水的小娘子也抽出刀來，不過抵不住潮水般的攻勢，都給盡數絞殺當場。

握有五百鐵騎的茅家原先在敦煌城數一數二，連雜役奴僕走路都不看地面的，個個眼高於頂，此時大多死相淒慘，如何能不讓冷眼旁觀看熱鬧的兩族男子覺得解氣。一些個只敢偷偷覬覦茅家女子、垂涎茅家兒媳的漢子，酣暢之餘倒是有些惋惜，這些平日裡裝清高、擺架子的尤物若是發配軍妓，該是多美妙的事情，他們可不介意一晚上砸下幾十上百兩銀子。

敦煌城大族受中原士族影響薰染，多設有私學書樓，宇文家族可能是帶了個「文」字，尤為注重家族私塾，老學究、老夫子們都是橘子、錦西兩州境內小有名氣的文人。在北莽，挑會些身手的武夫就跟挑爛白菜一樣輕鬆，但是挑選有真才實學的讀書人，可就是去找三條腿的蛤蟆了。

宇文氏在這一項開支上遠超同輩家族，這歸功於宇文家主宇文亮本身就是一名飽讀經書的讀書人。私學書樓文惠樓，藏書八萬卷，大部分都是士子北奔後他趁火打劫而來，宇文亮對此一貫沾沾自喜，專門找制印大家雕刻田黃石一方，自號「八萬老叟」。

今日宇文亮親自帶著近百家兵家將趕赴巨仙宮外「清君側」，回來一邊按功論賞，一邊讓管事帶一隊心腹死士走了一條三族相通的密道，先接出幾名嫁入茅家的女子，不讓她們被殃及池魚，再去封死毀掉密道。

之所以在亂局中救下她們，不是宇文亮慈悲心腸，而是以後想要接手茅家眾多財產，得靠這些對茅家熟門熟路的精明女子。其實當初聯姻，他本就沒安好心，當然茅家那幾位「屈尊」嫁入宇文、端木家的女子，也是同理。宇文亮以往對這些娘家勢大的悍婦兒媳甚至孫媳都以禮相待，經常當著她們的面厲聲訓斥那些自家子孫，不過今天一過，看她們還敢不敢對夫君頤指氣使，還敢不敢不許他們納妾收偏房！這會兒指不定已經跪在地上抽泣討饒了。

宇文亮坐在文惠樓頂層閣樓臨窗小榻上，慢悠悠品茶，笑咪咪望向茅家府邸的翻天覆地，顯然心情極佳。他與茅銳這個香癖不同，嗜好飲茶，小榻上又有一方大茶几，擺有茶爐、茶碾、茶磨、湯瓶在內的十二件茶具，雅稱「十二先生」。

宇文亮飲茶，從不要丫鬟侍女動手，都是獨自煮茶獨自飲，至多一人相伴，少有兩人以上同品，用這位八萬老叟的話說就是茶如女子，獨樂樂才盡興，眾樂樂成何體統。今天他顯然興致很高，榻上破例坐了兩位男子，年老者正是端木家族的家主端木慶生，年輕一些的是宇文亮嫡長子宇文椴，器宇軒昂，顧盼生輝，一看便知是位家境不俗的風流人物。

敲門聲響起，一名與端木慶生有七八分相似的中年男子走入這間茶室，摘下厚重蓑衣隨手掛在屏風角上，外邊暴雨大如黃豆，蓑衣滴水不止，宇文椴瞥見以後瞇了瞇眼睛，但隨即揚起一張讓人好感倍生的溫煦笑臉，下榻穿鞋相迎，喊了一聲「重陽兄」。後者擺擺手，大大咧咧一屁股坐在榻邊上，拿過一塊茶巾擦拭臉頰。

宇文亮笑聲舒朗，說道：「端木重陽你這個潑皮貨，一屋子雅氣都給你的俗氣沖散了，晦氣晦氣晦氣！」

「宇文伯伯，你再這般不留情面，小心我禍害你孫女去，她長得可靈俏，合我口味。」男子嬉笑道，喝了一杯茶水，牛飲解渴，果然俗不可耐。

這個叫端木重陽的男子，是端木家的二公子，地位與宇文椴相當，性子卻截然相反。三十而立，成家立業，至今還是八字沒一撇的事情，讓他父親端木慶生愁出不少白頭髮來。

端木重陽是兩州邊境上久負盛名的刀客，經常跑去殺馬賊玩，殺著殺著竟然還跟一股大馬賊的頭目成了結拜兄弟，若非家族阻攔，他差點把自己妹妹拐騙出去給馬賊當壓寨夫人。

端木重陽也是唯一一個敢在茅家如日中天時出手教訓茅氏子弟的爺們兒，三家互成鄰居，遠親不如近鄰，加上姻親，表面上還算融洽，端木重陽、宇文椴和茅沖、茅柔兄妹都是青梅竹馬的玩伴，只不過這些年端木重陽跟宇文椴有些有意無意的疏遠。少年時代，這兩位敦煌城內首屈一指的公子哥都喜歡跟在茅沖屁股後頭當嘍囉，可惜茅沖死得早，尚未及冠就死於非命，暴斃於采磯佛窟那邊，至今沒查出到底是仇殺還是情殺。

端木慶生隱忍許久，見這個次子還是一臉玩世不恭，終於忍不住拍案怒道：「你去茅府作甚？茅沖那寡婦把你魂兒都勾去了？一隻破鞋，你丟人不丟人？壞了兩家大事，你拿什麼去賠！」

宇文椴又眯起眼，低著頭品茶，宇文亮始終微笑不語。

端木重陽挑了挑眉頭，跟自家老子針鋒相對說道：「大事啥，咱們兩家背著主子躲起來算計利益就是大事？也不怕遭到燕脂那小婆娘的猜忌？要我說來，這次瓜分茅魯兩家和陶勇的地盤，咱們就不該仗著護駕有功咄咄逼人，真以為是咱們護的駕？還不是主子早就設好的局，等著那幾個老狐狸主動跳入火坑。再說了，真計較起來，也是一人一劍擋在城門口的年輕人功勞最大，我也沒聽見他怎麼叫嚷著要報酬啊，總不可能跟燕脂關上門那個啥一番就行了吧，怎麼不見他撈個金吾衛統領當當？嘿，這是人家故意給咱們瞧的唱雙簧，敲打我們不要得寸進尺。爹，你要是不去茅家鬧騰幾下，故意留給這婆娘一些把柄去小題大做，我倒要看你叼進嘴裡的肉會不會吃壞肚子。」

端木慶生作勢要拿起類玉似冰的東越青瓷杯，去砸這個滿嘴胡言的混帳兒子，宇文亮趕緊攔下，拉住親家的手臂，打趣道：「別扔、別扔，這小子不怕疼，我可心疼杯子。」

端木慶生氣呼呼道：「宇文兄，你聽聽這兔崽子的話，什麼叫叼，當老子是狗嗎？」

宇文椴拎著一柄精美茶帚，彎腰低首，嘴角微微翹起，眯眼冷笑。

等端木慶生氣順了，宇文亮自顧自望著越瓷青而茶色綠的景象，撫鬚淡然笑道：「其實重陽說得也不是沒有道理，咱們啊，吃相是不太好，難免惹人嫌。你我兩家是見不得光的北涼棋子，禍福相依，確實不用擔心那個來歷古怪的小姑娘虧待了咱們，大可以明面上吃得少些，暗地裡多拿一些也無妨，如此一來，方便巨仙宮安撫人心。說句不好聽的，別嫌『狗』這個字眼難聽，咱們兩家啊，就是人家養的走狗，咬人之前得夾緊尾巴不吭聲，該咬人了就得卯足了勁，好不容易該吃食了，吃多吃少，還得看主子的臉色和心情。」

端木慶生滿臉怒容，他是個舞槍弄棒的粗人，談吐文縐縐不來，實在想不出什麼反駁的言辭，只得生悶氣，倒是端木重陽哈哈大笑，「伯伯這番話實在精闢。」

宇文亮笑道：「那就這樣定下調子，少吃多餐，慢慢來？親家，要不你我都先吐出幾塊肉？」

端木慶生猶豫了一下，轉頭瞥見那個滿城笑話的兔崽子順手摸了一只茶盞入袖，氣不打一處來，也不好道破，只得甕聲甕氣點頭道：「反正這些年都是大事隨你。」

心不在焉喝過了茶，端木慶生幾乎是拎拽著兒子離開茶室書樓，宇文椴正要開口說話，沒個正行的端木重陽小跑進來，笑著拿走掛在屏風上的蓑衣。

宇文亮等到腳步聲遠去，才看了眼茶几上少了一位小先生的殘缺茶具，這一整套就報廢了，不由輕輕嘆息一聲。

宇文亮再無飲茶的興致，只覺得厭煩，望向窗外雨幕，問道：「你可知道那個叫徐璞的廢物，是以後敦煌城大紅大紫的新權貴？」

宇文椴皮笑肉不笑道：「已經知道了。」

宇文亮問道：「知道了身分，可曾知道如何相處？」

宇文椴臉色陰沉道：「大不了將那個不要臉的賤貨改嫁回去，端木中秋本來就是個只會讀死書、擺弄文采的廢物，一對狗男女，看著就惱火，拆散了萬事大吉。聽說端木中秋新看上了一個妓女，想要納妾，就讓賤貨假裝打翻醋罈子，正好安上一個妒婦名頭，休妻出戶，名正言順，反正徐璞那個窩囊廢不介意這種事情。」

宇文亮怒極，拿起茶杯就狠狠砸過去，額頭砸出血的宇文椴一臉愕然，宇文亮罵道：「蠢貨，你真當徐璞只是一介莽夫？北涼出來的死士，有哪個是庸碌之輩？就算才智不堪大用，北涼另外有高人躲在幕後出謀劃策，那實力駭人的徐璞瘟神，也是我們宇文家招惹得起的？」

宇文椴撫著額頭，鮮血從指間滲出，嘴硬說道：「我給他找回女人，怎就成壞事了？」

宇文亮怒氣更盛，抓起杯子就要再度砸過去，不過見著嫡長子的堅毅眼神，不由頹然嘆氣道：「你啊你，想事情怎就如此一根筋、直腸子。女子心思自古難料，你那個妹妹向來性子剛烈，受到如此羞辱，即便遂了你我父子的心願被迫改嫁，你真當她一怒之下，不會失心瘋了去徐璞那邊告狀？自古重臣名將，沒死在沙場上，有多少是死在君王枕頭上的陣陣陰風？此事休要再提！」

宇文椴習慣性瞇眼，鬆開手後，慢慢拿起茶巾擦拭，微笑道：「我有一計，可以禍水引去端木家。」

宇文亮眼睛一亮，將信將疑道：「哦？」

宇文椴伸出手指摩娑那只圓潤茶瓶，笑道：「我有心腹親近端木中秋，可以慫恿他納妾。端木中秋是偽君子，性子怯弱多變，耳根子極軟，並且最好面子。這名心腹正好欺負他不懂經營，手上壓了一筆死帳，有六、七百兩銀子，本就該是端木中秋的銀錢，這時候還給他，手頭也就寬裕了。一個男人突然有了一筆數目不小的私房錢，沒有歪念頭也都要生出歪念頭。我再讓心腹雙管齊下，一面去青樓旁敲側擊，如今端木家與我們一起壓下茅氏，想必青樓那邊也知曉其中利害，一個花魁原本得有八、九百兩的贖身，六、七百也就拿得下來。一面去給端木中秋灌迷魂湯，說是徐璞記仇，要是敢霸占著那個賤貨，就要拿整個端木家族開刀，茅家就是前車之鑒。爹，你說這個廢物會不會雙手奉送一封休書？到時候我們宇文家好生安慰那個沒有廉恥心的賤貨，她卻跟端木家反目，撕破臉皮，此消彼長，誰會是敦煌城未來的第一大勢力？」

宇文亮細細咀嚼，小心翼翼權衡利弊和考量操作可行性，笑容越來越濃郁。

樓外，端木父子二人漸行漸遠，走向後院鑽入一輛不起眼的馬車，蹄聲沒能響過雨聲。收起羊皮傘，端木慶生閉目養神，並未脫去蓑衣的端木重陽也無半點吊兒郎當的姿容，正襟危坐。

端木重陽掀起窗簾看了眼高牆，笑道：「不出意外，這會兒那對裝腔作勢的陰柔父子開始算計咱們端木家了，翻臉可比他們翻書快多了。宇文椴這小子，打小就一肚子壞水，自恃清高，偏偏還自以為誰都看不穿，實在是好笑。」

端木慶生低聲說道：「重陽，你覺得他們如何算計？」

端木重陽冷笑道：「設身處地，肯定是從大哥、大嫂那邊下手，立竿見影，宇文家也就這點眼界和出息了。」

端木慶生睜開眼睛，十指交叉在腹部，輕淡笑了笑：「你大哥膽小怕事，甚至連與你爭奪家主位置都沒膽量，我對他已經死心。倒是你，當年單槍匹馬就敢一舉襲殺茅沖，手腳也乾淨，讓我這做爹的十分欣慰。這次宇文亮、宇文椴要坑害你大哥，你去盯著，別鬧出大事就行了，沒必要跟他們一般見識，否則被他們看破我們的藏拙，反而不美。咱們父子是大老爺們兒，別跟那兩個娘們兒錙銖必較，端木家從來就不把敦煌城當作做大事的地方。」

端木重陽爽朗大笑，譏諷道：「這喝茶，不過是喝一個和和氣氣的『和』字，回頭來看宇文亮這些年的陰險手段，真是白喝了幾百斤的茶水。」

端木慶生沒有附和這個話題，而是加重語氣說道：「方才你去茅家救人，情義味道都有了，很好。你這些年的行事作風，一直是做樣子給北涼主子看的，現在是時候摘熟果子了。爹什麼都可以不要，但一定會讓你去當那個金吾衛大都尉。

你和徐璞，還有那個年輕人多接觸，喝喝花酒之類的，千萬不急，只要循序漸進，總有你去北涼建功立業的機會。敦煌城這座廟還是太小，容不下你施展手腳，投了北涼軍，爭取成為那個世襲罔替北涼王的世子親信，若是此子不足以託付性命，你大可以轉投陳芝豹，一樣不差。不過記得弄出一出苦肉計，否則被當成反骨之臣，在北涼會沒有出頭之日。」

端木重陽靠著車壁，嘖嘖道：「白衣戰仙陳芝豹，宰了槍仙王繡的狠人啊，真是神往已久。」

端木慶生搖頭道：「北涼世子和陳芝豹的軍權之爭，不像外界設想的那樣一邊倒，我覺得徐驍一天不死，陳芝豹就一天不反，但是陳芝豹一天不反，這樣拖著、耗著，可供世子輾轉騰挪的餘地就會越來越大。」

端木重陽疑惑道：「徐驍一刀殺了陳芝豹，不是什麼都輕鬆？雖說如此一來，北涼三十萬鐵騎的軍心就要散了一半，可到底是長痛不如短痛。」

端木慶生臉色凝重，搖頭道：「這就是北涼王御人術的高明所在，知道有些人殺不得，知道如何養虎卻防後患。在我看來，陳芝豹之於雄甲天下的北涼軍，是世子殺得，徐驍偏偏殺不得，興許這位異姓藩王也捨不得殺。」

端木重陽極為珍惜和這個老爹獨處的時光，更珍惜他吐露經驗的機會，追問道：「那爹你覺得陳芝豹是真反了？」

端木慶生笑了笑，道：「就算一開始是做樣子給趙家天子看，讓太安城的放寬心，長此以往，陳芝豹就跟當初他義父在西壘壁一戰後，差不多的處境了，不得不反。只不過當時徐驍有那個定力，才能有今天的榮華富貴，當初若是真反了，也就三、四年時間和趙家隔江而治的短暫風光，到頭來耗光了民心，又不得士子支持和民望支撐，只能是畫地為牢，只有死路一條，這才是徐驍這個武夫的大智慧啊。到了高位，如何去保持清醒，殊為難得。而陳芝豹不同，他反了，不光是整座離陽王朝樂見其成，北莽一樣要拍手叫好，就算是北涼內部，恐怕也是讚成多過反彈。」

端木重陽小心翼翼加了一句：「前提是徐驍老死。」

端木慶生點了點頭，說道：「不錯，所以其實徐驍和陳芝豹都在等。等到時候一旦輪到北涼世子披上涼王蟒袍，親自去跟陳芝豹對弈，就是真正毫無情面可言的你死我活了。那之前，也是你待價而沽的大好時機。」

端木重陽神采奕奕，躍躍欲試。

端木重陽出身一般，且不說北涼棋子的尷尬身分，對比那些龐然大物，只能算是地方小族。北莽有八位持節令把持軍政，無親無故，若無巨大戰事，攀爬速度註定一般，去士子如林的北莽南朝，就更是個笑話，徒增白眼而已。北涼軍才是毫無疑問的首選，若是將對峙的離陽和北莽說成是玉璧對半，那麼為何不趁這機會去夾縫中的北涼軍？男兒何不帶吳鉤，收取半壁五十州！

端木重陽突然皺眉說道：「如果有朝一日魔頭洛陽來到敦煌城，怎麼辦？」

端木慶生鬆開手指，擺了擺手，說道：「無需杞人憂天，當時老城主拚得重傷致死仍要出城一戰，可以說是拿命去換取口頭盟約，這都是北涼方面的布局，要給敦煌城換來一尊奇大的供奉菩薩。」

端木重陽一臉敬佩道：「北涼陳芝豹、魔頭洛陽，都是喜歡穿白衣，嘿嘿，害得我遇上煩心事就去出門殺馬賊，也喜歡穿上白袍子。」

端木慶生有些無奈，心情也放鬆一些，調侃說道：「白衣有洛陽，青衣有西楚曹長卿，你小子爭取出息一些，以後弄一件大紅袍什麼的。」

端木重陽有自知之明，搖頭道：「可不敢想啊。」

雖說江山代有人才梟雄出，各領百年風騷，顏色就那麼多種，不是白衣就是青衣，要麼紅衣、紫衣，可是歷史上從未有過這樣一襲白衣，所到之處，神擋殺神，佛擋殺佛，他第一次初到江湖，死在他手上的不下千人，其中有攔在路上的無辜百姓，可能只是多瞧了他一眼，更有聞訊趕至攔截的豪俠女俠，而這位白衣魔頭腳步不停，輾轉八州，最後殺至北莽王庭，中途不乏十大宗門裡的高手，像提兵山的一位副山主，甚至連采磯佛窟的一位掃窟老僧都出面，更有道德宗的一位嫡傳真人，結果無一例外都給殺得死無全屍。

殺人如麻，殺人不眨眼。這兩個說法放在魔頭洛陽身上，實在是合適得不能再合適了。

端木重陽突然說道：「那天然嘴唇豔如胭脂的小姑娘，其實挺適合跟洛陽在一起的，要是再撞上那個一人殺退五百騎的年輕好漢，就有好戲看了。」

端木慶生皺眉道：「想這些有的沒的作甚？」

端木重陽訕訕一笑。

端木慶生唏噓道：「我跟宇文亮，撐死了就是圖謀一城一州本事的老狐狸，比起徐驍這條吞天大蟒，實在差得太遠。」

老人繼續說道：「這並非為父妄自菲薄。徐驍，只是直呼這個名字，就有些膽戰心驚啊。」

馬車緩緩停下，所謀遠勝宇文父子的端木二人一起走下車，端木重陽披蓑衣而行，怎麼看都像是個混吃等死的浪蕩子，沒有規矩地搶在老爹身前，大步走入府邸。

撐傘而行的端木慶生自言自語道：「夜氣清明，捫心自問，最能知道良心有幾斤，學問有幾兩。」

他跨過門檻，面帶自嘲，「可惜了，是白天。」

第三章 敦煌城洛陽發威 黃沙地鳳年御風

這一日，依舊大雨，白衣才入城門，就遇上了走向酒鋪子的一行三人。

在敦煌城隱姓埋名許多年的徐璞擋在兩人身前，充沛氣機勃發。

一對陌生高手相逢，吃飽了撐著抖摟威風，這是行走江湖極為忌諱的事情，不過徐璞也顧不上這些。若說他對晚輩徐鳳年有了臣服之心，則屬滑稽荒誕了。

徐璞身為當年的輕騎十二營大都督，麾下七、八萬騎兵，不僅跟先鋒軍大都統吳起平起平坐，不說李義山這位知己，就算是趙長陵這位當時當之無愧的北涼首席謀士，對徐璞這位儒將也十分敬重。

徐璞什麼樣的人物沒有見過？只是徐璞行事嚴謹，恪守本分，既然心甘情願做了敦煌城的死士棋子，況且連世子殿下都敢單身赴北莽，他就有在這座城內死在徐鳳年前頭的覺悟。天下勁旅無數支，可敢說能夠澈澈底底死戰到底不剩一兵一卒的，只有北涼軍，以及拓跋菩薩的親衛軍。徐璞以北涼老卒自居，豈會怯戰！

你是魔道第一人又如何，能讓我徐璞多死上幾回？

紅薯深呼吸一口。

才要踏出一步，就被徐鳳年拉住。

白衣洛陽入了城，眼中沒有徐璞和紅薯，只是眼神玩味地望向換了一張生根面皮的徐鳳年。

徐鳳年走出雨傘之下，苦笑著走到徐璞身前，「原來是你。其實我早該想到的，只是心底一直不敢相信。」

北莽魔道唯我獨尊的梟雄伸了個懶腰，緩緩走來，任由雨點砸在衣衫上，盡顯那具不算十分凹凸有致的修長身材，說道：「黃寶妝終於死了。」

徐鳳年站在原地，抿起嘴唇不言語。只是心中有些想抽自己嘴巴，讓你烏鴉嘴！更加悔恨沒有帶出春秋和春雷！

兩人相距不到二十步，紅薯是第一次見到這名大魔頭，早已視死如歸。徐璞則是第二次見到，當時敦煌城主「二王」即紅薯的姑姑與洛陽一戰，他曾在城頭遠遠觀看，但瞧不清面孔，洛陽身上的那股氣勢，換作誰都假裝不來，就算是拓跋菩薩都不行，這位白衣魔頭的那股子殺氣，獨一無二，江湖百年獨一份！

就算近觀洛陽，有些女子面相，但徐璞仍是打死不信她是一名女子。

只有在飛狐城掛劍閣那邊吃過苦頭的徐鳳年心知肚明，她的確是女子，兼具天人相和龍妃相，口銜驪珠，而且的確是年輕得很，該死的是她的卓絕天賦足可與李淳罡媲美。

徐鳳年問道：「黃寶妝怎麼死了？妳的驪珠呢？」

既是洛陽也是黃寶妝的棋劍樂府女子沒有答覆，只是摸了摸肚子，「又餓了。」

徐鳳年知道這瘋婆娘說過一餓就要殺人，比起那個善良無辜的黃寶妝實在是天壤之別。

這尊當之無愧的魔道巨擘突然笑起來，連徐璞都有些眼花，她輕聲笑道：「黃寶妝不知道我做了什麼，我卻知道她做了什麼。」

紅薯和徐璞不需淋雨，就已經是一頭霧水。

徐鳳年正要開口，該稱呼為洛陽的女子終於肯正眼看向如臨大敵的紅薯和徐璞，皺了皺眉頭，「妳怎麼長得跟那老婆娘如此相似，難怪妳姑姑要我留妳一命。我不殺妳，滾回紫金宮，此生不許踏足掖庭宮半步！」

紅薯嫵媚笑了笑，紋絲不動。

洛陽一步就到了紅薯身後，輕輕一掌拍向她心口，幾乎同時，洛陽這隻右手變拍作撩，撥去紅薯一踢，左手黏住徐璞的鞭腿，一旋就將他丟出去。

徐鳳年雖然站在原地，成胎最多的金縷、朝露兩柄飛劍卻都已經出袖，可金縷到了洛陽眉心兩寸，就懸停輕顫，不得再近，朝露更是在她心口三寸外停頓不前。

紅薯和徐璞正要聯手撲殺過來，好給徐鳳年蓄勢馭劍的時機，不料驟然間，天地變色，雨絲如千萬柄飛劍向二人激射而來，兩人僅是抵擋劍勢，就苦不堪言，拚著千劍萬剮才前進些許。

要知道，洛陽是近百年以來進入天象境界的最年輕一人，這一點，比武榜前三甲的王仙芝、拓跋菩薩和鄧太阿都要來得驚世駭俗。

徐鳳年完全放開對二劍的駕馭，神情平靜，分別看了一眼兩人，然後注視著一襲白衣的魔頭洛陽，搖頭道：「紅薯、徐璞，你們先走，不要管我。」

紅薯率先轉身，徐璞猶豫了一下，也往後撤退。

洛陽破例並未追殺。大概是覺著眼前那柄金縷飛劍有些意思，伸出兩根手指，夾住下墜的金黃色飛劍，不去理睬心口附近墜地的朝露，說道：「姓徐的，你有些道行啊，越來越出息了，怎麼入的金剛境，又怎麼受的傷？」

無所憑依的朝露直直掉落地面，被水槽傾瀉不盡的雨水遮掩。

徐鳳年不去看朝露和金縷，問道：「一定要殺我？」

洛陽手指微微用力，金縷彎出一個弧度，繼而聽她笑道：「給個不殺的由頭，說說看。算了，反正你怎麼都得死，我更想知道你的真實身分。」

徐鳳年直截了當說道：「徐鳳年。」

洛陽面無表情地說道：「沒有徐殿匣好聽。」

徐鳳年笑了笑，不見任何氣機牽引，便見朝露暴起，再度刺向白衣魔頭的心口，這一擊足夠陰險刁鑽，時機把握也天衣無縫，恐怕像是目盲琴師薛宋官都要措手不及。

可她只是輕輕「咦」了一聲，又是雙指伸出，夾住這柄略顯古怪的通靈飛劍，恍然道：「吳家養劍祕術。似乎你的劍道天賦跟你耍刀一樣不太行啊，身上共計十二柄飛劍，唯獨這柄小玩意兒劍胎大成。」

頭一回被嘲諷天賦的徐鳳年沒有跳腳罵娘，安靜站在原地，心有靈犀的徐璞和紅薯都止住身形，以三足鼎立之勢圍住白衣女子。

大雨漸停歇。

此地無山，不見雨後山漸青。

洛陽問道：「你是李淳罡的半個徒弟，這個我聽說過，不過你跟鄧太阿有什麼關係。你們最好有些關係，我一路殺來，就是想傳話給這位新入劍仙的劍客，想和他一戰。」

「妳真當自己舉世無敵了？」徐鳳年「呸」了一聲，笑道，「還我黃寶妝，相比妳這個魔頭，我更喜歡那個溫婉妹子。」

洛陽笑了笑，殺氣橫生，不過不是針對口無遮攔的徐鳳年，而是城頭上一名負無名劍的男子，譏諷道：「難怪你膽氣足了，原來是他傳音給你。」

烏雲散去，天上只有一縷陽光透過縫隙灑落人間，恰巧映照在那名劍士身上。恍恍惚惚如仙人下天庭。

那名面容並不出彩的中年劍士飄然落下，有些笑意，「我是有傳音給這小子，不過原話是要他說妳也配瞧不起鄧太阿？」

徐鳳年撇了撇嘴角，「要是換成李淳罡，還差不多。」

洛陽屈指彈掉兩柄可有可無的飛劍，望向這名才與拓跋菩薩戰過的當代劍士新魁首，眼神炙熱。

她一跺腳。

滿街雨水濺起，便是無數柄飛劍。

你是天下第三的新劍神，我便以飛劍殺你。

我之所以排在你身後，只是未曾與你一戰，僅此而已。

這就是天下第四人洛陽的自負！

鄧太阿不去看那些劍意凜然的萬千飛劍，只是看了眼徐鳳年，平淡道：「這一戰，是鄧某欠了李淳罡的萬里借劍傳道之恩，你站遠點閉上眼睛仔細看好了。」

閉上眼睛仔細看？

外人可能不懂，初入金剛境的徐鳳年卻深諳個中三昧。

就像劍胎大成以後，以氣馭劍就成了雞肋，遠不如心之所向、劍之所至。方才無法一擊得手，不是飛劍不夠凌厲，而是徐鳳年自身養神仍有不足，若是殺人術真正舉世無雙的鄧太阿使來，洛陽豈能那般閒適輕鬆。鄧太阿劍招自稱第二，無人敢稱第一，這一點連李淳罡都不曾否認。

徐鳳年睜眼觀戰，就要撿芝麻丟西瓜，得不償失，閉眼以後，五感消失一感，其餘四感無形中就可增強幾分，這與瞎子往往相對耳力出眾、聾子容易視力出彩是同一個淺顯道理。他讓紅薯和徐璞放心離去，這才沿著街道掠去，離了將近半里路，盤膝閉目而坐。

這一日，不僅敦煌城南門城牆全部倒塌，以徐鳳年所坐地點為南北界線，南邊城池全部毀去。

這一戰的最終結果，第三仍是第三，第四仍是第四。

◆

當徐鳳年睜開眼睛，只看到鄧太阿蹲在一旁，不見魔頭洛陽蹤影，徐鳳年瞧見一張臉色如金黃薄紙的慘澹臉孔，心中震撼。

背了一柄無名劍的鄧太阿道望向滿眼的溝壑縱橫、城垣倒塌，平靜道：「跟拓跋菩薩一戰後，不勝不敗，一路東行到吳家九劍遺址，期間出現過提兵山山主、棋劍樂府的銅人，還有幾名魔頭，都各自戰上過一場，至於這個才勝過洪敬岩的洛陽，我早已御劍空中發現了她。這場車輪戰，由拓跋菩薩起頭，由洛陽結尾，不枉此行。你小子運氣不好，她入城後其實原本沒了殺機，察覺到我劍氣傾瀉以後，才想要將你當作魚餌，迫使我現身。」

徐鳳年笑道：「北莽這次做事好像不地道。」

沒有毛驢也沒有桃花枝的新劍神站在一道鴻溝之前，「見水劈水，見山開山，這本裡就是李淳罡借給我的劍道，就算武榜九人都在前頭等著，也絕無繞道的可能。這種大道理，說給別人聽，興許有些掃興，不過你既然獨身來了北莽，想必多少能領會一些。」

似乎知道徐鳳年要問什麼，鄧太阿浮現一個溫暖笑臉，緩緩說道：「李老前輩那一劍既是開山又是開天，我以劍術問道，走了條羊腸小徑，前輩萬里借劍，不是要我走他那條陽關大道，而是指點了那條路上的風景氣象給我看，並非要我改換道路，這才是可貴之處。我曾贈劍與你，刻意隱瞞十二飛劍的祕密，除了要你自行悟道修行，未嘗不是我的性子不夠爽利使然，如果是換成李前輩來做，可能就不會如此扭捏。」

徐鳳年點了點頭。

鄧太阿轉頭瞥了一眼，眼中有笑意，道：「你倒是爽利，不矯情，難怪李淳罡對你有些看好。」

徐鳳年笑容羞赧，除了鄧太阿武道地位超然，當然是因為還有一層沾親帶故的便宜關係在，晚輩跟親戚長輩相處，這對於徐鳳年來說，是十分陌生的處境。鄧太阿僅就容顏氣韻而言，不是如何卓爾不群的男子，人到中年，笑臉泛泛，更多像是個好脾氣、好說話的鄰居大叔，甚至還不如賣酒多年的徐璞更有雅氣或是威嚴，尤其是劍不出鞘時，返璞歸真，就越發不顯山露水，和藹和親。當然，徐鳳年也曾私下想像過鄧太阿倒騎驢搖桃花的畫面，青山綠水間，或是槍林箭雨中，想必應該也會十分高人風範，可惜都沒能見著。

鄧太阿望氣一番，問道：「如何受的傷？」

徐鳳年輕聲道：「跟幾百鐵騎打了一架，有點力所不逮。」

鄧太阿調侃道：「跟你爹一個德行，年輕時候都不安分。說實話，我前些年一直覺得徐驍配不上我姐，替她不值，這趟去北莽，邊境上給攔了下來，被徐驍死皮賴臉逮住，灌了一通酒，印象改觀不少。雖然還是沒明白當年我姐為何要跟他私奔，不過覺得跟了徐驍這個大土棍，起碼過得開心舒服，別的不說，徐驍這輩子就娶了她一個媳婦，就很難得，也就沒什麼對不對得起了。對了，你金縷劍胎成就大半，是他山之石攻玉，我不好奇，倒是朝露一劍，如何妙手偶得，說來聽聽。」

徐鳳年回頭指了指巨仙宮殿群，笑道：「在屋頂想了一晚上事情，旭日東昇，一線晨曦由東向西推移而來，落在身上，就無緣無故想通了。也是那時候才醒悟每柄飛劍通靈以後，就是一種祕劍術。」

鄧太阿點頭輕聲道：「無根器者，不可與其談道，就是這個道理了，你的天資，不錯。」

徐鳳年小心翼翼問道：「我眼拙，沒看出你和洛陽勝負是否懸殊。」

鄧太阿笑道：「不懸殊。洛陽新敗棋劍樂府同門師兄洪敬岩，乘大勢而來，我卻連番苦戰，所以她雨劍八百道，都結結實實刺中了我，這會兒五臟六腑並不好受，不過既然到了世人眼中的陸地神仙境界，還扛得住；至於她，只受了我一劍，擊碎了心竅處驪珠，算是一珠抵一命。一半是她故意所為，一半是難逃此劫，興許她邀約一戰，本就是想要一舉兩得甚至一箭三雕。其中古怪，你要是有膽量，自己去探究。」

徐鳳年直截了當地搖頭道：「她不來找我就萬幸了，絕不敢去自尋晦氣。」

鄧太阿看了一眼天色，輕聲感慨道：「王仙芝這老頭兒，都等了一甲子，我們這些人都沒能把他拉下來，拓跋菩薩和曹長卿也都不行。以後就看你、洛陽、南宮僕射這些年輕人了。」

徐鳳年一臉訝異。

鄧太阿沒有賣關子，給出答案，「我要尋訪海外仙山異士，砥礪劍道。」

他復又豁達笑了笑，「天下劍士百萬眾，應該有幾人真心去為劍而生，為劍而死。說不定以後我若是無法返回中原，臨死之前，也會借劍一次，省得江湖忘了鄧太阿。」

他隨即修正道：「鄧太阿忘記無妨，不能忘了鄧太阿的劍。」

鄧太阿臨行前，指了指身前滿目瘡痍的光景，見到徐鳳年點頭，最後說了一句：「北莽清淨福地道德宗有一座霧靄天門，你有機會一定要去看一看。」

鄧太阿負劍輕吟，飄然遠去，「夢如蕉鹿如蜉蝣，背劍掛壁崖上行。」

◆

接下來整整三天，南門一線，都可以看到一個年輕書生在那裡仔細端詳每一條劍痕，每一條溝壑。

整座敦煌城都沒心思放在這等小事上，知道魔頭洛陽進城入主掖庭宮後，幾乎一夜出逃近萬人，後來見洛陽不曾濫殺無辜，又有紫金宮宮主燕脂張榜安撫，才有三、四千人陸續返城。除了新近成為武榜第四人的白衣洛陽，談論最多的還是一鳴驚人的賣酒郎徐璞，成了敦煌城副城主，爬上了兩人之下、萬人之上的高位。

有說此人是舊城主的面首，也有說他是一位隱藏很深的魔頭巨梟，一些個光顧過鋪子的酒客，都沾沾自喜，揚言早就慧眼看出了徐璞的能耐，至於接到老宦官登門親送十幾套瓷器碗碟和五、六副春聯的喬老闆，短暫的戰戰兢兢過後，更是倍感蓬蓽生輝，地位暴漲，一躍成為城內身分顯眼的商賈。

徐鳳年本就是外人，不理俗事，只顧著埋頭從千萬道痕跡中找尋劍術定式，與刀譜相互印證，受益匪淺。

正午時分，徐鳳年出城離開敦煌時，城南荒廢，他便和紅薯、徐璞在城東外一座酒攤子喝臨行酒。

攤子老闆眼窩子淺，處事卻精明，認不得三人，只當是城裡惹不起的達官顯貴，都沒敢胡亂給酒水喊高價。三人坐了一張角落桌子，徐鳳年之所以選擇此時出城，是因為紅薯手邊事務有條不紊，井然有序，他待著也無事可做，再有就是洛陽只在掖庭宮生人勿近地待了兩天就悄然離開，沒了這位讓他不敢掉以輕心的心腹大患盤踞宮中，徐鳳年也就放心許多。

徐璞興致頗高，拿筷子敲瓷碗如石錘，輕聲哼了一支北涼腔的採石歌，有荒腔走板嫌疑的小調小曲，聽在耳中則格外親切，算是給徐鳳年送行。

徐璞也不是那種不諳世情的榆木疙瘩，率先起身告辭，沒走多遠的返城途中，看到一架馬車擦肩而過，窗簾子掀起一角，車外車內一男一女相視而過，腳步不停，馬車不停。

車內溫婉女子咬著嘴唇，滿頰清淚。

徐鳳年低聲問道：「是她？」

紅薯笑道：「可不是，真巧。」

徐鳳年搖頭道：「巧什麼巧，有心人安排的，當然多半不是她刻意所為。」

紅薯一笑置之，其中門道，她自然也不陌生。只不過一旦說破說穿，就丁點兒餘味都給弄沒了。你見青山多嫵媚，料青山應如是，這叫兩情相悅；見青山多嫵媚，青山見你是坨屎，這叫一廂情願。青山見你多嫵媚，你在山上拉坨屎，還要讓青山待你如初見，這就是人心不足了。

紅薯主動換了個話題，「公子怎麼不多待幾天，好試著去收服徐璞。」

徐鳳年搖頭道：「我這輩子最不擅長的事情就是收買人心。第二次出門遊歷，也沒想著怎麼去跟一百鳳字營輕騎客套寒暄，而且我也受不了那些納頭便拜的老套戲碼。出來混官場公門和行走江湖的，都不是傻子，運氣好些，能夠意氣相投，那也是適合做朋友。妳看我當世子殿下的時候，除了幾個從小玩到大的狐朋狗友，可曾收過小弟嘍囉？被人在後背捅刀子，很好玩啊？」

紅薯揉了揉徐鳳年的眉心，柔聲道：「這個得改。」

徐鳳年點頭道：「在用心改了。徐璞方才說，徐驍是聚勢造勢，我得借勢乘勢，很有道理。」

喝過了幾碗酒，徐鳳年起身背好一只新紫竹書箱，說道：「別送了。」

紅薯乖巧站在原地，只是怔怔遠望相送。

◆

徐鳳年往錦西州境內一路北行，尚未到吳家九劍破萬騎的遺址，卻遇上了一條橫空出世的陸地大龍捲。

蔚為壯觀。

徐鳳年繫緊書箱繩帶，大笑著衝過去。記得當年武當山上騎牛的木劍劃瀑布，今朝世子殿下春秋劍破開一條縫隙，穿牆入龍捲。

陸龍捲一般而言，比不得水龍捲勢大，但是其中多夾雜有風沙巨石，凶險無比。當下這條陸地龍吸土，規模奇大，徐鳳年進入之後，就有大把的苦頭吃了，幾乎等於是綿綿不斷承受目盲女琴師的胡笳拍，不過徐鳳年早有心理準備，抽出春秋劍，一邊出劍迅猛，以劍氣開蜀擊碎大石，一邊築起大黃庭的海市蜃樓，踩踏而上，如登高樓，如攀五嶽，昏天暗地，閉目凝神，出劍復出劍，拔高再拔高，不知身臨離地幾百丈。

驟然風停，徐鳳年一沖而出，身形高出雲海，如入天庭。

全身上下沐浴在金黃色日光中，好像一尊金身佛陀。

可惜世人不得見此時此景。

徐鳳年身處九天之上，眼見壯闊無邊的黃金雲海，哈哈大笑：「我有一劍叫扶搖！」

徐鳳年衝出陸龍捲的巨大旋渦後，高喊「一劍扶搖」，身體藉著拋力繼續往天空攀升，到了最高點，盤膝而坐，好似一尊天人靜止坐天門，坐看雲起潮落，這大概稱得上是人間最逍遙的一幕場景了。

徐鳳年舉目看去，雲海滔滔，一望無垠。

意氣風發過後，身體就直直墜落，跌破佛光普照浸染的金黃雲層，才幾息時間，陸龍捲已經遠去半里。徐鳳年終於不再擺架子、裝佛陀，心神所向，朝露飛出袖口，徐鳳年四肢舒展，腳尖輕輕在飛劍上一點，略微阻擋了下墜速度，若是率先祭出其餘仍然需要氣機牽引的飛劍，一氣斷去，跌落勢頭就勢不可擋。

如此反復點點停停滯滯，不斷減緩下墜速度，離地差不多一百丈時，從雲海摔下的徐鳳年猛然抽出春秋，劍劍扶搖起風，五十丈後，十一柄飛劍齊出，在空中布置出一條傾斜天梯，步步踩劍身，同時大黃庭充沛氣機鼓蕩全身，頭巾雙袖一起飄拂，真有幾分仙姿。

大黃庭精妙處在於一粒種下而滿太倉，氣斷一停剎那生新氣，才使得他可以春秋劍出。尋常金剛境高手如此摔下，估計不死也要在地面上重重砸出個大坑，砸成內傷。

十丈以內，徐鳳年已是黔驢技窮，盡量提氣，幾乎瞬間踩地，雙腿彎曲卸去衝勁，地面塵土飛揚，還背著個書箱的徐鳳年翻滾出濺射灰塵，有些狼狽。

抬頭望瞭望天空雲海，天上人間。

幾次呼吸以後，氣滿太倉，徐鳳年撒腿奔跑，又衝向那條接起天地的陸地龍汲水，同樣是以春秋劈開牆縫，鑽入以後，依然是劍劈巨石無數，踩石而升，踏氣而浮，再度一舉衝出漆黑昏暗的陸龍捲大壺口。

這一次，徐鳳年沒有懸停雲海之上做仙人遠眺，故意一次吐納換氣，身體被吸往龍捲旋渦，春秋劍不斷以扶搖式劈斬，這一趟是逆行向下而去。魔頭洛陽是逢仙佛、殺仙佛，鄧太阿也曾說李淳罡的劍道即是遇山水、開山水，徐鳳年不信自己還斬不斷一條無根的陸龍捲。

向上便是順勢，雖有飛旋巨石如飛蝗箭矢，但大多有跡可循，往下而走，大石走動滾玉盤，就成了不計其數的凌厲暗器。徐鳳年所幸親身經歷過目盲女薛宋官的琴聲控雨點造就的密麻殺伐，艱難行至陸龍捲中部，幾次換氣，仍然隱約扛不住，又咬牙堅持片刻，終於不再拿性命開玩笑，返身順勢如飛升，躍出了壺口，再跌回去，如同再度身臨敦煌城門外五百騎輪番衝擊的境地，期間被碎屑刮擦得滿身血汙。虧得他第三次被拋出大壺時還能養劍，反正出血不少，別浪費了，苦中作樂至此，可歌可泣。

徐鳳年就這般隨著陸龍捲往北而去。

世人有乘馬坐船而行，隨著一條龍捲飄搖，不知能否算是前無古人、後無來者。不過進入北莽後，在飛狐城聽說過道德宗麒麟真人曾經一葦渡去十三峰，而把極北冰原當作淬體鍊魄之地的拓跋菩薩也有過站鯨浮海的壯舉，比較這兩位，徐鳳年也差得不太多了。

萬物皆有生死，衣衫襤褸的徐鳳年養劍六柄以後，察覺到龍捲已經開始式微，遠不如起初勢如破竹，便開始以一劍扶搖不斷斬向氣壁，加速這條陸龍捲的消散。

最後一次給丟出龍捲，徐鳳年驟然提氣拔高身形，站在雲海之上，看了一眼西下夕陽，但見雲霧透紫，呈現出紫煙嫋嫋的唯美風光，徐鳳年如癡如醉，那一刻，一個念頭掠過，御劍的她是否見過此情此景了？

回落人間，春秋一劍扶搖斬裂氣象聲勢都不復當初的陸龍捲，落地原本無礙，徐鳳年還沉浸在方才思緒中，結果被人一腳踹出個狗吃屎，雖有臨時警醒，卻仍然躲不過偷襲，好在那一腳沒有擊殺欲望，徐鳳年在地面上撲出一大段距離，身上這套衣衫徹底破碎，起身後看去，是他這輩子最不想見到的熟人，另一個黃寶妝——洛陽！

黃昏中，黃沙上，一襲白衣飄飄。

徐鳳年頭大如斗，碰上拓跋春隼和目盲女琴師這兩撥勁敵，都不曾如當下這般棘手。

強自壓下心中寒意，徐鳳年不退不跑，並非是徐鳳年悟出扶搖式後便有了視死如歸的氣魄，而是那一腳透露出的資訊，讓他不至於掉頭逃竄。

果然，女魔頭洛陽開門見山說道：「你隨我去一趟冰原，我殺拓跋菩薩，寶物歸你。」

徐鳳年毫不猶豫地點頭道：「好！」

不答應十成十是個死字，形勢比人強，容不得徐鳳年打腫臉充英雄好漢，只要這尊女閻羅不是要他拿春秋抹脖子，他就都會乖乖應承下來。

洛陽顯然有些滿意徐鳳年的爽快態度，轉身先行，徐鳳年跟在她身後，始終遠遠保持十丈距離，這能保證她無緣無故想殺人時，不至於被一擊斃命，好歹拚死給出幾招。

凝神望著那個修長的背影，她穿了那件很大程度上模糊性別的白袍子，木簪挽髮，當初在敦煌城見到她時，若非近距離見過棋劍樂府女子黃寶妝的容顏，徐鳳年一樣不會將她當成女子，她實在是殺氣過重，英武非凡，撐死了被當作算命先生常說的生而富貴的男子女相。

徐鳳年遊歷假裝相士騙錢那會兒，經常對著相貌磕磣的男子笑臉說道公子相貌不俗，南人北相，定然是大富大貴難跑了。不過那時候肯定還會有轉折，加上「不過」兩字，若非這樣，也不好從口袋裡騙出銅錢來。徐鳳年吃足苦頭的那三年，總結出一個道理，簡稱「兩大難」，一難是讓別家媳婦爬上自家床，二難是讓別人囊中銅錢入自家口袋。

倒楣撞上驪珠被鄧太阿擊碎後的洛陽，徐鳳年半點揩油占便宜的小念想都欠奉。

洛陽稍緩了步伐，十丈距離變作九丈，徐鳳年悄悄重新拉回十丈，當再次變成九丈時，徐鳳年就不再多此一舉，任由她慢慢將距離拉近到三丈。這位女子輾轉北莽一戰最終躋身武榜前十，再戰贏過洪敬岩就成為天下第四，雖然第三戰輸給了鄧太阿，止步於第四，但既然她有去跟拓跋菩薩扳腕子的決心，想必和鄧太阿那一場毀城之戰，未必就是傾力搏殺，因為她始終是以雨劍對鄧太阿的劍，而此戰之前天下皆知魔頭洛陽殺人如拾草芥，唯獨不曾見她用過劍，可想而知，洛陽最可怕的地方不在於她排名之高，而在她的年紀輕輕，在於她的進步速度之快，而她明顯跟王仙芝、拓跋菩薩走了一條路子，就是以戰養戰。

背對徐鳳年的洛陽平淡說道：「你要去吳家劍士葬身遺址？」

徐鳳年輕聲道：「不錯。」

洛陽平靜道：「那你我兩旬後在寶瓶州打娥城相見。」

說完她便一掠而去。

見過洛陽並且有過約定的徐鳳年心頭壓大石，駐足原地，望著那個瀟灑遠去的身影，世子殿下臉色陰沉，嘆了口氣。

去吳家九劍破萬騎的路上，已經碰到魔頭，霉運至極，接下來只求別禍不單行。這個念頭才起，在敦煌城就烏鴉嘴過一次的徐鳳年狠狠拍了自己一巴掌，隨即摘下書箱，換上一身衣衫，繼續徒步前往西河州。

在敦煌城，紅薯有說過遺址的狀況，兩百年前吳家劍塚精銳盡出，完成那樁幾乎稱得上玉石俱焚的壯舉後，北莽並未惱羞成怒地拿吳家劍士遺體發洩怒火，相反予以厚葬，戰死了的劍士都享有一墳一碑一遺劍。幾名當時不曾隨行的劍侍之後都陸續進入北莽，在那邊結廬守墓而終老，專門在戰場駐紮有一隊鐵甲騎兵的北莽也不曾加害劍侍。劍侍死後，仍有代代相傳的吳家守陵後人打理墓地，這和中原動輒拿仇家挖棺鞭屍的舉措，形成鮮明對比。中原士子名流談及兩朝習俗，只說北蠻子飲毛茹血，風化鄙陋，都有意無意避過這一茬。

徐鳳年扳著手指計算路程，來到西河州目的地，才知道遺址位於一個方圓三、四里的小盆地內，讓他啼笑皆非的是興許有太多練劍人士慕名而來，絡繹不絕，這塊下陷盆地四周有一個接一個販酒賣茶售瓜果的小攤子，無一例外的，不管主營什麼買賣，攤子上都疊放著一摞摞武林祕笈，以吳家劍術相關祕笈最為繁多，名目都很嚇人，什麼《吳家仙人九劍》、《劍塚十大劍招》等等，外加另外一些絕學寶典，大多有著類似副書名《王仙芝畢生絕學十八式》，反正怎麼唬人怎麼來，大多粗製濫造，字都寫不好。

徐鳳年花了點碎銀子買了一袋子西河特產青棗乾果，在眼前攤子上揀起其中一本書皮寫有「錯過此書就要抱憾終身」一行歪扭大字的《牯牛神功》，攤販是個身材矮小、賊眉鼠眼的中年漢子，見到生意上門，立馬說得唾沫四濺：「少俠，這本祕笈可了不得，看了此書，只要勤練個幾年，保管你成為三品高手。別看隔壁攤子上賣那些吳家劍技的破爛書籍，誇得天花亂墜，其實都是昧著良心騙人的，天底下哪有看幾眼就變成劍仙的好事。咱這兒就是一分錢一分貨了，這本《牯牛神功》是離陽王朝那邊軒轅世家的絕學，別看名氣不算大，可真金實銀實在貨，我見少俠你根骨清奇，一看便是天資卓絕的練武奇才，這本寶典原價六兩銀子，我就當跟少俠善一份緣，半價賣你，三兩銀子！只要三兩！」

徐鳳年吃著青棗乾果，看著伸出三根手指的攤販，只是笑了笑。

很快隔壁攤子的壯漢就拆臺，坐在長椅上蹺著二郎腿，一邊嗑瓜子一邊冷笑道：「《牯牛神功》是吧？老子這裡就有一大摞，都沒賣出去，別說三兩銀子，三十文一本，還買一送一，這位公子要不要？這價錢，拿去擦屁股都不貴。」

賣棗子順帶賣祕笈的矮小漢子轉頭跳腳罵道：「張大鵬，你欠削是不是？」

健壯漢子丟了他一臉瓜子，站起身，彎了彎胳膊，露出結實的塊狀肌肉，吼道：「三老鼠，誰削誰！」

被喚作三老鼠的攤販縮回去，撇嘴腹誹，壯碩漢子見到徐鳳年放下那本狗屁不通賣不出去的破書，立即換了一張燦爛笑臉，招徠生意道：「公子這邊請、這邊請，我張大鵬是這邊出了名的厚道人，做生意最講究買賣不成情意在，這些祕笈隨便挑選，有看上眼的，折價賣給公子，三年以後若是沒能神功大成，回來我雙倍價錢賠償給你。

來，瞧瞧這本《劍開天門》，記載的是那老劍神李淳罡的成名絕學，你瞅瞅這精美的裝訂，這書頁質地，還有這份筆跡，顯然是真品無疑。公子要是在這附近找到一本相同的，我把腦袋擰下來給你當尿壺。」

徐鳳年走過去拿過「祕笈」，顯然比較一般攤販售賣的密集寶典，這本要多花上許多心思，他想了想，問價道：「多少文錢？」

本想開口一兩銀子的漢子給硬生生憋回去，眼角餘光瞥見隔壁三老鼠要報復，一瞪眼將那王八蛋嚇得不敢作聲，這才猶豫了片刻，擠出真誠笑臉，一口咬死道：「九十文錢，我這兒從不還價！」

徐鳳年伸手去腰間那乾癟錢囊掏了掏，撈出大約三十枚銅錢，面無表情說道：「就這麼多。」

壯漢趕忙半接半搶過銅錢，「情誼重要、情誼重要，公子有心就好，三十文就三十文，張大鵬豈是那種見錢眼開之人。」

徐鳳年將這部「祕笈」放入背後書箱，攤販張大鵬還不忘對這個背長劍的年輕顧客溜鬚拍馬道：「一看公子便知是劍術高手，未來成就不可估量，以後若是一鳴驚人了，別忘了給人說說張大鵬這部《劍開天門》的好。」

徐鳳年點頭笑道：「一定一定。」

◆

有老黃和羊皮裘老頭兩位劍士珠玉在前，吳家遺址看與不看都沒什麼關係了。

徐鳳年過吳家遺址而不入，走上北面山坡，發現背陽面半腰有一片非驢非馬的建築群，半寺廟半道觀，青白袍道士和紅衣喇嘛夾雜而處，各自招徠香客。

徐鳳年啃著青棗乾果，繞過朱漆斑駁的外牆在後院門口停腳，院門懸有道門鮮紅桃符，楹聯由中原文字寫就，難得的鐵畫銀鉤，頗見功底，卻是佛教腔調：「任憑你無法無天，見此明鏡高懸，自問還有膽否？須知我能寬能恕，且把屠刀放下，速速回轉頭來！」

徐鳳年跨過門檻，走進院中。正值黃昏時分，一群斜披紅袍的喇嘛做完了晚課，在殿外走廊席地而坐，說法辯經，年邁者早已古稀花甲，年幼者不過七八幼齡，俱著毛絨紅色袍子。一些性子跳脫的小喇嘛就乾脆坐在欄杆上，欄杆年久不修，發出一串不堪重負的吱吱呀呀聲響，年長喇嘛手握胸前佛珠，神態各異，辯論者或神采飛揚，或眉頭緊蹙，旁聽者或沉思或欣然。徐鳳年沒有走近，安靜站在遠處，有些吃力地聽著那些北莽偈語相詰。

暮色餘暉灑落，幾名對辯論心不在焉的小喇嘛瞧見了香客徐鳳年，咧嘴一笑，復爾轉頭竊竊私語，也不知是說新學經書佛法如何，還是說今日昨日某位燒香姐姐的姿容如何。

院內院外不過幾尺高度小門檻，一跨可過，但是出世入世，才是大門檻。

徐鳳年沿牆繞行，期間有中年僧人托木盆迎面而來，表情平靜，單手輕輕施禮。徐鳳年還了一禮，去主殿外焚香三炷，敬佛敬法敬僧，沒來由想起即將到來的兩朝滅法浩劫，以及龍樹僧人的可無佛像佛經不可無佛心的說法，世子殿下有些感慨。山雨欲來，陸地起龍捲，一個兩禪寺老和尚，能擋得下來？

徐鳳年抖了抖肩膀，繫緊繩帶，稍稍掛起那只書箱，準備找路去正門離開，驀地看到前方有一對熟悉男女繞殿而出，正是酒攤上同桌而坐的食客。

男子綢緞長衫，面如冠玉，風度翩翩，腰間掛有一串南朝士子間十分風靡的金鋃鐺；女子秀氣賢淑，金釵步搖，小家碧玉的中人之姿，卻擁有大家閨秀的氣韻。年輕英俊男子正給結伴女子講述佛門三十二相，順勢解釋了佛門金身相和一品武夫裡金剛境的不同，言辭深入淺出，顯然熟諳釋教典故，女子溫雅點頭。

徐鳳年不想加快步子超過兩人，本意是不願打攪這對火候只比情侶身分差一籌半籌的出彩男女，不曾想片刻工夫以後，男子轉頭狠狠瞪了一眼，似乎是覺得徐鳳年不懷好意盯著女子婀娜身段，不過男子家教使然，並未惡言相向。

徐鳳年只得停下腳步，等他們走遠才再行向前，耳力所致，聽到那名男子憤憤然說道：「我朝佛法已然末世，本該澈底滌蕩，就說這些寺廟，如果有人阻礙出家，哪怕你是住持和尚，也要被詛咒生生世世得瞎眼報，如此一來，大半寺廟和尚都是依附佛門的外道騙子，不是做那欺財騙色的勾當，就是渾然不懂佛法為何物。佛門清淨地，何來清淨二字！盡是一些該殺的混帳東西！」

女子性情溫婉，看待人事也似乎要中正平和許多，輕言輕語：「那些辯經的喇嘛都挺好呀，不像是壞人，你故意遞出金銀，他們都不願手觸銀錢，反而送了你一本經書。」

男子手指彈了一下腰間金鋃鐺，神情輕蔑，嗤笑道：「大勢所趨，一、兩個好和尚做不得準。」

女子一笑置之，雖有質疑，仍是沒有與他爭執。

徐鳳年遠遠見到他們在一座鼎爐前燒香拜天，為了不徒惹人厭，就乾脆坐在臺階上，摘下書箱，當作是休憩片刻。他沒來由想起西蜀老黃，恰好是這個最不會講道理的老劍客教會了徐鳳年最多的質樸道理，這大概是道理總在平淡無聲處的緣故。

記得遊歷返回北涼途中，與溫華離別之後，和白狐兒臉相遇之前，兩人不再如當年出行那般狼狽，顛沛還是顛沛，不過規矩熟稔以後，也就熟門熟路，哪怕不用老黃搭手幫忙，徐鳳年也能獨力偷雞摸狗烤地瓜、編草鞋，餓不死、凍不著。那時候湊巧遠遠見識到一樁祕笈爭奪引起的命案，祕笈很普通，三流都稱不上，不過還是交待了五、六條鮮活人命。

「老黃，敢情祕笈在江湖上這般吃香啊，我家聽潮亭好幾萬本，要不啥時候都賤賣了出去？就當做好事，行不行？那整個江湖還不得都對我感恩戴德啊，得有多少青春貌美的女俠對我暗送秋波，想想就舒坦。」

「公子，可不能這麼做。別人不知道，要是老黃我年輕時候聽說有祕笈送，也得荒廢了手上的功夫，到頭來江湖上就沒幾個人肯用心練武了。」

「老黃，你除了養馬，有屁的功夫。再說了你也不識幾個字，給你多少本祕笈都是白搭，你認不得字，字認不得你。」

「打鐵啊。公子你真別說，二十歲出頭那會兒，門牙還在，老黃俺也是方圓十里頂有名的俊哥兒，起碼是鐵匠裡最俊的。還有小娘子給俺偷偷送過黃酒哩，長得不咋的，不過屁股可翹了。俺離家時都沒捨得喝，埋在後院裡，想著啥時候回老家，再挖出來，肯定香！」

「就只有一罈子？」

「她也只算是一般殷實人家的閨女，就算當年使勁惦念俺的英俊相貌，也送不得多。」

「就你這模樣，年輕時候也英俊過？那我不得是英俊到天上去了？」

「那是，俺跟公子沒得比。公子若是在，那罈子酒就沒俺老黃啥事了。」

「得了，別提酒，咱倆走路都喉嚨冒火了，渴死。」

「俺曉得了。」

「對了，老黃，你都離家多少年了，那罈黃酒還能在？」

「記不住離家多少年了，應該還在的。是黃酒就熬得住，跟公子以前裝在琉璃杯裡喝的那些葡萄酒不一樣。要是公子有機會去俺家，保管有得一頓好喝。」

「唉，又提酒了，愁得不行。前頭有炊煙，咱倆去討口水喝，老規矩，開門的是大老爺們兒，你開口討要，是女人，我來。」

「中！」

「對了，老黃，你全身家當就只剩那罈子酒了，真捨得分我一半喝？」

「咋就不捨得了？公子覺著好喝，都給公子就是。」

「換成我，肯定不捨得，頂多分你一半。」

「公子是實誠人，俺中意。」

「去去去，你要是個俏小娘，我也中意你。」

「唉，可惜俺也沒娶上媳婦，要是能有個閨女就好了。」

「隨你樣子，我也看不上眼，老黃你甭想這一茬了，別用那種眼神看我。」

那一次撞上一位出門勞作的婦人，是徐鳳年上門討要的兩碗涼水，他至今記得，偶然回首望去，老黃蹲在一邊，笑臉燦爛，一如既往的缺門牙，滑稽得很。喝水時，老黃還不忘憨憨念叨有個閨女該多好。

「老黃，你要是有個閨女，我就娶了。」

只不過這類話，如同那些王府那些沒能喝入腹的黃酒一樣，沒能說出口。

徐鳳年坐在臺階上怔怔出神，那名女子不知為何瞧見了他的身影，趁著瀟灑公子哥前往道觀與一位老真人說長生，她猶豫了一下，單獨朝徐鳳年走來，溫顏微笑。

徐鳳年對於天地氣機探尋，已經幾乎臻於金剛武夫化境，只不過對她視而不見而已。女子沒有急於出聲，好像在醞釀措詞，女子搭訕男子，終歸是有些於理不合，尤其是對南朝遺民子弟來說，大多數中原習俗都一脈相承下來。

女子站在一棵北莽境內罕見的龍爪槐下，餘暉淺淡，槐樹雖然老態龍鍾，卻也算枝繁葉茂，襯托得女子亭亭玉立，不沾俗氣，可惜徐鳳年早已不是那個拈花惹草的年輕世子，對此也只是惋惜一朵好花給豬拱了去。他對那名信口開河的公子哥並無好感，但這不意味著他就要挺身而出，救她於「水深火熱」，世間太多女子，心甘情願被或皮囊優越或才情出眾的男子用花言巧語騙去大好年華。

徐鳳年見她不說話，主動開口，免去她的尷尬，笑道：「敢問小姐芳名。」

這是他跟溫華學來的，挎木劍的傢伙肚子裡沒墨水，也不知是從哪裡學來的套路，每次遇見了心儀姑娘，就要厚著臉皮去說上一句「小姐芳名幾許，家住何方」。當初一同遊歷，溫華這句話說了不下幾十遍，上次相逢，溫華說真喜歡上了一名女子，徐鳳年也不知真假。

女子微微羞惱，仍是輕聲說道：「陸沉。」

徐鳳年心中了然，是春秋遺民無疑。當年離陽王朝一統天下，被中原士子痛心疾首稱作神州陸沉，只要是姓陸的，北奔以後，在北莽南朝，說不定十個人裡頭能抓出兩、三個叫陸沉的，不過女子叫作陸沉，還是比較稀罕。

徐鳳年看到與她同行的男子跟一名仙風道骨的老道士走出大殿，站起身背起書箱，往正門走去。

此地道佛同院共受香火，在離陽王朝肯定被當作邪僻行徑，北莽風俗，一葉可知秋。

徐鳳年出院時，想起一樁江湖妙事，病虎楊太歲前往龍虎山和道統百年第一人的齊玄幀說法，蓮花頂上齊玄幀撫頂楊太歲，斬魔臺塌去一半。都說仙人撫我頂，結髮得長生，可見年輕時的楊太歲脾氣性情就相當糟糕，虧得能和徐驍成為相知一生的朋友。

而風頭一時無兩的齊玄幀，又算是騎牛的前生前世。

徐鳳年下意識伸出手揉了一個圓。

一路前行，不斷畫圓。

與武當山上洪洗象傳授機宜時的情形，形似以後，直達神似。

仙人撫頂。

◆

一路北去，路上偶遇西河州百姓，徐鳳年聽到了許多高腔號子，韻律與中原笙歌截然不同，言語質樸得令人心顫，有婆姨叮嚀，有小娘盼嫁，有漢子採石，有子孫哭靈，一般這個時候徐鳳年都會停下腳步，遠遠聆聽這類不登檯面的攔羊嗓子回牛聲，直至聲樂尾聲才重新動身北行。

他走得不急，因為他只需要掐著時間點到達寶瓶州打娥城即可，去早了，越早碰上魔頭洛陽，說不定就要橫生風波，反而是禍事。

這一路，徐鳳年走的是一條粗糙驛道，半旬後，有一次還遇上了騎馬而遊的那對年輕男女。

離開吳家遺址後，他們換了身爽利勁裝，佩刀男子越發風流倜儻，挎劍女子也平添幾分英武氣韻。徐鳳年入北莽，已是突破那一線之隔，躋身江湖人士夢寐以求的金剛初境，大可以居高臨下，查探那名青年遊俠的氣機，大體可以確定他在二品、三品的門檻上，就公子哥的年紀而言，是貨真價實的年少有為，即便遇上一股半百人數的精悍馬賊，也足可自保，想必這也是他敢帶一名女子悠遊黃土高原的底氣所在。

北莽雖亂，卻也不至於任誰出行都亂到橫屍荒野的地步。在徐鳳年看來，北莽越來越相似春秋時期，士子書生逐漸崛起掌權，規矩多了以後，也就不是所有人都有資格橫衝直撞。

北行時，他不是抽出春秋劍氣滾龍壁，便是徒手仙人撫大頂，也不如何寂寥。

道教典籍說人有三寶精氣神，精氣為實物，遊神為變，因此可知鬼神之情狀。不扯這些看似玄而又玄的東西，簡單說來，精氣神三者以神為貴，才有陸地仙人神遊竅外的說法。劍道駁雜，大致分術劍和意劍，前者鑽研劍招極致，吳家劍塚是最佳典型；後者重劍意，也不乏其人，而劍意即是重神，武道上也是同理。一個招式威力，形似五六分，遠不如神似三四分，按照徐鳳年自己的理解，所謂養神鑄意，就是追求類似堪輿中藏風聚水的功效，這一記新悟的仙人撫頂，便是靈光所至，妙手偶得。

心生神往，簡單四字，對武夫而言，何其艱難。

根骨、機緣、勤勉，缺一不可。

一個日頭毒辣的晌午，徐鳳年有些哭笑不得，竟見著了虎落平陽的兩位熟人。

不知是否是那對男女背運到了極致，竟然撞上了一批分不清是馬賊還是悉惕帳下精兵的龐大勢力，百來號人馬皆披皮甲，各自攜有制式兵器，也怪那養尊處優的公子哥不諳人情，被一名精甲頭領僅是言語尋釁後，一言不合，就拔刀相向，澈澈底底折了那名甲士的顏面，衝鋒過招後將其劈落下馬還不夠，還心狠手辣補上一刀，若非魚鱗甲優於尋常軟皮甲，就要給他一刀砍死。

這就惹了眾怒，草原游弋獵殺，向來怎麼功利怎麼來，反正一擁而上，箭矢如雨，刀出矛刺，對那個自恃武藝的世族子弟展開了十幾撥車輪戰。若是已進入二品小宗師境界，他大可以脫險而走，可惜他既要自保殺敵，還要分心累贅女子的安危，被軟刀子割肉般戲弄，招架不住潮水攻勢，被激起了血性，再度被他砍殺劈死了十幾名軟甲騎士，終於給一箭透入肩膀，不等他抽出羽箭，就給十幾個馬套嫻熟丟來，連人帶馬一起被拖拽倒地。

女子看得梨花帶雨，可惜援手不及，自己分神後也被一名精壯頭領拿長槍拍落馬背，這還算是半軍半匪的傢伙手上有所餘力，存了憐惜心思，否則一槍透心涼都說不定，當然，事後女子下場註定還不如給一擊斃命。

馬到功成的頭領倡狂大笑，耍了一記精湛馬術，側馬彎腰探臂，摟起岔氣後無力掙扎的纖弱女子，一手提槍，一手掐住她脖子貼在胸前，勒了勒韁繩，故意停下馬轉悠一圈，朝地面上那個面紅眼赤的公子哥示威。

西河州多黃沙漫天也多溝壑起伏，徐鳳年蹲在斜坡上，嚼著一顆青棗乾果，從頭到尾看著人數懸殊的廝殺，替那名相貌俊逸的南朝公子哥不值。顯然這位俊俏公子是不常經歷殺伐的雛兒，原本以他技擊技巧和厚實戰力，大可以護著她遠遁，就算脫不開追擊，但只要不完全陷入包圍圈，迴旋餘地就要多出太多。江湖武夫對敵軍旅甲士，許多所謂的百人敵甚至是千人敵，少有李淳罡這般一步不退硬抗鐵甲的劍仙風采，絕大多數都是且戰且退，在正面僅是對上少數死敵的前提下相互消耗，這樣的纏鬥，依然會被江湖大度認可。

徐鳳年猜測這名高門公孫十有八九是聽多了蕩氣迴腸的前輩傳奇，成了一根筋，才被那百人騎兵用不算如何高明的法子給折騰得精疲力竭。徐鳳年如今眼力不俗，瞧得出那人招式套路都極為出彩，機巧百出，擱在棋盤上，等同於具有許多不曾流傳開來的新穎定式，哪怕一些個廣為流傳的古板招式在他手上，也能有衍生開來的變數，可見此人要麼是有個名師指點，要麼是根骨出奇。

同等境界的捉對廝殺，他會有很大的勝算，不過真實的行走江湖，更多是亂拳打死老師傅，蠻橫圍毆勝過英雄好漢。混江湖是腦袋拴褲腰帶的血腥活計，誰容得你跟下棋落子一般循序漸進，早就丟開棋盤，一拳砸在你鼻梁上了。

徐鳳年弓腰如豹盡量隱匿潛行，在百步以外一座小土包附近停下，見到魚鱗甲首領將懷中女子丟下馬，跳下馬背，一腳踹在她心口，習武只是當作養生手段的女子幾乎當場暈厥過去，頓時蜷縮起來，大口喘氣，如一尾被丟上岸的可憐青魚，臉色發白。

魚鱗甲漢子蹲下去，扯住女子一大縷青絲，晃了晃，望向那名不知好歹的服飾華美的外鄉公子哥，後者已經被馬套繩索裹得如同一顆粽子，更有幾條鐵鍊繫在四肢上，被四批人分別拉直懸在空中。一些個性子急躁的騎士，下馬後除了吐口水，就是拿刀鞘拍打這個俊俏公子的臉頰，一場硬仗打下來，死了二十幾名兄弟，誰都要殺紅了眼。

在大漠黃沙裡頭討生活，一方面人命不值錢，刀口舔血殺人越貨是常有的事，可另一方面自家兄弟則是不得不值錢，這跟兄弟情誼關係不大，而是一不小心就要給黑吃黑了去，他們這批人就是一次次大魚吃小魚才有當今的架勢。有幾十號人馬就可以當大爺，有一百號就連官軍都要頭疼，若是有個八百、一千人的，那還做個屁的馬匪，直接去王庭皇帳撈個武將當當，這是西河州不成文的規矩，到了三百這個數目，就可以大搖大擺去持節令大人坐鎮的州城，要啥給啥，總之帶多少兄弟去，就給你多大的官。

這批騎士是典型的北莽人士，剃髮禿頂，後腦勺結髮成辮，魚鱗甲壯漢撇了撇頭，也不廢話，四批拉住鐵鍊的下馬騎兵也就心領神會，獰笑著開始拔河。幾名頭領模樣的鱗甲漢子聚在一起，眼中也不都全是陰鷙戾氣，明顯帶著算計權衡，一邊看戲一邊嘀咕，興許是覺著既然結下了死仇，就無需講究臉面和後果，反正大漠上人命跟雜草一樣，都是一歲一枯榮，沒他娘的那麼多細水流長，也別管這公子哥是什麼身分背景了，他們還真不信南朝大姓門閥可以帶著人手趕赴西河州尋仇。

四個方向，四條鐵鍊，總計二十多人，一齊傾力拉伸，虧得那名身陷死地的年輕男子身負上乘武學，只是無形中受苦更多，一名馬匪頭領嫌不夠酣暢，讓麾下嘍囉翻身上馬，又加了一條鐵鍊環住男子脖子，下定決心來一場鮮血淋漓的五馬分屍。

五匹馬賣力拉扯，下場悲慘的公子哥雙眼通紅，手腕和腳踝摩擦出血，更別提脆弱的脖頸，發出一陣瀕死野獸般的淒厲嘶吼，渾身僅剩氣機勃發。鐵鍊如水紋顫動，竟然使得五馬倒退幾步，驟然換氣，鐵鍊剎那筆直如槍矛，牽鏈馬匹頓時裂斃，誰都沒有料到這名必死之人如此剛烈勇猛。

魚鱗甲首領遷怒在女子身上，將頭髮被抓住的女子往地面上一摔，交由手下看管，親自上馬，再喊上四名體魄雄健的心腹對付這頭不容小覷的垂死困獸。戰馬馬蹄艱難前踏，男子四肢和脖子鮮血湧出，若無意外，必定是相對孱弱的脖子先被扯斷，然後才是手臂和雙腿，不過這幫馬匪精於此道，負責拉扯五體的騎士有講究力道，都會先扯去雙手，再撕掉一腿，留下脖子和餘下一條大腿，這場鮮血盛宴才能算是圓滿落幕。

這種手段，比起槍矛懸掛屍體，來得更為毒辣駭人，是從北莽邊境軍伍中搗鼓出來的法子，不知有多少離陽王朝俘虜都死在五馬撕扯之下。唯一美中不足的是北涼軍那邊喜好死戰到底，戰役過後，活人不多，況且許多場毫無徵兆的小規模接觸戰，往往發生在兩軍最為精銳的游弩手和馬欄子之間，北涼軍總是占優，所以一名落網的北涼俘虜，在北莽王庭是比什麼尤物女子都來得珍貴搶手的好東西，經常能賣出咋舌的天價。像那位留下城城牧陶潛稚，每日殺一名北涼士卒，這等行徑落在北莽達官顯貴眼中，那就是殺的不是人，都是大把大把的黃金啊！

北莽更是有律，陣上殺過北涼士卒，退伍以後可抵大罪一樁。

就在男子即將被扯裂時，馬上五人幾乎是一瞬橫死，都不見明顯傷痕，只是直直墜馬，立即死絕。幾名有資格穿鱗甲的馬賊頭領壯膽湊近了一瞧，只見死卒頭顱的眉心處有細微通透，好似被鋒銳小物件刺出了窟窿，說不清、道不明的古怪。

北莽人不分貧富都各自信佛信命，只不過尋常時分再虔誠信佛，該殺人時照樣不含糊，但是當禍事臨頭，窮凶極惡之輩也要犯嘀咕，害怕是真正惹惱了那些個寶相莊嚴的泥菩薩、佛老爺。此時五人死法詭譎，超乎想像，即便不是仙人所為，也是有人暗中作祟。對付一個南朝世子就躺下二十幾人，實在經不起損耗。

馬賊來去都如風，當下就翻身下馬，一名心思細膩的魚鱗甲頭領想要偷偷拿刀砍死男子和女人，不留後患，當下就被一物過眉心，濺出一絲不易察覺的血線。如此一來，再無馬匪膽敢出手，瞬間跑了一乾二淨，人、馬加在一起六條腿，逃命就是快。

叫陸沉的南朝女子不知緣故，恍惚片刻，才知道劫後餘生，哭著起身，跑去那名世交的年輕公子哥身邊，艱難解開鐵鍊，尤其是脖子間，血肉模糊，觸目驚心，她只是瞧著就覺得無比刺疼。她壓抑下哭聲，盤腿坐在他身邊，撕下袖口，包紮幾處露骨傷口。女子真是水做的，流淚沒個停歇，輕輕呼喚著他的名字，種桂，一遍一遍，生怕他死在這裡，她也沒勇氣獨活。返程幾千里，她一個提劍不比拿繡花針更熟稔的弱女子，如何回得去？再說他死了，她活著又有什麼樂趣？

僥倖從鬼門關上走回陽間的公子哥緩緩吸了一口氣，吐出大口濁氣後，扯出一個笑臉，艱難說道：「死不了的。」

收回了飛劍朝露，徐鳳年本想就此離開，不過望見遠處有一騎不死心地做出瞭望姿態，只得耐住性子待在原地，確保送佛送到西，再度馭劍出袖，刺殺了那名倒楣的馬賊後，貼地而聽，那些馬賊終於認命地逃竄散去。

徐鳳年悄悄站起身，背著書箱就要走開，就當自己萍水相逢行俠仗義了一回，不奢望那名女子以身相許，更不奢望那名世家子納頭拜服，這類稱兄道弟，實在矯情得經不起任何推敲。他伸手往布囊裡掏了掏，掏出最後幾顆棗子，一股腦丟入嘴裡，看到那名再也瀟灑不起的劍士在女子攙扶下，仍是跌坐地上，血流如注，可女子不精治療外傷，束手無策，只是哽咽抽泣。

前程錦繡的男子自然也不想死在荒郊野嶺，只不過叫天天不應、叫地地不靈，只是枯坐當場，面容猙獰如惡鬼。不知是疼痛所致，還是傷懷身世，女子瞧著更是傷心欲絕，愧疚萬分，悔恨路途中幾次他試圖同床共枕都被她因矜持而婉拒，早知如此，清白身子給了他又何妨。

徐鳳年見到那名倨傲男子被打入塵埃後，迴光返照一番，精氣神都重新開始渙散，露出沒有及時救治就要死去的頹敗跡象，皺了皺眉頭，只得走出小土包，身形現世，還得假扮路見不平的模樣，小步奔跑向那對男女，擠出一臉無懈可擊的惶恐和緊張。

公子哥眼神本已渾濁不堪，看到徐鳳年後露出一抹精光，沒有發現破綻後才恢復死寂神色，不過一隻手輕輕搭在鐵鍊上。徐鳳年蹲在他們身前，摘下書箱，轉身背對大難餘生的男女，男子似乎有所思緒激鬥，終於還是沒有將鐵鍊做兵器，一舉擊殺這名好心過客。

好似渾然不知一切的徐鳳年只是匆匆從書箱中拿出一瓶敦煌城帶來的瓷瓶，裡面裝有漆黑如墨的軟膏，可以接筋續骨生肉的藥膏並無名號，膏如摻水油脂，黏性很足，瓶口朝下，也並未傾瀉如注，只是如水珠滑落蓮葉的場景，緩緩滴落。

那名種姓子弟眼神冷漠，看著雙手雙腳傷口被滴上黑色藥膏，清涼入骨，說不出的愜意，因為識貨，他心中才越發震撼，眼前這個只能掏幾文錢買假祕笈的陌生人，如何得來這瓶價值一、兩百金的藥膏？

徐鳳年捲袖擦了擦額頭汗水，抬起頭笑了笑，一臉心疼表情，像是天人交戰後才下定決心，把瓷瓶交給叫陸沉的女子，齜牙咧嘴道：「藥膏是祖傳祕方，一瓶能賣好些銀子。早中晚一日三次塗抹，不出半旬，這位公子就可痊癒。對了，在吳家劍塚遺址那邊沒來得及自報名號，在下徐朗，也是南朝人士，家住紅葉城獅子巷。」

徐鳳年明顯猶豫了一下，小聲說道：「不說藥膏，這只手工地道的天球瓷瓶，也值些銀子。」

陸沉好像聽到一個不小的笑話，如釋重負，破涕為笑，擦拭去兩頰淚水，柔聲道：「我和種公子回去以後，一定去紅葉城尋訪徐公子。」

聽到洩漏身分的「種公子」三字，種桂臉上閃過一抹陰霾，不過隱藏很深，原本鬆開鐵鍊的那隻手復爾握緊，盡量淡泊神情，一手拂過止住血跡的脖子，輕聲笑道：「自當如此感謝徐公子救命大恩。」

徐鳳年依然扮演著一個精明市儈得並不聰明的尋常遊學士子，爽朗笑道：「不敢當、不敢當。」

陸姓女子雖出身南朝官宦大族，不過家內有幾位兄長支撐重擔，輪不到她去親歷風波，心思相對單純，對於陰謀詭計、人心險惡的認知，僅限於高門大牆內被父輩兄長們當作談資笑語的道聽塗說，感觸淺薄，自然而然，察覺不到身邊種桂的幾次微妙反復的神情變化，更看不破徐鳳年無跡可尋的偽裝，對於膏腴大姓的世族子女，就像她和種桂，尊貴到能夠成為西河州持節令的座上賓，平時何須在意尋常人的圖謀不軌，只不過今日遭遇橫禍，才讓她格外念恩感激。

徐鳳年問道：「要不要在下護送二位？」

陸沉本想點頭答應，卻聞種桂搖頭道：「不用了。」

豪閥世子的清高風範，在這一刻盡顯無疑，陸沉不知其中門道，只以為是種桂拉不下臉面，見他眼神堅毅，執著己見，也不好再說什麼。

徐鳳年赧顏一笑，戀戀不捨地瞥了一眼陸沉手上的瓷瓶，這才起身告辭。

陸沉倒是有些好感這名陌路人的淺白作態，比起往日見著那些搖尾乞憐還要假裝道學的南朝士子，可要順眼許多。

她驀然瞪大眼睛，只見負笈男子才站起轉身，就給如一條被拉直身軀毒蛇的鐵鍊擊中後背，向前飛出去，撲地後再無動彈，多半是氣絕身亡。她轉頭，癡癡望向種桂，滿眼驚駭。

種桂冷漠道：「妳可以看到本公子的落魄，至於他，沒這份福氣。」

陸沉摀住嘴巴，泫然欲泣。

種桂似乎感到自己的語氣太過僵硬生冷，稍微換了一種柔緩腔調，不去理會蓄力殺人後導致的脖頸鮮血迸發，溫聲說道：「這個徐朗，早不出現、晚不出現，偏偏在妳我落難時現身，十有八九是與那些馬賊串通一氣的匪人，存了放長線、釣大魚的企圖。陸姑娘，妳涉世不深，不知江湖凶險，這類的亡命之徒大多極為彎彎腸子，手法高明不輸官場狐狸，退一步說，我們寧肯錯殺，也不可錯放。」

種桂見她仍是心有餘悸，秋水長眸中除去戚戚然，還有一絲戒心，不由柔聲道：「我若死在這裡，你怎麼辦？我不捨得死，要死也要送你回家才行。」

陸沉淚水猛然流淌出眼眶，撲入種桂懷中，對於那名徐朗的死活，就不再如初見驚變時那般沉重。

生死之間，患難與共，過慣了富態閒暇生活的女子，興許不喜好那些風淡風輕的相濡以沫，可有幾人，經得起、敵得過種桂這種場景、這類言語的篆刻在心？三言兩語，早就遠勝安穩時日的甜言蜜語幾萬斤了。

種桂抱住她的嬌軀，卻是嘴角冷笑，眼神淡漠。

顯而易見，這位恩將仇報的種家子孫，武功不俗，花叢摘花的本事，也一樣道行深厚。不過這幅溫情畫面，給幾聲咳嗽打斷，種桂在遇見徐朗後頭一回流露出驚懼。

徐鳳年站起身，拍了拍衣袖，喃喃道：「做好人真累，難怪北莽多魔頭。」

見到背箱負劍的男子面無表情走來，種桂笑臉牽強，氣勢全無，偽意愧疚，囁囁囁囁說道：「徐公子不要見怪，是種某人行事唐突了，只不過種桂身分敏感，出行在外，萬萬不敢掉以輕心。」

種桂看那人一臉平靜，連譏諷表情都沒有，心知不妙，趕緊亡羊補牢，「我叫種桂，是南朝種家子孫，我可以彌補，給徐公子一份大富貴，公子你身手卓絕，有我種家扶植幫襯，一定可以飛黃騰達！」

說話間，種桂一隻手又握住鐵鍊。

不見棺材不掉淚。

徐鳳年總算打賞了他一個笑臉，「來，再試試看能否殺了我。」

這一刻種桂出手也不是，鬆手也不是，自打娘胎出生以來，這等羞愧憤恨難當，只比剛才五馬拖拽的境地稍好。

種桂僥倖由陰間回陽間，而陸沉則是從陽間墮入陰間，呆然坐在一旁，心冷如墜冰窖。

徐鳳年一手畫圓，不見拍在種桂頭頂，種桂整個人就陷入地面，頭顱和四肢一同炸裂，好似給人用大鎚砸成了一塊肉餅，比起五馬分屍還要淒慘。

仙人撫頂。

可不只是結髮授長生一個用處。

鮮血濺了陸沉一身，可她只是癡然發呆，無動於衷。

她單純，卻不是蠢貨。

見微知著，幾乎是大族子女的天賦。

徐鳳年才要再畫一圓，讓陸沉和種桂做一對亡命鴛鴦共赴黃泉，她突然抬頭問道：「我想知道你到底跟馬賊是不是一夥的，求求你，別騙我。」

徐鳳年搖了搖頭。

她終於心死如灰燼，平靜等待。

徐鳳年也不憐香惜玉，依舊是仙人撫頂的起手式，不過又一次被打攪，她冷不丁撕心裂肺哭出聲，「我不想死！」

徐鳳年走過去，走了幾步距離，她便坐在地上滑退了幾步距離。

徐鳳年不再前行，蹲下身，伸出手，「瓷瓶還我。」

還握有小瓶的她燙手般丟出，她情急之下，丟擲得沒有準頭，徐鳳年探手一抓，就馭物在手，放回書箱。

陸沉好像積攢了二十年的心機城府都在一瞬間爆發出來，聲音打戰道：「徐公子你要如何才能不殺我？我是南朝甲字陸家的嫡孫女，我和種桂不同，沒有任何抱負可言，只想好好活著，出嫁以後相夫教子，只要公子不殺我，只要不玷汙我的身子，我便是給你做牛做馬半年時間，也心甘情願，而且我許諾，回到陸家，絕不提今日事情半句，只說種桂是死於百人馬賊。」

瞧見那名書生模樣的男子嘴角勾起，隱約有譏諷意思，醒悟有了紕漏的陸沉馬上改口說道：「只說是種桂某日死在前往西河州持節令府邸的旅程中，我半點不知情！」

說到這裡，她秋波起漣漪，熠熠生輝，泛起一股果決，咬著嘴唇緩緩說道：「公子不殺我，我便說是與種桂有過魚水之歡，到時候種家假若不信，讓嬤嬤驗身也尋不到破綻。」

她言下之意，只要是個男人就明白，她是願意以清白之身做代價，換取活命了。

徐鳳年發出嘖嘖聲，感慨真是天高高不過人心。

陸沉見他沒有暴起殺人的意思，伸手捋起鬢角一縷散亂青絲，繼續說道：「小女子也不敢奢望與公子一同回到陸家，但既然公子手握把柄，我陸家清譽南朝，當然不允許這般天大醜聞流出，更不願因此惹上種家，也就不用擔心我不對公子百依百順，只需遠遠牽扯，陸沉願意做公子的牽線木偶，相信以公子出類拔萃的身手和心智，一定可以找到既能控制陸沉又能不入險地的兩全法子。」

徐鳳年要去掏棗子，發現囊中空無一物，縮回手後笑道：「妳很聰明啊，怎麼會被種桂這個紈褲子弟當傻子逗弄？」

陸沉竟然有膽量笑了笑，自嘲道：「不是種桂如何，而是種家底蘊勝過陸家。否則一個偏房子弟，如何能與一個甲字嫡孫女稱得上門當戶對。」

徐鳳年點了點頭，深以為然，果然是個有慧根的豪閥女子。

陸沉剎那間眼神冰冷，咬牙道：「你還是想殺我！」

才起殺意的徐鳳年好奇問道：「女子的直覺？」

她反問道：「難道不是？」

沒等徐鳳年有所動作，陸沉站起身，瘋了一般衝向他，自尋死路，一陣毫無章法的拳打腳踢，哭腔可憐：「你這個王八蛋，大魔頭，我跟你拚了！」

她嘮嘮叨叨，罵人跟打人一個德行，翻來覆去就那麼幾個古板路數，都是不痛不癢。

徐鳳年一巴掌把她凶狠拍飛出去，直接將其打懵了，看著捣著臉的瘋女人，徐鳳年冷冷說道：「殺不殺妳，看妳接下來的表現，妳先埋了種桂，然後跟我一起去西河州腹地，用得著妳。」

陸沉如獲大赦，眼神煥發光彩，瞥了一眼種桂的模糊屍體，冷笑道：「不收屍才好。」

她臉上頓時又挨了一巴掌，整個人都過翻了個身，重重摔在黃沙地面上，像一隻土灰麻雀。

徐鳳年譏諷道：「男人冷血，指不定走狗屎還能當個梟雄，妳一個娘們兒，這麼沒心沒肺的，很討喜嗎？」

陸沉低下頭，兩頰各自挨了一耳光的她驚怯溫順道：「我知錯了。」

徐鳳年以一記仙人撫頂砸出一個大坑，權且當成種桂的墳塋，看著她一點一點、一塊一塊將那攤血肉搬入坑內，問了一些種家和陸家的事情，她一一作答，並無絲毫摻假。

間隙時她小心翼翼問道：「是公子殺退了那些馬賊？」

徐鳳年沒有作聲，只是耐心看著她撿回泥土覆蓋，勉強填平以後，還不忘跳著踩踏，讓填埋痕跡不那麼明顯。

安靜下來後，她歪著腦袋問道：「種桂、種桂，公子你說，以後這兒會不會長出一棵桂樹？」

徐鳳年罵道：「妳腦子有病。」

滿身血汙的女子竟是斂衽施了一個萬福，嫵媚橫生，笑容說道：「求公子救我。」

徐鳳年扯了扯嘴角，「妳真是病入膏肓，失心瘋，沒救了。」

女子孤零零站在墳塋上，只是笑臉淒美。

第四章　陸家女風雨人生　徐鳳年又逢洛陽

埋過了那個初出茅廬就躺墳的種家王孫，徐鳳年把玩著從屍體上扒下的那串金鋃鐺，風起敲叮咚。帶著莫名其妙就成了丫鬟的陸沉，徐鳳年往西河州腹地走去，才走了沒多久，就又遇上了一隊馬賊，三十幾號人，比較前邊悍匪的兵強馬壯，這些馬賊家當就要寒磣許多，沒幾樣制式兵器，更別提魚鱗甲這類軍伍校尉的專屬甲冑，唯一的亮點是為首一名馬賊持有一杆馬槊，可惜精緻到了花哨的地步，槊首精鋼，槊纂紅銅，槊身塗抹朱漆，關鍵是還繫有一叢紫貂繡團子。

春秋之戰以後，造價昂貴和不易使喚的馬槊就跟鐵戟一樣不易見到，可謂養在深閨人不識。慣用馬槊者，往往是武藝超群的世家子弟，用以標榜身分，只是真到了戰場上，兩軍對陣廝殺，尋常士卒為了撈取更大戰功，見著這類人物，就要一哄而上，持槊子弟常常陷入包圍圈，成為圍毆搏殺的靶子，比那些身穿鮮亮鎧甲的將軍還要吸引興趣，因為喜好馬槊的大族子孫，多半是初嘗戰事的雛兒，搏殺起來，比起深諳自保之道的老油子校尉們遠遠易於割取頭顱。

徐鳳年二話不說就迎面前奔，將其擒拿，稍微敲打，就詐出真相，果然這批馬賊是種桂聘請來演苦肉戲的貨色，想要以此來博取陸沉的傾心，真是辛苦到頭為誰忙。接下來陸沉就看到這些馬賊被宰殺乾淨，她眼中露出一種古怪的神采。

徐鳳年挑了兩匹坐騎，快馬加鞭，走出三十里路都不見一處人煙，稍作停頓，拿囊中清水刷洗馬鼻。裹了頭巾的陸沉揭開一角，露出略顯乾澀的櫻桃小嘴，好奇問道：「你真叫徐朗？你該有小宗師境界了吧？」

徐鳳年沒有應聲。她又問道：「你是要拿我的身分做文章嗎？先前已經和你說過，我與種桂只是離開大隊伍，繞道而行，如今只剩我一人去西河州持節令府邸，一旦被發現行蹤，你該怎麼解釋？」

見這名負笈掛劍的年輕男人仍是練習閉口禪，陸沉也不氣餒，刨根問底，「騎馬出行，三十里一停，你難道是北涼人？」

徐鳳年正在給她的馬匹刷洗，也不抬頭，離去放好水囊，翻身上馬，繼續前行。

性子執拗起來的陸沉艱辛跟上，並駕齊驅，側頭凝視這個滿身雲遮霧繞的年輕人，癡情女看情郎一般，徐鳳年終於開口，「改了主意，將妳送到安全地方，我就離開。」

陸沉眼神迷離。

徐鳳年譏諷道：「前一刻還要死要活，恨不得跟種桂同葬一穴，怎麼轉眼間就連收屍都不樂意了，是妳如此，還是你們大姓女子都如此？妳這樣的，就算收了做通房丫鬟，說不定哪天晚上就給妳勒死，睡不安穩。」

陸沉認真思索片刻，似乎在自省，緩緩回答道：「我這輩子最恨別人騙我，我曾經對自己說過，以後嫁了誰，這個男人花心也無妨，即便睡了別家女子，也一定要跟我招呼一聲，而且不領進家門噁心我，我都會不介意，我會繼續持家有道。但我若是最後一個知曉他和別的女子苟合，成了笑話，肯定恨不得拿剪刀剪了他子孫根，再去畫爛那婆娘的整張臉，讓她一輩子勾引不了男人！」

徐鳳年笑道：「妳長得不像這種女人。在吳家遺址初次見妳，誤以為妳挺好相處的，是那種受了委屈也不敢回娘家訴苦的小女子。」

陸沉咬著嘴唇說道：「可我就是這種女人。」

徐鳳年似笑非笑，「我是不是應該直接一巴掌拍爛妳的頭顱？」

她媚眼如絲，「公子可不許如此絕情。」

徐鳳年一笑置之，跟她說話，見她做事，很有意思，跟文章喜不平一個道理，總是讓人出乎意料。

她察覺到這位徐公子談興不錯，就順杆子往上爬，柔聲道：「我猜公子一定出自武林世家，而不是種柱這類將門子孫。因為公子殺人，會愧疚。」

徐鳳年捧腹大笑，「妳知道個卵！」

她歪著腦袋，一臉天真無邪，問道：「難道我猜錯了？」

徐鳳年笑罵道：「少跟我裝模作樣，我見過的漂亮娘子，多到數不過來，妳的姿色不到七十文，不值一提。」

陸沉也不計較這份貶低，自言自語道：「我本來就不是好看的女子。」

徐鳳年換了個話題，「妳說這次種陸兩家聯手前往西河州府，你們陸家由你父親陸歸領頭，圖謀什麼？」

陸沉搖頭道：「我不向來關心這些，也接觸不到內幕。」

徐鳳年瞥了一眼她的秋水長眸，放棄了打探。

陸沉笑道：「不敢相信，那個被稱作通身才膽的種桂說死就死了，而且死法一點都不壯烈。」

徐鳳年隨手丟了那串金鋃鐺，他本意是借陸沉的身分去西河州腹地亂殺一通，殺幾個賺幾個，只不過得知這趟出行種家幾位高手都一個不漏，尤其是那個高居魔頭排行第七的種涼，甚至連北莽十二位大將軍的種神通也喬裝打扮，隱匿其中，一番權衡過後，不想惹禍上身，耽誤了跟白衣洛陽的約定，恐怕即使逃過了種家的追殺，也出不了北莽。

陸沉看到這個動作，笑著從袖中抽出一柄匕首，直白道：「本想著找機會一下刺死你的。現在匕首是交給你，還是丟掉？」

徐鳳年頭也不轉，說道：「留著吧。妳要是下一個三十里路前還不掏出來，妳也會跟種桂一樣死得不明不白。」

陸沉開心笑道：「我賭對了。」

徐鳳年莫名其妙感慨道：「這個江湖，高手常有，高人不常在。」

陸沉問道：「那公子你是高手還是高人？」

徐鳳年搖頭道：「做不來高人。」

兩人夜宿荒漠，在一處背風山坡坡底歇腳。

晝夜溫差極大，徐鳳年拾了許多枯枝丟入火堆，除了悄悄養劍和維持篝火，一夜都在假眠。破曉時分，見她還在打瞌睡，就獨自走到坡頂，仰望著天色。突然間，徐鳳年掠回坡腳，眼神複雜地盯著那個顫顫巍巍手提匕首的女子，她竟是心狠到拿匕首在自己臉上劃出了四道血槽，皮開肉綻，這得是如何堅韌心性的女子，才做得出這種行徑？

其實以兩人心智，心知肚明，每走一步，臨近西河州城，她極有可能是離黃泉路近了一步，種陸兩家不乏城府修練成精的梟雄角色，身負絕學的種桂身死人亡，而她一個弱女子卻反常活下，想要蒙混過關，繼續有一份富貴生活，幾乎是不可能的事情，連徐鳳年都想不到她如何能夠編出天衣無縫的理由，他嘴上說是要把她送至安全地點，但事實上，昔日可以為她遮天蔽日的樹蔭下，對姓陸的女子來說，那將會是世間最不安全的險境。

這一對命運無緣無故交織在一起的男女，似乎誰都不是好東西。

破相以後，說是仇家殺死種桂，再放她生還，當成對種陸兩家的羞辱。她才硬生生從一局死局棋盤上做眼，生出了一氣。

只是這樣的手法，對女人而言，是不是代價太大了？是不是太過決絕了？男女皆惜命，男子惜命，女子惜容，更是常理。

徐鳳年當下湧起戾氣，幾乎有一舉殺死她的衝動，只是隨後緩緩吐出一口濁氣，壓抑下殺機。

女子望向眼前那個只知姓卻不知名的年輕男人，眼神癡呆，不是淚流兩頰，而是血流滿面。

這個曾經自己說自己不好看的女子，視線終於不再渙散，泛起一些淚水。

她噙著淚水，笑著說：「疼。」

◆

漸近繁華，驛道漸寬，徐鳳年和破相女子在一座沒有城牆遮擋的小鎮歇息，離州城還有三天路程。

她穿著徐鳳年的文士衣衫，略顯寬鬆。臉上四條疤痕開始結繭，不幸中的萬幸，為了不露出蛛絲馬跡，讓她的傷勢好跟種桂身死時同步，得以塗抹藥膏，小小加速痊癒進度，只是大漠風沙粗糲，拂面以後，哪怕裹有頭巾，護著那張秀氣不再的臉孔，前幾天她也經常血肉模糊，受到的錐心疼痛，想必不比匕首劃面來得輕鬆。

她沒有如何哭泣，徐鳳年也從未出言安慰，兩兩沉默，倒是陸沉偶爾會主動詢問一些江湖事，徐鳳年也有一說一，都是正兒八經的溫吞言辭，興許是怕逗笑了她，又要遭罪。

徐鳳年和她才入城，天色驟變，烏雲蔽日，明明是正午時分，天色卻陰沉漆黑如夜。一場沙暴將至，徐鳳年只得和陸沉入了一家簡陋客棧，客棧老闆則趁火打劫，往死裡抬價，徐鳳年本意是被宰幾兩銀子無所謂，有個落腳地就行，殊不料陸沉又鑽了牛角尖，扯住他袖口，如何都不肯被當作冤大頭坑錢，看來她說自己持家有道，是真心話。

徐鳳年無可奈何，在店老闆白眼下轉身，想著去換一家良心稍多的店鋪，但還沒跨過門檻，就看到狹小街道上商賈旅人蜂擁而來，看架勢，不住這家，就有可能要露宿街頭，躲在巷弄避風沙。

徐鳳年朝她笑了笑，她也不再堅持，客棧老闆極其小心眼，又刻意刁難，價錢往上翻了一番，陸沉氣惱得肩膀顫抖，徐鳳年搭在她肩頭上，搖了搖頭，老老實實付過定金，領了木牌鑰匙去後院住處。

頭巾遮掩容顏的陸沉有些悶悶。徐鳳年打開柴門，一屋子霉味撲鼻，關上門後，他摘下書箱和春秋劍，桌上有陶罐，搖了搖，滴水不剩。

陸沉安靜坐在凳子上，解下頭巾，輕輕撇過頭，不與徐鳳年對視，只是問道：「以公子出神入化的身手，為何要和這些市井小民低聲下氣，都不需將劍出鞘，就能嚇破他們的膽子。」

徐鳳年關嚴實那兩扇漏風窗戶，坐在桌前，微笑道：「妳是不是以為高手都得是一雙眼光射寒芒那種？要不就是生得虎背熊腰，恨不得在背後掛兩片虎豹屍體？要麼在身上懸滿刀槍棍棒矛，出門闖蕩才顯得氣派？」

陸沉嘴角有些勾起，聽出言語中的調侃，她的心情好轉了幾分。

徐鳳年彎腰從書箱裡翻出幾本祕笈放在她眼前，盤膝坐在凳上，意態閒適，輕聲說道：「我這些天閒來無事的時候就翻一翻，還照著裡頭的把式練了練，才發現很好玩。」

她柔聲道：「耍耍看？」

徐鳳年擺手道：「那不行，天崩地裂了咋辦。」

不等她說話，徐鳳年柔聲道：「別笑。」

她果真板住臉。

徐鳳年拿起茶水陶罐，說道：「我去弄些水和吃食來，等著。」

陸沉點了點頭，拿起一本偽劣祕笈信手翻閱，徐鳳年沒多久就返身拎著裝滿涼水的茶罐子，陸沉抬頭問道：「又花錢了？」

徐鳳年笑道：「沒法子，小鬼難纏，一壺水要半兩銀子，等會兒咱們當瓊漿玉液來喝就是。對了，飯食還得等會兒。」

陸沉低頭看書，說道：「等得起。」

沒有敲門，一個客棧夥計就大大咧咧徑直推門而入，陸沉連忙抓起頭巾，轉過頭去慌亂裹纏，夥計一手端著大木盤，盛放有幾樣馬虎粗糙的伙食，他無意間瞅見陸沉的臉龐，嚇了一跳，差點砸翻盤子，火急火燎放下食物，跑出去才跨過門檻，就大聲嚷嚷：「快來看、快來看，屋裡有個醜八怪，老子白天見鬼了。」

陸沉扯住徐鳳年的袖口，但徐鳳年輕輕一抖，大步出門，把那個口無遮攔的倒楣蟲一腳踢得陷入院牆，生死不知。

回屋後，陸沉黯然道：「我本來就很醜。」

徐鳳年平靜道：「對，是不好看。臉上畫花了，好看才怪。但誰膽敢說出口，入了我耳朵，我就讓他……」

她接口道：「去死？」

徐鳳年一本正經地道：「哪能呢，我又不是魔頭，向來喜歡以貌服人，實在不行才會以德服人。」

陸沉盯著這個說不清是好人還是壞人的書生，抿緊嘴唇，似笑非笑，搖頭道：「一點都不好笑。」

徐鳳年一笑置之，分發了碗碟餐食，然後埋頭狼吞虎嚥。

陸沉一手掩面，細嚼慢嚥，一副食不言的淑媛風範。跟徐鳳年同時放下筷子，她猶豫了一下，說道：「剛才以為你會說些漂亮的言辭來安慰我。」

徐鳳年見她還有剩餘飯菜，也不客氣，一併搬到眼前，邊吃邊說道：「妳不是說過最恨別人騙妳嗎，不管妳信不信，在我眼中，妳還是那個秀秀氣氣的女子，不好看，但也難看不到哪裡去。」

陸沉問道：「當真？」

徐鳳年低頭吃飯，點了點頭。

風暴彌漫了小半個下午，逐漸趨於平靜，徐鳳年推開窗戶望去，天色已經不至於耽誤行程，便和陸沉走出院子。

觸了霉頭的客棧夥計已經被抬走，也不見客棧方面有任何尋釁報復。

徐鳳年在街上幫她購置了一頂帷帽，策馬緩行。

興許是明知終點將至，陸沉言語活潑了幾分，也開始樂意主動詢問徐鳳年一些江湖軼事，從吳家九劍破萬騎鋪散開了說去，也不存在試探的企圖，一對男女都有意無意淡了心機城府，陸沉本身也是內裡性子跳脫的女子，否則也不至於會單獨跟種桂出行遊覽。

有聚就有散。

臨近州城，驛道寬度已經不輸北涼幾條主道。

陸沉望向那座龐然大物一般趴在黃沙上的雄偉城池，心有驚悸，咬著嘴唇，癡呆出神。許久，往後望去，想要看一眼那個男子，道別一聲也好。

只是卻已經不見他蹤影。

她笑了笑，看不見人，仍是調轉馬頭，揮了揮手。

遠處，看到這一幕的徐鳳年慢慢後仰，躺在馬背上，叼了一根野草莖。

◆

陸沉出示了關牒，單騎入城，興許是習慣了風沙如刀的荒涼大漠，初至繁華地，有些恍惚失神，差點衝撞了一隊巡城甲士，致歉以後，她本以為還要將身分靠山託盤而出，才能免去糾纏，不曾想對方僅是讓她騎馬緩行，不得疾馳傷人，讓陸沉有些不適應。

武侯城作為西河州州城，位於綠洲之內，也被稱作無牆城，緣於持節令赫連武威自恃軍力，揚言即便離陽王朝有膽子打到西河州，他也不需要借助城牆拒敵。身在南朝，陸沉也有耳聞武侯城甲士的彪悍善戰，若說橘子州登榜武評的持節令慕容寶鼎一人奪走了一州光彩，那麼西河州則要分散到了兩支屯軍上，其中一支便是戍守武侯的控碧軍，戰力僅次於皇帳親衛軍和拓跋軍神的白鯨軍。陸沉本以為戰力雄厚至此，城內士卒也就難免驕縱，對於異象，她也未深思，粗略問過了路，便往歡喜泉方向而去。

城內有泉水，據說曾有女身菩薩出浴，因此數百年來，每位密宗明妃都要來泉中沐浴淨身。泉畔有雷鳴寺，每逢雨季，雷鳴動天，方圓十里可聞。歡喜泉附近府邸連綿林立，居住著一州最為拔尖的權貴人物。

春秋遺民北奔後，僅是泉北住北人，泉南才逐漸交付南朝大族，界線分明。種家卻在歡喜泉北坐擁一棟豪門私宅，購置於北人一位皇室宗親之手，與持節令比鄰而居，由此可見種家底蘊。陸家雖是甲字大姓，也只算是沾光才得下榻泉北。

陸沉才接近歡喜泉，就有一輛掛綢懸鈴的豪奢馬車迎面而來，百枚纖薄的玉質鈴鐺，聲響悅耳自然遠超駝鈴，陸沉聞聲抬眼望去，見一位白袍綸巾面相卻是豪邁的男子掀起簾子，朝她溫和一笑。

陸沉認得他，是種家的嫡長子，單名一個檀字，而立之年，不管放在哪朝哪代，都已是十分成家立業，他官居井廊都尉，獨領三千騎兵，被種家寄予厚望，成為北莽第一位世襲的大將軍，種桂與他對比，當真是螢燭之光豈可與日月同輝。

離陽王朝都尉校尉多如牛毛，不過掌兵三、四百，還要百般受制於人，在北莽則要真金實銀百倍，尤其是邊防要地的軍鎮都尉，可以算是邁過了一級大臺階。何況種檀還年輕，文武兼備，文采被女帝青眼相加，是北莽鳳毛麟角的進士出身，更是前途無量。

種檀氣象粗獷，可是喜好文巾儒衫，也無矯揉之態，與董卓交好，當初便是他率先帶著三千井廊騎追殺越境的陳芝豹，這樣的人物，既有過硬本事，又有家世做憑仗，沒有平步青雲才算怪事。但是陸沉每次見到笑言笑語的種檀，都會渾身不舒服，打心眼裡畏懼，也說不出哪裡不喜好他的行事，只能解釋是女子直覺。

陸沉本來就是半個名義上的種家媳婦，和種檀同車而坐，也談不上有傷風俗，再者以種陸兩家的聲望，根本不用計較那些碎嘴閒言。

車內有冰壺，在這種地方，一兩冰、一兩金，小富小貴開銷不起，有一位容貌平平的侍女靜坐一旁，也不見她如何服侍種家世子，倒是種檀拿一雙銀鉗子分別夾了冰片給陸沉和侍女。

陸沉搖頭婉拒，倒是侍女不懂規矩地接過，發出輕微的嘎嘣聲響，似乎察覺到有外人在，不成體統，連忙捣住嘴巴，減弱聲音。

種檀身材修長，長臂如猿，彎腰掀起車窗簾子披起鉤住，可供陸沉欣賞歡喜泉景致。泉畔有一條寬敞的青石路徑，依偎在樹蔭中。

西域風沙，口頭毒辣，風沙鼓蕩，不過若是躲去了綠蔭下，很快就可清涼下來，不似江南，悶熱起來，讓人無處可藏。

種檀望向陸沉，輕聲道：「陸姑娘，讓妳受委屈了。」

陸沉低斂眉眼，默不作聲。

種檀轉過頭，嘆了口氣，「是種家對不住妳。」

陸沉抬頭，欲言又止。

種檀笑了笑，正了正身形，有些正襟危坐的意思，擺手緩緩道：「我沒有在自家人傷口抹鹽的癖好，這趟出行的細節，陸姑娘不願說，只需要寫在紙上即可，到時候托人給我，也不用去面對那些個嘮嘮叨叨的老傢伙，不過事先說一聲，家大了，下邊的閒言閒語自然而然會少不了，陸姑娘大可以左耳進、右耳出，我也會跟家裡長輩知會一聲，就當種家不曾給陸家什麼禮聘書，不會汙了陸姑娘的清白與名聲。種檀可以保證，以後陸姑娘有了百年好合之喜，種家也不吝登門道賀。」

陸沉抬起頭，直視這名未來的種家家主，眼神堅毅道：「我生是種家的兒媳，死是種家的鬼，我願為種桂守寡。見到爹以後，會說服他允許辦一場冥婚。」

種檀望向窗戶，眉頭緊皺。

陸沉語氣淒清，說道：「是陸沉的命，逃不過的。」

到了種家府門，種檀先行下車，站在邊上，親自護著她走下馬車，落在門口許多一輩子都在琢磨人心的人物眼中，註定別有一番滋味在心頭。

種檀送到了儀門外，沒有跨過門檻，說是要出城去雷鳴寺燒香。跟陸沉別過以後，他返回馬車，侍女展顏一笑，絕無半分諂媚，就像見著了相識多年的朋友，種檀也習以為常。

她含住一片冰，腮幫鼓鼓，柔聲含糊問道：「你這般給陸沉開脫，從旋渦裡摘開她，會不會讓種家人反感？只是言語相激，讓她嫁入種家，迫使種桂那一房倒而不散，小心撿了芝麻丟西瓜。」

種檀盤膝而坐，神態閒適，輕聲笑道：「種桂怎麼個死法，死於誰手，我不好奇，種家的仇人，實在太多。陸沉破相受辱而還，對女子而言，已經是極限，再去撩撥她，不說她會崩潰，恐怕陸家也要惱火，而種陸兩姓聯姻，是大勢所趨。我既然生為長子，就必須要有長遠的眼光。陸沉有這份決心，敢冥婚守寡，說明她也並不是目光短淺的小女人，這樣的有趣女人，實在不應該毀在西河州，替她擋下一些風雨，於情於理於利，都是應該。」

侍女一手鉗住冰片，一手懸空托住，生怕墜落，種檀低頭咬住，大口咀嚼。

她放下銀鉗，這才說道：「女子心思多反覆，這份香火情，未必能讓她以後始終站在你這邊。」

種檀淡然道：「她不是安分守己的那種人，以後一定會惹是生非，我繼續護著她就是了。」

她突然掩嘴笑道：「其實只要你要了她的身子，萬事皆定。」

種檀一臉委屈道：「我怕鬼。」

她輕輕踢了種檀一腳，種檀大笑道：「妳比她好看多了。」

她感嘆道：「陸沉算是活下來了。」

種檀嘖嘖道：「這算不算我日行一善？等會到了雷鳴寺，也有底氣燒香了。」

◆

種檀的溫和姿態無形中成了陸沉的一張護身符，這讓做好最壞打算的陸沉像是等著刀子抹脖，卻等來了羽毛輕拂，驚喜之餘，有些不知所措。應該是種檀有過吩咐，她被特意安置在種家別宅的臨湖小築中，坐享一份難得的蔭涼。

種神通和弟弟種涼，一位是權柄顯赫的北莽大將軍，一位是名列前茅的魔道大梟，想必都不至於跟一個陸家後輩女子計較，不過種家暫時隱忍，並不意味著陸家就可以雲淡風輕，畢竟種桂在大哥種檀面前不值一提，與南朝大族子弟相比，仍是一流俊彥，平白無故暴斃在異鄉，陸家不主動給出解釋，說不過去。

陸歸此時就站在小築窗欄前，安靜聽著女兒講述一場慘痛經歷，從頭到尾都沒有插嘴，不曾質疑詢問，也不曾好言撫慰。

陸沉神色悲慟，壓抑苦悶，盡量以平緩語氣訴悲情。陸沉自認不出紕漏——有些女子委實是天生的戲子。陸歸作為甲字陸家的家主，身材修長，當得玉樹臨風四字評價，雖已兩鬢微白，但仍是能讓女子心神搖曳的俊逸男子，尤其是嘗過情愛性事千般滋味的婦人，會尤為癡迷陸歸這類好似醇香老窖的男子。

等女兒陸沉一席話說完，稍等片刻，確定沒了下文，陸歸這才悠悠轉身，只是盯住女兒的眼睛。陸沉下意識眼神退縮了一下，再想亡羊補牢，在陸歸這種浸淫官場半輩子的人物面前已是徒勞，何況知女莫若父，怎能隱瞞得滴水不漏？不過心中了然的陸歸戚戚然一笑，走近了陸沉，替她摘去還來不及換去的面紗，凝視那張近乎陌生的破敗容顏，雙手輕柔按在她緊繃的肩頭上，搖頭道：「爹要是不緊著妳，怎麼會只有妳這麼一個獨女，妳說的這個故事，是真是假，爹心知肚明，至於是否騙得了種家兄弟，聽天由命。」

陸沉眼眶泛紅，幾乎就要竹筒倒豆子道出實情，這一剎那，她有意無意攥緊拳頭，指尖刺在手心，清醒幾分，鬼使神差地咬住嘴唇，將頭枕在陸歸肩上。

陸歸動作溫柔地拍著她的後背，說道：「種桂的屍體尚未尋見，不出意以外會是一座衣冠塚，妳真願意陽人結冥姻？」

陸沉抽泣道：「這是不孝女兒分內事。」

陸歸黯然無語。

陸歸走後，臨泉小築復歸寂寥，陸沉坐在梳妝檯前，低頭看到一柄銅鏡，被她揮袖一把丟出去，砸在牆上。

將軍白頭怕新甲，美人遲暮畏銅鏡，可她還只是年紀輕輕的女子，未曾嫁人。

◆

徐鳳年入武侯城以後，情理之中要擇一個居高臨下的處所觀察歡喜泉建築地理，不過久病成醫，對於刺殺潛伏一事，爛熟於心，知道許多雷池禁區。

北涼王府占山為王，清涼山附近以王府為圓心，諸多將軍和權貴的府邸以官職爵位高低漸次鋪散，其中也有幾棟不低的酒樓客棧，登樓以後好作瞭望，不過這些便於觀察王府地形的珍貴制高點，無一不例外被府上密探牢牢掌控，外地新鮮面孔初入城中，首選這幾處，登樓故作觀景眺望，十個裡有九個會被祕密格殺，剩下一個之所以活得略微長久，那也是北涼王府想要放長線釣大魚。一頭紮入這些個雷池，自以為聰明，其實根本與自殺無異。

徐鳳年事後得知，他及冠之前那一小段時日，府上婢女僕役每次出行，都有死士盯梢，褚祿山親自負責每一個細節，揪出來的殺手刺客不下六十人，都被盡數絞殺，拔出蘿蔔帶出泥，幾位品秩不算低的北涼官員住所都在一夜之間變成雞犬不留的無人之府。

故而徐鳳年只是揀選了一座離歡喜泉較遠的低矮客棧入住，跟夥計看似隨口問過了武侯城內幾個遊覽景點，從夥計口中得知兩天以後是十五，雷鳴寺香火鼎盛，外鄉士族旅人和手頭寬裕的富賈，都喜歡在初一和十五這兩日去雷鳴寺供養一尊菩薩，或點燃或添油一盞長命青蓮燈。不過小小一盞燈的貢錢，最低也要百兩銀子，虔誠信佛的，出手動輒黃金幾十兩，是個無底洞，武侯城內就有豪橫高門為整族點燈三百盞，那才叫一擲千金。

大概是心底瞧不起裝束平平的徐鳳年，夥計說起這些也是豪氣橫生，總說沒有幾百兩銀子就莫要去雷鳴寺打腫臉充胖子。徐鳳年一笑置之，也說是會掂量著燒香，順嘴誇了一番武侯城的富裕，說他這個外地人長了見識，才讓夥計臉色好轉，當下言語腔調也熱絡幾分。

徐鳳年領了銅鑰匙，不忘遞給他幾粒碎銀，請他把西瓜吊在竹籃放入後院一眼井水中。夥計道了一聲好咧，提著兩只瓜開懷離去，對這名書生越發順眼。

徐鳳年放下了書箱，摘下春秋劍，都放在桌上，出門前在窗戶和房門縫隙都黏有兩根絲線，不易察覺，推開即斷，再將劍胎圓滿的飛劍朝露釘入屋梁之上。進城後徐鳳年斂去一身十之八九的氣機，不過百步以內，仍可與朝露有所牽掛，放心下樓去吃午飯。

客棧生意慘澹，也沒有幾桌食客，冷冷清清，徐鳳年要了一壺燒酒，獨飲獨酌，意態閒適，頗有幾分士子的風發意氣。

武侯城是北莽內腹，不過有容乃大，風俗開明，對待中原遺民還算厚道，比較等級嚴苛的橘子州，要寬鬆許多。商人趨利，橘子州不留爺，爺就來西河州，因此有許多生意往來，不僅茶葉瓷器，包括古玩經書在內大量流落民間的春秋遺物，也都輸往武侯城這幾座大城。

徐鳳年赴北之前，對八大持節令和十二位大將軍都有瞭解。西河州的赫連武威，聲名相對不顯，只知是北莽勳貴出身，年少風流多情，不過家世頹敗後，竟然不是破罐子破摔，反而浪子回頭，戎馬二十年，戰功卓著，得以光耀門庭。其妻早早病逝，他也未再娶，導致膝下無子。跟武力和暴戾並稱於世的慕容寶鼎截然不同，除了帶兵不俗以外，廟堂經緯，赫連武威只能算是個搗糨糊的角色，女帝歷年的春搜冬狩，也罕見他的身影，因此八位持節令中使得這位封疆大吏最為與世無爭。

徐鳳年返回房間，絲線未斷。除了進食飲水，就只是獨處，翻閱祕笈刀譜。也許絕大多數人獲得這部王仙芝武學心得，都會欣喜若狂，快速流覽，恨不得一夜之間躋身一品境，虧得徐鳳年熬得住，當下一招不得精髓，不翻下一頁，此時仍是停頓在青絲結這個瓶頸上，也沒有耍什麼繞道而行的小聰明。

敦煌城門一戰，即將出海訪仙山的鄧太阿和天賦甲江湖的洛陽可謂棋逢對手，打得天翻地覆，徐鳳年閉眼感觸，事後撫摸劍痕千百道，只覺得一股神意盈滿心胸，卻摸不著頭腦，徐鳳年也不急躁，仍是告誡自己循序漸進。

第二天負笈背劍遊行武侯城，邊吃邊走，城內軍容肅整，可見端倪。李義山總說治軍功底在毫釐微末之事，在聽潮閣懸掛的北莽軍鎮布置圖上，徐鳳年明顯發現一點，涼莽接壤的西線，北莽精銳悉數趕赴南部邊境，擺出要和北涼鐵騎死磕到底的架勢。

兩朝東線，雙方兵力甲士還要勝出一籌，只不過是往北推移，軍力漸壯越盛，北莽東線邊境上東錦、橘子二州，顯然不如有控碧軍打底子的西河州，徐鳳年對於這種孰優孰劣不好斷言的布置，也不清楚是刻意人為布局，還是只與幾位持節令心性和能力有關的無心之舉。

正月十五，徐鳳年並未追隨大流，在清晨拂曉時前去雷鳴寺，而是在正午時分，日頭熾烈時離開客棧，不背春秋不負箱。

雷鳴寺坐落於歡喜泉南北交匯處，依山而建，主體是一棟九層重簷樓閣，樓內有比敦煌佛窟還要巨大的一尊大佛，屬於典型的西域硬山一面坡式，香客稀疏。

斂起氣機的徐鳳年一身汗水，緩緩入寺。

寺內古樹參天，綠蔭深重，頓覺清涼，燒香三炷，跨過主樓門檻，九層樓閣，總計開窗八十一扇，卻不曾打開一扇，俱是緊閉。只不過底下四樓，點燃數千盞青燈，燈火輝煌，如佛光普照，因此樓內不會給人絲毫陰沉印象。

徐鳳年仰頭望去，是彌勒坐佛像，瞇眼低眉而視世人，大佛之大，位居天下第三，據說當初僅是金粉便用去數百斤。佛像建於八百年前，正值佛教第三場浩劫。大佛面相慈悲，輪廓柔和，一手放於膝上，一手作平托狀結印，翹食指，此手印不見於任何佛教典籍，歷代為僧侶疑惑，爭執不休，後世各朝，不曾對佛像本身做修改，只是重新賦彩添金，女帝登基以後，就對坐佛袈裟賦以濃郁彩繪。

徐鳳年入寺前便得知欲燃長明燈，要向雷鳴寺點燈僧人告之名諱祖籍等等，只得遺憾作罷。樓內空曠無人，偶有一陣清風入樓，四樓數千盞青蓮長明燈由低到高，依次微微浮搖，景象不似人間，彷彿置身極樂淨土。

香客不得登樓看佛，寺內僧侶也要在四樓止步。雷鳴寺建寺八百年，得道高僧大多停留在第六、第七層，唯有帝王可登至八樓，號稱九五至尊的帝王尚且如此，寓意在大佛面前自降一級階梯，自然至今無人可上九樓，連那有志一統天下的北莽女帝也不例外。

徐鳳年拜過大佛，正要轉身離樓，去附近一棟藏經樓觀景，一瞬心思微動，抬頭望去。

看見了一顆腦袋探出大佛手掌心，目光直直落在他身上，眼神冷清。

徐鳳年這一刻只覺得荒謬不堪，古怪心緒說不清、道不明。

這娘們兒，真是膽大包天了。

白衣洛陽。

坐在佛掌之上，彎腰伸出頭顱，在和徐鳳年對視。

徐鳳年心想要是黃寶妝那個溫婉女子，肯定不敢如此大逆不道。

徐鳳年自言自語道：「魔佛一線嗎？」

想起武侯城外雲層下墜天地一線的壯闊景致，恍惚間徐鳳年有一絲明悟，卻溜之而去，沒有抓住。

不知為何出現在雷鳴寺的洛陽沒有離開佛手，徐鳳年也不好上去，兩人只得對視。

接下來徐鳳年差點憋悶得吐血，白衣洛陽似乎惱火徐鳳年的膽小如鼠，身形飄落時，氣機洶湧如江河東流入海，數千盞長明燈剎那熄滅。

徐鳳年頭大如斗，暗自腹誹：「造孽啊！」

不知為何樓中無人看守大佛青蓮燈，徐鳳年也顧不得這些，在樓梯口一尊小龕前找到幾個火褶子，點燃以後，人如一尾游魚，沿著走廊倒退飄滑一周，身形所至，一盞盞長明燈接連點亮，底樓再次白亮如晝。

徐鳳年急匆匆登樓，燃起第二個火褶子，退行只為疾行不熄火花，有意無意，徐鳳年心神清澈如蓮池，一圈下來，再登三樓、四樓。

魔頭洛陽身為罪魁禍首，卻毫無愧疚心思，始終冷眼旁觀，她不再是那詞牌名為「山漸青」的黃寶妝後，不遮掩赤紫雙眸，邪意流溢。

徐鳳年點燃三千零八十九盞長明燈，駐足抬頭凝望坐佛。人視萬物如螻蟻，佛視眾生平等，燒香拜佛祈願，臨時抱佛腳，真能願有所得？菩薩們會不會不厭其煩？

徐鳳年收回神思，自嘲一笑，正要下樓，接下來一幕讓他措手不及，白衣女魔頭在樓下佛腳前，一握拳頭，接近四千盞長明燈的燈火被氣機牽扯，瞬間離開青色燈座，飛掠向坐佛，離石佛身軀幾尺以外懸停，佛身本就塗抹金粉，燈火照映之下，熠熠生輝，如大佛真身臨世，好一個佛光普照！

洛陽屈指一彈，三千餘燈火衝向九層樓頂，在佛頭附近炸開，流星萬點。

徐鳳年心中氣惱，也只得躍過圍欄凌空掠過，不斷拂袖招搖，能取回幾點火星是幾點。他大袖捲蕩，一些火星被丟回青燈燈座，一盞盞長明燈復燃，不過終歸力有不逮，才點亮青燈七、八百。

落地後，他又去小龕前拿起火褶子，望向女魔頭，後者轉身負手，望向門外，徐鳳年這才放心去點燈，青燈復燃如舊，徐鳳年如釋重負，緩緩下樓，站在洛陽身側。

她也不廢話，開門見山說道：「種家擅長盜陵，春秋戰亂時在南唐錢王墓得到一卷竹簡，記載了一件幾百年的機密，八百年前大秦那位千古一帝葬身在西河州境內，陸歸精通堪輿地理，於是兩家聯手來開墓盜寶。我對秦帝遺物沒有興趣，只不過不喜種涼這個人，他要做什麼，我就偏偏讓他做不成。」

徐鳳年皺眉道：「以妳天下第四的大神通，直接殺了種涼不就成了？種涼再厲害，比得過鄧太阿和洪敬岩？」

洛陽語調冰冷，「有這麼簡單？」

徐鳳年無言以對，妳這個天底下單槍匹馬殺人最多的大魔頭，當年輾轉北莽八州，見人就殺，一鼓作氣殺了幾千人，殺到北莽帝城被拓跋菩薩阻攔，才算止步，都稱得上屍山血海，怎麼這會兒還客氣自謙上了？不過徐鳳年沒把這份心思說出口，對上目盲琴師薛宋官就足夠搏命，跟洛陽過不去，實在是十條命都不夠她殺的。

徐鳳年也不敢把她當女人看待，以至於初見棋劍樂府山漸青，以他卓絕的記憶力，清晰地記住了她的容顏身段，敦煌城再見她時，只覺得臉孔模糊起來，這不簡單是由於洛陽氣勢磅礴，使得雌雄莫辨，而是一種感覺不怎麼好的水到渠成。在徐鳳年的直覺中，大魔頭必然會取代溫婉善良的黃寶妝，魔道消長，在這個女子身上魔性終會吞噬道性，使得黃寶妝最終變成天下人人聞之膽寒的大魔頭洛陽，這可能是徐鳳年生平第一次如此忌憚一個女子。

洛陽平淡說道：「我在這裡等了你兩天。」

徐鳳年一臉疑惑。洛陽猶豫了一下，說道：「你可知大秦皇帝的陵墓藏在何處？」

徐鳳年忍住差點脫口而出的刻薄反諷，咧嘴道：「要是知道，我就早拿鋤頭去刨墳挖寶了。」

洛陽走向一棟懸匾「如來如去」的高聳藏經閣，徐鳳年問道：「為何不見雷鳴寺僧侶？」

洛陽輕描淡寫說道：「你進寺前，我躺在佛像手掌休息，嫌他們誦經木魚功課聒噪，都打殺乾淨了。」

徐鳳年出樓外收斂的氣機傾瀉而出，大黃庭的海市蜃樓氣象巍峨，長衫袖口扶搖，只可惜應了那句俗語，道高一尺、魔高一丈，在洛陽壓制下，憋得徐鳳年不僅收回氣機，還有一口鮮血湧到喉嚨。

這時候，徐鳳年看到大雄寶殿那邊有僧人魚貫而出，黃色袈裟的披掛方式與中原略有不同，神色安詳，遙遙看到自己和洛陽，也僅是當作尋常富貴人家的香客，一些修為稍淺的和尚不過是多看了幾眼白衣洛陽，並未上心。

徐鳳年這才知道女魔頭開了個玩笑，拿他當猴子耍，一時哭笑不得，咽下那口鮮血。

洛陽卻雪上加霜，「你這種心智根骨，怎麼進入的金剛境界？我看不過是靠著北涼世子的身世和因身分結下的機緣，小家子氣，半點格局都無，白費了鄧太阿的饋贈。」

徐鳳年也不反駁，心中拿好男不跟女鬥這種站不住腳的理由安慰自己，順帶腹誹幾句。

洛陽洞察人心，嗤笑道：「你肯定在拿李淳罡跟我作對比，以為我取笑你根骨不行，只是五十步笑百步。但事實上我不光在一品前三境，金剛、指玄、天象都比李淳罡更早踏足，哪怕陸地神仙境界，也一樣不例外。」

徐鳳年毫無誠意地低聲說道：「對對對，妳武功蓋世，明天就打得拓跋菩薩抱頭鼠竄，後天就能讓王仙芝打成縮頭老王八，第三天就可以視天劫如無物，證道飛升跟玩兒似的。」

然後徐鳳年就飛入藏經閣，是被洛陽打入，一掌拍在後心，海市蜃樓潰散七八分。

一則徐鳳年不敢躲，二來他也想揣度洛陽的實力。苦頭之大，只有坐在閣內石板地面上的徐鳳年自己清楚，他抹掉滲出嘴角的猩紅鮮血，苦中作樂地養劍一柄。

喜怒無常的洛陽進閣後，看也不看徐鳳年一眼，徑直登樓。

名義上是藏經閣，實則是一座六層碑塔，木質階梯旋轉遞升。洛陽來到頂樓，舉目眺望歡喜泉，塔頂牆壁上篆刻有許多文人騷客的賞景詩文，因為後來者不講規矩，刻字重重疊疊，使得壁刻面目全非。

徐鳳年百無聊賴四下流覽，也沒瞧見幾首神韻俱佳的詩詞，都是無病呻吟之流，不過一些小曲殘句還算趣味上乘，如春風綠江南，古樹上鶯聲嫩等等，都一一記在腦中，想著以後見著那位被譽為雄絕文壇的二姐，剽竊了去獻寶。

無意間見到半句依稀可見的詩詞，徐鳳年拿手掌抹去。

徐鳳年站在視窗，略微放開氣機，視線逐漸清明，開始去記憶歡喜泉府邸的格式地形。隨著遺民北移，帶來一股南風北進的風潮，庭院建築沾染春秋風格無疑是最為直觀的現象，北莽不光是南朝，北邊的高門大族，也有不少追求小橋流水、庭院深深，而且極有青出於藍而勝於藍的趨勢，深諳南派建築精華，是一等一的大手筆，沒有非驢非馬的滑稽觀感。

徐鳳年身在鐘鳴鼎食王侯家，長年耳濡目染，對於這類事物的瞭解自然不會僅限於一知半解。清涼山的北涼王府樓廊曲折，以前鬧出過許多笑話，歷經千辛萬苦大半夜潛入王府的刺客，好幾批竟然戰戰兢兢逛蕩了一整晚，都沒能找到徐驍或者徐鳳年的別院，落網後那叫一個死不瞑目。這些笑話，一直被王府下人津津樂道，徐鳳年兩次遊歷以後，就不怎麼笑得起來。

還記得一次被溫華拖拽，去偷窺一位被這位木劍遊俠一見鍾情的士族女子，溫華踮起腳尖站在高牆外，聽著牆內佳人秋千上笑，後來只好讓徐鳳年彎腰，他站在好兄弟的肩膀上，才算見著了心儀女子，被護院家丁察覺後，拎棍棒追著一頓好打，徐鳳年也被折騰得腰痠背痛。關鍵是每一次溫華信誓旦旦的非誰不娶都靠不住，再見貌美女子，就要見異思遷，一起遊歷，也不知一見鍾情了多少回，徐鳳年氣不過，事後就挖苦他就算偷入了宅子，也做不來採花賊。

洛陽一語道破天機，問道：「你要去歡喜泉北邊殺誰？殺赫連威武？就憑你能成事？還是有北涼內應？」

徐鳳年搖頭道：「就去看看。」

洛陽譏諷道：「不小心被排名在我之後的魔頭種涼盯梢上，你就算活得下來，也要脫幾層皮。」

徐鳳年裝傻憨笑道：「不打算惹事，身上銀錢不多了，只是去順手牽羊幾樣值錢的物件而已。」

洛陽平靜道：「我跟你一同去。」

徐鳳年立即拒絕，「千萬別，我是去當賊，不是當殺人滅口的魔頭。」

洛陽轉頭，笑了笑，「我不會暴露你的行蹤，只是好奇你一個北涼世子想做什麼勾當。其實你心知肚明，我在武侯城沒有濫殺無辜，多半也不會去歡喜泉大開殺戒，你就別揣著明白裝糊塗了，當我是傻子，那也得等你到了天象境界，有資格與我拚命才行。不過以你的悟性，想要達到天地共鳴，我看懸。」

徐鳳年被揭穿所行目的，也就不遮掩，正大光明地眺望歡喜泉綿延府邸的布置。

洛陽突然說道：「你我互問一件事，各自作答，如何？」

徐鳳年想了想，問道：「我先問？」

洛陽直截了當說道：「不行。你已問過，我也回答，該我問了。」

徐鳳年憋屈得不行，洛陽又不是那個性子婉約的黃寶妝，何曾與人為善過，更別提善解人意了，對於徐鳳年的鬱悶也不理睬，直接問道：「你來北莽，最終想要做什麼？」

徐鳳年沉默不語。

洛陽安靜等待。

徐鳳年揉了揉臉頰，孤身赴北後第一次吐露心聲，輕輕說道：「見一個極為重要的人。二十年過去了，連我爹也不知道他是否還值得信賴，要想確認這一點，除了徐驍和我這個世襲罔替的北涼世子，沒有誰有資格去證實答案。要想見到他，我就得做一些讓他以為斤兩足夠的事情，否則光是一個世子身分，根本不管用。再多的內幕，我不能，也不想跟妳說。反正我知道，他若是真反了北莽再反北涼，我這趟北行，就註定要死在北莽。」

洛陽點了點頭，比較滿意徐鳳年的實誠，說道：「該你問了。」

徐鳳年小心翼翼問道：「黃寶妝真的死了？」

洛陽直接不予作答，跳過以後，面無表情問了第二個問題：「你要是一場豪賭功成，將來就能坐穩北涼王的位置？」

徐鳳年沒好氣說道：「還是不能。」

洛陽冷笑道：「好可憐的世子殿下。」

徐鳳年也不計較，問道：「妳去寶瓶州做什麼？」

洛陽扯了扯嘴角，回答道：「北冥有魚。拓跋菩薩等了一樣兵器，已經整整三十年，我要壞了他的好事，最不濟也要戰上一場。」

先是跟鄧太阿比劍，然後是阻撓種家尋寶，接下來還要去找北莽軍神的麻煩，妳這個娘們兒就不會消停一點？徐鳳年被驚駭得無以復加，不過很快恢復平靜，洛陽如果可以拿常理揣測，也就不會是魔道第一人了。

洛陽問了一個棘手並且晦氣的問題，「你要是死在北莽，可需要我幫你收屍送還北涼？」

徐鳳年嘆氣道：「那先行謝過。」

洛陽驟然笑靨嫣然，「其實在極北冰原，我若死在拓跋菩薩手上，你也逃不掉，到時候誰後死誰收屍。」

徐鳳年苦笑道：「妳就不能別跟拓跋菩薩拚命？妳還年輕，等到了陸地神仙境界再去廝殺，不就穩妥了？」

洛陽眼神生疏迷離，望向遠方，「十拿九穩的事情，乏味。」

徐鳳年輕聲道：「也就是我打不過妳，否則就要說妳真的很矯情。」

玩了一個文字遊戲的徐鳳年很快就被打陷入牆，落地後拍了拍灰塵，緩緩吐納，平穩氣機，敢怒不敢言。

徐鳳年突然泛起一個古怪笑臉，小聲問道：「聽說妳一路殺到了北莽皇宮外，慕容女帝站在城頭上，妳站在城牆下，是啥感覺？」

洛陽彷彿從未深思過這種事情，在徐鳳年以為她又要揭過不提，不料她緩慢吐出三字，「老女人。」

徐鳳年呆滯片刻，捧腹大笑。

原來這尊女魔頭刻薄起來，比起武功還要可怕啊。

北莽女帝聽到以後會不會氣得半死？

下樓時，徐鳳年還在偷偷樂呵，洛陽問道：「你剛才在牆壁上抹去了什麼字？」

徐鳳年停頓了一下，「只是很晦氣的東西，眼不見為淨。」

洛陽沒什麼好脾氣和耐心，「說！」

徐鳳年笑道：「雁已還，人未南歸。」

洛陽留給他一個背影，輕輕說道：「矯情。」

◆

武侯城竟驟雨忽至，忽又瓢潑停歇，跟逗人玩似的，不過徐鳳年將其當作一個好兆頭，整年也遇不上幾場大雨，恰巧就給他撞上了。大雨漸小，總算澈底沒了雨絲，徐鳳年憑藉鮮明記憶，領著白衣白鞋的洛陽走在陋巷小弄裡。

胡同裡三五成群的稚童女娃歡天喜地，去濕漉漉的牆根底下掀翻起瓦礫石塊，抓出幾隻長鬚犄角的水牛兒。徐鳳年倒是沒料到西河州這邊也有這類小蟲，想起了許多童年趣事，眼神也就溫暖了幾分。

孩子們拎起水牛兒放在臺階上，拿繩線在水牛兒身上繫上小石子，小傢伙們走得緩慢，孩子們也瞧著歡快。這些比鄰而居可謂青梅竹馬的孩子占據了大半巷弄，徐鳳年貼著牆根繞道而行，可後邊的洛陽卻徑直走過，一腳就踩死了一隻不幸遭遇滅頂之災的水牛兒。

主人是個紮羊角辮的白淨女娃，見到才到手的寵物死於非命，愣了一下，先瞥了一眼洛陽，不敢生氣，只好哇哇大哭，男童們也沒膽量給她打抱不平，只是怔怔望著那個白衣姐姐，漂亮是漂亮，就是脾氣太差了些。

徐鳳年生怕這群孩子無意中惹惱了女魔頭，趕忙先給洛陽打了個手勢，再屁顛屁顛去牆腳根忙碌一通，揪出兩隻水牛兒遞給羊角辮女孩，當作賠償。

孩子們心性單純，得到什麼，失去什麼，開心和不開心都來去匆匆，也就不跟這對哥哥、姐姐計較，稍稍離遠了他們，玩耍著水牛兒，聚在一起竊竊私語。

徐鳳年看了眼洛陽，無可奈何，心想莫非這就是伴君如伴虎？真不知道人貓韓貂寺怎麼熬過來的，是叫韓生宣？聽說擅長越境指玄殺天象，也不知真假，對上洛陽搏命，有四分勝算嗎？

徐鳳年浮想聯翩時，洛陽拐過了巷角，在一座攤子前停下了腳步，徐鳳年抬頭望去，是個販賣燒羊肉麵的狹窄店鋪。

洛陽率先落座，店鋪老闆是個肥胖婦人，不過長相面善，一看就是樂天的性格，見這對年輕男女都貴氣，越發熱絡，自賣自誇起自家的羊肉麵，說羊肉是前腿兒和腰窩子的嫩肉，而且潤味的小料純正，是傳了好幾代人的老方子，甘草、陳皮、黃醬，婦人一口氣說了將近十種，明顯生怕客人嫌棄店小物賤。

徐鳳年笑著要了兩碗寬湯過水的羊肉麵，婦人雖是生意人，卻也難掩厚道本性，肉足湯多不說，還撒上了大把的鮮花椒蕊和青綠香菜末，再遞了兩根生脆大蔥。

徐鳳年讚不絕口，他沒啥孩子緣，不過跟女人尤其是婦人打交道，委實是有天賦。店鋪子生意冷清，老闆娘就坐在附近桌上，笑個不停。羊肉湯麵做得俐落，徐鳳年吃得也俐落，洛陽倒是吃得緩慢，徐鳳年乾脆再要了一碗。

吃完結帳，碎銀太重，銅板太少，略有虧欠，徐鳳年本意是多付一些也無妨，不過婦人豪爽，也不知是下定主意要拉攏這兩位回頭熟客，還是惦念徐鳳年與粗糙漢子截然不同的俊俏，只要了銅錢，臨行前徐鳳年說離城前肯定還要來吃上一頓，老闆娘嬌笑不停，還說了幾句類似早生貴子的喜慶話，把徐鳳年嚇出了一身冷汗，好在洛陽置若罔聞，徑直離開鋪子。

一路悠悠回到客棧，洛陽要了一間上等獨院房屋，兩人約好子時相見。

徐鳳年回到屋子，見到一切安好無恙，就開始閉氣凝神養金蓮，期間默默養劍，一直到離子時還有兩刻時光，才開始準備歡喜泉之行。

其實有洛陽隨行，利弊皆有，壞處自然是這尊魔頭心性叵測，不知道會出什麼么蛾子，好處則是再壞的境地，徐鳳年都不至於身陷死地，哪怕是種神通和種涼一起出手，敵得過天下第四的洛陽？

夜幕深重，徐鳳年負劍春秋，佩刀春雷，來到洛陽所在別院，她正坐在臺階上仰望滿天繁星，武侯城樓高天低，景象異於南方太多。

洛陽給了一個眼神，徐鳳年躍上屋頂，一掠而過，也不用去想洛陽是否跟得上，她若是都跟不上，徐鳳年早可以去離陽王朝的皇宮隨便拉屎撒尿了。

洛陽如影隨形，徐鳳年換氣時好奇問道：「種涼只是排名第四的魔頭，為何妳說僅在妳之後？」

洛陽閒庭信步，言語冷清，「你那個暖房丫鬟，不一樣縮頭縮尾，只願意排在末尾。」

徐鳳年笑道：「當然都不如妳。」

第五章　徐鳳年他鄉遇故　徐龍象學成下山

歡喜泉南北皆權貴，有勁弩甲士巡夜，南方尚好，到了泉北，幾乎三步一哨，暗樁多如牛毛，好在徐鳳年對軍旅夜禁和城防布置並不陌生，也虧得洛陽樂意放低身架跟他一起鬼祟潛行。

來到種家府邸牆外，徐鳳年揀選了一處燈籠稀疏的僻靜死角，正要翻越牆頭，卻被洛陽一把拉住，她起身後身體在牆頭扭曲出一個詭異身姿，徐鳳年這才知道城牆上頭有門道，依樣畫葫蘆，這才知道牆頭上拉有懸鈴的纖細銀絲。

翻牆落地前餘光瞥見洛陽離牆幾尺處浮空而停，眼神戲謔，徐鳳年肚裡罵娘一句，定睛一看，換氣止住墜勢，身體如壁虎貼在牆壁滑下，這才躲過了層出不窮的玄機，不過也就她可以站在細絲上而不顫動鈴鐺分毫，徐鳳年自認尚未有這份能耐。主要是北涼王府一向外鬆內緊，即便包藏禍心，那也是喜歡關門打狗；相比之下種府就要謹小慎微太多，明擺著拒敵在先，讓人知難而退，不求如何殺人，這恐怕也是種家這條過江龍在別人地盤上刻意擺出的一種低姿態。

庭院建築只要是出於大家手筆，內裡自有法度，就必然有法可依，氣象巍峨的北涼王府是集大成者，種府在歡喜泉算是一等一的氣派，比起占山為王的北涼府還是不值一提。

徐鳳年走得十分輕鬆愜意，聽聲遇人便繞，好似自家散步，帶著白衣魔頭繞梁過棟穿廊，不過起先還能感受到洛陽的氣息，一刻鐘後就感知全無，徐鳳年也懶得杞人憂天，根據身分去揣度，不去種神通、種涼兄弟那邊惹禍上身，來到貴客陸歸的清雅院子。

越是臨近幾座主要院落，戒嚴程度越是鬆懈，這也是種家的自負。

徐鳳年如燕歸巢，掛在不映身影的簷下。屋內有明亮燈光，駕馭金縷刺穿窗紙，徐鳳年看到一名跟陸沉有六分形似的中年男子捧書夜讀，眉宇陰霾，還有一名麻衣老者相對而坐。

老者相貌清臒，十指交叉放在桌上，最為醒目處在嘴唇發紫，與北涼青囊大師姚簡如出一轍，分明是常年嘗土認穴導致，可見種家西行，的確是要借用陸家的堪輿術去探究秦帝陵。

麻衣老人手邊有一盞精巧黃銅燈，他與陸歸都憂心忡忡，並未因有望開啟帝陵分一杯羹而欣喜。徐鳳年還算有些理解，到了秦帝陵墓這種人間千古一帝的可怕規格，機關術只是小事，氣數沾染才是棘手的大事，陰氣過重，別說入墓之人往往暫時得寶卻暴斃，恐怕還要禍及子孫數代；那盞銅燈又稱作換氣燈，盛放童子精血，點燃以後，可趨避陰穢。

屋內老人嘆氣道：「三十六盞燈，到底還是少了。占卜也顯示凶多吉少。」

陸歸一臉疲憊，語氣無奈道：「事出倉促，到哪裡去湊足大周天數的陽燈。」

老者冷笑道：「種家莽夫，自恃武力，哪裡知道這裡頭的學問，根本不是人力可以匹敵的。」

陸歸輕聲道：「隔牆有耳。」

老人啞然失笑，「家主，種家兄弟這份胸襟還是有的。」

陸歸搖頭道：「小心駛得萬年船。大富貴面前，人人小肚雞腸。」

話已至此，老人也就不再言語，十指輕柔撫摸雕刻佛像的黃銅燈。他雖出身貧寒，卻大有一技之長，自幼跟一位不顯聲名的佛門大師學習造佛，那位釋教大師去世以後才被重視，譽為敦煌佛窟重興之祖，死後被追封全山方丈，尤其擅長製作觀音立像。

老人雖非僧侶，但獨具匠心，青出於藍而勝於藍，所造佛像不拘泥於觀音，號稱萬佛在心，三十二相，相好光明，八十種好，妙狀無窮。換氣燈是他首創之物，需知《戒大教王經》有言若是佛像的量度不夠如法，佛菩薩即使被高僧開光，也不來受寓。

通俗來說，市井間只知道請佛不易，卻不清楚是到底如何一個不容易，事實上佛像法相不佳，就會真佛不來而邪魔住，因此許多所供奉的場地，非但沒有福祥庇佑，反而諸邪橫生，這才導致供佛佛不靈，發願願不應，這就是並非菩薩不顯聖而是供佛不如法的根源了。老人深諳個中三昧，所造佛像才極為靈驗，廣受王侯功臣的追捧。

尤其是這盞黃銅燈，粗看不起眼，細看眉如新月，神韻盡出，可算是麻衣老人此生最高的成就，如果不是有他有燈，陸歸恐怕不管如何精於風水，也不敢來西河州蹚渾水。

陸歸舉杯小酌一口醇酒，緩緩說道：「竹簡上記載秦帝當初發動數萬民夫截斷大江，在浮出水面的山壁上開鑿陵墓，封死以後，再開閘放江水，民夫和近千監工將士則被御林鐵衛全部坑殺。其造穴手法之妙，隱藏真相手段之狠，都是前無古人、後無來者。生為帝王當如此啊。」

陸歸繼續說道：「我們要重開秦帝陵，就不得不要和持節令赫連威武勾連，否則如何做得來斷江的浩大工程。至於種家如何說服這倔強老頭兒，我們就不得而知了。也好，少知一祕事，少惹一是非。」

掛在簷下的徐鳳年皺了皺眉頭，八百年前秦帝陵、大秦皇后的驪珠、吐珠的白衣洛陽，怎麼感覺快要串成一線了。

被鄧太阿毀去那顆驪珠的洛陽，是要壞種家的好事，還是要成就自己的好事？

為虎作倀的徐鳳年那叫一個愁啊。

麻衣老人懷揣黃銅佛燈離開別院，陸歸挑燈夜讀一套與西河州官府索要而來的舊版地志，盜取帝王陵墓，牽一髮而動全身，要想從細微處入手，起碼得有個沒有偏差的大局觀。

早已是深夜，仍有客人造訪，徐鳳年斂起氣機，沒有動靜，在那對年輕主僕敲門時，輕易辨識身分——種桂的族兄——種檀。這位種家的嫡長子身邊跟著一個中人之姿都稱不上的貼身丫鬟，身段偏豐腴，可惜容貌太過不入眼，以種家子弟的底蘊財力，找這麼個女子當婢女，事出無常，徐鳳年就上了心，多瞧幾眼，記住了諸多常人不會在意的細節，例如腰間那枚作熏衣祛穢之用的小香囊，繡有半面琵琶妝女子花紋，讓徐鳳年記憶深刻。

婢女似乎猶豫是否要跟隨主子一同進入屋子，停頓了些許。

提有兩只壺的種檀看似大大咧咧，其實心細如髮，嘴上嚷嚷著：「陸祠部，叨擾了，知道你是老饕，來，嘗嘗小侄覥著臉跟隔壁求來的醉蟹，酒是當地土法釀造的黃河蜜子酒，這黃蟹跟中原那邊風味不同，到了八、九月，可就老得無法下嘴嘍，這會兒才是酒熏下嘴的絕佳時間。咱們啊，來得早不如來得巧，有口福了。」

說話間，種檀拉了一把婢女，也不管別號敬稱陸祠部的陸家家主是否允諾，就跟她攜手進入幽靜屋子。一壺酒、一罈醉蟹，種檀進入屋子，獻寶一般火急火燎掀開了泥封油紙壺蓋，連徐鳳年都聞到了撲鼻的誘人香味，感慨這位種家嫡長子真是個會享受的主。

陸歸笑著起身，跨過門檻迎接。種陸兩家是世交，他雖是長輩，只不過陸家在南朝一直被視作依附種家大樹的枝椏，陸歸更是大將軍種神通的應聲蟲，被取笑是一名御用文人，陸歸此時殷勤做派，底氣是大是小，可見一斑。不過種檀素來八面玲瓏，陸歸給面子，他也不一味端著高華門第嫡子的架子，入了書房，從婢女手上接過碗碟和醬醋，做起下人的活計。

陸歸隨手推去桌上書籍，笑語打趣道：「老饕、老饕，賢侄是取笑叔叔上了歲數啊。」

種檀一拍額頭，「老饕這個說法實在是討打，陸叔叔是南朝首屈一指的食客，曾作《素篇》，連皇帝陛下都笑言陸祠部是我朝當之無愧的清饞，比起老饕這個名頭，清饞可要雅致很多。」

對於女帝御賜「清饞」二字，陸歸一臉欣慰笑意，卻之不恭，並未自謙，不急於下筷，低頭彎腰聞了聞盤間醉蟹香氣，陶醉其中，又抬頭望向女子腰間，嘖嘖稱奇道：「稻穀姑娘香囊裡新換的蟻沉香，成了極好佐料，酒香蟹香沉香，三香相宜，讓陸某人大開眼界，原來稻穀姑娘才算真正清饞之士。」

女子面無諂媚，也無嬌羞，平聲靜氣說道：「不敢當，是劉稻穀貽笑大方了。」

這位女子是種檀的軟肋，誇她比誇他要受用無數，只不過世人溜鬚拍馬，要麼是稱讚劉姓婢女花容月貌，要麼是說她氣韻芙蓉，都拍不到點子上，徒惹種檀厭煩，境界遠遠不如陸歸對症下藥。不用種檀開口，陸歸就邀請女子一起品嘗異鄉風情的醉蟹。

果真如種檀所說，黃河打撈起的夏蟹，滋味半點不遜中原熟於桂子秋風的湖蟹，一手握酒杯、一手持蟹腳，陸歸吃得慢而津津有味。

劉稻穀倒酒時，有倒灑在桌面，拿纖手緩緩抹去，種檀也不介意這類無傷大雅的細枝末節，望向陸歸笑道：「陸叔叔，小侄這趟冒昧拜訪，也有給赫連威武捎話的意思，這位持節令肯交出這罈子醉蟹，歸功於他慕名叔叔你的那一手寫完亦自不識的狂草，這不才給你帶了酒，想讓叔叔藉著酒勁寫幅字，持節令說隨便寫都無妨，他還要猜猜到底是寫了啥。」

陸歸指了指種檀，調侃道：「你啊，俗人一個，哪裡比得清氣入骨的稻穀姑娘。」

種檀哈哈笑道：「不否認、不否認。」

吃過蟹、喝過酒，陸歸也寫了一幅字，潦草無邊，將近二十個字一氣呵成，鋒芒畢露。種檀性子無賴，認不得一個字，但是問過了所寫內容，是「利民之功一二，遠勝道德文章八九，幾近聖人」。這句話顯然有吃人嘴短的阿諛之嫌，不過陸祠部書法功底和清貴身分到底是都擺在那裡，這幅字送出去，如他先前三香相宜所說，是陸歸、種檀、赫連威武三方盡歡，而且陸歸本是做道德文章的讀書人，以貶低自己來抬高身為武夫的西河州持節令，不惜以「幾近聖人」四字去點評，可以說讀書讀出了灼然學識。

種檀送蟹酒而來，拿字幅離去，都是拿別人人情做兩面討喜的事情。

他和女子跨過房門，走向院子。

徐鳳年沒有去打量這對男女的背影，而是直直盯住窗孔內陸歸的神色變化，當看到陸祠部望向視窗，流露出一抹緊張時，徐鳳年便心知不妙，那時候婢女背對自己倒酒不慎，以手指而非袖口塗抹，徐鳳年就起了疑心，雖然不確定她如何得知自己的行蹤，但聯結陸歸的異樣，種檀十有八九要去喊人來收網，徐鳳年可沒當一隻悶罈醉蟹的興趣，春秋先發制人，剎那間氣機浩浩蕩蕩如銀河倒瀉，從上往下。不出所料，種檀只是轉身旁觀，有個粗俗名字的婢女則出手如驚雷，纖手添得香、研得墨煮得酒，一樣殺得人，輕輕一抬手，竟然隱約有宗師風度。

徐鳳年北行路上孜孜不倦鑽研刀譜，加上許多生死搏殺的砥礪，刀法臻於圓潤如意，春秋折了一個角度，急落急挑，撩向劉稻穀的手臂。

她兵來將擋、水來土掩，順勢五指成鉤，不退反進，也非敲指劍身或是硬扛劍鋒，而是指尖彙聚如磨刀石，發出的摩擦聲響，讓人耳膜刺疼，春秋劍一瞬顫抖起伏三十下。

徐鳳年不曾想已經足夠重視這名古怪女子，卻還是小覷了她的身手，急忙抽劍而還。一陣火星四濺，徐鳳年一劍無法功成，乾脆收劍入鞘，準備近身廝殺，沒料到女子一副得理不饒人的架勢，踏出一連串賞心悅目的小碎步，小院無風袖飄搖，雙手十指令人心寒。

徐鳳年練刀以來，翻閱過的刀譜劍譜可以堆出一座小山，其餘祕笈，只能算是泛泛，如女子這般外門功夫，也認識幾門形意龍爪的手法，當下也不好追究，既然她捨不得春秋劍，徐鳳年就遂了她心願，春秋離手以氣駕馭，氣焰暴漲，小院頓時劍氣縱橫，寸寸殺機。

婢女落了下風，種檀猶有興致笑道：「你這人挺有意思，跟我一個德行，不看臉，就都是英俊瀟灑的公子哥兒，一看臉，喜好小白臉的婆娘們兒就都要失望。難道你是我失落多年的兄弟？這位好漢，你姓啥名甚，要不說來聽聽？等會兒不小心死了，可就不明不白，太冤枉。」

徐鳳年出客棧前換上一張面皮，成了個面目猙獰的虬鬚大漢，如同雷鳴寺裡的一尊怖畏力士，跟上一張面皮的儒雅書生形象大相徑庭。

女子雖說不占優勢，卻也不是毫無招架之力。女子打架，撓人臉面，這姑娘還真是撓出大意味了。徐鳳年懶得戀戰，一劍扶搖式，氣勢如虹，種檀終於臉色微變，踏出一腳，地面被他踩得一大片龜裂。

徐鳳年一劍半出復還，身形扶搖而退，躍過院落牆頭，隨後幾個兔起鶻落，消失於夜幕，繼續嫺熟潛行，這也符合刺客的行事風格，一擊不成，當退則退。

種檀搖頭阻止劉稻穀的追殺，吹了一聲尖銳口哨，整座府邸頓時燈火通明，僕役點燈掛籠，士卒披甲持矛，死士擇地蟄伏，一切毫無慌亂，可見種家習慣用治軍之法治家。

種檀伸了個懶腰，笑道：「這傢伙估計就是殺種桂的那個，確實厲害。妳脫胎於公主墳獨有書藝的寫碑手也沒占到便宜，種桂不死才怪。」

他瞥了眼屋內，嘴角冷笑，陸歸肯定是當縮頭烏龜去了，出來做官的讀書人哪有不怕死的。

劉稻穀神情凝重，咬著嘴唇，「此人實力近乎一品。」

種檀老神在在道：「天塌下來有高個扛著，妳當我爹和叔叔都是擺設啊，咱們就別操這個心了，他要還敢亂竄，遲早一個死字。別說近一品，就是貨真價實的指玄，也得照死不誤。」

女子輕聲問道：「那這幅陸歸的草書？」

種檀抖了抖墨跡未乾的字畫，道：「算了，雞飛狗跳，就不給持節令大人添堵了。明天再送。」

種檀嬉皮笑臉離開院子，仍有大好心情吆喝道：「黃蟹六隻，洗淨瀝水，好鹽一斤二，尖椒一兩，下鍋入壺涼透嘍。」

劉稻穀安靜跟在身後，笑而不語。

「南朝首推名士，然後重農輕商，不過陸歸這些個文伶字臣，說到底還不是生意人，不過是販賣肚子裡的貨物，嘿，就能裝清高了？我呸。像他這樣飽讀詩書並且琴棋書畫樣樣精通的淵博大儒，我一個能打幾百個。」種檀念念叨叨，百無禁忌。

婢女忍俊不禁，輕聲道：「公子別忘了自己是差點成為狀元郎的讀書人。」

走在前頭的種檀這才後知後覺，汗顏道：「說得起興，給忘了。」

徐鳳年沒有托大繼續在種府裡逗留，在種家厚薄有分的勢力收網前一刻，兩害相權取其輕，翻過牆頭到了隔壁府邸。宅子很大，裝飾很簡，素樸得根本不像是一位持節令的住所，比起鄰居動輒拿紫檀、金絲楠當杉木使的豪奢闊綽，就跟家徒四壁的窮酸老農對比家財萬貫的富家翁，實在是丟人現眼。

這讓徐鳳年難免有些感觸，北涼鐵騎戰力雄甲天下，這一點毋庸置疑，只不過徐驍當上北涼王後，尤其是北涼軍新兵換老卒，許多老將大概是自覺乘龍無望，既然做不成開國勳貴，占據一隅之地，在二皇帝徐驍治下當個小小土皇帝也不錯。

亂世從軍，尤其是北涼軍將士，如狼似虎，更是泥沙俱下，比起忠義寨那些提刀成排砍殺百姓的山寇好不到哪裡去，沒幾個一開始就衝著經世濟民去的，誰不是想先好好活下來，然後博取功名光宗耀祖，大富大貴大安穩以後，也就以為一勞永逸了，可以躺在功勞簿上作威作福。對於下屬老將的為非作歹，只要不是太過火，徐驍也多是睜眼閉眼，偶爾敲打，也不太會折人顏面寒人心。

二姐徐渭熊曾屢次勸說，徐驍也是一笑置之，總是說再等等，結果這一等，就等了差不多十多年。徐渭熊去上陰學宮求學前，替徐鳳年這個弟弟打抱不平，當面對徐驍憤憤然說了一句，要麼杯酒釋兵權，要麼乾脆再心狠手辣，要學那歹毒的帝王術，趁早替子孫拔去刺手的荊棘，越早下手越適宜，再晚了，根深蒂固，徐家交給下一代的家業，就是個根子爛透四處漏風的攤子！但是徐驍仍是笑而不語，也難怪二姐每次返回北涼，他都是又喜又怕，次女的忠言逆耳，實在是讓這位北涼王頭疼。

徐鳳年心中唏噓，悄悄行進在持節令府邸，這裡夜禁稀疏，也不是那種暗藏殺機，是真正從頭到尾的寬鬆。換個角度說來，這兒才像是一個家，而不是一座變相的軍營。

然後，徐鳳年在湖邊見到了兩名故人，一位很故，一位很新。

饒是心志堅定的徐鳳年，望向這一對意料不到的人物，也有點瞠目結舌。

很故的那一位，他鄉遇故知，白髮帶刀。

至於相對很新的，不賣瓜了，來持節令府邸釣魚？

◆

人在他鄉，危機四伏，沒有什麼比見到故人如故更值得高興的事情了，紅薯是這樣，白髮老魁也是如此。可惜徐鳳年還沒來得及高興，當初被他從聽潮湖底放出來的老魁就犯渾，兩柄釘入琵琶骨的雪亮大刀肆意飛舞，朝徐鳳年飛旋而來，先前種府劉稻穀的寫碑手，那是女子繡花的手腕，到了老魁這邊，可就是大潑墨了，一時間持節令內府湖畔風捲雲湧，賣瓜老農才要咬餌上鉤的游魚感知到漣漪，也就搖尾逃離。

徐鳳年也不言語解釋，暫時示敵以弱，然後驟然發力，搭配野牛群中悟得的游魚式，用偷師而得的胡笳拍子拍散一連串凌厲刀勢，再猛然躍起，一記仙人撫頂，把始終蓄力三分的白髮老魁給砸入地面。

老魁屈膝站在坑裡，不怒反喜，一張老臉眉開眼笑。老到成精的人物了，自然知道輕重，不宜朗聲作豪邁狀，只是嘖嘖道：「好一個世子殿下，沒出刀就有老夫兩三分的火候了。」

徐鳳年苦笑道：「楚爺爺謬讚。」

老魁跳出泥坑，一把摟過徐鳳年的脖子，半點生分都沒有，「哪裡哪裡，你小子出息大發了，老夫算你半個師父，看著也舒坦。」

徐鳳年齜牙咧嘴，也沒好意思反駁。被晾在一邊的釣魚翁神態自若，都沒望向這邊，很識趣，卻不合理。

白髮老魁藏不住話，拉著徐鳳年坐在湖邊，竹筒倒豆子，一氣說完，牽帶出許多駭人內幕，「這老頭兒就是西河州的持節令，叫赫連威武，跟老夫一樣，都是公主墳的客卿，不過咱倆路數不同，他偏文、我偏武，明擺著我更厲害一些。知道你小子心眼特多，肚腸彎來拐去，不爽利，老夫就不賣關子，你聽著就是，信不信由你。

當年徐驍帶著二十幾萬兵馬殺到這邊，赫連武威武藝不精，行兵布陣的本事也馬虎，差點給一頭姓褚的肥豬給宰了，是徐驍放了他一馬，相當於有過救命之恩，就算赫連老頭知道你的身分，也不會給你穿小鞋，大可以在這邊吃好喝好睡好，不過府上丫鬟女婢姿色一般，大多上了年紀，你要是實在憋壞了，熄燈以後，將就著也還能湊合。至於老夫為何會跑去跟劍九黃打架，被關在湖底，不提也罷，不是啥光彩的事，而老夫怎麼成了公主墳的客卿，有規矩，不能說。」

赫連武威終於插嘴，先向徐鳳年溫煦一笑，繼而剮了一眼認識了半輩子的老友，不留情面地譏諷笑道：「有什麼不能說的，不就是你這色胚沒眼力見兒，見著了公主墳的姑娘，垂涎人家的美臀如滿月，結果沒能霸王硬上弓，反倒給一個婆姨硬生生打趴下，淪為階下之囚。客卿一說，也是你沒臉沒臊自封的，公主墳的客卿，三百年才出了六個，前五個都死了，第六個坐在你身邊，你瞎掰扯個啥，死要面子活受罪！要不是琵琶骨釘入雙刀，被迫棄劍練刀，你在劍道歧途上走上十輩子都沒當下的武學成就。」

老魁不是惱羞成怒至交朋友的揭短，而是流露出一抹恍惚，盤膝而坐，望向湖面，喃喃道：「真是個好姑娘啊。」

赫連威武嗤笑道：「現在你再去看上她一眼，要是還能說這種話，我就服氣。」

老魁哈哈笑道：「都一大把年紀，是快入土的老頭、老嫗，不用見了，留個當年的好念想就行。」

徐鳳年站起身執晚輩禮，畢恭畢敬作揖說道：「徐鳳年見過赫連持節令。」

赫連威武也不拿腔作勢，將魚竿擱在一邊，擺手道：「不用客套，城外相逢，你我言語投機，脾氣相近，能做忘年交才好。你若仍然放不開，你我叔侄相稱即可。」

老魁訝異道：「赫連老頭，以前沒見過你對誰家後生這般好說話啊。咋的，因為這小子是徐驍的長子，你要為投敵叛國鋪路？」

赫連威武罵道：「放你娘的臭屁！」

有白衣踏湖而來，徐鳳年頓時頭大如斗。不過當他看到身邊兩位老人的做派時，就直墜雲霧，完全摸不著頭腦。僅在幾人之下的堂堂北莽西河州持節令拍了拍衣袖，從小竹凳上站起，雙手疊腹，擺出恭迎貴客的模樣，老魁雖說有些不情不願，仍是屈膝跪地，雙手撐地，甕聲甕氣說道：「公主墳罪奴參見大念頭。」

公主墳是位列北莽前五的頂尖宗門，跟提兵山、棋劍樂府這些龐然大物並駕齊驅，神祕異常，八百年傳承，與外界幾乎從不沾染因果，徐鳳年在聽潮閣密卷上也只知道公主墳內有大念頭、小念頭之別，各有勢力劃分，紅薯親手調教出來的敦煌飛仙舞便起始於公主墳的彩衣飛升圖，是典型小念頭一脈的沉澱碩果。

徐鳳年打死都沒有將魔頭洛陽跟公主墳聯結在一起，況且還是公主墳大念頭身分，在徐鳳年原本印象中，洛陽就是那種橫空出世的天人，孑然一身，一騎絕塵，孤苦終老，死後無墳無憑弔。

洛陽駕臨以後，氣氛詭譎。她彎腰撿起赫連威武的釣魚竿，換了魚餌，揮竿入湖。另一層隱蔽身分是公主墳客卿的賣瓜老農恭敬，卻也不畏懼，坐回凳子，轉頭笑道：「鳳年，我問你公主墳何為公主墳？」

徐鳳年搖頭。

赫連威武緩緩道：「公主墳乃是當年大秦開國皇帝心愛幼女的墳塋，父女同葬，同陵不同穴。後世公主墳女子，都是守靈人。」

徐鳳年疑惑問道：「大秦皇后陵墓卻是在龍腰州？」

赫連威武扭頭望了一眼洛陽，這才輕笑著說道：「這就是一些上不得桌面的帝王宮闈祕聞了，你想聽？」

徐鳳年也沒把自己當外人，「方才在隔壁府邸那邊，不小心成了刺殺陸祠部和種家長公子的刺客，聞到了伯伯祕制的黃河醉蟹，要是用來下酒……」

赫連威武踢了老魁一腳，「僅剩幾罈子醉蟹都給你這老不修的傢伙偷藏起來，去去去，拿來。」

老魁撓撓滿頭白髮，轟然起身，帶起雙刀鐵鍊子嘩啦啦作響。沒多久捧了幾只罈子返身，一一丟給赫連威武和徐鳳年，不過後者那一罈飛至半空，就給白衣女子剪徑搶了去，撕掉油紙罈封，也不撕蟹，只是仰頭，暴殄天物地灌酒。

男人說起女人，尤其是有故事的女子，總會格外唾沫四濺。三個大老爺們兒，一個位高權重的持節令，一個莫名其妙的北涼世子，一個行走江湖的刀客，就這麼跟婆娘般說起了李家長、王家短，十分沒品掉價。

赫連威武含糊不清說道：「我聽長輩提起過，秦帝心儀的女子給善妒的大秦皇后鴆殺，只因皇帝私下帶那女子在驪山瞭望臺，說了寡人一統天下，終於可以愛美人不愛江山了，這麼一句情話，不知怎麼就入了皇后的耳朵，第二天女子就被鴆殺，而那女子才懷上龍胎，這讓秦帝暴怒，不顧群臣反對，下密旨不准皇后死後同穴而葬。後來大秦皇后抑鬱而死，秦帝似乎心有愧疚，將那顆驪珠賜給陪他一起打下江山的皇后，讓她銜珠入棺。」

徐鳳年不知死活地說道：「然後就給洛陽搶了去？」

老魁笑容古怪，赫連威武停頓了一下，打趣道：「想知道答案，你自己問去。」

徐鳳年破罐子破摔，「喂」了一聲，問道：「妳怎麼成了公主墳的大念頭？」

洛陽直視湖面，靜等魚兒上鉤，冷冷清清答覆道：「你找死？」

徐鳳年尷尬笑了笑，老魁一臉幸災樂禍，落井下石道：「小子，你真給男人丟臉。」

洛陽甩竿而起，魚鉤上無魚。

她釣起的是一整座湖水！

好一汪大水。

如此一來，連老魁都噤若寒蟬。

洛陽拋竿入湖，起身離去，依舊是神龍見首不見尾的高人風範。

赫連威武笑道：「這位大念頭什麼都好，就是脾氣……」

老持節令也未繼續說明，當作留白餘味。

他換了一個話題，解釋道：「種家幾年前就在離黃河稍遠購有千里土地，這次藉口改換河道，表面意思是要讓種家貧田作良田，我若不是公主墳的客卿，也就被他蒙蔽了去。種神通許諾五年內有二十萬斤鐵器運入西河州，廉價賣給控碧軍，這對我來說，實在是不得不去死死咬住的魚餌。家醜也不怕外揚，魔頭種涼是公主墳小念頭的姘頭。不光如此，這次截河盜陵，也藏有洪敬岩的身影。

此人心機深沉，野心之大，整個北莽江湖估計都填不滿他的胃口，大念頭當初能夠吞珠，便是他存了讓大念頭養珠的凶惡心思，好在天底下就沒有算無遺策的人，洪敬岩算漏了大念頭的境界攀升，珠熟時，非但沒有取走大念頭的境界，反而落敗，差點就走火入魔。」

徐鳳年感慨道：「怎麼聽上去，洪敬岩比拓跋菩薩還要可怕。」

赫連威武點頭道：「拓跋菩薩跟徐驍是一路人，就算輸給他們，也心服口服。洪敬岩則不同，性子很是陰鷙，不可不防。此人前段時日與捧盤銅人一同去了趟涼莽邊境，明面上是跟陳芝豹戰了一場，內裡如何，天曉得。」

徐鳳年望向漸漸平靜如鏡的湖面，感到一種風雨欲來的窒息。

老魁突然說道：「小子，你可知道兩禪寺龍樹僧人到了道德宗，在那座天門前坐了三日三夜？真是可憐，被麒麟真人打了三天。」

徐鳳年憂心忡忡，「老住持死了？」

老魁搖頭道：「還沒，佛陀金剛身，確實了得，不過估計也扛不下多久時分了。這場道首對陣佛頭，我看老和尚比較懸。」

徐鳳年心知肚明，看似道首殺佛頭，其實就是道教滅佛門了。

赫連威武笑道：「見過了老和尚的菩薩低眉，接下來也不知道能否見到白衣僧人的金剛怒目。」

徐鳳年想起了東西姑娘和南北小和尚。

◆

種府經歷刺殺以後，府中上下明暗各處，依舊井然有序，大將軍種神通甚至都未露面，只有種涼在陸歸別院站了片刻，不痛不癢問過婢女劉稻穀幾句，再看了幾眼被劍氣波及的地面，也沒有半分凝重表情。

見到身材魁梧的種涼，陸歸鬆了口氣，他雖然年少時便不喜此人的離經叛道，但某些時候不得不慶幸自己並非種家老二的敵人。

在陸祠部眼中，種涼行事荒誕，根本看不透，當自己和同齡人種神通還在家學私塾寒窗苦讀時，少年種涼就已經殺過許多人，據說及冠前去了一趟公主墳，以至於錯過了及冠禮，後來成親，新娘子是八抬大轎抬入了種家府邸，可新郎官卻不見了。劣跡斑斑，把種家老太爺氣得七竅生煙，老太爺歸西時，種涼也沒能見上一眼。

陸歸的如釋重負，除了見到有魔頭種涼坐鎮府邸，還有不為人知的原因。關於種桂的暴斃，他已經聽過女兒陸沉的說法，打心底半點不信，可既然種桂前腳剛死，後腳就有高明刺客堂而皇之入府針對種檀，等於側面證明了陸沉的說法，這對陸家是天大的好消息。

福禍相依，女兒破相，加上冥婚，還有接下來的進入秦帝陵墓，一旦回到南朝，整個陸家都會得到一筆豐厚的報酬。陸歸想起可憐的女兒，說了一句自相矛盾的言語：「可惜是女兒，幸好是女兒。」

◆

持節令赫連武威的那個家，唯一配得上持節令身分的，大概就是引泉入府做湖。

夜已深，睡意卻淺。沒了洛陽在場，三個男人談興正濃，都是粗人，少有引經據典的高談闊論，經過交談，徐鳳年才知道在老持節令眼中，徐驍六名義子，陳芝豹是當之無愧的帥才，但接下來稍遜的兩位將才，褚祿山竟然還要在袁左宗之前。

說起這個帶給老人兵敗被俘恥辱的死胖子，持有一州權柄的老人非但沒有記恨，反而毫不掩飾其欣賞之意，說褚祿山治軍嚴酷，尤其是擅長率領一支孤軍，深入必死腹地，是真正意義上沙場百戰九死一生的福將和猛將，智勇兼備。

徐鳳年因為年紀的關係，錯過了春秋時期那些舉國大戰，對於褚胖子，只記得他那張笑咪咪、白嫩嫩的肥臉，臃腫到幾乎見不到眼睛和脖子，很難想像他領兵陷陣殺敵的畫面。今天聽過了赫連武威的讚譽，才驚覺褚祿山要是真反了，似乎比袁左宗暗中靠攏陳芝豹還來得後患無窮。

赫連武威喝了口酒，滿臉紅光，肌膚褶皺如松紋，越發像個老農，「聽說過一些個得天獨厚的門閥公子練武最終練成高手，還真沒聽過有藩王嫡子成就大氣候。」

白髮老魁拆臺道：「這小子運氣好，有劍九黃和李淳罡這樣的領路師父。老夫要是打小就有一座聽潮閣，保準十八歲之前就入一品。再有高人指點，三十歲之前絕對到達指玄境界。」

赫連武威斜眼道：「你要是來做北涼世子，早投胎十八回了。」

老魁瞪眼怒目，赫連武威哪裡會懼怕他的示威，懶得理睬。

徐鳳年坦然自嘲道：「是運氣好。道教有說人自受胎時算起，男子的先天稟賦，以八為準，七八五十六歲之後，就已經生氣全無，只留後天餘氣強撐，所以富貴老者，年邁再信黃老，去求道修長生，往往成為奢望，也僅是稍微延年益壽。練武確實八歲前築基鍊體極為重要，十六歲前要是還沒有下苦功夫，想成為高手，跟做夢差不多。我小時候自己倒是也有成為頂尖劍士或是一流刀客的想法，不過耽誤了，後來歸功於上武當山，被王掌教灌輸大黃庭，後邊的境界攀升才能一日千里。說到底，靠自己的很少，靠家世的占多。」

赫連武威搖搖頭，「我不愛聽這種話。我是過來人，知道其中的艱辛。」

白髮老魁總算說了句良心話，「其實你小子還是有些韌性的，這個老夫還真不好意思否認。不過說句潑涼水的話，你這輩子啊，是追不上大念頭這些怪物了。」

赫連武威罵道：「就你屁話最多！」

徐鳳年笑道：「武功這東西，說到底還是練了再說。」

老魁愣了一下，嘀咕道：「跟劍九黃一個德行。」

徐鳳年好似沒有聽到這句話，問了個關鍵問題：「赫連伯伯，那這次是否答應截河，讓秦帝陵浮出水面，重現天日？」

赫連武威瞇眼喝酒，沉思良久，才緩緩說道：「原先老頭兒我不打算咬餌，後來大念頭來到府上，就變了主意。誰是蟬，螳螂、黃雀、彈弓，就看各自天命了。」

徐鳳年突然笑道：「赫連伯伯，治軍、治政兩事，都要跟你學學，能學到幾分皮毛是幾分。」

老持節令爽朗道：「不藏著掖著。我膝下無子也無女，好不容易攢下點墨水學問，總不能都帶進棺材。事先說好，你要真心想取經，還要跟我一起走走看看，書上東西，我知道得少，也不樂意教你。」

徐鳳年笑著點頭，老魁咕噥道：「你們這些當官和將要當官的，一刻沒得清閒，比習武還無趣。」

一老一小相視一笑，跟老魁說軍政，不是對牛彈琴是什麼？

喝酒之餘，徐鳳年在心中默默算計，如下棋局。

公主墳一分為二，大念頭洛陽，聽上去除了客卿赫連武威，再無其他可供驅使的勢力，致命的是這位持節令不好陷入太深，隔岸觀火，即便有實質性的支援，也不可能明目張膽地調動兵強馬壯的控碧軍，好在有白髮老魁楚狂奴不出意外會親身涉局。小念頭那邊，與種涼有所勾結，應該對開啟帝陵一事起碼會是睜一隻眼、閉一隻眼，甚至極有可能就是想擺脫八百年守靈人身分的枷鎖。

種陸兩家不用多說，連跟赫連武威同一階級的權臣種神通都親臨西河州，傾巢出動的門閥勢力註定驚人。這之外，會不會有趨利而至，聞腥而來的雜亂山頭，尚未明瞭，但板上釘釘地會有，而且不容小覷。

徐鳳年則是被洛陽強行捆綁到一根線上，出力多少，得看局面的險峻程度，按照徐鳳年的本意，這種吃力不討好的渾水不蹚才穩妥，他這麼一個從小在聽潮閣爬上爬下的傢伙來說，對於祕笈和寶物，實在提不起興趣。渾水摸魚，那也得摸魚的人喜歡吃魚才會使勁。一場亂局。

徐鳳年皺著眉頭慢慢喝酒。赫連武威瞥了一眼，笑意老辣而玩味。

◆

兩禪寺貴為天下寺廟之首，住持龍樹僧人更是被尊為佛門佛頭，但其實真去了那裡，才知還遠不如一些地方州郡名山上的寺廟，一點都不大山大寺、大佛大殿，尤其是老住持龍樹和尚的住處，尤為簡陋，跟山下鄉野村人無異。

一棟還算結實的茅屋，庵廬逼仄，庭戶也算不上平寬。只遙遙聽得溪泉潺潺，卻不見溪水，牆隅老雞新樹柵，多走幾步，指不定還會踩到幾坨雞糞，屋後有一株古柏，也無什麼玄乎的說法說道，樹蔭下有一口大水缸，兩禪寺的僧人在住持帶頭表率下，務實力行，不可視耕作為恥。龍樹和尚每次在黃昏裡勞作歸來，就會去水缸洗去泥土，缸底便沉澱了許多淤泥，倒是聽說有江南名士拿這些泥去制了一柄名壺，廣為流傳。

這會兒一對男女就站在水缸前交頭接耳，老住持出寺下山，要去萬里以外的北莽跟人吵架，這些雞鴨總得有人養活，就交給了這兩個打小在山上長大的孩子，反正他們也常在這邊玩耍，最是熟門熟路，老和尚放心得很。

小和尚披了一件嶄新潔淨的青儐玉色袈裟，兩禪寺跟龍虎山天師府不同，哪怕有朝廷賞賜，也不喜歡披紫，小和尚的袈裟已是寺內極少數高德大僧才能穿上的規格，不過當下唇紅齒白的清秀小和尚一臉惆悵，言語中滿是猶豫，「李子，又有人來寺裡討要這口大缸裡的泥垢了，妳說咱們給不給啊？」

女孩伸手攪渾一缸清水，順帶白眼道：「不給！天底下哪有做客人的登門卻白拿物件的道理，也忒不要臉皮了。」

小和尚眉頭都要皺在一起了，「可老住持只要有泥，每次都會答應啊。」

少女瞪眼道：「這會兒老住持不在，就是我當家，我說了算！」

「師父、師娘要是知曉，可又要念叨我不懂待客之道了。」

少女明眸一亮，揚揚得意，自以為找了一個折衷的周全法子，「要不咱們一兩泥土一兩銀子，賣給那個人？」

小和尚是個不開竅的死腦筋，顯然沒這份聰慧，一臉為難，也不敢反駁少女，只好不說話。

少女想了想，一本正經說道：「一兩泥賣一兩銀子，好像是有些太欺客了，算了，不管他扒走多少，咱們都只要他一兩銀子。出門在外行走江湖要精明一些，既然在自己家裡，還是要厚道。你看上次去北涼王府，徐鳳年都對咱們出手闊綽得很，那才叫大氣，我也不能小氣了。」

南北小和尚咧嘴燦爛一笑。

東西姑娘從水缸縮回手，小聲叮囑道：「回頭到了我娘、我爹，還有老住持那裡，你可不能說我掙了一兩銀子，記住了沒？」

小和尚憨憨笑了笑，想了個可以不用打誑語的笨辦法，「等會兒賣泥的時候，我去山上把雞鴨都趕回籠子裡，什麼也沒看見。」

東西姑娘丟了個白眼，「你以後上了年紀，肯定也是笨死的，哪有可能成佛，燒出舍利子。」

小和尚摸了摸光頭，有些難為情。

正在東西姑娘準備去找厚著臉皮待在寺裡不肯走的江南名士做買賣，就看到一位身材高大的白衣僧人慢悠悠晃蕩過來，她雙眸笑成月牙兒，小跑過去，喊了一聲爹，正在學雞叫拐騙那些老雞回籠的小和尚也揚起一個笑臉。

白衣僧人揉了揉女兒的腦袋，讓她忙自己的事情去，小姑娘天真爛漫，無憂無慮，給了笨南北一個別說漏嘴的眼神，這才蹦蹦跳跳遠去。笨南北其實不笨，只看了一眼師父的神色，就知道有事情，停下手上趕雞回舍的滑稽動作。

白衣僧人李當心猶豫了一下，說道：「你師父的師父吵架不行，打架更不行，我得出門一趟，我不在的時候，你顧著點李子。」

笨南北使勁點了點頭，隨即問道：「師娘知道啦？」

李當心笑道：「小事聽她，大事隨我，這些年都是這麼過來的。」笨南北撇過頭，心想自打他記事起，就沒見過一件有啥是聽師父的大事，可不都是聽師娘的。

白衣僧人摸著自個兒那顆大光頭，知道這個笨徒弟心中所想，哈哈笑道：「這次不就是大事了嗎。」

笨南北小心翼翼問道：「師父，能和老方丈一起回寺裡吧？」

白衣僧人嘆息一聲，「不知道。」

南北小和尚二話不說，追李子去了，一會兒就帶著怒氣衝衝的東西姑娘回來。白衣僧人無奈一笑，家裡四個人，媳婦說話不如女兒管用，他也就能叨叨這個徒弟了，可惜這個笨蛋還胳膊肘總往她們那邊拐。

小姑娘叉腰道：「爹，你要下山，為什麼不跟我知會一聲。」

白衣僧人訕訕笑道：「怕妳不許。」

李子姑娘臉色很快由陰轉晴，正要說話，知女莫若父，李當心搖頭道：「李子，妳不能去。」

小姑娘臉色黯然，低頭望著腳尖，似乎隱藏自己紅了眼睛的神情，問道：「娘答應了？」

白衣僧人「嗯」了一聲。

李子姑娘走近他，輕輕扯了扯袖口，「要不我去跟娘求一些銀錢？」

「不用，留著買胭脂水粉，打扮得漂漂亮亮，爹光是想著家裡的李子，想著想著就能不冷不餓。」

「又吹牛。對了，爹，寺裡有很多大光頭、老光頭都會打架啊，要不喊上跟爹一起去唄？」

「不用，爹走得快，他們跟不上的。」

「哦。」

「爹不在家裡，要是悶得慌，就跟南北下山去走走玩玩。太安城妳不是沒去過嗎，那裡的胭脂才好。爹是沒錢，不過妳爹師父的方丈室有很多好東西，拿去賣了值錢，比起賣水缸裡的臭泥巴可賺許多，就像老方丈那個經常禪定的蒲團。」

「這樣不好吧？」

「有啥不好的，回頭讓南北給編織個新的。」

「唉，走吧走吧。還有，不許勾搭那些投懷送抱的女子，讓娘親生氣。」

「哪能呢，在爹眼裡，除了李子和妳娘，就沒女人了。」

上山路上，許多香客都看到一位僧人白衣飄飄。

一些年輕女子和婦人，都下意識多瞧了幾眼。

江湖百年，佩有木馬牛的青年劍神李淳罡，是真風流。

白馬白衣還太安，皇帝親迎牽馬入宮，那時候的李當心，也是真風流。

離遠了兩禪寺，四下無人處，有白虹掠空。

◆

江湖上開始盛傳一名橫行無忌的年輕人物，黑衣赤足，一頭亂髮，如彗星般崛起。他帶了頭體型得有尋常老虎兩隻大的巨型黑虎，先是南奔上陰學宮，然後筆直衝向北涼，一路上也不曾主動傷人。

少年不苟言笑，既不做行俠仗義的好事，也不做恃武為惡的歹人，不過若是有人主動尋釁，攔在路上，迄今為止，沒有誰留下一具全屍。黑衣少年宛如北莽王朝的白衣洛陽，勢不可擋，很多江湖中不知輕重的愣頭青欺負他單槍匹馬，掂量掂量了斤兩，覺著可以拿他做積攢聲望的踏腳石，大多都給撕裂四肢，或是被黑虎吞食。

一人一虎過境時，消息略微靈通的當地大門大派都按兵不動，告誡宗門裡的年輕後輩不許去湊熱鬧。期間又有六、七撥來歷不明的殺手，前赴後繼，下場尤為淒慘。那少年根本就是刀槍不入，一身蠻力之巨，可以掀船摧城。

三百鐵騎疾馳出涼州城，迎接黑衣少年徐龍象。

黃蠻兒面無表情地回到空蕩蕩的北涼王府，在梧桐院見著了那個只有形似並無神韻的偽世子，若非被幾位他還認得的丫鬟姐姐不惜性命去攔著，就要給當場轟成肉泥。

少年沒有見著哥哥，也沒能見到還在邊境巡視的徐驍，似乎有些不知道該幹什麼，在聽潮湖邊發了會兒呆，又去梧桐院子裡蹲著，誰也勸不動，也少有敢勸的，何況小王爺身邊還有一頭恐怖黑虎。然後黃蠻兒就煩躁不安起來，似乎發現自己迷了路，開始在北涼王府內橫衝直撞，那些層層樹立的院落牆壁都給撞出窟窿，無人敢站在小王爺的前方。

北涼王府都知道世子殿下迎回了兩名姿色絕美的外鄉女子，年輕一些的就住在梧桐院，深居簡出；少婦風韻的那一位，美得讓人恨不得多生出一對眼珠子，可惜比起偶爾還會去湖邊散步的女子，她只在那植滿蘆葦的一畝三分地上，從不踏出半步，留給眾人的婀娜身影，也多是驚鴻一瞥，便再難釋懷。

弟弟神祕失蹤以後，慕容梧竹過得寂寥，可也不悲傷，她在梧桐院寄人籬下，好在她那打娘胎帶來的沒火氣的溫婉性子，讓她比較蘆葦蕩裡的孤清裴南葦，相對容易被二等丫鬟們接納。

都是離鄉漂泊的外人，慕容梧竹時不時會去臨水蘆葦那一片探望裴南葦。今日兩人聽聞王府動靜，慕容梧竹忙不迭地拎著裙角，跑出屋子，站在高臺眺望，沒能看到熟悉的修長男子，只看到一個瘋魔般的赤足少年，她除了畏懼，還有無法掩飾的失落。

裴南葦始終沒有離開屋子，見到失魂落魄的年輕女子返身坐下，心中悄悄嘆息。那個姓徐的浪蕩子，值得妳如此牽掛嗎？

慕容梧竹定了定心神，柔聲道：「裴姐姐，我見著了從龍虎山修道歸來的小王爺，長得可跟他不像。」

裴南葦促狹問道：「他？是誰？妳弟弟，還是北涼王？」

慕容梧竹滿臉通紅，低頭揉捏著衣角。

裴南葦看著她，沒來由生出一些羨慕。女子在年輕時候能嬌羞便嬌羞，上了歲數，就要面目可憎了。

慕容梧竹生怕還要被取笑，找了個藉口離開，裴南葦也未起身相送。她的小宅子屬於臨湖填水而造，這才可以四面環葦，盛夏時分，蘆葦青綠，幾對野生鴛鴦交頸浮游。

她走出屋子，屋外沒有鋪就石板，盡是泥地，她脫去鞋襪拎在手上，走在好似與世隔絕的蘆葦叢中，輕輕抬頭北望。

給王府解圍的是僅率幾十騎緊急趕回的袁左宗，對於這位北涼王義子，黃蠻兒還算認得他。外人也不知袁左宗說了什麼，小王爺立即安靜下來，幾十精騎來不及用膳，就出府出城，一路馬不停蹄，來到武當山山腳，徐龍象一路赤足狂奔，速度猶有勝出奔馬。

上一次世子殿下來武當，只有老掌教王重樓下山迎客，今日「玄武當興」四字牌坊下，也只站著一個道袍素樸的年輕人。袁左宗與這名李姓道士點過頭，下馬站定。黃蠻兒興許是在龍虎山小道觀待久了，跟老天師朝夕相處，對道人並不反感，反覺親近，安靜登山。到了小蓮花峰峰頂，道士李玉斧就不再靠近龜馱碑，黑衣少年和通體漆黑的巨虎一同來到崖畔。

此地，一襲紅衣飛升。

此地，洪洗象自行兵解，與天地揚言要再證道三百年。既然這位不到三十便成地仙的道士是呂祖轉世，更是齊玄幀轉世，那讖語上的真武大帝，顯然另有其人。

在斬魔臺久染道法的齊真人座下黑虎性子暴躁，到了這裡卻異常溫馴，趴在地上。別忘了洪洗象既是呂祖轉世，也是那齊玄幀轉世修行，洪洗象本就是黑虎的舊主人，黑虎通靈，自擁神通，竟然搖頭晃腦嗚咽起來。

李玉斧站在遠處，見到這一幕，也是傷感，對他而言，小師叔是當之無愧的神仙人物，風采卓絕。李玉斧尊敬師父，卻崇拜小師叔，洪掌教若是不要飛升，與那紅衣女子結成神仙眷侶在世修行該有多好啊。

突然，徐龍象雙手握拳，仰天哀號。

黑虎亦是嘶吼。

地動山搖。

隨著徐龍象的宣洩，氣機如天外飛石砸在湖心，洶湧四散，上山沒幾年的新任小師叔李玉斧如小舟浮滄海，搖搖晃晃，偏偏不倒不覆。

迎上山，又送下山，李玉斧望著一人一虎跟隨鐵騎遠去，嘆了口氣。弟弟就已是這般霸道，想必那位連掌教師叔都沒辦法降伏的世子殿下，是真如傳言的無法無天了，以後知曉他要上山，看來得找個藉口不見才行。

李玉斧本身並不知道洪洗象兵解之前，留有「武當當興，當興在玉斧」的九字遺言，他師父俞興瑞在東海撿了他這麼個漁民孤兒做徒弟，雖然寄予重托，卻也不做揠苗助長的蠢事，再者武當山幾百年來一脈相承，最是喜歡自然而然。

李玉斧近年來除了跟隨師伯們修道，晨暮兩次在主峰宮前廣場領著打拳，還要負責餵養青牛，打理瀑布那邊的菜圃，連掌教師叔至交好友齊仙俠的僻靜竹廬也一併交由他清掃，每日往還在幾座山峰，光是路程就有五、六十里山路，途徑道觀就有六座，許多做完功課的小道童就喜歡守株待兔，幫著給小師叔牽牛、放牛，只為了聽小師叔說些山下的人和事。

佛門依法不依人，道教修道修自然，李玉斧沒去過那個壓了武當山數百年的道教祖庭龍虎山，也只覺得掌教小師叔捨不得下山是有道理的，這兒人人相親，風光還好。

他還清晰記得第一次也是最後一次跟小師叔聊天，那時候的掌教師叔正值如日中天，騎鶴下江南，飛劍千里鎮龍虎，斬去幾國氣運，在太安城出入如無人之境，天底下再沒有人敢輕視武當山。

李玉斧被師父帶去了小蓮花峰，兩手手心俱是汗水。師父也沒有出聲安慰，只是笑了一路。到了山峰腰間，就撞見了正在放牛曬太陽的掌教，師父走後，洪小師叔朝自己招了招手，兩人就坐在樹底的蔭涼大石上。

小師叔見他侷促，笑道：「你初次上山時，我本該去接你的，可惜當時沒在山上。」

李玉斧緊張萬分，正襟危坐，搖頭道：「不敢。」

還不到三十歲的年輕掌教溫聲道：「記得我小時候上山，正巧碰上下大雪，好一場鵝毛大雪，怎麼掃也掃不乾淨，大師兄就站在牌坊下等我們，我當時還以為是武當道士弄了個大雪人堆在那邊，師兄一笑，抖落了雪花，我才知道是個活人，嚇了一跳，差點哭出聲。當時背著我的師父出言訓斥了半天師兄，師兄也不惱，上山時候我一轉頭偷偷看他，他就笑。

你大師伯他融會貫通，什麼都懂。孟喜的卦氣、京房的變通、荀爽的升降、鄭玄的爻辰、虞翻的納甲，他都深究義理，最後才能修成大黃庭。他對我說，先古方士修神，妙趣橫生，其後鍊氣，再後鍊精，著作越多，離道越遠，修命不修性，此是修行第一病。他還說我輩道人修力，與武夫何異。不過大師兄說了很多，我當時也聽不太懂，好在他不責怪。」

「掌教也有不懂的地方？」

「你這話說的，哈哈，很像我。以後見著了那位世子殿下，記得也這般言語，那傢伙耳根子軟，就吃這一套。對了，玉斧，你這名字不錯。」

「回稟掌教，是師父幫忙取的。」

「你師父學問大，修為深，不顯山不露水，你要珍惜。」

「嗯！」

「玉斧，你修道想修長生嗎？」

「掌教，這個……還沒想過。」

「不用急著回答，我也就是隨口問問。」

「等我想通了再來稟報掌教。」

「喊我小師叔就行，來，教你各自一套拳法和劍術。等學會了，再下山。」

「小師叔你說，我用心聽。」

追憶往事的李玉斧閒來無事，有些感傷，一路閒適走著，走著走著就來到了主峰主殿，見到了那尊真武大帝像，李玉斧看了許多次，次次失神，這一次也沒有例外。

我看真武，真武看我。

◆

北涼邊境上，一萬龍象鐵騎蓄勢待發，鐵甲森森。

身穿一套舊甲的徐驍站在軍前，朝身邊黑衣少年指了指北莽的方向，輕聲說道：「去接你哥。」

黃蠻兒看似憨憨一笑，卻透著一股血腥壯烈。

徐驍轉身笑問道：「龍象軍，敢不敢長驅直入一千里？」

將士沸騰：「死戰！」

少年騎上黑虎，拿出一根絲帶，雙手抬起繞腦後，繫起了那一頭披肩散髮。

動作與他哥如出一轍。

一萬龍象軍緊急拔營，匆忙行軍，在震天號角聲中奔赴北莽，別說尋常北涼士卒，就連韋甫誠、典雄畜這些個手握實權的將軍，都感到不可思議。

先前陳芝豹跟洪敬岩那一戰，棋劍樂府捧盤銅人一旁觀戰，打得跌宕起伏，陳芝豹事後去綠意深重的淨土山避暑療傷，韋甫誠手握北涼三分之一的白弩羽林，典雄畜更是帶有六千鐵浮屠重騎，都算是陳芝豹麾下的心腹嫡系，此時不光這兩位碰頭，還有幾個在涼莽邊境上憑藉軍功崛起的青壯將軍也都不約而同聚在一起。

物以類聚、人以群分，陳芝豹的嫡系勢力分作兩股，涇渭分明，並不融入一團，另外一堆是文官集團，盡是書生幕僚，重謀略而輕騎射，大多出身優越，雙方井水不犯河水，都不如何看得順眼。

大將軍徐驍寵溺子女天下皆知，北涼軍中三支人數近萬的勁旅都以子女名字命名，唯獨嫡長子沒這福氣，又以一萬人馬的龍象軍聲名尤其顯赫，是實打實的百戰驍騎，不說主將位置，連副將都一直如同空懸，這些年都是袁左宗遙領副將一職，不過也從不插手具體事務。但北涼軍中每每有精銳甲士冒頭，大半都會被送入龍象軍磨礪鍛鍊。

這支介於重騎和輕騎之間的騎軍可謂北涼軍的寵兒，涼莽邊境近十年罕有人數達到五、六萬以上的大戰，但是只要有仗打，有軍功掙，龍象騎兵肯定是第一個趕赴戰場，血戰惡戰死戰，從未有過敗績。這也帶給北涼軍一個印象，以後那位紈褲的嫡長子世襲罔替北涼王，肯定要靠天生神力的弟弟去衝鋒陷陣，才坐得穩，否則鳳字營八百輕騎，單人再如何悍勇善戰，也不過是千人不到，涼莽一旦全面開戰，各條線上動輒便是投入數萬兵馬的大軍團作戰，一支可有可無的鳳字營塞牙縫都不夠看。

正是陳芝豹讓整個春秋時代領會到了諸多兵種協同參戰的恐怖，他在指揮時的軍令號稱可以精準到每一位百人小尉頭上，大軍結陣換型，進退自如，真正達到了如臂指使的境界。

兵聖葉白夔哪怕身負血海深仇，被陳芝豹害死妻女，對敵時仍是不得不由衷讚嘆一句：「此人排兵布陣，滴水不漏，出神入化」。

記得當今天子一次熬夜讀兵書，廢寢忘食，早朝後笑問殿上滿朝英才濟濟的文武百官：「眾位愛卿，試問僅以兵法而言，誰能比肩陳芝豹？」

那時候正當北涼軍聲望最隆，文官自然噤聲不語，眼觀鼻鼻觀心；武將們則眉頭緊皺，一些日後成為顧黨中堅的將軍則面面相覷，然後不約而同望向顧劍棠大將軍，後者始終閉目養神。

西楚老太師孫希濟面無表情地回答道：「無人能出其右。」

◆

淨土山有一座不大的莊子，遍植綠柳，莊子至今為止還沒有女主人，這些年也從沒聽說有女子入得陳芝豹的眼。莊子上的僕役也都是退出軍伍的傷殘老卒，名分上是僕役，不過都活得滋潤，溫飽而安穩，一些還結婚生下子女，這些孩子跟他們爹娘一樣，也毫無賤人一等的認知，見著了那位不常笑的白衣將軍，半點不怵，那些在莊子裡慢慢長成少女的女子，更是一副天經地義世間除他再無男子的心態。

外邊都在流傳陳芝豹跟天下第四的洪敬岩搏命廝殺，受了幾乎致命的重傷，可是此時陳芝豹一身白袍，面容不見枯敗，坐在柳樹下的石凳上，莊子無外牆，一眼望去便是黃沙千萬里。

有少女端盤將切好的西瓜送來，或是一壺冰鎮的梅子湯，陳芝豹也沒有出聲，少女們也都習以為常，偷偷用力看上幾眼就轉身離去，不去打攪主子的安靜沉思。

陳芝豹公認熟讀詩書，滿腹韜略，而且琴棋書畫的造詣都不淺，比士子更名流，不過極少從他嘴裡聽到文縐縐的言辭道理，更從未見過他跟讀書人吟詩作對的場景。大多時候，在北涼軍中積威深重，只在一人之下的他都是喜歡獨處。

極少有人去在意這位白衣戰仙心中在想些什麼，韋、典諸人也僅是習慣聽命行事，從不懷疑，恐怕就算陳芝豹跟他們說當將軍當膩歪了，要去京城把皇帝拉下龍椅，他們也只會叫好。

陳芝豹冷不丁笑了笑，因為他想起了很多有意思的事情。當年戰火硝煙平復，春秋落幕多辛酸，也多趣事。像那南唐後主嗜好戲劇，自封梨園老祖，癡迷其中不可自拔，不理朝政十年，與戲子廝混，渾渾噩噩，亡國時終於說了一句明白話，穿了件不堪入目的戲服坐在殿上，指著群臣大笑著說道：「都是戲子！」

陳芝豹眼神冰冷，輕聲笑道：「得不了幾個賞錢的戲子啊。戲子無義，看戲的人就有情了？」

◆

龍象軍毫無徵兆地突襲北莽，次子徐龍象一騎當先，袁左宗殿後。

徐驍回到軍營，一位老書生在裡頭正對著一局棋聚精會神，正是徐渭熊的授業恩師，上陰學宮祭酒王先生。當年徐鳳年在清涼山仙鶴樓外見過他跟臭棋簍子徐驍對弈一局，見過祭酒悔棋十幾次，從此就對所謂的棋壇國手一說有了不可磨滅的心理陰影，王先生自詡的未嘗一敗也太市井無賴了。不過王祭酒既然能當徐渭熊的師父，兵法一事，肯定不會含糊。

徐驍坐下後，不急著催促王先生下棋落子，笑道：「代黃蠻兒謝過先生這些年暗中調教龍象軍。」

學宮祭酒撚起一枚白棋，重重落下，臉上滿是胸有成竹神色，撫鬚一笑：「大局已定，大將軍你又輸了。」

徐驍也不揭穿這位先生偷偷篡改黑棋位置的惡劣行徑，假裝服輸，「輸給先生，徐驍雖敗猶榮。」

幾乎沒有棋品可言的老先生毫無愧疚，自顧自神清氣爽，「跟大將軍下棋，確是一樁人生幸事。」

徐驍站起身，來到北莽地圖前，用手指慢慢畫出一條行軍路線，王先生瞇眼盯住地圖，許久不言語。

徐驍也不動聲色，還是學宮祭酒王先生率先熬不住，輕聲說道：「亂，很亂。南朝那邊有曹長卿推波助瀾，都快要鬧到檯面上。北邊女帝一直不喜佛門，想要尊道滅佛，統一宗教，化為已用，成為裙下第二個江湖。結果誰都沒料到龍樹和尚獨身去了道德宗，講道理也不講道理，就坐在那裡，已經硬扛了整整一旬時分的箭潮劍雨。大將軍，你這時候出動龍象軍，就不怕讓北庭南朝擰成一股繩，一致對外，對付你的北涼鐵騎？」

徐驍後背微微傴僂，望著地圖平靜道：「北莽比不得中原富饒，王庭皇帳這些年缺錢，餵飽十二位大將軍，跟我北涼軍還有東線的顧劍棠保持對峙，已經是極致，距離那老婆娘要一口氣吞下北涼的初衷，還有很大距離。

軍力要強，就少不得真金實銀，錢從哪裡來？天上掉不下來，這不，和尚們香錢無數，富得流油，這麼一頭肥羊，她豈能不眼紅，以前是不敢下手宰肉，因為拓跋菩薩和幾位持節令都不讚同，但是如今有評為道教聖人的麒麟國師坐鎮，又新獲得幾位大將軍的支持，拓跋菩薩也就只會冷眼旁觀，滅佛一事，已經是箭在弦上，我出兵與否，都不耽誤那老婆娘的下手。別說一個兩禪寺住持，除非是佛陀顯身，才行。

她啊，也的確是被近年來我朝的邊境政策給逼急了，張巨鹿和顧劍棠聯手，還是卓有成效的，這兩個雞賊傢伙何嘗不是逼著北莽傾盡國力來跟我的北涼鐵騎死戰一場。北莽女帝要先吃下國中佛教財力，再來一口氣吞併無救援的北涼，才好繞過越來越穩固的東線，舉兵南下，占據舊西蜀南詔等地，有了糧食和兵源，就是時候跟離陽王朝爭奪整個天下。這份心思，有資格說話放屁的人都心知肚明，這便是張巨鹿廟堂陽謀的功力所在了。

本來若是東線太弱，北莽大可以直接在西線借走幾位大將軍和十數萬兵力，堆出四十萬鐵騎去東線肆掠，將東線碾成篩子，先入主太安城，成為天下共主，回過頭最後針對北涼。如此一來，我就要活得比他和顧劍棠都要長久，相信全天下也就那隔三岔五撩撥老子拋媚眼的騷婆娘樂意見到，除了她，再沒有第二個人了。」

王先生點了點頭，深以為然，「碧眼兒如我一般，都下得一手好棋妙棋。」

徐驍笑道：「本來是一個少說還要持續二、三十年平局的棋面，可兩邊都沒耐心，相對北莽女帝還要更心急一些，因為張巨鹿一手抓北線軍政，一手消化南邊春秋舊八國的國力，尤為關鍵的是這位首輔大人相當程度上阻止了皇帝試圖重文抑武的跡象，使得我朝張力遠勝資源匱乏的北莽，拖得越久，優勢越大。咱們離陽啊，一統春秋以後，才算真正家大業大，就是經得起折騰，加上有了張巨鹿這麼個勤勤懇懇的縫補匠，我要是北莽的皇帝，也會渾身不得勁。誰他娘想跟一個家底殷實還讀過書的壯漢當鄰居？那可不就是天天受氣嗎？」

學宮祭酒笑道：「大將軍話糙理不糙。」

老先生感慨道：「高居書樓說太平，總以為自己只要走出去，就可以經世濟民，挽狂瀾於既倒，搞得治政平天下就跟寫幾個字一樣信手拈來，危害不下於藩鎮割據。這話是碧眼兒在御前親口說的，身為狀元及第的讀書人，能說出這樣的道理，可見當個首輔，很合時宜，難怪張巨鹿可以跟大將軍當對手。嘿，大將軍，咱們可都離題萬里了。」

徐驍繼續指向地圖，笑道：「我跟先生的想法不一樣。龍象軍這次赴北，不光仗要打，還得打硬仗，揀軟柿子捏，不是我北涼軍的脾氣。先生擔憂龍象軍打贏了仗，南朝那幫得了富貴就忘宗背祖的士子會更加仇恨北涼，其實在我看來，要是北涼鐵騎不給他們長長記性，那些年少時跟著父輩北逃然後新冒尖的南朝新貴，尾巴早就翹到天上去了，就得狠狠抽打一番，才知道什麼叫怕，我就是要他們怕到骨子裡去。

這些兔崽子，根子跟當初的春秋讀書人一樣，都記打不記好。所以這一次龍象軍，第一個要死磕的軍鎮就是龍腰州戰力排在第一的瓦築，接下來其餘軍鎮，君子館、離谷、茂隆，都是硬骨頭，不在一條線上，龍象軍就偏要繞道疾行，一個一個吃過去。」

老先生憂心感慨道：「可是龍象軍才一萬啊。不計算沿線兵馬，光是五鎮兵力就有精銳甲士六萬。還得跟兩位北莽大將軍面對面，行嗎？一萬龍象軍，撤得回來多少人？」

徐驍打了個哈哈，「忘了跟先生說了，咱們北涼的大雪龍騎軍，也馬上要出發了。」

北涼鐵騎甲天下，大雪龍騎雄北涼！

老先生在這大夏天的，像是感到了涼意，摟了摟袖子。

他喃喃自語道：「可這不就意味著要真打起來了嗎？不妥啊，委實不妥啊。」

徐驍一隻手掌按在地圖上，說了一句話，「我兒子在那裡，這個理由夠不夠？」

◆

京城越來越居不易了，不光是外地生意人如此感慨，就是那些京官都要愁得揪斷幾根鬍子。本朝太安城前二十年每畝地皮不過六百兩紋銀，如今仍是貴銀賤銅，已經上漲到瞠目結舌的每畝兩千五百兩，難怪門下省左僕射孫希濟有尺地寸土與金同價的說法。

一棟小院，即便在京城最邊緣，也要價到將近千兩，進京會考的士子們都叫苦不迭，好在有因時而生趨於興盛的同鄉會館，才讓大多數囊中羞澀的讀書人沒有走投無路，再者有寺觀可供租住，一般讀書人也支付得起租金，才沒有怨聲載道，只有那些個空有清譽沒有金銀的大文豪、大士子，一輩子都沒錢在京城買下住所，會經常聊以自嘲寫上幾首詩，既能抒發胸臆，又能博取寒士的共鳴，一舉兩得。一些出過大小黃門或是翰林的會館，往往掛出「進士吉地，日租千文」的招牌，這些個風水寶地，倒也供不應求。

京城會館大小共計六百家，大多數毗鄰而落，位於太安城東南，每逢科舉，熱鬧非凡。人不風流枉少年，這一大片會館區食色盡有，酒樓和青樓一樣多如牛毛，本來赴考士子還擔心人地生疏，那一口鄉音被京城當地人唾棄白眼，進了太安城，住進會館，才發現周遭都是故鄉人，沒錢的也開心，身世家境稍好，兜裡有錢的，更是恨不得一擲千金盡歡娛，當真以為這些子弟是錢多人傻？

自然不是，有資格進京趕考的同鄉讀書人大多是寒窗苦讀，只差沒有捅破最後一層窗紙，一旦跳過龍門，總會記起寒酸時候別人才幾文錢一張的大餅，或是幾兩銀子的一頓飽飯，他日飛黃騰達，只要力所能及，豈會不樂於扶襯一把當年有恩惠於己的同鄉？所以這塊被譽為魚龍片兒的會館區，幾乎所有店面的生意比起其他市井，都顯得格外好，而且許多已經在京城為官掌權的外地人也喜歡隔三岔五來這邊呼朋喊友一同相聚，給同鄉後生們打氣鼓勁或者面授機宜。

這幅場景，不過是離陽王朝四黨相爭的一個小縮影，可惜，隨著死黨之一的青黨逐漸凋零，往年財大氣粗的青州士子就成了無根的孤魂遊鬼，在魚龍片兒這一帶，說話聲音越來越小。

白獅樓本來不叫這個名，叫天香樓，那會兒生意平平，這一年來財源廣進，算是賺了個十足飽，歸功於去年青樓魁首李白獅寄寓了附近的一家大勾欄，這名大美人不需多說，是胭脂評上唯一的妓女，對京城男人來說，光憑這一點就足矣。

李白獅被譽為聲色雙甲，名聲極好，當朝幾位正紅的名流清官都曾被她資助過，她又是東越官宦出身，本身家世又極具渲染力，不光是白獅樓，附近很多酒樓都沾了大光，人滿為患，都是慕名前來的富裕公子哥。

白獅樓也有幾樣拿手菜肴，做得辛辣無比，對於口味偏重的食客而言，無疑是一處花錢不多就能大飽口福的好地方。今日裡來了一撥客人，人數不多，才三人，但身家不同往日的酒樓老闆仍是給足面子，親自下廚伺候著，沒其他理由，帶路的那位趙公子會做人，跟掌櫃的相識多年，經常一起打屁聊天，對胃口。

姓魯的掌櫃一點都不魯鈍，不光是下廚，連端菜都自己上，除了有跟趙公子多年積攢下來的香火情，還有就是趙公子身邊兩位朋友都瞧著不像俗人，其中一位嘛，女扮男裝，手法稚嫩，哪裡逃得過魯掌櫃的火眼金睛，一看就知道是了不得的大家閨秀，敢情是趙兄弟給達官顯貴的女兒給看上眼了？嘿，這倒是好事，以後要是能喝上幾杯喜酒，見識見識京城裡的大人物，就更好。至於另外一位面白無鬚的男子，魯掌櫃可就不敢多瞧一眼了，穿了一身說不上手工如何精緻的陌生緞子，以往見過的有錢人裝束，一經對比，好似都成了土財主的小氣派。

趙公子在單獨隔出的雅室落座後，對那個掩飾拙劣的女子笑問道：「我的隋大公子，這地兒如何？」

她冷哼道：「寒酸至極！」

趙公子對於這個答案不感到奇怪，笑咪咪說道：「做出來的菜式也不怎麼好看，就一個特點，辣。不過妳不總說自己能吃辣嗎，到時候有本事別喝一口水。」

她白眼道：「我渴了喝水不行啊，趙楷，你能拿我怎麼樣？」

被稱作趙楷的青年靠著椅背，伸出大拇指，「隋珠公主真性情，佩服佩服。」

女子柳眉倒豎，一拍桌子，怒道：「姓趙的，喊我隋公子！」

趙楷無奈道：「得得，誰讓妳是我妹子。隋大公子就隋大公子。」

女子不知是賭氣還是真心，十分傷人說道：「反正我不當你是我哥，你怎麼認為是你的事。」

趙楷一臉憂傷，女子雪上加霜，一臉譏笑道：「還跟我裝！」

趙楷不以為意，哈哈大笑，反而很開心。

本是三人中最為像官家大人的男子則束手站立，畢恭畢敬，看著兩個年輕男女鬥嘴，面無表情。

趙楷轉頭笑道：「大師父，來坐著，這裡又不是規矩森嚴的宮裡頭，咱們啊，怎麼舒坦怎麼來。」

兩縷白髮下垂胸口附近的男子搖頭道：「咱家不用跪著就很舒坦。」

此「咱」諧音「雜」，向來是本朝宦官自稱，還得是那些有些地位權勢的太監才有這份資格和膽量。不過既然年輕男人是趙楷——當今天子的私生子，而女子則是皇帝陛下寵溺無比的隋珠公主，那這名被趙楷敬稱大師父的宦官的身分也就水落石出，王朝宦官第一人——韓貂寺。這個稱不上男人的老太監，綽號「人貓」，如果不是他做皇宮大內的定海神針，次次阻撓，西楚曹長卿恐怕早就摘去皇帝的腦袋了。

能將上一代江湖翹楚的四大宗師之一符將紅甲給活生生穿甲剝皮，韓貂寺的指玄境界，也太玄乎了。這麼一號滿朝臣子都要畏懼的該死閹人，每次魯掌櫃敲門上菜後，都要說一聲「告罪」，然後先嘗過一口，這才讓兩位小主子下筷。

才吃過了兩道菜，隋珠公主突然放下筷子，悶氣道：「這麼吃菜跟在宮裡有什麼兩樣，趙楷，我們去樓下挑張熱鬧桌子！」

趙楷笑道：「聽妳的。大師父，今兒隋大公子說話最管用，我們都聽她的，行不？」

韓貂寺破天荒嘴角扯了扯，輕輕點頭。人貓並非取笑隋珠公主的孩子心性，而是感激小主人刻意安排讓自己同桌而坐的恩賜。這世上，你對他好他卻不惦念這份好的人，韓貂寺見識過太多太多。當韓貂寺還只是一個普通太監時，跟隨大主人微服出行，遇見了那名身分卑微的女子，她也這般誠心邀他一同入座吃飯，哪怕知道了他的閹人身分，也一如既往，那些頓粗菜淡飯，韓貂寺會記住一輩子。

人若敬我韓生宣一寸，我便敬他一百丈；人若欺我韓生宣一時，我便欺他一世。不知多少被這隻人貓滿族虐殺的文官武將，臨死之前都要慶幸沒有來世可以再遭罪。

既然是魚龍片兒，白獅樓當然魚龍混雜，有士子書生，也有豪紳富賈，更有一些寄身青樓當打手的潑皮無賴，魯掌櫃對於換桌一事也無異議，有錢人還不是怎麼開心怎麼行事。

酒樓生意好，又是吃飯的點，掌櫃的好不容易騰出一張空桌，讓夥計麻利兒收拾乾淨，趙楷三人坐下，就聽到隔壁桌一位袒露胸口的漢子一腳踏在長凳上，摳著牙縫罵道：「他媽的，前幾日來我們定風波嫖女人的小白臉，兜裡沒銀子裝大爺，就拿幾首狗屁不通的文章來忽悠，詩不像詩，詞不像詞，聽著聒噪，老子當場就要拿棍棒收拾這個皮癢嘴欠的小王八蛋。」

同桌是幾個手頭不算太寬裕的外鄉士子，在那家名叫定風波的青樓廝混久了，為首牽頭負責掏嫖資的讀書人苦於錢囊越來越癟，姐姐妹妹們的價錢又高居不下，想著長此以往也不是個事，就尋思著能否跟眼前這個護院頭目攏好關係，不說奢望價目降低，進院子後，上床前，好歹也能去掉一些沒必要的賞錢。妓院勾欄，門道繁多，面子這玩意兒想要撐起來，十分耗錢，在丫鬟奴伶身上的額外開銷，一點一滴累加起來，碎銀子的數目也很嚇人。

一位面容古板不像伶俐人的士子猶豫了一下，不開竅說道：「聽說過這人，是吟誦了三首詞，這會兒魚龍片兒都知曉了，都算不錯，其中『孤光自照，肝膽皆冰雪』，『東風春意，先上小桃枝』幾句，可算佳句。」

護院壯漢臉色大變，毫不留情地「呸」了一下，起身就要走，牽頭的士子精於世故，好說歹說才給拉回座位，亡羊補牢道：「詞寫得再好，也只是小道，上陰學宮詩雄徐渭熊也說詞不過是『詩餘』，當代文壇詞家，大多僅是在前輩詩人的故紙堆裡撿漏，稱不上真才實學，更別提自立門戶。要我來看，什麼肝膽冰雪，要是真冰雪了，會去青樓瞎嚷嚷？這不還是落了下乘的噱頭，論品性，遠遠不如洪教頭這般耿直豪爽！」

壯漢這話愛聽，撕咬了一口肥膩辛辣的雞腿，眼角餘光瞥見附近桌上一個公子哥模樣的年輕人在那邊樂呵，瞪眼道：「你小子笑個卵！」

趙楷一臉實誠說道：「壯士說得在理，那些沽名釣譽的讀書人，就該打上一頓。」

漢子見他神情不似作偽，不像在反諷，這才笑道：「你小子挺上道，哪天去定風波，報上我洪三龍的名號，姑娘們的價錢保管公道！」

趙楷抱拳一謝。

隋珠公主低頭白眼。

那漢子應該在這一片有些勢力，話題多了後，越發言談無忌，十分粗獷刺耳，「打從娘胎出來起就過著苦哈哈日子，你還要老子替那幫富家子弟說好話？管他們是好是壞，比老子投胎要好，老子就恨不得剁死他們，見不得他們半點好。」

「那些個富貴子弟若是勤於讀書，待人為善，那就更該死，還給不給咱們活路了？」

「哈哈，柳公子，放心，洒家不是說你，你小子厚道，出手也不含糊，是好樣的。既然一鍋粥裡會有蒼蠅屎，那麼一坨屎裡也可能會有幾粒米飯嘛。」

被猛拍肩膀的柳姓士子笑容尷尬，被誇比被罵還難受。

韓貂寺瞇眼輕聲道：「升斗百姓，也敢帶一個『龍』字。」

對大師父再熟悉不過的趙楷連忙笑道：「這些小事情就不理會了。走，等隋大公子喝足茶水，不渴了，就去見識見識那位李白獅。」

辣得不行的隋珠公主在桌下一腳踩在趙楷鞋背上，不忘狠狠一扭。

趙楷擺出一張苦瓜臉。

結完帳離開白獅樓，趙楷小心翼翼提醒道：「到了那邊肯定要等候，妳千萬別生氣，既然是偷偷出宮，妳總不能隨著性子胡來，否則大可以在身上掛個牌子說自己是公主殿下。」

隋珠公主沒好氣道：「怎麼不是你掛個皇子的牌子？豈不是更有用？」

趙楷嬉皮笑臉輕笑道：「宮外有幾人知道我這麼一個皇子，說破了嘴也沒用啊。」

她愣了一下，撇過頭說道：「虧你還笑得出來。」

趙楷雙手抱在腦後勺，走在街上，「大師父說站著就比跪著好，不會去想坐著，這就是知足啊。那麼我覺得能笑一笑，也總比哭鼻子來得喜慶，也更不惹人厭惡，是不是？」

她猶豫了一下，「那你被徐鳳年搶走幾具符將紅甲，是笑還是哭？」

趙楷笑道：「反正是我小舅子，一家人嘛，東西擱置在誰那裡都一樣。」

她譏笑道：「你們一個姐夫、一個小舅子，結果到頭來還是要殺來殺去，好玩得不行，我真是想哭都難。」

趙楷突然說道：「北涼那邊要亂了。」

隋珠公主言語譏諷意味更濃，「反正那傢伙當世子殿下沒出息，後來練刀也丟人得很。

北涼真要亂起來，只會躲起來。哼，比你還不如。」

趙楷嘆氣道：「沒有末尾一句話多好。」

她看似漫不經心地說道：「父皇對於你引薦的那位紅教女菩薩入宮廷，比較滿意。對於那邊的紅黃之爭，以及你提出的銀瓶掣簽定活佛一說，很感興趣，以後可能讓你跟她一同去西域。」

趙楷也漫不經心地「哦」了一聲。

第六章　太平令指點江山　徐鳳年帝陵驚魂

徐鳳年跟赫連武威走了很多地方，除了軍機大事沒有摻和，其他不管是涉及民生的大事還是雞毛蒜皮的小事，都有旁觀，甚至一些軍政批文，老持節令都不介意徐鳳年翻閱。

五天奔波下來，徐鳳年對西河州輪廓有了個粗略認知，一年老一年輕在今天總算忙中偷閒，去驛道附近兩人初見地方賣西瓜，徐鳳年也不隱藏，坐在小板凳上等顧客的時候，直接說道：「從伯伯這邊到手有關龍樹僧人在道德宗的消息傳遞速度，看得出北莽對於驛站驛道的重視，不輸給在春秋中一手打造驛路系統的徐驍，尤其是西河州所在的這一條東線，已經完全可以跟涼莽對峙的西線媲美。我這一路走來，看到很多不起眼的小事，其實都是北莽在慢慢堆積軍力。」

赫連武威欣慰笑道：「見微知著，不錯不錯。」

轉頭看到徐鳳年一臉凝重，持節令遞過去半個西瓜，淺淡笑道：「其實一個朝廷，哪怕是春秋中亡了國的那幾個，也肯定有許多高瞻遠矚的聰明人，不過是否可以上達天聽，使得龍顏大悅，讓那些包含志向或是野心的條令律法順利往下施行，才是難處癥結所在。

你們離陽皇朝棟梁輩出，尤其是有張巨鹿居中調度，廟算先天就高人一籌，說心裡話，我這個軍伍出身的西河州持節令，每次想起都跟你現在這個樣子，憂心忡忡。論戰力軍備，十二位大將軍的甲士，不弱，但比起北涼軍，就算拓跋菩薩，也沒臉說自己天下無敵。好在北莽知恥而後勇，吃過大苦頭，才知道南邊的漢子，也不都是手無縛雞之力的讀書人，會有徐驍和顧劍棠這般殺人不眨眼的屠子。這些年，北莽終歸是在慢慢變強。咱們這邊啊，我這老頭兒思來想去，就有一點覺得很遺憾，鳳年，你猜得到嗎？」

徐鳳年笑道：「很多逃亡北莽的春秋士子，有資格為持節令或是大將軍出謀劃策，但還是少了一位可做帝師的超一流謀士。」

赫連武威啃了一口西瓜，抬頭瞪眼道：「你小子別忙著笑，北莽不是沒有，只是還沒走到臺前而已。」

徐鳳年放低聲音問道：「編織蛛網的李密弼？」

赫連武威側頭吐了口唾沫在地上，嗤笑道：「這條老狗害人本事天下第一，治國？差了十萬八千里。也就是李老頭兒有自知之明，沒瞎搗鼓朝政，否則我非要跟他拚命。」

徐鳳年好奇道：「不是他，能是誰？」

赫連武威含糊不清說道：「是棋劍樂府的府主，失蹤快二十年了。中年時被女帝陛下輕視，一氣之下就徹底消失。我猜去了你們離陽，至於做什麼，可就無從得知，估計連咱們陛下都不清楚，我不信這種人會悄無聲息死在南邊。」

徐鳳年「哦」了一聲，「聽我師父李義山說過，這傢伙下棋很有實力，差一點就算是能跟黃龍士旗鼓相當。」

老人感慨道：「我這輩子見多了志大才疏的人物，唯獨這個棋劍樂府的當家，是心大才大。棋府有一生落子百萬次的修行法門，你可知那傢伙落子多少？」

徐鳳年訝異道：「總不可能到千萬吧？那還不得生下來就守在棋盤前下棋，這種棋癡也不會有大出息吧？我師父就常說棋盤上下棋只是死棋，下棋下成一流國手，也沒什麼了不起，跟做人是兩碼事。」

老人開懷大笑，「你小子聰明反被聰明誤了，那傢伙下棋盤數極少，屈指可數，估摸著落子怎麼都不到七、八千。」

徐鳳年皺眉道：「滿打滿算不到一百盤，堂堂棋劍樂府的棋府府主，怎麼跟下一盤棋就跟賭命一般？」

老人緩緩道：「你可知這人最後一局棋是怎麼個下法？他輸給黃三甲後，閉關鑽研，棋藝大成時，跟老府主對弈，一場生死局，誰輸誰死。」

徐鳳年嘖嘖道：「兩任府主都是大狠人啊。」

赫連武威幸災樂禍笑道：「你就求著這種人沒能活著回到北莽吧，否則到時候你萬一世襲罔替成為北涼王，這傢伙如果還活著，有的你受罪。」

徐鳳年一本正經道：「明兒就去雷鳴寺，咒死這老頭兒。」

赫連武威哈哈大笑道：「那記得連我一起咒死。有我在西河州，徐驍也得怕上幾分。」

徐鳳年跟這位老人不用客套，玩笑道：「赫連伯伯，你這臉皮比我還厚啊。」

赫連武威點頭道：「人啊，只要上了年紀，就跟我罵李密弼是雞賊一樣，其實也在罵自己，都皮糙肉厚，怕死還貪生，對於生死，反而不如血氣方剛的年輕時候那樣看得開。」

徐鳳年咬了口西瓜，想到了比起赫連武威還要年輕一些的徐驍和師父李義山。

赫連武威緩緩說道：「帶你見過了本州政事，有些話也好跟你直說了，別的將軍和持節令，我不好說，但就我赫連武威而言，我從不奢望麾下將領、治下官吏個個是聖人，貪錢無妨，別太多，自賺聲望的迂腐清官，在我看來，不如中飽私囊之餘卻可以造福一方的能吏。不越雷池過底線，我自認很好說話，過了，那對不住，甭管你是老頭兒我的親戚還是心腹，該殺的殺，該抄家的抄家，絕不手軟，這叫沒有規矩不成方圓。如何識人是一難，如何用人又是一難，如何讓人才各得其用更是難上加難。這是大學問，聖賢書籍上學不來，因為讀書人愛惜名聲，沒膽量去寫那些城府腹黑的處事學問，而且大多數書生，也沒本事寫出。你去數一數你們離陽王朝的狀元，除了張巨鹿，能有幾個做上了一、二品大官？反倒是那些普通進士，更能走上去。」

徐鳳年「嗯」了一聲，默默記在心中。

赫連武威說道：「那位府主年輕時候有一篇《九問》，問蒼天、問后土、問鬼神、問帝王、問佛道、問美人、問前生、問來世。」

徐鳳年納悶道：「還少了一問啊。」

赫連武威笑道：「說是九問，其實只有八問，估計是那傢伙代替咱們這些有疑惑的笨蛋問上自己一問了。」

徐鳳年氣笑道：「這老頭果然心機深沉！不行，我得馬上去雷鳴寺。」

說話間，有口渴的客人走上前來，徐鳳年連忙起身，口若懸河地幫著老持節令賣起西瓜來。

客人不知跟他討價還價的年輕人是誰，更不知道那老農會是本州持節令。

徐鳳年也一樣不知道有北涼兩支鐵騎以雷霆之勢突襲了北莽。

更不知道獲知軍情的北莽女帝因為一人露面，而打消了御駕親至南朝的念頭。這個背書箱入宮的老儒生，身後跟著北莽劍術第一人，劍氣近。

◆

相比好似九重天闕的太安城皇宮，北莽的宮城實在像是小孩子過家家，經不起腿腳利索的宦官幾番散心。大太監孫丁盛每次站在稍高位置俯瞰皇宮，都會感到一些遺憾。他的身分與韓貂寺大致相當，不過北莽王庭不興閹人，宮城裡頭滿打滿算才三千多，還不如南朝廷來得多，這讓孫丁盛很是煩悶，女帝臨時更改行程，取消了去南朝的御駕巡視，更讓好不容易出宮透口氣的孫丁盛暗自惱火，只不過當他今天祕密守候在宮門，見著了負笈老儒和背劍男子，猜到身分後，忍不住倒抽一口冷氣，然後只覺得莫大榮幸降臨，笑容越發恭謹誠心，也不敢多說一句話，默默領著兩人走入宮中。

不曾想還是那位貴客主動開口熱絡，「孫總管，身子骨可還好？」

孫丁盛受寵若驚，他只是與老人在十幾年前見過一面，當時自己還只是個初入宦官樞機重地的角色，何況北莽宦官本就無權柄可言，哪裡敢奢望被這位老人記住臉孔，更別提姓氏了。

一直小心翼翼走在前頭，卻只能拉開半步距離的孫丁盛連忙彎腰更甚幾分，輕聲笑道：「回太平令的話，咱家還好，性命都是陛下的，可不敢胡亂生病了去。太平令氣色也好，這才是北莽的萬幸。」

老儒生哈哈笑道：「孫總管，借你吉言嘍。」

孫丁盛彎著腰帶著路，笑道：「哪敢哪敢。」

老儒生點到即止，不再客套寒暄，雙手插入袖口，眯眼望著有些陌生的宮城拾階而上，過了朱門，下了階梯，就是主殿外的玉石廣場，上下之間，與人生起伏何等相似。

老儒生回頭看了眼五步以外的後輩，有些愧疚道：「害得你沒能跟鄧太阿比上劍。」

中年劍士搖了搖頭，猶豫了一下，說道：「先生有九問，我只有一問，問道。」

「問劍道？」

「問道。」

「一字之減，相差萬里。說得好啊，鄧太阿小覷你了。」

負劍中年男子在北莽王庭久負盛名，劍氣近，這個詞牌名實在是名副其實得不行，李密弼如此深得女帝器重的權臣，一雙手幾乎掌握了王朝所有陰暗勢力的血腥劊子手，近十年中多次被劍府府主偷襲刺殺，有皇帳權貴戲言朱魍這些年能夠不斷完善，得感激劍氣近擅長找尋漏洞。

劍氣近是一個很無趣的男子，長相無趣，性格無趣，那個普通姓名早已被詞牌名替代，除了練劍，沒有任何興趣可言，不近女色，不近權勢，不近口舌之快，只近劍氣。但李密弼對於這個屢教不改連女帝陛下都震怒的生死仇敵，評價頗高，說劍氣近的劍氣，也僅是展露六七分，因為他只允許自己功敗身退，並未抱有殺人賠命的興趣。

李淳罡年輕時曾說北莽無劍，鄧太阿成就劍仙境界後也說北莽的確無劍，北莽本以為劍府府主會攔截桃花劍神，不說戰敗鄧太阿，好歹也要他收回那句話，但劍氣近卻讓人大失所望，始終沒有露面，看來在此人眼中，護送老儒生赴北入宮，比什麼都重要。

孫丁盛微微加快步子。

北莽王庭主殿前羊脂玉階有九級，一位面容冷峻的婦人高高站定臺階之上。一身明黃，龍袍加身。

老儒生笑呵呵道：「快到了。」

馬上就要面聖，跟那名天底下最富威名的女子面對面，老人竟然還有閒情逸致，轉頭問道：「黃青，今日過後，你去趟離陽王朝，總不能北莽盡知李淳罡、鄧太阿，離陽卻不知黃青也有劍。」

劍氣近點了點頭，幾乎跟大太監孫丁盛一起開始止步，不再向前。

老人繼續往前，沒有朝那位皇帝陛下行跪拜禮，這名以雄才大略著稱的女帝也未問罪，只是也未走下臺階，一步也沒有。

老儒生抬頭跟她對望。

女帝面容蒼老，眉眼依稀可見年輕時確是絕美的女子，身側無人攙扶伺候，孤零零站在臺階上，冷冷看著這個當年負氣離開北莽的太平令。

沉默許久，她總算展顏一笑，開口說道：「按照你的要求宮中都已辦妥，開始？」

老儒生也不客氣，走上第一級臺階，摘下書箱，抬起手一揮。

將近兩百位捧緞如畫軸的宮女太監們依次魚貫進入，在廣場左右兩側屈膝放緞畫，低頭倒退行走，各自拉起了一條長幅，無一例外，都在廣場中央處背對背接應上。

女帝驟然瞇眼，望向廣場。

百緞成巨畫。

是北莽和離陽兩朝版圖，細緻到囊括每一座軍鎮、每一條大川、每一條雄脈。

天下盡在我腳下。

於是女帝下意識踏出第一步，走到了第八級臺階上，站得高、看得遠，可她的野心自打進宮第一天起，就何止是光看而已？

兩朝江山錦繡。

波瀾壯闊。

北莽王朝地理輪廓以黑底寫白字，離陽王朝疆域以白底描黑字。

一副棋盤、一局棋。

黑白對峙。

女帝微笑道：「太平令素來善弈棋，今日可是要給朕做一盤推演？要朕與你一同走在這江山之上？」

老儒生沒有回答，等那些一絲不苟、汗流浹背的女官太監都悄悄撤出廣場，他才打開書箱，拿起一根竹竿和幾塊黑炭，一屁股坐下，抬頭道：「陛下暫時不需要下臺階，今日容我先說說天時、地利、人和，明天再細說我這些年在中原春秋見識到的地理、人治、軍力、風俗。第三天來說兩朝邊境，僅是解燃眉之急；第四天說我朝具體事宜，怎樣得士子民心；第五天說如何滅北涼、占西蜀、吞南詔，第六天說矛頭直指太安城，終平天下；第七天，再說怎樣去治理江山。」

饒是女帝歷經風雨跌宕，聽聞此等可謂氣吞天下如虎的豪邁言語，也是愣了一下。

她走下一級臺階，也學太平令老儒生坐在地上。

老人先放下稍後會用來畫龍點睛的木炭，雙手拄在以往用作登山涉水，早已摩娑得光滑潔淨的竹竿上，望向廣場上，平靜道：「黃龍士有言天下大勢，分久必合、合久必分，深得我心。春秋初定，離陽王朝滅去八國，挾累勝之勢北征我朝，看似勢不可擋，卻不知一鼓作氣之後，人力有窮時。離陽疲軍伐北，北莽雖說是以逸待勞，但當初陛下才登基九五，朝局不穩，便不惜以身涉險，爭取了一個殊為不易的不勝不負。

其實當時天時仍是在離陽那邊，只不過北莽地理形勢與中原迥異，致使四十萬甲士水土不服，加上離陽先帝對北涼徐驍忌憚已久，生怕北涼鐵騎以虎吞狼，滅去北莽以後，當年徐驍辦不到劃江南北而治，此時就能成事，畢竟北莽境內崇武不崇文，北涼若是占據有足可自立的富饒河涼走廊之餘，再將北地盡收囊中，這樣的南北對峙，才算穩當。於是離陽先帝一封密旨，在大好局勢下迫使徐驍退兵，跟北莽簽訂合約，算不得妙棋，也稱不上昏招，這才造就了當下離陽、涼、莽三足鼎立的形勢。這便是我要與陛下說的第一個道理：『天時終歸不如地利，地利則要不如人和』。」

「一國憑仗，不在天險，在人心。人心並非民心如此簡單，百姓自古隨大流，重視卻不可盲目。春秋士子依附北莽，於北莽而言，更是福禍相依，不得不察。

老臣在中原各國遊歷，記住各色人物兩千六百四十三人，一一說來，各有粗略，請陛下找女官記錄在冊。

一農可耕田地三十畝，畝收米兩石或三石，為兩石為中，畝以一石還主家，五口之家，人日食一升，一年即食用十八石，約餘得十二石，此外衣著嫁娶、祭祀生老病死等，皆需費用，若遇旱澇蝗災，捉襟見肘。老臣所講還是蘇杭嘉湖流域以及西蜀等帝國糧倉所在情況，其餘等地，則常有成家而生子不舉，大批浮浪不根之人，並非罕見。離陽王朝所謂的海晏清平，頗有水分。

離陽王朝已有官無封建而吏有封建的苗頭，官不得當地人出任，吏則不同，世世代代為本地吏，不出百年，便要遍地皆是地頭蛇。張巨鹿之急，諸多倉促政策，在於不得不急。

我揀選海商、鹽商、茶商三種為陛下說離陽財稅。

離陽王朝新設官職起居郎，所言之軍國政要，每月封送是管，成為時政記。分帝系、后妃、五類禮、輿服、道釋、瑞異、藩夷等二十一種。我且一一說來，陛下便可一葉知秋，二十一葉知離陽。

龍虎山居安不思危，陛下應當趁機令國師著手編撰萬卷《道藏》，讓道德宗成為天下道教執牛耳者。

西域紅黃二教之爭，陛下切不可只是看戲，我朝滅佛一事，可以滅禪宗大佛，卻要立起密教小佛。」

天下事，事無巨細，太平令老儒生娓娓說來，白日說，女帝除去第一天坐在臺階上，第二天便走下臺階，跟在老人身後走走停停，腳踏錦繡之上。夜晚亦是不停說，燈籠高掛，燈火輝煌如晝，廣場上不許別人踏足，女帝陛下便親手持燈為老人照明。

再一日，兩人吃食進餐便隨便或蹲或坐在緞面畫幅之上，女帝甚至已經掛起一只布囊，裝滿溫水和食物，老人若是感到口渴饑餓，也不用說話，伸手便可向她索要。每過一境就要在地面上圈圈畫畫的太平令已經不知用去多少塊木炭，雙手十指漆黑，每次匆匆洗手，水盆盡墨。

女帝那一襲龍袍寬袖長擺，到後來她乾脆隨手拿絲線繫牢捆緊，便於行走，顧不上半點體統禮儀。

第五日秉燭夜談時，女帝仍是絲毫不見倦怠，神采煥發。

七日滿腹學識說盡。

老人走出天底下最巨幅的地圖，站在臺階底部，女帝握住他的手，背對略有褶皺的那江山錦繡，一同走上臺階，平靜道：「願先生為帝師。」

◆

西河州突然要截河更換河道，這可是一項牽扯到許多利益糾葛的大事，好在赫連持節令威望擺在那裡，沒有人敢當出林鳥，赫連武威也對黃河下游兩岸受損的豪橫家族給了不少補償，不少門閥子弟都得以進入控碧軍，官職都不大，不過也是以往做夢都不敢想的好事，加上攔河改道，也只是繞出個長度二十里的半圓，還稱不上傷筋動骨，一時間西河州仍是風平浪靜，僅有一些流言蜚語在高門大族私下談論，老百姓們該如何過日子還是怎麼過，只是惋惜持節令下令截河附近不許經營買賣，有控碧軍負責督工巡查，否則還能多出一筆橫財。馬無夜草不肥，天下道理都一樣。

徐鳳年跟赫連武威來到投石截河處，這次盜取不見天日近千年的秦帝陵墓，各方勢力盤根交錯，都見不得光彩，赫連武威做的是開門揖盜的凶險買賣，不說其他過江龍，一個大將軍種神通就夠喝一壺，所以老持節令也不敢托大，一切都交由心腹統率的控碧軍。

徐鳳年看到有一批儒士裝束的男女在高臺上從中調度，大多面容枯槁，毫無文士風流可言，不由驚訝問道：「墨家子弟？」

赫連武威點頭一笑，也不細說自家的家底。徐鳳年換回了文士的生根面皮，當時翻牆進入持節令府邸，能被白髮老魁一眼認出，除了腰間懸掛的春雷刀，主要還是因為這一老一小可以說是認識好些年數，生根層次的面皮，易容只是易相貌，終歸還沒有易氣，才老魁被識破身分。巫女舒羞在王府拿十年壽命作為代價，打造出一張入神面皮，則是交給了遠比姐姐慕容梧竹要野心勃勃的慕容桐皇。

赫連武威帶著徐鳳年在沿河岸上緩行，前段時日遭逢一場罕見暴雨，截河初始，此時功效尚不明顯，河水水面仍是高出往年許多，水勢洶湧激蕩，渾濁不堪，洪流奔騰聲如疾雷，讓人望而生畏。

徐鳳年將春秋、春雷都留在府上，雙手空無一物，蹲在岸邊巨石上。水氣撲面而來，兩耳聞聲鼓脹，氣機流轉無形中受大河牽引，較之平時也要迅猛數倍。

赫連武威投擲了一塊石子入河，連水花都不見，不由感懷說道：「年輕時經常在雨後入河游泳，偏偏喜歡逆流而上，現在可遊不動了，幾個撲騰估計就要給沖走。年老以後起了興致，真要下水的話，也只會挑平緩河段，不服老也得老。」

徐鳳年正要說話間，驀地看到一行錦衣華服富貴逼的人物緩緩走近，有說有笑，為首一名高大男子，簡簡單單的舉手投足，極有指點江山的氣魄，男子身後還有幾張半生不熟的面孔，陸歸、陸沉這對甲姓父女，種檀和婢女劉稻穀，除了陸沉，其餘都是一面之緣。

徐鳳年原本擔心陸沉見著自己後會露餡，不曾想她瞧也不瞧一眼，比陌路人還要陌路。

徐鳳年蹲著沒有起身，赫連武威瞥了一眼，斂起氣機，平淡道：「那位便是種大將軍，跟北莽皇帳很有交情，做人比帶兵厲害，可惜他弟弟種涼今天沒來。」

種神通見到赫連武威，大笑著快步走近，跟身後眾人拉開一段距離，位高權重的種大將軍以晚輩自居，抱拳道：「見過赫連老將軍。」

赫連武威也沒讓種大將軍熱臉貼冷屁股，一巴掌拍在徐鳳年腦袋上，好似長輩教訓眼高於頂的不成材子侄，氣罵道：「還不起身給種將軍行禮！」

徐鳳年一臉無奈起身作揖，彎腰幅度微不可查。

赫連武威一副怒其不肖的表情，嘆氣道：「讓種將軍見笑了，這個遠房親戚家的晚輩頑劣，不懂規矩。」

老人隨即轉頭瞪眼道：「自以為讀了幾籮筐聖人書籍，就目中無人，你是考上了狀元還是當上了宰相了？只知坐井望天，不成氣候！遠的不說，就說眼前這位種將軍的長子種檀，比你年長沒有幾歲，就已經是實打實的井廊都尉，掌精兵三千員，更是差點就成了本朝第一位狀元郎，比起你那些臭不可聞的無病呻吟文章，好上百倍！」

種神通看到這位相貌不俗的後生欲言又止，應該是顧忌種家聲勢，這才壓抑下了書生意氣，但也稱不上有好臉色，對於赫連武威的遠房親戚一說，種大將軍也不奇怪。赫連姓氏在西河州是大姓，枝繁葉茂，赫連武威本身便是官宦出身，只不過家族中落，才投身軍伍，赫連武威身為百戰將軍，在北莽是出了名的勤讀詩書，幾十年戎馬生涯，經卷一直都沒有落下，對於讀書人也很有好感，若是破落家族裡出了一個有望金榜題名的後輩，設身處地換作種神通也一樣會寄予厚望。

種神通不希望因為這種雞毛蒜皮的小事冷了氛圍，這有傷長遠大局，於是笑言安慰道：

「老將軍切莫高看我那犬子，也就是虛長了赫連小侄幾歲。」

徐鳳年小聲嘀咕道：「三千兵馬算什麼，等我在朝堂上一鳴驚人，領三萬鐵騎那都嫌少了。」

赫連武威一腳踹過去，瞪眼道：「你那些紙上談兵算個屁。」

徐鳳年躲過軟綿綿一腳，乾脆眼不見、耳不聽背對眾人，像是在外人面前給長輩看輕，有些撐不住顏面臉皮。種神通看到赫連武威瞪眼珠粗脖子的場景很有趣，做了個和事佬，說了幾句類似年少存志是好事的客套話，然後兩位北莽軍的中流砥柱便撇開眾人，沿岸走去，所說所圖自然是截河斷流以後接下來的鑿山入墓事宜，兩人都是貌似爽快的老狐狸，少不得一番勾心鬥角。

大體上河西精銳控碧軍負責截河，以及驅逐清洗掉那些敢於靠近秦帝陵墓的江湖閒散，種家承諾帶給控碧軍大量價格極低的優質鐵礦，老持節令清心寡欲，在北莽八位封疆大吏中口碑首屈一指，種神通也不信赫連武威會垂涎陵墓財寶而起殺心，要是換成武力猶在種涼之上的慕容寶鼎，種神通萬萬不敢與虎謀皮。

一場密談相談甚歡。

種神通回頭看去，種檀和陸家父女跟那個赫連後生格格不入，想想也情理之中，沒有理會。種神通緩行時，皺了皺眉頭，弟弟說要去一趟公主墳，問他何事，也未作答。

對這個行事荒誕不經的弟弟，也早已習以為常他的天馬行空，只不過這次入墓一事，事關重大，容不得有絲毫差池紕漏，種涼跟公主墳中那位小念頭的關係，種神通知曉幾分，但不曾見底，種神通也不好刨根問底，只希望這次跟公主墳那幫孤魂野鬼八百年的彩衣們一同入墓，到頭來不要橫生枝節。公主墳作為守靈人，這次無異於監守自盜，種神通內心深處完全信不過她們。

驀地，種神通和赫連武威驟然凝神聚氣，如臨大敵。

恍惚間，一條白虹踏河而來，追溯源頭向上游奔走。

白虹所過河面，劈波斬浪，河水直直暴漲一丈，凶猛拍擊兩岸。

白虹前衝遠方，有十幾宛如彩蝶的翩翩衣裳從天而降，似乎要擋住白虹去路。

那些彩衣如壁畫飛仙，袖長達數丈，況且每一隻長袖都牽扯有一抹雲霧之氣，越發靈動如天人下凡。

種檀瞪大眼睛，那些飄飄乎的裝神弄鬼的女子，他自然認得，與叔叔種涼的描述如出一轍，是公主墳獨有的彩衣，擅長雙袖飛升舞。據說相互借勢之下，一袖之威，可擋神佛。

一陣佛唱低吟入耳。

徐鳳年聽出是大勢至菩薩心咒。

如虹白衣終於略作停頓，懸在河水上幾尺之處，探臂一手結印。

是一位身披白色袈裟的僧人，面對十八彩衣、三十六袖，當最後一字結尾，腳下黃河起異象。

如佛咒名號，剎那大勢至！

白衣僧人身後河面猛然斷裂，一半河水去者不留，來者硬生生停下，轟然拔高十數丈，如一條躍水黃龍，在空中畫出一道圓弧，隨著僧人單臂手印所指，鋪天之後自然便是蓋地，撲向十八位牽引天上雲氣的曼妙彩衣。

黃龍先行，白衣後至。

出場畫面極美的彩衣眨眼便連同天上雲氣一同被沖散得七零八落，十八位女子有墜入河間，有跌落岸上，更有被黃龍衝撞出去幾十丈之遠，狼狽至極，再無半點仙氣可言。

白衣僧人不理睬那些有螳臂當車之嫌的女子，繼續沿河而去。

黃河之水天上來。

北莽國教道德宗便在這天上。

白衣僧人要去那座有麒麟真人坐鎮的道德宗，最簡單的路線也就是沿河而走。

種神通臉色陰沉道：「白衣僧人李當心！」

赫連武威讚嘆道：「不愧是曾經讓北莽第一人都無可奈何的金剛不敗。」

種檀轉頭對女婢劉稻穀輕聲打趣道：「你們公主墳的飛升袖也太不堪一擊了些，就這點斤兩，也想跟大念頭洛陽叫板？」

婢女一笑置之，拿手指點了點遠方。

十八位彩衣阻擋無果，又橫空出世一名身材高大的人物，隔得太遠，分辨不清男女，當此人攤開雙臂，竟是怪誕至極的四手之相。

當這尊怪胎抬手舉臂，十八位落敗彩衣如同牽線傀儡，被盡數扯到空中。

種檀訝異道：「是你們小念頭？那我叔叔口味也太重了。」

劉稻穀搖頭道：「是我公主墳一尊供奉有三百年的活死物。奉勸公子還是不要走近親眼見到，否則會睡不著覺。除了具有四手，她生有琵琶對抱相，前後兩張臉孔，一面地藏悲憫相，一面歡喜相。」

種檀嘖嘖道：「可怕可怕。」

河上白衣僧人見到這尊穢物，終於動怒，金剛怒目。

大喝道：「我佛如來！你這孽障還不自湧身往虛空中去地四丈九尺！」

他一掌托起，驀地天上雲層下垂，無數道金光透過白雲縫隙射落天地間，佛光萬丈。

然後白衣僧人雙手一瞬結三印，分別是法輪、淨業、摧罪。

眨眼過後，長虹遠逝，只留下一句：「貧僧從道德宗歸來，再將你澈底打入輪迴！」

那尊陰物蜷縮一團，繼而舒展如舊，只是十八位彩衣傀儡已經悉數毀壞。

陰物站直後，僵硬扭了扭脖子。

然後直奔徐鳳年襲來。

徐鳳年目瞪口呆，老子惹你了？

那頭陰穢之物朝徐鳳年踏河直直奔來，以歡喜相那一面示人，一張清麗面容看似女子歡愉，面皮以後，骨子裡卻給人一股死氣沉沉的陰冷氣息，毫無喜慶可言，尤其是這頭存活三百年的怪胎生有四臂，飛掠大河時，四肢，是六肢搖搖擺擺，偏又穿一襲廣袖拖曳的朱紅袍子，更顯得古怪恐怖。

徐鳳年有苦自知，方才跟赫連武威精心演戲，以有心算無心，好不容易騙過了種神通這隻老狐狸，假如被莫名其妙的陰物逼出原形，大打出手，別說種神通，傻子也要起疑，這個不說，徐鳳年當下手無寸鐵，既無春秋劍也無春雷刀，陰物雖然被大金剛境的李當心三印擊敗，可徐鳳年哪有這份功力，不由心中罵娘，四處張望，希望有好漢或是女俠仗義相助，可惜沒瞧見同為白衣的大魔頭洛陽，也沒有看到種神通有出手的跡象，倒是瞥見種檀這龜兒子眼神促狹，一副樂見其成的模樣。

跟徐鳳年剎那對視，種檀都懶得掩飾，顯然吃定了徐鳳年要被陰物一口吞掉，不屑跟將死之人隱藏心計。

到底還是老持節令宅心仁厚，踏出一步，攔在徐鳳年身前，應該是想賭種神通為了盜陵大計，會去攔截那隻陰物，不曾想種神通定力卓絕，瞇眼不語，只是袖手旁觀。

面對這場飛來橫禍，徐鳳年心中嘆息一聲，沒那臉皮讓武力平平的老持節令受罪，頓時一腳踏出，越過赫連武威身體，內斂氣機外泄五六分，卻已聲勢滾走如雷。

公主墳豢養的陰物近在咫尺，那件鮮豔如血的大袍子一轉，歡喜相變作地藏悲憫相，四手如牢籠罩下徐鳳年頭顱。徐鳳年雙腳一擰，空手作扶搖式，青衫徐鳳年裹挾河邊大水，宛如青龍汲水，跟那陰物初次短兵交接。

紅袍陰物其中兩臂被扶搖彈開，仍有兩臂鉤住徐鳳年雙肩，所幸未曾深可見骨，不敢傾力拒敵的徐鳳年瞬間被陰物扯起，往後拋向黃河洶湧水面。

陰物那張古板的歡喜相，看到徐鳳年屈膝，蹲在河面上，一掌拍擊流水，往對岸掠去，陰物直直追擊，身形迅猛遠遠勝過倒退的徐鳳年。

離河面僅有兩丈距離，陰物那件豔紅得刺目的袍子，發出幾聲近乎悄不可聞的撲撲通透聲響，但它仍然四手黏黏徐鳳年頭顱和雙手，正要發力撕扯時，徐鳳年望著那張幾尺外的歡喜面孔，全身氣沉，帶著陰物朝渾濁河水中下墜。

入河那一瞬，徐鳳年也管不著是否露出蛛絲馬跡，十二柄飛劍一齊出袖，不光如此，大黃庭海市蜃樓護體，再者依樣畫葫蘆上次洛陽在敦煌城門處的起水千劍，抽水作劍，劍氣滾龍壁，湧向那頭面目可憎至極的陰物，除此之外，還有仙人撫頂配合胡笳拍子，不管不顧，對著陰物就是一頓亂拍。

好在是在幾近河底的隱蔽處，要是在陸地，這種好似潑皮跟悍婦酣戰的下乘手法，實在是丟人現眼。不過談不上章法，威力倒是可觀，那陰物明顯挨了好幾記勢可摧碑的撫頂，一人一怪澈底溜走於河底，幾座嶙峋暗礁都給兩者或折斷或撞碎，儼如共工撞山。

大概是徐鳳年手段層出不窮，那怪物腦子又算不上靈光，一時間竟被徐鳳年掌握主動。徐鳳年受傷不重，河水汙濁，徐鳳年也看不清是歡喜相還是悲憫相，有大黃庭修為和大金剛體魄支撐，一氣遞一氣，氣氣登崑崙，循環不息，此番出手，打得那叫一個酣暢淋漓。

岸上眾人神情各異，但不約而同都沿著岸邊往下游奔跑。

赫連武威臉色鐵青，先瞪了一眼種神通，見這傢伙一臉不鹹不淡的表情也就省了氣力，心神百轉，想著如何救出徐鳳年，不說這小子的敏感身分，光是這段時日心有靈犀的忘年之交，赫連武威就捨不得他無緣無故死在黃河裡頭，退一萬步說，徐鳳年一旦死在他眼前，萬一徐瘸子失心瘋發作，當真以為北涼鐵騎就沒膽量一路踩踏到西河州了？雖說將軍馬上得軍功，也就要有將軍死馬背的覺悟，赫連武威不怕打仗，甚至不怕什麼生靈塗炭，可老人也只是想著有朝一日能跟顧劍棠兵鋒相向，不希望跟有活命之恩的人屠沙場敵對。

遠處有十幾持節令親衛銳騎游弋待命，當陰物驟然出手傷人，便疾馳向赫連武威，老人沉聲發號施令，去截河臺調動一千精銳控碧軍前來助陣。

赫連武威本就是偏向大念頭的公主墳客卿，也不怕跟小念頭那一脈撕破臉皮，敢在老子眼前行凶，真當控碧軍形同虛設？

局外人種檀尤為輕鬆，事不關己高高掛起，還能看一場好戲，奔跑時還有心情跟女婢打情罵俏，「這傢伙原來是真人不露相啊，看上去柔柔弱弱的白面書生，竟然能硬碰硬扛下那穢物的襲殺，換成我的話，也輕鬆不了幾分。事先說好，妳可不能對他一見鍾情。」

婢女劉稻穀腰懸繡有半面妝女子的精緻香囊，下意識摸了摸小囊，有些無奈道：「公子說笑了。」

陸歸巋然不動，他才是徹徹底底的書生，乾脆不去湊這個熱鬧，遠離是非之地，種神通他惹不起，赫連武威也一樣。一位是大將軍，一位是持節令，俱是北莽第一流權貴，女帝陛下都要權衡斤兩的頂尖人物，陸歸惹不起總躲得起。

陸沉想要跟上隊伍時，被他輕聲喝住，她背對父親，肩頭顫抖，癡癡望向偶有水花濺起數丈的乖戾河面。吝嗇到連真實姓名都不曾告訴我的你，就這樣死了嗎？

十八具牽線玩物般的傀儡彩衣再度站起，四面八方騰空，彩衣長袖縹緲，煞是好看，再衝入河中。

水下徐鳳年忙啊，要麼以開蜀式開江河，要麼以十二飛劍結青絲，總之怎麼不讓陰物近身怎麼來，壓箱本領都一併使出，反正在眾人不見真實情形的水底，大可以苦中作樂。陰物殺人手腕尚未流露，不過受了幾十飛劍攢射穿刺，根本不見頹勢，足可見它的能耐。

氣息濃郁的紅袍始終在徐鳳年四周的三丈內圍繞遊走，陰魂不散，像附骨之疽。好景不長，當十八彩衣紛紛入水，如雷炸下，徐鳳年就開始狼狽不堪，彩衣女子皆是不知疼痛的死物，沒有所謂的致命傷，每一縷長袖便是一柄長劍，一次就給擊中胸口，一座暗礁被徐鳳年後背連根撞爛。這一場圍獵，讓徐鳳年記起草原上對陣拓跋春隼的凶險場景，也開始陰鷙起來，滿腔戾氣，狠下心硬吃一袖，右手扯住袖子，往身前一拉，左手一記仙人撫頂，將那名彩衣從頭到腳都給拍得稀巴爛，失去憑仗的無主彩衣上浮水面，這一抹豔麗在河面稍縱即逝，匆匆消失於滾滾東流水。

陰物耐性很好，四隻手果然不是白長的，牽引剩餘彩衣入水，一擊不中便出水，伺機而動，讓徐鳳年疲於應付。壓力驟然減輕，同時失去紅袍和彩衣的氣機，即便在水底掠游，徐鳳年耳中仍是傳來格外震顫耳膜的轟鳴聲，不由在心中大罵一聲，是跌水！

跟赫連武威遊覽黃河時，老人便說有一處壯麗觀景點，兩岸巨石陡峭，河口收縮束起如女子纖細腰肢，萬鈞河水聚攏一股墜入馬蹄狀的峽谷河槽，飛流直下三千尺，足可讓賞景遊人心神搖曳。問題關鍵在於徐鳳年身在其中，一點都沒那份閒情逸致，心知極有可能下一刻就是朱紅雙面陰物的暴殺。他凝神屏氣，果不其然，水跌巨壺口，徐鳳年被慣性沖出大水柱，有一瞬懸空凝滯，水霧升騰中，徐鳳年腳下大壺中河水喧沸，而那陰物只在稍低空中，一張歡喜相臉孔，真有些喜慶的意味了。十七彩衣同時出袖，徐鳳年蕩開小半，還是被十餘長袖繞住頭顱四肢，這等手法一旦得逞，比較五馬分屍可還要酷烈百倍。

身陷死地，徐鳳年身體不墜落反拔高，體內氣機流轉如江河入海，一竅沖一竅，一脈貫一脈，兩隻手掌砰然一擊，作僧人雙手合十行禮狀。

隨著這一合十，一整條蔚為壯觀的瀑布竟然隨之一頓。

千百年來奔流到海不復回的黃河水，在這一日這一時，逆流而上。

河水出現百年不遇的斷層，徐鳳年身後峭壁露出真面目，驚世駭俗。

一整面九龍壁，九龍猙獰，爭奪一顆碩大珠子，栩栩如生。滔滔河水沖刷近千年，龍壁依然不見絲毫模糊，當年雕工之深刻玄妙，簡直匪夷所思。

緊要關頭，朱袍陰物流露出一抹怔怔失神。

讓奇景重現世間的始作俑者徐鳳年，並不知道身後畫面是何等恢宏，這個時候還敢分心的話，徐鳳年多出幾條命都經不起揮霍。既然陰物大大方方露出破綻，那他也就當仁不讓收下了，雙手合十只為蓄力，掌心貼掌心，手掌猛然拉開。

照理來說，氣機之氣，不論道教真氣，還是儒教浩然正氣，都如晦澀典籍文字，自古玄之又玄，向來可冥想而不可見，這是常理，但在眉心泛出一抹紫印的徐鳳年手心，卻凝聚成形，出現一道肉眼清晰可見的紫氣。

紫氣東來。

紫中帶金。

紫金一氣如游龍，貫穿十七彩衣，陰物眼睜睜看著公主墳耗費無數物力精心打造的傀儡被炸毀，不由死死盯住那一抹炫目紫金，伸出舌頭舔了舔嘴角，好似老饕見著了人間美味，垂涎三尺。彩衣依次紛紛墜毀在腳下雲霧彌漫的河槽，打了一個旋，便再也不見蹤跡。

十足敗家子的朱紅陰穢魔物張大嘴巴，腹部一縮，急速一吸，徐鳳年來不及牽引自己也不曾預料到的紫氣回體，就看到只剩初始三分之一粗細的紫金給陰物吸入嘴中，眼眸浸染得紫氣森森，那張歡喜相越發詭譎陰寒。它腮幫鼓動，一番咀嚼，下一瞬便掠至強弩之末的徐鳳年身前，四手同時砸在胸膛！

徐鳳年的海市蜃樓立即潰散，如大樓轟然倒塌，此時才明確知道陰物的手段是如何辛辣沉重，它不是蠢笨，也不是實力不行，而是太聰明了，不但知道示敵以弱，一點點耗去對手的精氣神，還知道在恰當地點、恰當時分給出致命一擊。

一擊之威，沒有開膛破肚，卻也讓徐鳳年如斷線風箏般飄向身後雕有九龍搶珠的巨幅石壁。

頭頂略作停頓的河水復爾傾瀉而下。

徐鳳年正要竭盡全力跟這頭魔物一命換一命，眼角餘光看到白衣飄來，一手按在陰物悲憫相臉面上，推向九龍石壁，跟徐鳳年擦肩而過時，輕輕一掌推出，兩人和朱紅陰物一起掠向龍壁。

白衣一掌摁住那顆雕刻作驪珠模樣的珠子，將其陷入龍壁幾寸，一扇大山壁嘩啦一下迅猛倒轉，三人被旋轉牆壁砸入壁內。

壁外，江河依舊奔流不息。

壁內，別有洞天。

◆

龍壁翻轉，便是另外一個天地了。

不過卻不是那珠寶遍地的琳琅滿目，而是滿目漆黑。既來之、則安之，徐鳳年一個踉蹌過後，定睛望去，大致看出是一條丈餘寬廊道，帝陵自有皇家氣派該有的規格，離墓穴儀門還有一段距離，這段行程註定危機四伏。

徐鳳年打死都不會走在前頭，沒有陰陽家或是機關大師保駕護航，莽撞闖入，跟自殺無異。徐鳳年正想著跟白衣魔頭商量商量，是不是將那雙面四手的魔物丟進廊道探路，殊不料這欠男人調教的婆娘二話不說，一腳將朱袍陰物踢入其中，一手拎住徐鳳年，一併丟入，既能看到兩虎相鬥，還能試探機密，真是一舉兩得。

徐鳳年才腹誹罵娘一句，那頭至穢之物就探臂搏殺而來。廊道丈餘寬度，施展不開靈活身形，徐鳳年只得一邊提防廊道隱祕，一邊跟它貼身肉搏。

都說雙拳難敵四手，徐鳳年真碰上個長了四條胳膊的，都沒地方訴苦。大概是它也沒了藏拙的欲望，出手遠較河底來得迅猛狠辣，像雨點啪啪敲打在徐鳳年身上，一記抬膝就撞向徐鳳年的命根子。

徐鳳年本就不是沒煙火氣的泥菩薩，也放開了手腳去搏殺，一手按下陰物膝蓋，由著這頭孽障雙手左右拍在耳廓附近，加上它剩餘雙手推在胸口，徐鳳年只是拚命一拳轟在它心臟處，雙方幾乎同時狠狠撞向牆壁，不忘各自踹上一腳，又不約而同借反彈勢頭給予對方更毒辣的一擊。

徐鳳年一指彈中陰物眉心，繼而又是沉悶地撞擊牆壁，兩者如同皮球反復彈躍，在尺寸之地，殺機盡顯。陰物朱袍翻滾如一隻紅蝠，專門朝徐鳳年襠部下手，撩陰上了癮頭，徐鳳年一身濕漉漉青衫已被氣機蒸發乾燥，賞賜了它幾次彈指，都擊在眉心上。

你來我往，若非廊道內陰暗無光，否則這種雙驢打滾的鬥毆，很能讓看官們喝彩。

前一刻，徐鳳年被它近身，雙手握住脖子，立馬還以顏色，抬肘砸中它下巴。興許後一刻就是兩者額頭結實對撞，徐鳳年幾次顧不得準頭，都或拳或掌打在它胸口，竟然如普通女子般軟綿綿一團，興許是先入為主，對顱後生面孔噁心得厲害，只覺得滑膩得如同一堆蛆，實在讓人作嘔。

一路打去，饒是有大黃庭傍身，徐鳳年也鼻青臉腫，滿身血汙，不知何種祕術飼養出來的陰物早就讓徐鳳年見識過它的刀槍不入，水火不侵，挨打不見少，傷勢卻輕微，這讓徐鳳年很是憋屈，做賠本買賣，不是世子殿下的風格啊。好在吃虧之外，這條通往秦帝陵的廊道並無玄機，徐鳳年和陰物打了半里路，也沒見觸碰什麼隱蔽機關，要是跟這種陰穢怪胎同穴而死，徐鳳年估計真要死不瞑目。

白衣洛陽優哉游哉跟在後頭，突然皺眉，「合山。」

徐鳳年對風水堪輿略懂一二，立即臉色劇變。合山，就是簡單的字面意思，兩山合併，註定夾死其中活物。洛陽才說完二字，沒有徐鳳年意料中羽箭出孔的廊道眨眼間併攏，他和陰物不得不同仇敵愾，手臂攤開，擋住一壁。

以秦帝陵築造者的縝密心機，一定是入廊以後就已然觸發，但避免給盜陵者返身的機會，直到廊道中段位置才開始合山，進不得、退不得，合攏之勢迅雷不及掩耳。徐鳳年氣機勃發，陰物也知曉輕重，兩位仇家都沒敢在這種時候互給對方穿小鞋，卯足了勁往外推去。

一座陵墓建於地面，合山尚且簡單，如秦帝陵這樣鑿壁建於河底，所牽涉的學問實在是超乎想像，不幸中的萬幸，合山沒有合死，被徐鳳年和陰物聯手用巨力支撐出縫隙，便縮回原處。

徐鳳年鬆了口氣，閒庭信步的洛陽冷聲道：「不想死就趕緊向前滾！」

站著說話不腰疼！

合山又至。

徐鳳年伸臂咬牙堅持。危機過後，陰物一腳踩在地面，廊道地板不知什麼石質，一踏而下，竟然只踩出一個幾寸深的小坑。徐鳳年見它無功而返，僵硬地扭了扭脖子，不知是在懊惱還是迷惑，徐鳳年想笑卻笑不出來，這陰物的腦袋瓜真他娘靈光啊，竟然想出了挖坑躲藏的法子。若是地石硬度尋常，三人大可以在地下開道向前，不說洛陽這位早早躋身天象境的天下第四，就連徐鳳年和陰物都可以緩慢向前推移。這種九死一生的險境，笨法子總比沒法子等死好，但是秦帝陵督師顯然已經料到這一點，這讓徐鳳年把那個八百年前的王八蛋祖宗十八代都罵了一遍。

合山間隔越來越短，徐鳳年的換氣機會也就越來越小，但仍然不見有臨近盡頭的跡象。雙臂逐漸酸麻，墓內本就空氣渾濁，陰氣深重，徐鳳年不知擋下幾次合山，出現了練刀有成以後久違的兩眼發花，這可不是個好兆頭。

比陰物還要冷血的魔頭洛陽總算說了句良心話，「你安心前衝，馭劍探底，換我來。」徐鳳年咬牙長奔，同時那柄唯一劍胎圓滿的朝露急掠出袖。

這一段路程，度日如年，當徐鳳年來到開闊處，眼界豁然開朗，大片白光刺目，徐鳳年抬起手臂遮掩，瞇起眼，終於見到一扇古樸銅門，篆刻有密密麻麻的銘文。

愣神以後，等陰物也掠出廊道，徐鳳年才記起洛陽還在裡頭，肯定是在舉步維艱，瞥了一眼虎視眈眈的陰物，罵了一句「滾開」，返身進入廊道，撐開兩山。

千鈞重力一次次撞鐘般撞在手臂上，讓徐鳳年幾乎以為兩隻手就要廢掉，正當徐鳳年兩眼發紅支撐不住時，一襲白衣行至眼前，一腳將他踢出廊道。

精疲力竭的徐鳳年坐在地上，洛陽神情平靜，但嘴角滲出血絲，被她輕輕擦拭。舉目望向洞內亮如白晝中的那扇銅門，身後合山合得澈底。

徐鳳年起身後拿一柄飛劍試了試，竟然插入不得分毫。

一葉知秋，八百年前的大秦帝國，難怪可以一統天下，李義山曾說當今堪稱鍛鍊極致的北涼刀，正是脫胎於一種大秦制式佩刀，連大多數殺傷力驚人的涼弩也不例外。只不過大秦帝國如彗星崛起，又如彗星隕落，史學家都好似故作無視，史料稀缺，只知道秦帝暴斃後，竟是整座帝國隨之殉葬，天下四分五裂，如鹿逃散出籠。

徐鳳年如釋重負，靠著石壁，不禁感慨萬千，如果能活下去，那麼困擾後人近千年的謎團，興許就要揭開一些石破天驚的隱祕。

陰物站在明暗交界處，一線之隔，它猶豫了一下，還是踏出一步，光線所及，它的腳面頓時劇烈灼燒，臭味刺鼻。它似乎喪失痛覺，不去理睬將近燒灼成炭的可憐腳背，又陷入沉思。

合山之後是雷池嗎？徐鳳年苦笑一聲，蹲在陰陽界線上，抬頭張望。穹頂鑲嵌綿延如璀璨星空的珠子，熠熠生輝，左右兩面石壁和地面上貼滿琉璃打磨而成的小鏡面，交織出一洞輝光，細一看，那些珠子竟然隱隱流動，如同四季星象，斗轉星移。

徐鳳年內心震撼，這些珠子是如何能夠保存數百年之久？須知有人老珠黃一說，珍珠之流，過了年數，就會理所當然地泛黃變質。徐鳳年原本一直看不慣世人一味崇古貶今，如今再看，並非全然沒有道理。

洛陽站在徐鳳年身邊，安靜不語。驀地見她伸出一隻手，在空中迅速轉折勾畫，就如同在抽絲剝繭。

過了片刻，她皺了皺眉頭，應該是沒有得出想要的答案，也不看徐鳳年，只是冷淡問道：「你懂星象運轉？」

徐鳳年毛遂自薦道：「學過一點果老星宗，還有舒敏卿的周天祕旨，以及陸鴻的二十八宿，可以試著推演推演。」

洛陽轉頭，徐鳳年跟她對視。

洛陽譏笑道：「你就只會用嘴術算演化？」

徐鳳年忍住才沒有白眼，蹲在地上，拿一柄飛劍青梅在地上刻畫，時不時抬頭默記群星流轉。起始淺顯，入門不難，可久而久之，猶如拾階登山，越發艱辛。推演至晦澀死結，徐鳳年就瞧著線條雜亂的地面發呆出神，這門活計其實要是交給號稱「心算官子無敵」的二姐徐渭熊來做，不說信手拈來，也好過徐鳳年這麼死馬當活馬醫。

洛陽看了幾眼，見徐鳳年沒個頭緒，就不抱希望，抬頭凝望那片白晝光輝。片刻以後，洛陽說道：「墓內盡是死氣，你大約還可以活兩個時辰。」

徐鳳年乾脆一屁股坐在地上，搖頭道：「那十成十來不及，給我兩、三天時間才能有粗略的眉目。」

洛陽冷笑道：「只會些旁門左道的雕蟲小技。」

徐鳳年怒道：「還不是妳死活要進入陵墓！」

洛陽輕描淡寫地瞥了眼徐鳳年，只說了兩個字：「借劍。」

徐鳳年問道：「幾把？」

洛陽反問道：「你難道有十三柄？」

要擱在平時，換一名女子詢問，徐鳳年指不定會說一句老子胯下不就還有一劍，這會兒也不敢有這份無賴心思，頓時馭劍十二，一字排開，懸浮洛陽身前。

洛陽屈指一彈，飛赴亮光中，一閃而逝，一劍回，另一劍入，十二柄飛劍前赴後繼。

飛劍不停循環，眼花繚亂，洛陽好像自言自語道：「珠子一顆都不能毀壞，毀了陣法，光芒炸開，沒有死角可以躲避。小嬰首當其衝，你也熬不過幾瞬，我便是能活，也註定打不開那扇銅門。帶你入陵，是要借你的命去開啟大門。」

小嬰？

這陰物還有如此詩情畫意的稱號？

徐鳳年很快醒悟，跳腳急眼道：「洛陽，妳給老子說明白了，什麼叫拿我的命去開門？借？這命借了還能還？」

洛陽平淡道：「你身具紫金之氣，既是小嬰最好的補品，也是鑰匙。如果是種神通一夥人來到陵墓，死的就是一名南唐宗親遺孤。」

徐鳳年想了想，一本正經說道：「這樣的話，我們一起死在雷池裡好了。要是種家沒能進來，千百年以後，後人看到妳我兩具屍骨，指不定會被當作殉情的男女。」

洛陽置若罔聞，彈劍如彈琴。

徐鳳年看著她聚精會神馭劍往返的模樣，黃寶妝？魔頭洛陽？

這一刻混淆不清。

徐鳳年小時候也曾想當那些名揚天下的高手，最不濟也要做個快意恩仇的遊俠，因此經常去聽潮閣叨擾那些守閣清修的老人們，聽過許多不知真假的奇遇：跌落山崖，掛枝而活，入了山洞見著高人屍骸，嗑拜以後得到一、兩本祕笈，出來以後就成了江湖上叱吒風雲的一流高手，該報仇的報仇，該逍遙的逍遙，讓幼年徐鳳年恨不得揀選幾座瞧著有仙氣的山崖去跳上一跳，後來還是被二姐一語點醒，聽潮閣祕笈數萬部，你上哪兒犯癡去。

徐鳳年嘆氣一聲，轉頭看到陰物那張悲憫相臉孔，無可奈何道：「都快死了，來，給爺換張喜慶的。」

本以為會是牛頭不對馬嘴，不曾想陰物紅袍一旋，果真拿歡喜相面朝徐鳳年。

徐鳳年「嘿」了一聲，「再換。」

悲憫換歡喜。

「再換！」

朱紅大袍子旋轉如同繞花蝶。

徐鳳年玩得不亦樂乎，好像陰物也很開心？

洛陽沒有理睬一活人一陰物的嬉戲，孜孜不倦彈劍百千，當太阿一劍以一個詭譎姿勢傾斜懸停，洞內光芒驟然黯然，徐鳳年這時才知道滿室「星輝」，竟然是一線造就，經過琉璃鏡面次次折射，才讓洞內亮如白晝。洛陽的抽絲剝繭，眼界是天象範疇，手法則無疑是指玄境的巔峰，這讓徐鳳年心頭浮現一抹陰霾，陰物也停下動靜。

洛陽一揮袖，除去太阿劍，其餘十一柄飛劍都還給徐鳳年。她來到銘刻無數古體小篆的銅門前，篆文中陰文、陽文兩印各占一半。

徐鳳年走到門前，伸手觸及，自言自語道：「是大秦帝國左庶長的兩封書，一封王書，一封霸書。各自闡述王霸之道，只不過後世只存有一些殘篇斷章，聽潮閣就只有三百餘字，字字珠璣。」

洛陽問道：「你認得兩書內容？」

徐鳳年沒有直接回覆女魔頭，只是陶醉其中，咧嘴笑道：「我被李義山逼著學過大秦小篆，回北涼以後，師父若是知道我背誦下完整的王霸雙書，還不得開心壞了，保管會跟我多要半斤綠蟻酒。」

洛陽也未跟徐鳳年斤斤計較，沉默不語。那頭四臂陰物沒了雷池禁錮，搖搖晃晃，在門外悠遊逛蕩。

徐鳳年雖然幾乎過目不忘，但為了加深記憶，邊讀邊背雙書，事後閉上眼睛默念一遍，牢記於心。做完這一切，他回頭看了一眼白衣魔頭，見她毫無動靜，齜牙問道：「妳還不動手？不是要借命開門嗎？記得還我。」

洛陽平靜道：「我只知道要皇親宗室的遺孤血液做為鑰匙，具體如何開啟銅門，並不清楚。」

徐鳳年問道：「妳什麼都不知道，就敢闖進秦帝陵？」

洛陽理所當然道：「天命恩賜之物，不取反罪。」

徐鳳年知道靠不住她，獨自摸索銅門之祕，半晌過後，洛陽輕描淡寫丟下一句話，「你的那柄飛劍還能擋下一炷香時間，洞頂星空已經全部逆轉，機關已經觸發，到時候我就殺了你，潑灑鮮血在銅門上。」

徐鳳年一臉陰冷笑意，「倒了八輩子楣才遇上妳。」

洛陽竟然點頭笑道：「彼此彼此。」

徐鳳年瞬間陽光燦爛，「嘿，我這人說話不過腦子，妳呢，千萬別上心。」

洛陽一語揭穿其心思，譏諷道：「死到臨頭還不肯多說幾句真心話，你這輩子活得也太遭罪了。你們離陽王朝的藩王世子都這麼個淒慘活法？」

徐鳳年不再搭理洛陽，神情冷峻望向銅門，也虧得有李義山當年的治學嚴苛，徐鳳年對大秦這種古體小篆並不陌生，加上上次遊歷江南道，聽過那一場曲水流觴談王霸，可以說後世爭鳴，大多濫觴於眼前雙書，不論順流而下還是逆流而上，都可以相互印證。

徐鳳年在焦頭爛額時，還聽到洛陽說著風涼話，只有半炷香工夫好活。

徐鳳年記起白狐兒臉開啟聽潮閣底樓的法子，咬牙亡命一搏，躍身而起，拿手指劃破掌心，頓時鮮血直流，然後在兩扇銅門上共計拍下拎出九字，陽五陰四，安靜等了片刻，銅門巋然不動。徐鳳年無需轉頭，都知道太阿一劍在空中顫顫巍巍，這九字屬於他推測出來不合文章大義的錯字，要是有一字錯誤，就得把小命交待在這裡了。

洛陽顯而易見心情不佳，不過仍不忘恥笑這位北涼世子，嘖嘖道：「再多放幾斤血試試看，別小氣。」

徐鳳年二話不說，劃開另一面掌心，正要放血入槽，驀地見到兩扇銅門吱呀作響，在兩人震驚視線中緩緩露出異象。

左手王書陽字印銅門，紅亮如旭日東昇，右邊霸書陰文銅門，青晦如無星無月夜幕。

兩書六千字開始推移轉換位置，如水竄流，兩扇三人高的銅門最終變幻縮小成等人高的兩件物品，以洛陽的心性和見聞，都是一臉玩味驚訝，足可見呈現在他們眼前的物件是何等詭異珍稀。

一件鮮紅龍甲。

一件藏青色蟒袍。

紅葉落火龍褪甲，青松枯怪蟒張牙。

徐鳳年下意識說道：「左龍右蛇，對峙了整整八百年啊。」

洛陽眯起眼，「紅甲歸我，念你沒有功勞也有苦勞，青甲歸你。」

徐鳳年也不客氣，一臉樂呵道：「沒問題，回頭我拿來送徐驍去，這套將軍青甲，威風大了。」

洛陽平白無故得了火龍甲，不拿也不穿上，而是讓陰物穿上。綽號小嬰的它似乎忌憚公主墳大念頭的手腕，無需發話，只是一個凜冽眼神，就主動披上這套古怪甲冑。說是披甲，其實陰物一臂才觸及龍甲，紅甲便如靈犀活物，如靈蛇般纏繞上陰物身軀，繼而好似凝結成冰，將其籠罩甲內，只不過龍甲散發至陽氣息，與陰物天生相剋，火焰繚繞，灼燒得厲害，連不知疼痛的陰物都發出一陣尖銳怪叫，四臂拚命去試圖撕下紅甲。

洛陽冷眼旁觀，還是徐鳳年生怕這陰物跟珍貴龍甲同歸於盡，小心翼翼伸手一探，大概是龍甲本身受他鮮血恩惠，陽火猛然一熄，溫順得如同見著了自家男人的小娘子，陰物這才安靜下來。

徐鳳年才試探性縮回手指，火焰便劇烈燃燒，就像一座火爐，徐鳳年搭上火甲，火爐才停下。如此反復驗證了幾次，徐鳳年確定這具火甲果真聽命於自己，猶豫了一下，沒有讓陰物活活燒死在甲內，先替它剝下紅甲，這才自己穿上那件青蟒袍。

甲冑看似厚重，穿上身才知輕盈如羽，冰涼沁人，心脾舒泰，閉上眼睛，便能清晰感受到一股玄妙氣機流轉，只聽說過滴血驗親，還真沒聽過滴血認甲的。

洛陽伸手觸及火龍甲，她披上以後，火焰比較陰物披甲還來得旺盛，火焰如紅龍長達丈餘，盤旋飛舞，熱浪撲面，徐鳳年看著就覺得疼，不過洛陽神情平靜，徐鳳年不得不佩服這女魔頭的雄渾內力。

銅門消失以後，眼界自然大開。

一條道路露出在他們眼前。

俑人夾道，兵戈相向。

一眼望去，道路沒有盡頭。

洛陽先行，徐鳳年跟陰物隨後，僅就道路兩旁兵馬俑數到三百多個後，才見盡頭，九級臺階之上，擺有一張龍椅，坐有一具枯白屍骸。

這位便是歷史上唯一一位一統天下的大秦皇帝！

臺階九級，每一級上都有雙手拄劍武士，下七級皆是石質俑人，唯獨第八級上左右兩具青銅甲內是真人屍骨。

徐鳳年對皇帝都沒什麼好感，也談不上如何敬畏，畢竟直接和間接死在老爹徐驍手上的大小皇帝就不下六位，不過面對這位大秦皇帝，徐鳳年還是有些說不清、道不明的感觸。如今都以一人之下、萬人之上來形容權臣權柄之顯赫，可在這位皇帝之始的君主朝廷之上，從隻言片語的歷史記載去推斷，從無權臣一說，哪怕是那位左庶長，也只能夠在皇帝眼皮底下戰戰兢兢，鞠躬盡瘁，照樣落了一個狡兔死、走狗烹的可憐下場。

大秦帝國，向來是右庶長領兵，左庶長治國，右庶長死得比寫有王霸雙書的那一位還要早，還要更慘。徐鳳年嘆了口氣。徐家能支撐到今天，徐驍肩上的擔子能輕到哪裡去？北涼參差百萬戶，如今又有幾戶記得念這位人屠的情？在張巨鹿的治政大略裡，北涼最大的作用不過是消耗北莽國力，僅此而已。逃入京城的嚴池集一家子便是明證，可無奈之處在於北涼偏偏不能說那位嚴老夫子是白眼狼，而且朝野上下誰不說這位新成為皇親國戚的北涼名士有國士之風？

徐鳳年一聲聲嘆息，回神後見到紅甲洛陽步步登上臺階，走到龍椅附近，一袖將那具極有可能是大秦皇帝的屍骸給拍飛頭骨，看得徐鳳年一陣毛骨悚然，心想妳就算是天下第一的魔頭，好歹對古人也有點敬畏之心。被妳「鞭屍」的那一位，可是大秦天子啊！

背對徐鳳年和陰物的白衣女子眼神陰沉，盯住膝蓋上的一枚鎮國虎符，可見大秦皇帝便是死，也要在陰間手掌天下權。

洛陽彎腰抓起虎符，掏出早就準備好的一縷金絲，穿孔而繫，掛在腰間，隨著她做出這個動作，兩具披甲將軍屍骨動作僵硬地拔出巨劍，轉身跪拜。

八百年前的機關傀儡，與合山雷池一樣，至今仍有功用。

墨家的本事，委實是鬼斧神工。

徐鳳年望向洛陽腰間懸掛的巴掌大小的虎符，有些眼紅。

洛陽居高臨下，看穿其心思，冷笑道：「只要沾染一點紫金氣，就可以開銅門，不算稀罕。可這枚鎮國，八百年來，還真就只有我一人可以碰而不死。你要不信，拿去試試看？」

徐鳳年擺擺手，「不用。」

洛陽低頭看了眼氣運猶存的鎮國虎符，又看了眼失去頭顱的大秦皇帝，哈哈大笑，既像高興又像悲慟，在徐鳳年眼中，怎麼有種歷經千辛萬苦後陰謀得逞的妒婦感覺？你他娘的又不是當初不得同穴而葬的大秦皇后，高興個屁？

洛陽拎住屍骨，丟下臺階，在徐鳳年腳下摔成粉碎，她坐在龍椅上，深呼吸一口，雙色眼眸熠熠生輝，一手握住鎮國虎符，緩緩吐出幾個字，「八百年後的天下。」

徐鳳年看著高坐龍椅的白衣女子，比起初見洛陽入敦煌城，還要陌生。

不過反正洛陽一身迷霧，也不差這一點了，徐鳳年左右觀望，秦帝陵內寶物註定不會僅限於兩件龍甲蟒袍，加上一枚鎮國虎符和兩具不同於符甲的巫甲，相信還有一些上規模的玩意兒。

不同於門外空氣稀薄，陵墓裡頭雖然陰氣森森，卻也不至於有窒息感，陰物自然而然如魚得水，大口吸氣，吐氣極少，好像一口氣入腹就能夠增長一絲功力，歡喜相越發歡喜，悲憫相更加莊嚴。而洛陽坐在龍椅上，雙手扣龍椅，閉目養神。

徐鳳年穿過人俑陣形，眼前是一個龐大的車騎方陣，跨門踏入左室，一座兵庫映入眼簾，青銅器鏽跡斑斑。徐鳳年握住一柄戟頭，擦去鏽斑，凝神注視，作為北涼世子，徐鳳年的思慮遠比常人見到此景來得深遠。大秦處於句兵日盛而辟兵漸衰的轉型時期，斧鉞作為大秦之前當之無愧的邦國軍旅重器，已經開始逐漸退出歷史舞臺，但是大秦將兵器成制，工藝水準高到了一個匪夷所思的境界。

徐鳳年放下戟頭，抓起一枚箭鏃，幾乎與北涼如出一轍，箭身相對窄瘦，鏃鋒已經有穿透力極強的菱形和三稜形式。說來可笑，春秋亂戰中，如南唐諸國竟然仍使用八百年前便已淘汰的雙翼鏃，鋌部更是遠不如北涼來得長度適宜，導致中物淺薄。

徐鳳年將手上鏃鋒藏入袖，打算拿回去給師父李義山瞧一瞧，再拎起一把青銅短劍，拇指肚在鈍化的鋒刃上輕輕摩挲，出現了相對穩當的金相組織，兵書上是謂大秦冶煉，金錫合同，氣如雲煙，不得不感慨大秦的軍力之盛。

徐鳳年抬頭放眼望去，有古代西蜀繪有神祕圖符的柳葉短劍，有唐越之地的靴形鉞，西南夷的丁字啄，北方草原上的整體套裝冑和砸擊兵器，種類繁多，稱得上海納百川。這的確才是一個龐大帝國才能有的氣魄。

傳來一陣沉悶撞擊地面聲，徐鳳年轉頭看去，只見洛陽腰間掛鎏金虎符，身後跟著兩尊巫甲傀儡，又聽她平淡說道：「那些尋常大秦名劍，放在今天已經不合時宜，不過有幾柄短劍，材質取自天外飛石，跟李淳罡的木馬牛相似，你要是不嫌累，可以順手搬走。」

徐鳳年順著洛陽手臂所指方向，果然找到了三只大秦特有的黑漆古式劍匣，推匣觀劍，俱是劍氣凜然。撕下袍子做繩帶，徐鳳年將三劍併入一只劍匣，綁在背上。

洛陽面帶譏笑，「右邊是寶庫，其中金沙堆積成山，你要是有移山倒海的本事，不妨一試。」

徐鳳年笑道：「搬不動，也不留給北莽，出陵墓前我都要毀掉。妳不會攔我吧？」

洛陽不置可否。

徐鳳年前往右手寶庫，視線所及，俱是金黃燦燦。徐鳳年轉身突然問道：「種陸兩家還進得來嗎？」

洛陽笑道：「我倒是希望他們進得來。」

徐鳳年問道：「到時候妳能讓他們都出不去？」

洛陽一隻手把玩著那枚鎮國虎符，徐鳳年眼角餘光瞥見她被虎符渲染得滿手金輝，無數金絲縈繞手臂，然後滲入，消失。

徐鳳年假裝沒有看到，好奇問道：「我們所見到的秦帝陵墓，就是全貌了？」

洛陽跺了跺腳，冷笑道：「底下還有三層，一層是雜亂庫藏，一層擺棺，一層是支撐整座陵墓的符陣。下一層不用看，空棺材沒看頭，最底層去了，你我都是自尋死路。」

徐鳳年「哦」了一聲，「那我去下一層瞧瞧，妳稍等片刻。」

洛陽平靜道：「該走了。」

徐鳳年皺眉道：「妳找到去路了？」

洛陽眼神冷清，「這是你的分內事。」

徐鳳年突然問道：「那頭陰物呢？可別給我們搗亂。」

洛陽沒有作答，對寶庫毫無留戀，重新來到主墓，這一次沒有坐在龍椅上，只是凝望那些與帝王陪葬的人俑。

徐鳳年坐在臺階上思考退路，按理說秦帝陵絕無安排出口的可能性，銅門卸成甲後，洛陽馭回壓陣的太阿，光線炸開，雷池便已是轟然倒塌，與合山連成一片，別說徐鳳年，就算是洛陽都沒有這份開山的能耐，來時廊道的材質堅硬遠勝金石，一點點刨出個歸路，這種笨法子，徐鳳年為了活命樂意去做，女魔頭想必也會袖手旁觀，到時候能讓徐鳳年刨到黃河峭壁，也要不知到牛年馬月。

徐鳳年入陵墓以後，不記得是第幾次嘆息，低頭觀望身上那件青蟒袍，摘下劍匣，抽出一柄短劍劃了幾下，不見絲毫痕跡，劍鋒與青甲接觸，並無火星四濺的場景，青甲宛如知曉以柔克剛的通靈活物，下陷些許，等劍鋒退卻，才瞬間復原。

徐鳳年投去視線，觀察洛陽身後兩具類似後世符將紅甲的上古巫術傀儡，鐵衣裏有將軍骨，可惜只能遠觀，不能近看，挺遺憾。

對於未知事物，在不耽誤正事前提下，徐鳳年一向比較富有考究心態。當下正事當然是尋找重見天日的路途，不過這種事情跟開啟銅門差不多，得靠靈光一現，若是如無頭蒼蠅般飛來飛去，一輩子都出不去。

徐鳳年表現得很平靜祥和，一點都不急躁，好在洛陽也不催促，像是一個遠行返鄉的遊子，一寸土一寸地看遍家鄉。至於那頭陰物，只顧著鯨吞陵墓積攢近乎千年的濃郁穢氣，滋養身軀，徐鳳年瞧著就瘆人，如果這時候跟它打上一場，必死無疑，不由拍了拍橫放在膝蓋上的劍匣，有些無奈。

武夫境界，實打實，步步遞升，跟三教聖人不同，擠不出多少水分，一境之差，就是天壤之別，至於韓貂寺之流擅長越境殺人的怪胎，不可以常理論。

徐鳳年就這樣呆呆坐在臺階上，因禍得福，太阿劍在雷池中一番淬鍊，劍胎初成，不過福禍相依，這柄殺傷力最為巨大的飛劍，有大齡閨女胳膊肘往外拐的嫌疑，徐鳳年懷疑洛陽駕馭太阿會比他更為嫻熟。

洛陽坐在比徐鳳年更高一級的臺階上，鎏金虎符已經不復起初的光彩流溢，徐鳳年內心震撼，納氣還有吸納氣運一說？這鎮國虎符分明是大秦帝國的殘留氣數，一般煉氣士如何有膽量這麼玩，一不小心就把自己撐死了。

徐鳳年頭也不扭，徑直問道：「妳是在拿火龍甲抗衡虎符蘊藏的氣數影響？」

洛陽雖說性格捉摸不定，不過只要肯說，倒是少有拐彎抹角，向來有一說一，道：「你倒是沒我想像中那麼蠢。」

徐鳳年笑道：「過獎過獎。」

洛陽語氣平淡，「你是不是很好奇我為何要急於在陸地神仙境界之前，去極北冰原跟拓跋菩薩一戰？」

徐鳳年手掌貼緊劍匣。

洛陽自顧自說道：「體內那顆驪珠本就被我孕育得趨於成熟圓滿，再往下，就要成為一顆老黃珠，洪敬岩因此之故才出手，不過他高估了自己，低估了我。敦煌城內，驪珠被鄧太阿擊碎，我本來就不長久的命就更短了，原本跟拓跋菩薩一戰過後，不論輸贏，我都會死。想要續命幾年，就得靠幾樣千載難逢的東西，手上鎮國虎符，是其中一種，也是最有裨益的一件。五年，我還能多活五年。五年，還是不太夠啊。」

然後洛陽說了一句莫名其妙的言語，「每一次都是如此，少了十年。」

她不給徐鳳年深思的機會，用手指了指遠處的陰物，「名叫丹嬰，是公主墳近八代人精心飼養的傀儡，吃過許多道教真人和佛門高僧的心肝，至於江湖武夫的血肉更是不計其數。它倒是可以活得很久，你羨慕？」

徐鳳年白眼道：「生不如死，這有什麼值得羨慕的。生死事大，可儒家也有捨生取義一說，我沒這覺悟，不過還真覺得有許多事情的的確確比死來得可怕。我師父曾經說過，修道只修得長生，就算旁門左道。修佛只修成佛，一樣是執念。」

洛陽破天荒點頭讚許道：「你總提及這個李義山，在我看來，比那個李淳罡要更像高人。」

徐鳳年啞然失笑，「我師父和羊皮裘老頭兒本來就不是一路人，不好對比的。妳也就是沒見過李老劍神，才對他那麼大意見，真見識過了，我覺得妳會跟那邋遢老頭相見恨晚。」

洛陽換了個話題，「你就不想當皇帝？」

徐鳳年搖頭道：「做不來。」

洛陽故態復萌，「確實，你沒這本事。」

徐鳳年突然會心一笑，「不說這個了，想起一個朋友說過的女子劃分，獨樂樂不如眾樂樂，說出來給妳聽聽。那傢伙吃過很多苦頭，雖說大多是自作多情，不過說出來的道理很有意思。他說最討厭三種娘們兒：一種是蘭花婊，那是相當得空谷幽蘭，往往是大宗高門裡飄出來的仙子女俠，走路都不帶煙火氣，搞得世人都以為她們不用拉屎放屁。第二種叫作白花婊，出身小門小戶，殺手鐧是梨花帶雨，楚楚可憐，往往姿色中等，看似性情婉約，可一旦耍起心計，都能讓男人幾年幾十年回不過神。第三種稱作女壯士婊，大大咧咧，一副老娘就是出口成髒就是喜歡打人就是不喜歡身材苗條，就是喜歡跟男人做兄弟，琴棋書畫、女紅胭脂都滾一邊去的豪邁氣概。」

洛陽笑道：「我算第一種？還是單獨算第四種，魔頭婊？」

徐鳳年哈哈笑道道：「言重了。」

洛陽一笑置之。

她站起身，「走了。」

徐鳳年一頭霧水。

女魔頭扯了扯嘴角，「我記起了歸路。」

徐鳳年憂喜參半，「出去了還得跟妳去跟拓跋菩薩較勁？」

她冷笑道：「得了便宜還賣乖，要不是你還有些用處，早就死得不能再死。」

徐鳳年笑了笑，綁好劍匣，還有心情用北涼腔唱喏一句：「世間最遠途，是那越行越遠離鄉路。」

陰物丹嬰雖然戀戀不捨陵墓，不過還算知曉輕重，跟著洛陽和徐鳳年走向所謂的歸路。

第七章　紅袍怪一路偕行　北涼軍兵鋒北指

黃河倒流時，水面向後層疊褶皺，水勢格外凶悍，所有人都看在眼中，連赫連武威都不相信是徐鳳年的作為，只當是陰物在河底為非作歹，凶相畢露。

老持節令疾奔至那座蠻腰壺口，默默站在石崖邊，眼神黯然。大水猛跌谷口，濤聲炸響，以至於一千尾隨而來的控碧軍馬蹄聲都被掩蓋。

水霧打濕衣衫，沒過多久赫連武威就衣襟濕透，為首十幾騎將來到老將軍身邊，下馬後也不敢言語。赫連武威收回視線，轉頭看了一眼種神通，兩隻俱是在官場沙場薰陶幾十年的狐狸相視一笑，一切盡在不言中。

赫連武威是氣極而笑，惱火種神通的見死不救，而種神通則是心安理得。陰物出手，毫無徵兆，控碧軍要怪罪也要怪到公主墳那邊，與種家無關。公門修行，誰不是笑面相向、袖裡藏刀，不落井下石就是天大的厚道，你赫連老頭兒要是敢遷怒於種陸兩家，我兄弟二人也不是軟柿子可以任你拿捏。

赫連武威苦等不及，只得帶領控碧軍返回。

種神通等了更久時分，遇上神出鬼沒的弟弟種涼，也一同返回。

◆

山合攏，竟然再有機關術去開山。

走過不再凶險的廊道，龍壁翻轉，白衣紅甲洛陽、青甲徐鳳年、陰物丹嬰一起隨龍壁掠出河壁，掠入河槽。

徐鳳年一掌貼在洛陽後心偏左，一柄金縷劍，澈底穿透女子心。

白衣墜河時，轉頭瞇眼笑。

◆

暮色中，青衣青甲的年輕男子盤膝坐在形如女子蠻腰狀的崖畔上，眼底河槽激起大片紫煙，他身後站著雙面四臂的陰物丹嬰，一人一物入陵墓前打得天昏地暗，大有不共戴天之仇的架勢，誰能想像這兩位滿肚子壞水的貨色在短暫的秦帝陵之行之後，幾乎沒有言語交流就形成了攻守同盟，矛頭開始一致對向魔頭洛陽。這也是形勢所迫，洛陽在常態時可以輕鬆碾壓兩位，誰要與洛陽站在一邊，除了與虎謀皮，還能有什麼好下場？

徐鳳年入陵前就想殺洛陽，當時單獨走出廊道復返還，那不是徐鳳年菩薩心腸，只不過那時候即便洛陽死在合山之中，他也要十成十死在陵墓中，不划算。之後他和陰物玩換臉遊戲，看似無聊，但哪怕僅是簡單的視線交換，竟有了將心比心的意味。後頭陰物吸納汙穢死氣，別看徐鳳年一副膽戰心驚的表情，心底其實樂得它吸取得一乾二淨。

洛陽開山時，龍壁翻轉，才是一記堪稱徐鳳年這輩子最為精妙的一招無理手，看似無理，實則步步為營。洛陽目中無人，開山之際，她始終在拿紅甲的紅龍之氣抗拒虎符氣運的衝擊，須知紅甲到底還是認主之物，這個主子，是徐鳳年而非洛陽，洛陽可以借用，但徐鳳年執意收回，後果將會如何？

在陵墓中，徐鳳年戲弄穿上火龍甲後遭受火焰灼燒的陰物丹嬰，就已經得到部分印證。當龍壁旋轉，洛陽率先衝出，那一瞬間，陰物吐出體內積蓄如洪的穢氣，牽制住洛陽身形，盡量消弭這尊大魔頭原本可以說是取之不盡、用之不竭的罡氣，徐鳳年同時以馭劍術駕馭紅甲，如同神怪小說中的仙人定身術，將洛陽牢牢釘在空中，只是剎那，便足矣。

剎那一劍穿心，剎那手掌貼至，大黃庭傾力剎那流轉四百里，在洛陽體內炸開，力求炸爛其心臟。

如果徐鳳年試探時，洛陽沒有堅持將他帶往極北之地對陣拓跋菩薩，又是一場九死一生的涉險，如果徐鳳年沒有步入金剛境界，如果她已經晉升陸地神仙，如果陰物丹嬰無法配合默契，如果只是少了任何一個「如果」，那一劍就根本不會遞出。

徐鳳年有青蟒袍護身，水霧不得靠近，此時手中握有一柄沾血的飛劍金縷，神情木訥，百思不得其解，她墜河時笑什麼？笑她聰明一世近乎舉世無敵，卻在陰溝裡翻船？還是笑自己肝腸歹毒更勝婦人心？

徐鳳年對著河水輕聲說道：「最遠途是離鄉路，已經說給妳聽。但路再遠，我也不怕，我怕的是回不去北涼，我很怕死在北涼以外。」

背有劍匣三柄劍的徐鳳年伸了個懶腰，轉頭問道：「輪到咱們兩個拚命了？」

陰物以悲憫相面朝徐鳳年，默不作聲，沒有任何要出手的跡象。

這倒是奇了怪哉，徐鳳年問道：「我大致猜得到你第一次出手，是貪圖我積攢的大黃庭和殘留的佛陀金血，以及本身紫金氣，這會兒你我勝負三七開，你七我三，不過我逃走的機會也不小，但是以你的貪嘴，不想生吞了我嗎？萬一得逞，修為暴漲，大念頭洛陽已死，小念頭估計也很難再去禁錮你，天高地遠，你就以小長生之身逍遙天地間，換作我，早做這筆穩賺不賠的買賣了。」

陰物模仿徐鳳年坐在崖畔，雙手托腮凝望遠方，剩餘雙手十指交叉疊在腹部，悲憫如地藏菩薩憐眾生。

徐鳳年自嘲道：「反正只要你不主動殺我，我也不會跟你過不去，咱們井水不犯河水，是頂好不過。」

陰物萬年不變的面容，輕輕望向徐鳳年，做了一個伸手撈物的手勢。徐鳳年擦拭金縷飛劍上的鮮血，對於陰物略帶嘲諷的臨摹動作，沒有反應。

你為何而笑？

怔怔出神的徐鳳年和一直發呆的陰物丹嬰不約而同驀然扭頭，只見白髮老魁出現在身後，丟過一只書箱，瞥了眼公主墳頭號陰物，面無表情地說道：「東西給你帶來了。其他事情爺爺我也懶得問，總覺得你小子不該死在這裡。赫連老頭的本意是要是沿河向下，找你一晚不見蹤影，就由我帶著這些遺物去北涼，也算對徐驍馬馬虎虎有份交代。」

徐鳳年霍然起身，問道：「你不問大念頭去了哪裡？我這身上青甲是何物？不問丹嬰為何沒有跟我搏殺？」

老魁一臉不耐煩地嗤笑道：「哪來那麼多狗屁問題，老子撐死也就是一個身不由己的刀奴，赫連武威才是公主墳的大客卿，要問也是他火燒屁股帶騎兵去追你，老夫跟那老頭交情不俗，跟你小子關係也不錯，反正哪邊都不偏袒。等天亮以後，老夫再回城，以後你小子自求多福，甭得寸進尺想著爺爺給你當保鏢，咱們香火情還沒好到那份上。」

徐鳳年作揖道：「謝過楚爺爺。」

白髮拖刀老魁流露出一抹遺憾神情，揮了揮手，「別婆婆媽媽，快滾！」

裝有三柄古劍的漆黑劍匣不大，徐鳳年將其放入書箱，跟春秋、春雷一併放好。持節令府邸確實已經不合適再去，只要讓赫連武威知道自己沒有死在黃河中就已足夠，至於種陸兩家的截河盜墓，徐鳳年不願去插手，能否找到龍壁，是成是敗，就看種神通是否對得起姓名中的「神通」這兩個字了。秦帝陵中火龍甲和鎮國虎符已經隨洛陽流逝沉底，那黃金兵甲堆積如山，也在洛陽開山之後澈底倒塌封死，這項浩大工程，比起截河可要艱辛百倍。

徐鳳年一掠躍至黃河對岸，身形在空中，曾低頭望了一眼。

老魁爽朗聲音遙遙傳來，「要是有機會，就替老夫給老黃上墳敬酒，捎一句話給那榆木疙瘩，這輩子跟他比拚，輸得最服氣。」

徐鳳年掠出幾里路，察覺陰物一直吊尾跟隨，不由停下皺眉問道：「你要做什麼？」

紅袍丹嬰伸出猩紅舌頭舔了舔嘴角，僵硬抬手，指了指徐鳳年身上的青甲。

徐鳳年想了想，權衡利弊，這一襲蟒袍甲冑實在不宜披穿出行，乾脆卸甲褪下，丟給大紅袍陰物。與火龍甲跟陰物天生相剋不同，青蟒甲有助於丹嬰的修為增長，徐鳳年雖說有些遺憾沒辦法將青甲穿回北涼，不過也勝過在北莽招搖過市。

青甲實在是太扎眼醒目了，不說別人，順藤摸瓜的公主墳和魔頭種涼就要頭一個拿他開刀。陰物不知如何在不脫紅袍的前提下穿上青甲，四臂搖晃，好像手舞足蹈，開心至極。

徐鳳年覺得滑稽荒誕，笑過以後，就開始前奔，可一刻之後，就再度駐足轉身，殺機濃郁道：「你真要糾纏不休？我有春秋一劍，斬殺你這等穢物十分適宜，別以為你可以穩操勝券。」

陰物紅袍旋轉，歡喜、悲憫二相不斷反復。

徐鳳年疑惑問道：「你不回公主墳，想跟著我？」

一身豔紅的陰物歪著脖子，直勾勾盯住徐鳳年。

徐鳳年繼續問道：「你是想把我當作天底下最美味的補藥食材，也不殺我，只是慢慢進補？」

陰物悲憫相變作歡喜相，答案顯而易見。

估計世間也就只有徐鳳年會一本正經跟朱袍丹嬰做生意了，「好處不能你一個人獨占，我帶著你那就真要不得安生了，這比起我自己穿著青甲遊歷，已經是差不多性質。」

陰物一手遮掩半張臉面，一手做了個抹脖子的姿勢。

徐鳳年氣笑道：「你真當我是神仙啊，你隨便比畫兩個手勢，我就知道你在說什麼？」

陰物每次思考，腦袋傾斜，動作都尤為呆滯，然後它指了指黃河龍壁方向，畫了一個大圓，再重複一遍掩半面抹脖子的動作，畫了一個小圓。

徐鳳年一陣思索，半信半疑地問道：「你是說洛陽是大念頭，還有個半面小念頭，會殺我？所以你只要被餵飽，就會護著我？」

歡喜相。

一波未平一波又起，真是不消停。徐鳳年問了一個至關重要的問題，「那你說說看大念頭和小念頭誰更厲害？」

陰物猶豫了片刻，先畫大圓再畫小圓，在自己脖子上一抹。徐鳳年頓時了然，才略微鬆口氣，它便畫小圓，然後指了指徐鳳年，再抹脖子。

徐鳳年倒抽一口冷氣，「我在一名種家婢女香囊上見識過猶抱琵琶半遮面的繡花，你家那位小念頭是個半面女子？」

陰物刻板點頭，轉為一張悲憫相。

徐鳳年轉身大手一揮，「得，咱倆大不了為各自前程，再並肩作戰一次。風緊扯呼，走一個！」

河槽那邊，白髮老魁在原地站立許久，嘖嘖說道：「這都沒遭殃，你小子可以啊。老夫當年不過調笑了公主墳婆娘幾句，就給鎖住了琵琶骨，一輩子做奴，這麼看來，你小子確是有些道行。」

老魁一邊拖刀慢走一邊感慨。

當年那個潛湖初見的俊逸少年，真是長大了啊。

◆

黃河在壺口瀑布處跌水入大槽。

一抹青絲一抹白浮出水面。

如蓮出水。

她仍在笑。

◆

帶上個紅袍陰物，徐鳳年即便說不上晝伏夜行，也只得揀選那些荒僻野徑往北而去，不過這離初衷不算差得太遠，習慣了大漠粗糲風沙，這點苦頭不痛不癢。

讓徐鳳年吃下一顆定心丸，打定主意帶上丹嬰的關鍵所在，是陰物竟然是一位反追蹤的大宗師，消除那些連徐鳳年都意想不到的殘留氣息極為精湛內行，有這麼一張護身符甚至有可能是救命符傍身，徐鳳年心安許多。再看它雙臉四臂，也就不那麼面目可憎，中途偶有停留歇息，還能跟它玩一些常人看來十分幼稚的小把戲。

徐鳳年行走在一望無垠的戈壁灘上，按照地理志描繪，上古時代這裡曾是一條寬達三里的通天河，這簡直就是讓後人瞠目結舌。

徐鳳年站在一塊曝曬在毒辣日頭下的枯木上，自言自語道：「按照你我腳力，再往西北走上小半旬，就到了寶瓶州，我要見的人就在那裡，在弱水河邊隱居，我之所以拿命去拚死洛陽，是因為去晚了，一切就徒勞，那老傢伙委實難伺候。不過設身處地想一想，也不好怪他，本就是享受過位極人臣滋味的大人物，憑什麼要冒著晚節不保的巨大危險，還撈不著太多實惠，去跟我一個嘴上無毛的年輕人談事情……」

說到這裡，徐鳳年下意識摸了摸下巴，「嘿」了一聲，罵罵咧咧：「原來已經都是鬍茬子了。」

拿黃桐飛劍刮去有些扎手的硬青鬍茬子，趁這個空檔，徐鳳年掂量了一下目前家底：步入金剛初境毋庸置疑，十二柄飛劍，朝露、金縷、太阿三劍已成氣候，還扛了一對春雷、春秋，外加三柄小號木馬牛，就趁手兵器而言，連徐鳳年自己都覺得嚇人。這身行頭，都能讓那些一輩子也沒摸過名器的大俠女俠活活眼饞死。

刀譜青絲結一式成了攔路虎，徐鳳年停滯不前，還能始終熬著耐性不去翻頁，好在有開蜀、扶搖和仙人撫頂等招式翻來覆去，越發爛熟於心、熟稔於手，百般無聊，還能喊上陰物丹嬰過招熱手，一路奔一路打，極有氣勢。

徐鳳年如野馬出槽奔走了將近一個月，幾次靜心冥想，都從冷汗淋漓中回神，屢屢捫心自問，黃河跌水的那一場豪賭，回頭再來一遍，哪怕依舊占盡天時地利人和，但真的還有勇氣去襲殺洛陽嗎？

「公主墳在哪裡？大小念頭，分別是個啥念頭？女子半臉妝，半張臉再漂亮，也跟女鬼一樣，種涼的口味可想而知……」

徐鳳年正因為明知陰物不會作答，反而更喜歡絮絮叨叨。越是臨近寶瓶州，天闊地寬，羈旅獨行人，就越發感到自己的渺小寂寥，有時不時消失於視野的陰物結伴同行，這一路走得倒也不算太乏味。

◆

這趟北莽行，初時尾隨魚龍幫，後邊帶了個小拖油瓶陶滿武，再後來是陸沉，如今捎上陰物丹嬰，則是最輕鬆的，它本身實力不俗，而且徐鳳年不需要對它的生死負責。

寶瓶州邊境有一條大河，叫作弱水，據說水弱不浮蘆毛，徐鳳年終於到達弱水畔，掬水洗臉，心曠神怡，能感受到些許陰物氣息，轉頭查看則註定無用。

徐鳳年斂起氣機，沿河行走，想要過境就要過河，驀地看到一個渡口，有羊皮筏子靠近對岸，顯然弱水之弱純屬無稽之談，這讓徐鳳年大失所望。

走近渡口，有一對衣著寒酸的爺孫，老人著一件破敗道袍，背繡陰陽魚，拿一截青竹竿做拐杖，跟徐鳳年一樣背著書箱；孩子曬黑的整張臉好似只剩下一雙小眼睛，看人時滴溜溜轉，不像是個性子質樸的孩子。

爺孫二人也在等筏渡河，孩子蹲在渡口邊沿，閒來無事，撅起屁股丟石子入河。

徐鳳年確定老道士並無武藝在身，就安靜眺望對岸。

孩子扭頭看了眼士子模樣的徐鳳年，不敢造次，摳了摳腳上草鞋，腳拇趾早已倔強地鑽出鞋子，對老道士可憐巴巴哀求道：「師父，給我換雙鞋唄？」

老道士瞪眼道：「就你身子骨金貴，才換過鞋子走了三百里路，就要換？早讓你別瞎蹦跳，偏偏不聽！」

孩子委屈道：「鞋子還不都是我編的。」

老道士約莫是有外人在場，不好厲聲訓斥，只得拿大道理搪塞孩子，「天將降大任於斯人也，必先勞其筋骨，餓其體膚。」

老人不說還好，一說到餓其體膚，孩子立即肚子咕咕作響，老道人做了一個背對徐鳳年臨水獨立的姿勢，故作不知，熟悉老頭兒脾氣的孩子只得白眼挨著餓。羊皮筏子返回這邊渡口，老道人小心翼翼問了價錢。

北莽道教這二十年香火鼎盛，對於道士，十分尊崇，甚至帶上點畏懼，不過撐筏漢子見眼前這位半點不似記錄在朝廷牒錄的朱籙道士，倒也敢收錢，卻是壓了壓價格，且不按人頭算。老道士伸手在袖子掂量了錢囊，夠錢過河，如釋重負，繼而給徐鳳年使了個眼色，再對撐筏漢子說了一句三人同行，算是給了徐鳳年一個順水人情。

那漢子心知肚明，不過也不好戳穿窗紙，當是得過且過，賣個面子給道人。上筏時，徐鳳年朝老道人點頭致意，老人輕輕搖了搖袖口，示意徐鳳年無需在意這點小事。

弱水水勢遠不如黃河洶湧，河靜水清。孩子頑劣，趴在羊皮筏邊上，伸手撈水，然後尖叫一聲，猛然往後一靠，撞在老道人身上，差點給撞入河。漢子怒目相視，這趟買賣本就賺不到幾分銀子，若是有人墜河，平添恁多煩事，他如何能高興得起來。

孩子顫顫巍巍手指著江面，支支吾吾道：「有水鬼！」

老道士嫌他聒噪多事，大聲教訓道：「子不語怪力亂神！」

老人滿嘴儒家經典，若非身穿道袍，還真就是個鄉野教書授課的迂腐老學究了。

孩子驚嚇過後，漲紅了臉，「真是水鬼，穿了件大紅衣服，還是女鬼！」

徐鳳年眼角餘光瞥見一襲紅袍在皮筏附近如紅鯉游弋，一閃而逝，就貼在羊皮筏底部。

老道士顯然不信孩子的信誓旦旦之言，怒喝道：「閉嘴！」

孩子氣得踢了皮筏一腳，所幸撐筏漢子沒有瞧見，否則估計就得加價了。到岸時，徐鳳年率先掏出碎銀丟給漢子，老道人愣了愣，會心一笑，倒也沒有矯情，黝黑孩子估計是被紅袍女鬼嚇得腿軟，率先跳下筏子，摔了個狗吃屎，看得老道人一陣無奈。

三人走上簡陋渡口，同是南朝人士，老道人也有種異鄉相逢同鄉的慶幸，拱手打了一個小稽首，「貧道燕羊觀監院九微道人，俗名駱平央，公子喊我俗名即可。」

徐鳳年畢恭畢敬拱手還禮，「見過駱監院。在下徐奇。」

道教與佛門相似，亦有叢林一說，尤其是北莽道德宗勢大，逐漸權傾三教。一般而言，監院作為一座道觀屈指可數的大人物，非功德具備不可擔任，還要求精於齋醮科儀和拔度幽魂，不過徐鳳年看道人裝束，也知道大概是一位不知名小觀的監院，那燕羊觀有沒有十名道人都難說，這樣光有名頭的監院，還不如大道觀裡頭的知客道人來得油水足。

徐鳳年此時負笈又背春秋，衣著稱不上錦繡，不過潔淨爽利，那張生根面皮又是儒雅俊逸，論氣度，駱道人與之比起來就有雲泥之別了，也難怪老道士有心結交。

照理來說渡口附近該有酒肆，果不其然，孩子雀躍道：「師父，那兒有望子！」

望子即是小酒肆常用的捆束草稈，竿頭懸在店前，招引食客。老道士囊中羞澀，如果沒有外人，跟徒弟二人知根知底，不用打腫臉充胖子，只要兩碗水就對付過去。渡河錢是那公子哥掏的，要是在酒肆坐下，委實沒有臉皮再讓陌生書生花銷，可自己掏錢的話，恐怕幾碗酒下來，就甭想去道德宗那邊參加水陸道場了。

徐鳳年對於這點人情世故還是懂的，立即說道：「走了半天，得有小一百里路了，前不著村、後不著店，實在餓得不行，駱監院要是不嫌棄，就跟在下一起坐一坐？恰好徐某也信黃老學說，可惜大多一知半解，還希望駱監院能夠幫忙解惑。」

老道士笑道：「徐公子有心向道，好事好事。」

一路緩行，孩子偷偷打量這個人傻錢多的公子哥，老道人賞了一個板栗給他，這才對徐鳳年說道：「世間根祗在道教，不過貧道學識淺陋，不敢自誇，唯獨對子午流注和靈龜八法倒是知曉一二，鍊氣養丹之道，只能說略懂皮毛。」

徐鳳年點了點頭，一行三人落座在酒肆外的油膩桌子旁，要了一罈酒和幾斤熟牛肉。在離陽王朝，諸多州郡酒肆都不許私販牛肉，而擅自宰殺豬牛更是違律之事，在北莽就沒這些顧忌了。

孩子狼吞虎嚥，就算有師父擺臉色，也顧不上。老道士心底還是心疼這個毛病很多的小徒弟，對徐鳳年歉意一笑，自己要相對矜持許多，小口酌酒，撕了塊牛肉入嘴，滿口酒肉香味，總算開葷的老道人一臉陶醉，徐鳳年摘下書箱後捧碗慢飲，孩子抬頭含糊不清道：「師父你怎的今日沒興致吟詩唱曲兒了？」

老道士笑罵道：「你當詩興是你饞嘴，總沒個止境？」

徐鳳年笑了笑。

老道士猶豫了一下，從書箱裡抽出一本劣紙訂縫而成的薄書，「這是貧道的詩稿，徐公子要是不嫌棄汙了眼，可以拿去瞧上幾眼。說是詩稿，其實小曲子偏多，不避俚俗，自然也就談不上格調。」

徐鳳年驚訝道：「那得要仔細讀一讀，有上佳詩詞下酒，人生一大美事。」

徐鳳年擦了擦手，這才接過詩稿，慢慢翻頁，初看幾首，竟都是如才子思慕佳人，不過一些小曲小句，便是徐鳳年讀來，也覺得妙趣橫生，例如「春春鶯鶯燕燕，事事綠綠韻韻，停停當當人人」。徐鳳年起先還能喝幾口酒、吃幾塊肉，詩稿讀到一半，就有些出神了：「肝腸百鍊爐間鐵，富貴三更枕上蝶，功名兩字酒中蛇。年老無所依，尖風分外寒，薄雪尤為重，吹搖壓倒吾茅舍」。詩稿末尾，如詩詞曲子所寫，真是「生靈塗炭，讀書人一聲長嘆」。詩稿由時間推移而陸續訂入，大抵便是這位駱平央的境遇心路，由才子花前月下漸入中年頹喪無奈，再到年老豁然感懷。

徐鳳年闔上詩稿，讚嘆道：「這本稿子要是換成我二姐來看該有多好。」

老道士一頭霧水，本就沒有底氣，略顯訕訕然。

徐鳳年默默遞還詩稿，不再說話，擱在四、五年前，這本稿子還不得讓他出手幾千兩銀子？

這位一生懷才不遇的九微道人估摸著處處碰壁已經習慣成自然，收回詩稿，也不覺得心灰意冷，有天上掉下一頓不花錢的飽飯吃就很知足了。

徐鳳年問道：「駱監院可知兩禪寺龍樹僧人去了道德宗？」

老道人搖頭道：「並未聽說。」繼而自嘲道：「離陽王朝那邊倒是有佛道論辯的習俗，要是在北莽，道士跟和尚說法，可不就是雞同鴨講嘛。」

道人忽然一拍大腿，懊惱道：「可別攪黃了道德宗的水陸道場，白跑一趟的話，貧道可就遭了大罪嘍。」

孩子撇嘴道：「本來就是遭罪！」

老道士作勢要打，孩子縮了縮脖子。

酒足飯飽，得知徐鳳年也要前往寶瓶州西北，會有一頓順路，三人便一同啟程，走至暮色沉沉，依舊荒無人煙沒有落腳地，只得以天為被、以地為床了。

燃起篝火，孩子走得困乏，早早睡去。

老道士不忘擺弄一句「癡兒不知榮枯事」。

之後徐鳳年問過了幾個道教粗淺的問題，也不敢深問，生怕讓這位駱監院難堪。

道士駱平央猶豫不決，下了好大的決心才突然對徐鳳年問道：「有一句話不知當說不當說？」

徐鳳年笑道：「駱監院儘管說。」

道士一咬牙，低聲說道：「貧道年少時曾跟隨一位真人學習觀氣之法，看公子面相，家中似乎有親近之人去了，不是姓宋，便是姓李。如果可以，貧道勸公子最好還是返鄉。」

徐鳳年呆滯不言語。

老道人嘆氣一聲，「貧道其實也算不得準，若是萬一說晦氣了，徐公子莫要怪罪。」

徐鳳年點了點頭。

老道士看著這位性情頗為溫良的公子面對篝火，嘴皮子微微顫抖，老道人不忍再看，沉默許久，望著遠方，喃喃道：「風濤險我，我險風濤，山鬼放聲揶揄笑。風波遠我，我遠風波，星斗滿天人睡也。星斗滿天人睡也。」

◆

北涼五十人做一標。

一標游弩手的戰力遠勝尋常三百甲士，北涼游弩手可做斥候之用，卻不是所有斥候都能夠成為千人選一的游弩手。這一次，標長不用發話，李翰林和標內兄弟就察覺到不同尋常，絕非往常深入龍腰州腹地的小規模接觸戰，李十月幾個將種子弟都躍躍欲試。他們都心知肚明，他娘的，等了好幾年，總算等到大戰了。

兵馬未動，糧草先行，除了糧草，必然還有大量偵查軍情的斥候，像撒豆子一般撒在大軍前方，隱匿行蹤，悄悄斬草。作為北涼軍寵兒的精銳游弩手，有資格佩有最鋒利的北涼刀，持有最具穿透力的輕弩，騎乘爆發力最好的熟馬。所有游弩標騎俱是馬蹄裹布，低頭伏背往北奔襲。

李十月性子急躁，加快馬速，比標長只慢半個馬身，悄聲問道：「標長，瓦築方向？那兒可是龍腰州第一軍鎮，咱們後頭跟了幾萬兄弟？」

標長轉頭瞪了一眼，本不想回答，想了想，沉聲道：「少廢話，記住了，這次遇上北蠻子那邊的馬欄子，不用留活口。腦袋都不用去割，別耽誤了軍情！遇上大軍則返，其餘別說欄子，就是一股三、四百人的北莽建制騎兵，咱們也要拚掉。怕不怕死，怕死趕緊滾蛋。」

李十月罵道：「怕你大爺！」

戎馬二十年的標長顯然心情極佳，破天荒笑了笑，玩笑著多說了一句道：「老子真就是你大爺，這些年給你們這些兔崽子又當爹又當娘。」

連標長那根讓人皮開肉綻的皮鞭子都習慣了，更別提標長的罵罵咧咧，再說標長其實也沒說錯，李十月所在這個曾經被嘲諷為紈褲標的游弩標，標內輕騎，入伍前少有溫良恭儉的好人，都是地方郡縣上作威作福慣了的將門子孫，偶有與人無害的，骨子裡也傲氣，進了標一樣給拾掇得規規矩矩，標長就算放個屁，都比自家那些官居高位的老爹苦口婆心來得管用。

李十月眼神熠熠，不敢跟標長嘮叨，緩了緩馬速，跟李翰林和那重瞳子陸斗並駕齊驅，嘿嘿道：「給咱們猜中了，還真是場大戰。」

李翰林沒好氣道：「閉嘴，要不要打賞你一塊竹片？」

李十月急眼道：「你當老子是雛兒，這玩意是新斥候管不住嘴才用的，我丟不起那臉！」

「你跟雛兒其實也差不遠。」陸斗冷冰冰說道。

李十月漲紅了臉，正要罵娘，不過很快就蔫了。

標內軍功累積，這位重瞳子早已與標長、副標平起平坐，也就李翰林能比上一比。經過幾場實打實的交鋒，陸斗戰功顯赫，已經完全融入標內，雖說依舊沉默寡言，但連起先王八瞪綠豆的李十月都引以為兄弟，恨不得將妹妹雙手奉送，陸斗跟李翰林、李十月等人的關係都算極好，他馬鞍懸掛有一只矛囊，插有十數枚短矛，游弩手本就人手一支勁弩傍身，連標長都好奇詢問，陸斗那強脾氣，每次都裝憨扮傻，一問三不知。

李十月不再嬉皮笑臉，伸手繫緊了軟皮頭盔在脖子上的繩帶，深深勒入肉中，非但沒有膈應骨頭的感覺，反而有種熨貼的熟悉感。

記得初入北涼軍，尚未有資格騎馬演練，只以步卒身分熟悉軍陣，一天下來就散了架，第二日再穿上那件才不到二十斤重的鎖甲，真是全身上下火辣辣疼痛，李十月扯了扯嘴角，怎麼就稀里糊塗當上了游弩手？當年自個兒在郡裡仗著武力為非作歹，常年負傷，雖說不怕疼，可終究還是怕死的。

大概是因為被爹親自送入軍旅，望見他對著那名據說是世交關係的將軍事事諂媚，臨別前父子一番攀談，李十月還罵老爹沒出息，都是正四品官員，怎就當起了孫子。那會兒死要面子一輩子的爹竟是也沒有反駁，只是拍了拍李十月的肩膀。

誰不怕死，但李十月更怕丟人，也許是從那一刻起，李十月就想要風風光光撈個將軍回家，最不濟也要風風光光死在沙場上。

李十月吐出一口氣，眼神堅毅。

涼莽邊境西線，是出了名的外鬆內緊，互成口袋，引敵入甕，就看誰有膽識去那一大片百戰之地割取腦袋攢軍功了。

李十月這一標終於遇上了北蠻子，是一股精銳騎兵，比起北莽猛將董卓一手調教的烏鴉欄子只差一籌，關鍵是對方人數達到了兩百，為首一騎鮮衣罩重甲，手無槍矛，只配一柄華美莽刀。跟李翰林、陸斗三騎潛伏的李十月知曉這是北莽校尉巡邊來了。

北莽皇帳宗室成員和王庭權貴子弟只要關係足夠硬，都會安上一個花哨頭銜，跟幾位大將軍借取兵馬往南縱馬，回去以後就好與人炫耀，至於帶兵人數多少跟家底厚度一致，北涼的游弩手最喜歡這類不知死活的花瓶角色，撞上了就是一頓砍殺，不過往往都是不到百騎護駕，今天這一位意態閒適的年輕世家子顯然出身極為顯赫。率先查知消息的三騎不敢輕舉妄動，李翰林是伍長，命令李十月一騎回去稟告軍情，他和陸斗繼續遠遠盯梢。

涼莽雙方尋常斥候都各有暗號，口哨近似鳥鳴，不過這二十年相互對峙，探底也都已差不多，聯絡方式也就不得不千奇百怪，比較春秋時期許多蹩腳斥候鬧出的笑話，不可同日而語。例如雙方突襲，早已是犬牙交錯，由於暗號雷同，直到近身親眼相見，還差點當作自己人。

涼莽邊境上的游弩手和馬欄子，是當之無愧天底下最狡猾也最善戰的斥候。李十月捎回標長的軍令：「既然敵人執意繼續南下，那到嘴肥肉要麼全部吃下，要麼把自己噎死，沒有其他選擇！」

說是北蠻子，其實姑塞、龍腰兩州多是春秋遺民，軍伍甲士的面孔也跟北涼幾乎無異。

面對毫無徵兆並且悄無聲息的偷襲，兩百北莽輕騎沒有亂了陣腳，副將勒馬轉身，來到那名青年皇室宗親身邊，竊竊私語，用王庭言語交流。

年輕男子挑了一下眉頭，臉上布滿譏諷，似乎搖頭阻止了副將的建議。初見北涼游弩手以稀疏兵線呈現圍剿態勢，勁弩如飛蝗，年輕將軍嘴角譏笑更濃，除去快速兩撥弩射，當幾個方向同時短兵交接，己方騎兵都給那批北涼騎毫無例外地抽刀劈殺，他才皺了皺眉頭，不過仍然毫無退卻的念頭，一手按在馬背上，輕輕安撫聞到血腥味後戾氣暴起的戰馬，副將則憂心忡忡。

他除去鮮亮鎧甲異於普通士卒，其餘戰陣裝備則如出一轍，單手持矛，腰間佩刀，馬鞍前有一擱架，用以放置兵器，若是長途行軍，馬鞍側面或是後面可再添掛物鉤，弓弩與箭囊便安置此處。

年輕人看得興致勃勃，完全不介意自己兩百騎竟然沒有搶占優勢，更讓副將在內的親兵都去廝殺，他獨留原地，觀看這一場馬速快、死人更快的血腥絞殺。

真實騎戰不是那些演義附會而成的戰役，既無兩軍大將腦子被驢踢了才去陣前捉對廝殺一番，誰輸誰就兵敗如山倒，也極少出現大將在陣中停馬不前，給人圍攻依舊在馬背上槍矛如雨點刺殺敵人的場面。

數千騎尤其是萬人同時衝鋒而動的宏闊騎戰，除了潑灑箭雨，接下來就是一種相互通透如刀割的巨大傷害，一騎掠過，就要盡量往前奔殺，哪怕戰馬能夠多扯出一步距離也要拚命前衝，一矛刺殺過後，因為矛不易拔出，就要棄矛換刀，速度才能贏得衝擊力，陣形急速推移中，若是己方一騎無故停滯，成為木樁，就是罪人。

如斥候這樣的小規模騎戰，宗旨不變，不論追殺還是撤退，仍是速度第一，但是斥候則具備更多發揮個人武力的餘地。

將領鐵甲過於鮮明是大忌，一則大多甲冑鑲金帶銀十分華而不實，二則過於引人注目，就跟求著敵人來殺一樣。這名不是姓耶律便是姓慕容的皇帳成員根本沒這份覺悟，很快就有北涼兩名伍長模樣的游弩手撕裂本就不厚的陣線，衝殺而至。

年輕騎將不急於拔刀，等到一柄北涼刀劈至，這才抽刀如驚鴻，莽刀撞飛涼刀，順勢斬斷那名游弩手伍長的胳膊，再撩起，劃破其脖頸，伍長頓時血流如注，他仍不甘休，再削去其臉頰。他那一騎巋然不動，瞬間死絕的伍長一騎擦身而過，他在收刀前不忘拿刀尖輕輕一戳，將那名百戰不曾身死的伍長屍體推下馬背，看也不看一眼屍體。

一連串連綿招式相當花哨，但到底還是殺了人，他身負高超技擊武藝，超出騎兵範疇許多，也就有這份資格。

他抖腕耍了一記漂亮旋刀，用南朝語言淡然笑道：「同樣是天下最出名的曲脊刀，原來北涼刀不過如此。」

馬戰注重速度，在於棄劍用刀，尤其是涼莽雙方的軍隊制式刀，兩種刀皆是曲背微彎，借助戰馬奔跑帶來的衝擊力，推劈而出，接觸敵人身軀，刀刃瞬間就可以帶出一個巨大而連續的曲面滑動，切割力驚人，且即便誤砍甲冑也不易脫手，便於收刀再戰，這是同等重量的直脊刀絕對達不到的效果，這也是北涼刀能夠名動天下的原因。

一柄北涼刀的曲度厚度以及重量，都近乎完美。北莽刀則幾乎完全照搬北涼刀而成制打造，只是刀身更長，曲度更大。步戰當然是直脊刀更優，只不過不管是北涼三十萬鐵騎還是男子人人可控弦的北莽，誰不是以騎戰解決一切戰事？

戰事一觸即發，沒有誰能夠倖免，雙方共計不過三百餘人，陣形遠遠算不上厚實，因為北涼游弩手取得偷襲的先機，一撥急促交鋒，成功殺去三十幾名北莽騎兵，而後者又無法在第一時間在第一線聚攏兵力，第二撥接觸戰發生時仍有約莫六十北莽騎無法有效出刀，故而其後廝殺，仍是北涼游弩手占優。按照白衣陳芝豹堪稱膾炙人口的兵法闡述，優勢累積就在點點滴滴，只要後期將領謀劃不出現大昏招，開局便可以註定了結局。

那名北莽皇青一夾馬腹，戰馬極為優良，爆發力驚人，瞬間就進入巔峰衝刺狀態，一刀就將一名北涼游弩手連人帶馬劈成兩半，其刀勢之迅猛，掄刀幅度之大，可見一斑。

廝殺沒有平民百姓想像中的喧囂，只有死寂一般的沉默，殺人傷人如此，墜馬陣亡更是如此。

李十月澈底殺紅了眼。

就個人戰力對比，游弩手穩勝一籌，只不過那名北莽年輕將軍參與戰事後，所到之處，輕輕鬆鬆就留下了七、八具北涼騎兵屍體。

游弩手標長從一顆頭顱中抽刀，毫不猶豫地衝向那名北莽青年騎將。

每逢死戰，先死將軍，再死校尉，後死標長、伍長。

這是北涼鐵律。

這裡是他的官最大，沒理由不去死。

若是這些年僅僅為官帽子而搏殺，他早就可以當上將軍退去邊境以外的北涼州郡養老享福了。

一次擦肩而過，憑藉武力碾壓一切的年輕人「咦」了一聲。

這名北涼騎兵竟然沒死？

標長不光虎口滲血，肩頭更是被北莽刀砍去大塊肉，但這名老卒仍是順勢劈殺了一名年輕人身後的北莽騎兵，衝出幾十步後，轉頭繼續展開衝鋒。

第二次兩馬擦肩，標長被一刀破甲，肚腸掛滿馬鞍。

標長轉身再度衝鋒前，撕下一截衣衫，一擰，綁在腰間，面無表情地繼續衝刺。

已經斬殺四名敵騎的李翰林看到這一幕，咬牙切齒，不顧周圍追殺，策馬奔去。

北莽年輕皇冑一刀將標長攔腰斬斷，轉頭望著滾落地面的屍體，獰笑道：「廢物，這次爺不陪你玩了。」

他繼而抬頭，縱覽全域，尋思著再挑幾個值得戲耍的傢伙下手，至於身邊隨行兩百騎能留下多少，漠不關心。

相距十步，李翰林高高躍起馬背，雙手握刀，朝那王八蛋一刀當頭劈開。

那人輕描淡寫舉刀格擋，連人帶馬一起後撤幾步，但也僅限於此，繼而嗤笑一聲，也不欺負對手沒有戰馬，乾脆翻身下馬，一同步戰。有北涼弩箭激射面門，被他頭也不轉一手抓住，擰斷丟在地上。

李翰林吐出一口血水，盯住這名勁敵。

一馬躍過，李翰林露出一抹錯愕，竟然是那姓陸的重瞳子。

李翰林被陸斗彎腰拎上馬背，而陸斗自己則背囊下馬步戰，朝那北蠻子狂奔而去。

同時一支短矛丟擲而出。

短矛去勢洶洶，殺死游弩手標長的年輕人拎刀卻不用刀，極為自負，伸手就想要握住那支小矛。

可惜他沒能得逞，短矛劃破手掌，帶著血跡刺向他眼珠，倉促扭頭間，又給磨破臉頰。

陸斗沒有欺身近戰，始終游弋在二十步以外，擠出一個陰沉笑臉，生硬說道：「我陪你玩玩。」

第二支矛擲出，聲勢更漲。

再不敢托大，下馬的騎將拿北莽刀拍掉短矛，手臂竟是一陣對他來說十分陌生的酸麻。

那該死的北涼小卒負囊而戰，囊內短矛不僅飛向他，而且還有閒暇釘入四周北莽騎兵的身軀，無一例外都是破顱殺人，更有能耐在二十步圈外優哉游哉展開遊獵，順便拔回幾支短矛。

沒有占到半點便宜的北莽宗室青年已然怒極，顧不得風度，一心想要近戰，把這個無名小卒砍碎。

他到底是頂尖名師高手帶出來的武人，以一矛穿肩而過的慘痛代價換來了近身機會，距離十步時莽刀氣焰暴漲，再不給他丟矛的機會。

只見那斥候小卒子一驚一笑。

故作驚訝。

然後是陰謀得逞的森然一笑。

腦子並不差的年輕皇帳成員心知不妙，只是不願相信一個會些雕蟲小技的游弩手能再有通天的本事，依舊執意近身，出刀迅捷。

陸斗不再去囊內拾取短矛，一手迎向那柄可以鋒利破甲的北莽刀，手心竟是握住鋒刃。

出身王庭皇帳的年輕人心中一喜，驟然傾力劈下……

紋絲不動？

陸斗手腕一擰，將那把精心打造的北莽刀給硬生生崩斷，然後一拳砸在對手腹部，直接給砸爛了肚腸。

原本應該在家族庇護下平步青雲的北莽青年當場喪失所有戰力。

陸斗雙手攤開，分別扯住敵人手臂，猛然一撕，將這位不知名諱的年輕武將給活生生撕成了兩半！

鮮血噴灑了重瞳子一身。

陸斗一腳踹飛死不瞑目的屍體，他不揮手擦去血跡，也沒有理睬新死之人，返身繼續步入戰場。

這一場血戰，標長、副標三人一齊戰死，北莽兩百騎無一逃脫，根本來不及傳訊。伍長李翰林成為臨時的領頭人。

陸斗默默撿回全部短矛，再和李十月一同草草埋葬了標長，便站在李翰林身後。

李翰林平靜道：「傷患南還，帶回軍情。其餘三十六人與我揀選戰馬，繼續向北。我若死，再由陸斗領著你們向北。」

這種註定有一方要全軍覆沒的斥候之戰，陸續發生在邊境前線。

◆

三日後，北莽南境第一重鎮一萬八千瓦築軍，在今年隱隱有趨勢可與董卓齊名的青壯派驍將洪固安帶領下，悉數出城，在遼闊的青瓦盆地與龍象軍展開一場大規模騎戰。

洪固安剛過四十，翩翩有儒雅氣，用兵卻極為狠辣決絕，不願守城待援，誓要一舉剿滅來犯之敵。

兵臨瓦築三十里之外，洪固安才得知是一萬龍象軍，不過這位儒將運籌帷幄之後，對麾下領軍猛將說了一句「敬候佳音」，便灑然坐在城頭，緩緩擺設棋局，與一名棋壇國手談笑風生。

瓦築軍兩倍於龍象軍。

豈有不勝之理？

洪固安認定一旦棋盤獲勝，城外亦是獲勝，必定會成為一樁千古佳話。

青瓦盆極為利於騎兵衝鋒。

雙方聲勢皆浩大。

春秋北奔遺民大多數都已經有下一代子嗣，老人都感慨於北莽的國力強盛和軍力雄壯，漸漸忘記了那些北涼鐵騎帶來的馬蹄聲，而這些年這些新人更是不曾聽說過那種馬蹄聲。

北涼鐵騎曾經一路踩塌了春秋。

但那不是陳年舊帳嗎？

瓦築城內的百姓初聽戰事時，還有略微恐慌，只是並沒有驚懼多久，便開始一起笑話北涼少到可憐的一萬人就敢來瓦築以卵擊石。

兩軍如兩股洪流對撞而衝。

瓦築騎軍呼嘯震天，看似氣勢遠遠壓過了衝鋒時仍是沉默的北涼騎兵。

只等相距五百步時。

北涼軍同時喊出一個字。

「殺！」

城頭洪固安眼皮子一跳。

眼前棋盤顫抖，幅度越來越大，到後來，已是棋子跳動。

一名黑衣赤足少年與黑虎一同奔在最前頭。

將身後奔如疾雷的北涼精銳騎兵都給遠遠甩下。

枯黃少年繫髮成辮，抓起巨大黑虎就砸向敵軍。

然後雙膝彎曲，整個人拔高入天空，墜入敵陣。

駭人至極！

這癡兒是想要做那萬人敵？

黑虎墜落後剎那滾殺三十餘騎兵。

不帶兵器、不穿甲冑的黑衣少年只是直線而奔，與之相碰撞者，全部分屍。

瓦築軍培養一支專門擊殺敵將和勇夫的武騎，人數在三百人左右，全部衣甲普通，但是身材魁梧，壯健捷疾，出身江湖名門，極為善戰，但哪怕分作十隊散在大軍中的三百人緊急調往一處，或阻攔或追擊這名黑衣少年，仍是毫無用處地讓他穿透了大半支瓦築軍。

兩軍混雜後，少年壓力驟減，更是如魚得水，直直衝向青瓦盆北方高地上的城門。

一人一虎奔向城頭，少年一腳踩在黑虎背上，躍上城頭，問了瞠目結舌的洪固安一句話後，就將其頭顱從身軀拔除。

這一次青瓦盆之役，人屠次子徐龍象首次登臺，便將離陽王朝都視為猛虎盤踞的雄鎮瓦築，屠成一座空城。

北涼鐵騎蹄聲如雷。

一萬龍象軍，就是一萬雷。

一萬八千號稱北莽鐵軍的瓦築軍，戰死一半，降卒被坑殺，全軍盡死。

北莽聞雷聲。

◆

南朝自有一座朝堂，只是同等官職，品秩比起北王庭減降半品。老一輩遺民初入北莽境內，一些資歷身分都足夠優越的中原世族，都曾見到皇帳裡意見不合動輒打架的景象，當時倍感震驚，無法想像這樣一個粗蠻朝廷可以叫板已是一統春秋的離陽王朝。後來女帝開恩，南朝得以建立，這座廟堂顯然要文氣雅氣許多，大殿上爭執不休，一些面紅耳赤肯定會有，但十幾年來卻從沒有像今天這樣吵架，吵到就要變成捲袖管打架。

這一切緣於南線邊境新起的硝煙，那一萬龍象騎軍先屠掉了邊防重鎮瓦築，若是初戰告捷便止步不前也就罷了，隨後在北涼王次子帶領下繞行突襲下一座重鎮君子館，六千龍象軍竟然就吃掉了八千軍馬，南朝兩場大敗仗已是板上釘釘的不爭事實，勢已不僅燃眉，更有刮骨之痛，除去種神通無法趕回，其餘幾位手握權柄的大將軍都不約而同地閉嘴不言，殿堂之上互相偶有眼神交會也是微微擺頭嘆息。反倒是那些甲字大姓高華世族的文官們吵翻了天，其中又有一個身穿動貴紫衣的死胖子罵得最凶，幾乎把那個為國殉難的洪固安祖宗十八代都給揪出來罵了一遍，他不光罵那些指手畫腳胡亂點兵的文官，連幾位老將軍都給含沙射影兜進去一起教訓了。

這個胖子唾沫四濺：「這個姓洪的王八蛋沽名釣譽，就算活下來老子也要拿刀捅死他！瓦築城居高臨下青瓦盆，騎兵衝鋒先天占優，你輕視龍象軍，出城應戰就出城，竟然膽子大到讓草包帶兵到坡底，咋的，一心想要跟北涼騎軍完完全全地展開一場公平廝殺？洪固安不是自稱熟讀兵書千萬卷嗎？讀進肚子裡又都拉屎拉掉了？洪固安是哪位老將軍的得意門生來著，我記不太清楚，誰給提醒提醒？」

廟堂諸人悄悄望向一位閉目養神的老將軍，大將軍鶴髮童顏，養氣功夫極好，古井不波，似乎不打算跟董胖子斤斤計較。

董胖子腮幫子亂顫，又指向一名執掌南朝戶部的三品大員，「用瓦築和君子館兩支大軍才打掉了北涼一半的龍象軍，你他娘的竟然跟老子說讓離谷、茂隆兩地邊軍主動追擊，咋的，這一萬四千人馬不是人，都是你元積家的侍女丫鬟，說打殺就打殺、說送人就送人？你這老兒，倒是有家大業大不怕揮霍的氣魄，不過是慷陛下之慨去兒戲！」

那名上了年紀的年邁文官氣得臉色鐵青，正氣凜然，跟那個胖子針鋒相對，只是聲音顫抖：「我北莽國威不容辱！我南朝將士不容侮！」

董胖子言辭刻薄至極，瞪眼道：「死老賊，好好守住你戶部一畝三分地撈油水，再逾越規矩亂談軍事，老子給你一棒槌讓你進棺材！別以為你那個一臉麻子的孫女朝我拋媚眼，老子就不會收拾你！」

老人給羞辱得當場昏厥，不得不抬了出去。

一名憑藉科舉跳過龍門的青年官員著實看不過去，輕聲道：「那北涼王次子喪心病狂，坑殺九千人還不夠，事後仍要屠城，分明是個瘋子。若是北涼騎軍一意孤行，不理睬離谷、茂隆兩鎮，直線北上，可就要很快打到咱們這裡了。難道真要幾位大將軍不顧防線布局，調兵前來？萬一是那聲東擊西，以一支孤軍牽扯住我朝太多軍力，徐驍親率精銳偏東北上，加上顧劍棠東線齊頭並進，可就難以應對了。我們不能被北涼牽著鼻子走，素聞董將軍領兵行軍從來不計小局得失，似乎今日不太一樣啊。」

這名曾高中榜眼，為女帝青眼相加的新貴官員相貌堂堂，聲音不大，只是老戶部氣量過去，大殿上落針可聞，而他所說也非無的放矢，就格外顯得中氣十足。

董胖子斜眼譏笑道：「迂腐秀才，紙上談兵，等你殺過人、見過血再來跟你董爺爺說道理。」

年輕官員報以冷笑，也不跟這個運氣好到無以復加的胖子死纏爛打，點到即止，表過態就行。以後如果被他言中，女帝陛下秋後算帳，就等於踩下董胖子，無形中為自己漲了一大臺階的聲勢。不過還沒等到那一天，一位老將軍一番言論就讓他無地自容，正是頭一個以春秋遺民身分攫取軍權的大將軍黃宋濮。

南朝如今雖說大有後來者居上之勢，被陛下譽為可當半個徐驍的柳珪以及賤民投軍的楊元贊兩位大將都開始聲勢蓋過黃宋濮，不過哪裡不講資歷，而楊元贊本人曾經便是黃宋濮半個馬前卒，況且也就黃老將軍願意去治一治董卓這頭混世魔王，因此黃宋濮在南朝說話，分量堪稱最重。釀下大禍的洪固安出自大將軍黃宋濮門下，在廟堂上也難逃被那董胖子指桑罵槐。

出人意料，這一次老將軍竟是與董卓站在同一個陣營，「兵書是死的，帶兵的人是活的，沙場對陣，得先想一想對手的脾性。首先，這次龍象軍先行衝擊我朝邊線，不收俘虜，甚至屠城都是必然，懷柔之策，對於涼莽雙方都是個笑話。

其次，如董卓所說，龍象軍初衷即是要不惜繞路一併吃掉瓦築、君子館、離谷、茂隆四鎮，至於戰事過後可以活下幾人，我想徐驍根本不在乎，那個武力驚人的少年就更不會上心了。用一支孤軍和一戰之功，不奢望打垮南朝一半軍力，但擊垮了南朝好不容易用十幾年時間積累起來的士氣和民心，這才是北涼禍心所在。下一次大戰開啟，北涼全軍傾巢，馬蹄所踏，有過前車之鑒，試問誰敢不降？

第三，所猜一鼓作氣北上的龍象軍之後必然有後續兵力跟進，興許是五萬人馬左右，是否出擊，並無定數，可戰可不戰，若是龍象軍吞掉了離谷、茂隆，那就是真要大打出手了，吃不掉，咱們才算可以緩口氣。至於劉侍郎所憂慮之事，北涼軍是想將我朝邊陲軍力往西傾斜，撕開一條口子讓大軍從東北方向突進，當然並非沒有半點可能，不過可能劉侍郎有所不知，為了防止北涼軍與顧劍棠東線合併，這些年中線那只大口袋，北涼軍就算讓他們一口氣推進八百里，填進去十六萬兵力，事後也未必填滿。真到了那一步，就不是咱們，甚至不是北涼王和顧劍棠說了算，而是咱們陛下和趙家天子才能一錘定音。中線這件事情，不便多說，也無法細說，還望劉侍郎海涵。」

年輕官員誠惶誠恐，還藏有幾分讓南院大王黃宋濮親口解惑的得意，拱手沉聲道：「是劉曙見識淺陋了。」

黃宋濮作為南院大王，名義上總掌南朝四十萬兵權，不過女帝陛下一向支持北莽大將軍和持節令都各自為政，自成體系，相互掣肘，再者黃宋濮這些年逐漸退居幕後，所謂的南院大王頭銜，也遲早是別人的囊中物，若非這次戰事緊急，不得不出面調停，他本已經淡出南朝視野。黃宋濮跟柳珪、楊元贊兩名大將軍素來不合，對於董卓也談不上半點好感，只不過真到亂局，黃宋濮才覺得捉襟見肘，尤其是唯一拿得出手的洪固安戰死後，更是讓老將軍心灰意冷。

一位甲字大宗的族長皺眉道：「既然那支孤軍不計後果也要攻打離谷、茂隆，難道就由著剩下的北涼四千騎在境內橫行無忌？」

柳珪是眾人皆知跟那胖子關係不差的，不過這會兒見那死胖子眼珠子亂轉，高大威武的老將軍還是氣不打一處來，走近了那個胖子就是使勁一腳踹，「你這個無利不起早的無賴貨色，口水都潑出去好幾斤了，不就想著解決這爛攤子？咱們南院大王都替你說話，怎的這次沒順杆子往上爬？」

董卓一臉為難道：「四千龍象軍還好說，不過那人屠次子可真是棘手，萬一雙方對陣，他來一個萬軍之中取上將首級，把我給宰了，我家倆如花似玉的媳婦成了寡婦，還不得哭死了？」

柳珪抬腿就要再踹去，胖子趕忙跳開，老將軍笑罵道：「你家小媳婦是提兵山山主的閨女，你身邊會沒厲害的打手？你要不敢去，去提兵山喊幫手，最好連那人也一起帶去離谷。准你帶八千人馬去離谷，再多也不行，如果回頭陛下問責，老子替你擔著！你要敢多帶一兵一卒，就當老子沒說過這話。」

董卓將信將疑道：「當真？你可別事後翻臉不認人，這會兒滿朝文武可都聽見了。」說完董卓就白眼嘀咕道：「狗日的，好像到時候沒一個肯站出來給我證明清白的。」

那些南朝棟梁都會心一笑。

這董胖子陰險歸陰險，不過從來都不缺自知之明。

柳珪怒道：「老子放屁都比你發誓來得有用！」

董胖子搓手笑道：「既然這樣，去茂隆送死這種吃力不討好的髒活累活，我來我來。」

說完董卓就腳底抹油小跑走人了。

柳珪和私交不錯的楊元贊也相繼離開，黃宋濮還得留在朝堂上。

柳珪在殿外等候，等到楊元贊才走下石階，後者以惜字如金著稱，平靜問道：「董卓去茂隆而非離谷？」

柳珪笑道：「明擺著吃定了龍象軍會將離谷屠城。這兔崽子懶到了骨子裡，能坐著絕不站著，能躺著絕不坐著。」

楊元贊古板地笑了笑。

柳珪突然問道：「你怎麼看待那人屠次子？」

楊元贊淡然道：「戰場之上，從無長命的萬人敵。」

董卓一溜煙跑出去，不忘回望一眼大殿，挖了挖耳朵，嘆氣道：「真他娘吵！唉，這兒什麼時候才能只有老子一個聲音？」

第八章　道德宗佛道鬥法　葫蘆口涼莽廝殺

道德宗建於黃河起始處，傳聞天門之後有一座浮山，已經超凡入聖的國師便在那裡修長生，不問世事半甲子。

麒麟真人有高徒六人，除了兩位真人分別坐鎮天門和山腳，其餘分散北莽各地，但是當一個老和尚坐在道德宗天門霧靄之外，在外布道濟世的四位神仙除了王庭那一位，竟然都回到了道德宗。

面慈目善老和尚不言不語，在天門之外落地生根而坐。

天門是高聳雙峰對峙圍抱而成的一座天然孔洞，內裡雲霧繚繞，門外有九百九十九級玉石臺階，便是拾級而上在門外近觀，也不得看清內裡玄機。

天門以外有道觀十八座，左右各九，香客絡繹不絕，終年綿延不絕的香火融入霧靄，襯托得道德宗越發人間仙境。

一條主道通往天門。

老和尚便是在第一級臺階前的平地上，安詳禪定。

先是佩劍紫袍真人自天門而出，飛劍下山。

劍旋龍鳴三日不止。

唯獨不得入老僧四周三丈。

繼而有持玉如意真人自浮山山腳掠至天門外。

紫袍真人馭劍，一階一階走下。

走了三天三夜，已經走至第三百階。

再有三名仙風道骨的真人趕來。

其中兩位仙人或站立或盤膝在山腳道觀之巔。

剩餘一名國師最後嫡傳弟子掐訣走向老僧，每一步踏出都極為緩慢，但每一次踏出觸地便是一次天動地搖。

半旬過後，老僧開始讀經。

一字一句，誦讀金剛經。

讀完一遍金剛經，自認識字不多識法亦是不多的老和尚開始講述佛法。

越來越多的人聚集在山腳，密密麻麻，不下萬人。

從老和尚坐地以後，將近一旬時光了。

飛劍已將那件清洗泛白的袈裟劃破千百次。

那名一小步一天雷的道教真人也走到了老和尚背後幾尺處。

老和尚全身金黃，盡是血液。

老和尚雙手合十，已經說完所懂全部佛法，輕聲道：「阿彌陀佛。」

許多香客都猜到那一刻會是如何畫面，都撇過頭，不忍踮腳再看。

一條白虹當空劃過，高過天門。

身後是一條黃色瀑布！

我不入天門，我自比天要高。

白虹停頓，現出身形，白衣僧人朗聲道：「貧僧還禮而來！」來而不往非禮也。

天空掛黃河。

這名白衣僧人，扯來了一整條黃河。

◆

白衣僧人挾一大截黃河過天門，水淹道德宗。十八觀內外香客們都看得瞠目結舌，本來見到黃河掛天，還生怕這和尚失心瘋了將萬鈞河水傾斜在眾人頭頂，那就死得冤枉了，真正稱得上是殃及池魚。

白衣僧人直上浮山而去，山腳議論紛紛，許多香客在回神後都大呼過癮，這番異象，實在是當之無愧的仙人手筆，人間能得幾回見？除了來道德宗十八觀燒香的信徒，其實還夾雜有大量人士存心坐山觀虎鬥。道觀高處建築早已給北莽權貴瓜分殆盡。

一名衣著樸素的男子站在洶湧人流中，毫不起眼，他極少抬頭與人直視，也瞧不出如何氣度風範，也就個子高些。他在半旬前來到山腳，衣食住行都不出奇，一樣跟許多香客啃蔥餅果腹，清涼夜晚隨便找塊空地就躺著睡去，頂多蓋上一件長衫當被子，當他看到白衣僧人躍過天門，好像是要去尋麒麟真人的麻煩，就沒了繼續逗留的念頭，正要轉身，卻突然溫煦笑了笑，停下腳步。

身邊走來一個矮小而結實的膚黑漢子，長臂如猿可及膝，耳垂異常厚實，跟菩薩塑像的耳朵差不多，常人一看，也就只會說一聲是長了一副福氣不薄的福相。

中年漢子眼神淡漠，抿緊嘴唇，跟相對年輕的素衫男子肩並肩而站。人比人氣死人，本來不出彩的後者立馬就被襯托得溫文儒雅，但聽他笑道：「料到你會趕來，只是沒想到還能見上一面。」

黑黝黝的漢子「嗯」了一聲。

長衫男子抬手放在眼簾上，望向遠方，見得道德宗兩位真人留守兩禪寺老和尚，三位陸續進入天門阻擊白衣僧人，不由感慨道：「龍樹和尚的佛陀金身，五大真人都沒能打破，這樣的金剛不壞，才是金剛體魄啊。」

中年漢子平靜道：「三教聖人跟我們不一樣，在各自境界以內達到巔峰，就無所謂什麼陸地神仙了，羨慕不來。」

三十歲上下的高大男子輕聲笑道：「我還以為你要出手撕裂那條黃河。」

漢子搖頭道：「五位真人圍毆龍樹高僧，做徒弟的李當心還禮道德宗，就算排場大了一點，也不過分。目前看來，還是兩禪寺占理，道德宗不講理。我就是看個熱鬧，不湊這個熱鬧。」

而立之年的男子收回視線，竟是一雙無瞳孔的銀白眸子，只聽他幸災樂禍道：「這一場大雨臨頭，道德宗成了座池塘，咱們北莽道教的面子可算丟盡了。要是國師還不出手，還怎麼有臉滅佛？」

漢子沒身邊男人這份看人笑話的閒情逸致，言語也一如既往的素淡，從不刻意給人平地起驚雷的感覺，「那我就不知道了。」

「龍樹聖僧講解金剛經，深入淺出，你沒聽到真是可惜了。」

漢子皺眉道：「洪敬岩，龍樹和尚一輩子深讀了一本金剛經，就成就佛陀金身。你卻什麼都要抓在手裡，對你以後武道造詣並無裨益，反而有害。」

被稱作洪敬岩的銀眸男子自嘲一笑，「反正怎麼習武也打不過你，還不如多學點花哨本事，能嚇唬人也好。你看離陽王朝李淳罡的借劍，還有李當心這次當空掛江，少不得能讓江湖念叨個四、五十年。」

漢子好似不諳人情世故，說道：「怎麼勸是我的事，怎麼做是你的事。」

洪敬岩啞然失笑，「你要真要誰做什麼，誰敢不做？」

性情敦厚的漢子一笑置之。

被白衣洛陽從天下第四寶座打落的洪敬岩提議道：「吃些東西？」

漢子點頭道：「這一路走得急，也沒帶銀子，以後還你。」

洪敬岩挪動腳步，哭笑不得，「竟然跟我計較這個？」

不曾想漢子直截了當說道：「你我交情沒到那個份上。」

洪敬岩爽朗大笑，不再堅持己見。

◆

附近一座道觀有齋菜，只是人滿為患，兩人就耐心等著，期間漢子給一毛躁香客給撞了一下，紋絲不動，倒是那個瞧著魁梧健碩的香客狼狽踉蹌，他伸手扶住。那香客來道德宗燒香求財，可不是真心向道信神仙的善人，吃癟以後本來想要發火，只是見著這莊稼村夫身邊站著個體魄不輸自己的男子，罵了一句才離去。

中年漢子置若罔聞，洪敬岩熟知這人的脾性，倒也習以為常。

兩人好不容易等到一張桌子，洪敬岩要了兩大碗素麵，相對而坐，各自埋頭吃麵。

洪敬岩吸盡一根勁道十足的麵條入嘴，含糊不清問道：「我們一步一步走過來的金剛、指玄、天象三境，到底跟兩禪寺和尚的金剛不敗，麒麟真人的指玄，還有曹長卿的天象，根子上的差別在哪裡？再者武夫境界，好似鄧太阿的指玄，與我們又不太一樣。」

漢子吃完麵條，放下筷子，架在碗上，搖頭道：「不擅長講道理。你要願意，打架即可。」

跟你打架？洪敬岩完全不去接這一茬，自問自答平靜道：「挾黃河水過天門，我也做得到，當然了，肯定會更吃力。但李當心得講規矩，像他不會將黃河水倒瀉眾人頭頂，不願也不敢。換成我，就要怎麼舒心怎麼來了。道人講究舉頭三尺有神明，僧人想要成佛，必定先要心中有佛。說到底，三教中人，都是借勢而成。既然跟老天爺借了東西，如同百姓借了銀子，拿人手軟，渾身不自在。那些敢大手大腳的，就成了旁門左道或是野狐禪。說到底，他們的長生和自在，在我看來都不算真自在，至於儒家捨生取義，就更是讀書人的牢籠了。說到底，唯獨武夫以力證道，才爽利。」

漢子皺眉道：「還是沒說到點子上。」

今日全無鋒芒崢嶸可言的洪敬岩輕聲笑道：「不說這個，你給句準話，什麼時候兩國再起戰事，到時候我好去你那兒落腳。」

中年漢子不置可否，洪敬岩也不覺得怠慢小覷了自己，慵懶地靠著椅背上，緩緩說道：「陛下整肅江湖多年，是時候開花結果，屆時沙場上可就要出現很多西蜀劍皇這類驚才絕豔的江湖人了。慘啊，這些人估計能十人剩一就算不錯了。真是替他們不值。」

黝黑寡言的漢子雙手十指互扣，依舊一言不發。

洪敬岩突然問道：「你說咱們兩個，偷偷摸摸去一趟離陽王朝的皇宮，摘得下趙家天子的腦袋嗎？要不就去北涼，殺徐驍？」

漢子瞥了一眼這位在棋劍樂府內一鳴驚人的男子，輕描淡寫道：「我雖不懂佛道，但也聽說過中原有句話叫道高一尺、魔高一丈，我敢肯定當你我站在皇宮門口，武帝城王仙芝早已等候多時。至於徐驍，牽扯到涼、莽、離陽三足鼎立的大局，既然你有野心，便不是你想殺就捨得殺的，再說，你也殺不掉。」

洪敬岩一聲嘆息。

中年漢子問道：「聽說你輸給她了？」

洪敬岩座下的椅子前兩腳離地，搖搖晃晃，這位曾經親眼看著魔頭洛陽長大的男子臉色平靜道：「輸了。她代價也不小，自毀一百二十六竅，絕情絕意，活死人一個。後邊又給鄧太阿劍氣擊碎驪珠，活不長久。」

漢子有些遺憾。

他站起身，徑直離開道觀。

洪敬岩沉默許久，終於長呼出一口氣，幾乎瞬間全身被冷汗浸透。

一位戴帷帽、抱琵琶的女子走進道觀，安安靜靜坐在洪敬岩旁邊，纖手撩起些許帷帽，露出半張臉。

洪敬岩看了一眼，再跟道觀要了一碗素麵，說道：「他可以欠帳，妳不行。」

半臉女子面嫩聲枯老，沙啞如老嫗：「她還沒死，你欠的帳如何算？」

洪敬岩冷笑道：「妳跟那個姘頭種涼也配跟我要帳？」

女子剎那之間按住一根琵琶弦。

洪敬岩伸了個懶腰，「別跟我嘔氣，妳還沒吃素麵就給撐著了？妳看我多識相，打不過那傢伙，就知道乖乖請人吃頓飯。」

洪敬岩打不過的人，屈指可數。

而那尊能讓洪敬岩如臨大敵的大菩薩，已經渡過黃河，前往極北冰原。

◆

一起享福是難得的好事，退而求其次，能有人陪著一起吃苦，也不差，燕羊觀監院就是這麼個心態，跟姓徐的遊學士子一同風餐露宿，多了個談天說地的話伴兒，委實是此次出行的幸事。

九微道人駱平央自恃會些看人相面之術，雖說這位負笈士子面相與氣相有些不相符，透著一股捉摸不透的古怪，只不過再不濟也不會是個惡人，再說他和徒弟二人，也犯不著別人費盡心思來坑蒙拐騙，就算做肉包子，加在一起也不到兩百斤肉嘛。

久而久之，一些小祕密就不再藏藏掖掖，徐鳳年逐漸知道這位不知名小道觀的監院在很用心地傳道授業，一路上都在教他徒弟如何鍊氣，約莫是幾次住宿歇腳，都是徐鳳年掏腰包給銀子，老道人也不介意他旁觀旁聽。

今日小徒弟按照師父的叮囑，在弱水河畔的背石蔭涼處盤膝而坐，雙足盤起作佛門金剛跏趺狀，放在道門裡便是如意坐，老道人從書箱裡小心翼翼撈出幾本泛黃書籍，遞給徐鳳年，撫鬚笑道：「實不相瞞，貧道年幼時家境殷實，也讀過許多詩書，族內有長輩好黃老，研經習道，曾跟隨那位長輩鍊氣幾年，後來家道中落，不想半途而廢，就乾脆進了道觀做了迎來送往的知客道士，這些年遍覽儒釋道三教典籍經書，好不容易才挑出這三本，竊以為最不會誤人子弟，堪稱無一字妖惑之言。」

徐鳳年接過一看，是天臺宗修練止觀的《六妙門》，春秋時期散仙人物袁遠凡的《靜坐法正續編》，最後一本竟是黃教的《菩提道次第論》。三本書對常人來說有些晦澀，只不過對三教中人而言，入手不難，只是佛道兩教典籍浩瀚如煙，能挑出這麼三本就足以證明老道人非是那種隨便披件道袍的假道士。

三書穩當妥實，講述靜坐禪定之法十分循序漸進，不像很多經書故作「白頭歸佛一生心」、「我欲出離世間」之語，只是故弄玄虛，在文字上玩花樣。當然，駱監院想要憑藉這三本誰都可以買來回家照搬鍊氣的書籍，修出一個長生法，肯定是癡人說夢，不過如果修法得當，勤懇不懈，可以一定程度上祛病延年。

老道人難得碰上有人願意聽他顯擺修道心得，神態十分悠然自得，指了指徒弟背脊，有心要為這個年輕人指點迷津：「徐公子你看貧道這徒兒脊梁直豎，猶如算盤子的疊豎，這可是有講究的。」

老道士賣了個關子，笑問道：「徐公子可曾見過人參？」

徐鳳年笑道：「也就僥倖見過幾次。」

老道士眯眼嘖嘖道：「那可是好東西。貧道年少跟隨長輩習道修行，見識到幾株老參，是地地道道從離陽王朝兩遼地區採摘而來，粗得跟手臂似的。嘿，說偏了，不說這個，好漢不提當年勇。總而言之，萬物生而有靈，尤其是這人參，一株人參的枝杈必然捲曲成結，為的便是培養本源，不讓精氣外泄。我輩道人靜坐吐納，也是此理。還有靜坐時，得舌頭輕微舔抵上顎，作未生長牙齒嬰兒酣睡。說來說去，這些還僅是修道打底子，其實未過門檻，想要登堂入室，難嘍。

貧道遍覽群書，而且手頭一有閒錢就去破落世家子那邊採購書籍，書中自有顏如玉、千鐘粟，貧道是方外之人，只想著在紙堆裡尋長生，這麼多年下來也沒敢說自個兒真修成了什麼，道教吐納運氣，有十二重樓一說，可如今貧道也只自覺修得五、六樓，唉，故有『修道登樓如入蜀，委實難如登天』的說法。一些燒香百姓誇我是真人是神仙，實在是汗顏。

這趟麒麟真人傳言天下，道德宗要修繕《道藏》，總匯天下道書，說出來不怕徐公子笑話，貧道並非衝著水陸道場而去，只是想著去道德宗其中任何一座道觀內幫忙打雜，不說其他，能多瞧幾眼孤本殘卷就知足，住宿伙食這些瑣事，貧道和徒兒對付著過就成。」

老道士的徒弟搖搖晃晃，渾然昏昧，體力不支身心疲憊，垂垂欲睡，一副無力支撐靜坐的模樣。老道士緊張萬分，跟徐鳳年小聲說道：「貧道徒兒天資不錯，比起貧道好上萬分，你瞧他這是氣海升浮的徵兆，何時眼前無論開眼閉眼，都會出現或螢火或鉤鏈的景象，就證明修道小成了。貧道當年修成了耳通和眼通兩大神通後，走這一關，可是吃了莫大苦頭。起先妄用守意上丹田，一時紅光滿面，自以為證道有成，後來才知誤入歧途，如今回頭傳授徒兒心法，就少走太多彎路。」

駱道士說得興致高昂，不曾想那徒弟差點摔倒，有氣無力道：「師父，我這是餓的。」徒弟的拆臺讓老道士顏面盡失，氣得一記板栗砸在孩子頭上，「吃吃吃，就曉得吃。你這不上進的吃貨憨貨！」

孩子若是沒有外人在場，被師父訓斥打罵也無妨，只是他對那個年輕士子打從見面起就無好感，這會兒感覺丟了天大面子，便紅了眼睛跟駱道人狠狠對視，身為小觀監院的師父哪來什麼高人氣度，怒喝一聲伸手，然後就給了徒弟手心十幾下，孩子經不住打，老人又卯足勁了拍，小手瞬間通紅，又吃疼又委屈，號啕大哭，瞥見那怎麼看怎麼不順眼的士子似笑非笑，更覺得傷心欲絕，起身就跑去弱水邊上蹲著，撿起石子往河裡丟。

老道人眼不見為淨，對徐鳳年語重心長說道：「道門修行，即便眼現螢火鉤鏈，可要是不得正法，還是會被禪宗斥為光影門頭。這一半是因為佛家從心性入手，不注重身體錘鍊，更無道教內丹一說，因此視作障道；還有一半則是的確有走火入魔之嫌疑。公子如果有心研習靜坐，不可不察。只是貧道也是瞎子過河瞎摸索，用自己的話說便是借假修真，說出去恐怕會讓大觀裡的真人們笑話死。

貧道限於資質，至今未能內聞檀香，不提那些證道飛升，便是那些小長生也遙不可及。貧道這個徒兒，也是苦命孩子，雖說不懂事，根骨和心性其實不差，貧道就想著能讓他以後少受些罪。徐公子莫要怪他整天板著一張臭臉，孩子太小，走了千里路，腳底板都換了好幾層老繭，自小又把燕羊觀當成了家，總是開心不起來的。」

徐鳳年微笑搖頭道：「駱監院言重了，是我沒孩子緣，誰家孩子見著我都少有好臉色的。」

駱道人輕聲感慨道：「咱們人啊，就如一杯晃動濁水，靜置以後，方見杯底汙垢。有病方知身是苦，健時多向亂中忙。」

徐鳳年略作思索，點頭道：「一間空屋，看似潔淨，唯有陽光透窗，才知塵埃萬千。道門中人入一品，一入即是指玄境，這恐怕就是在這一動一靜之中的感悟。」

躋身金剛境以後，不論觀瀑觀河，依稀可見某種細如髮的殘留軌跡，若是達到指玄境，是否可以產生一種預知？

徐鳳年陷入沉思，秦帝陵中洛陽在銅門外抽絲剝繭，帶給他極大震撼。

駱道人咀嚼一番，然後一臉神往道：「一品境界啊，貧道可不敢想。」

三人一直沿著弱水往西北前行，每逢停留歇息也都是在滿天星光下臨水而睡，最後一次歇腳，徐鳳年第二天就要與這對師徒分離，後者趕往黃河，再沿黃河乘船逆流，去道德宗參加那場聲勢浩大的水陸道場，徐鳳年則不用拐彎，再走上半旬就可以見到此次北莽之行的最終目標人物。

這一夜，夏秋兩季交會，星垂蒼穹，頭頂一條銀河璀璨，北地天低，看上去幾乎觸手可及。徐鳳年坐在弱水河邊上發呆，收斂思緒，轉頭看去，駱道人的小徒弟站在不遠處，猶豫不決，看到徐鳳年視線投來，轉身就跑，可跑出去十幾步又止住身形，掉頭往河邊不情不願走來。

小孩不喜歡徐鳳年的態度都擺在臉上，也不知道今夜為何肯主動說話，一屁股坐下後，兩兩沉默，終於還是孩子熬不住，開口問道：「姓徐的，你聽說過道高一尺、魔高一丈這個說法嗎？」

徐鳳年點了點頭。

孩子皺緊眉頭，正兒八經問道：「一丈總比一尺高吧？我每次問師父為何魔要比道還要高出九尺，師父也說不出個所以然，總是轉移話題，你懂不懂？」

徐鳳年笑道：「我也不太懂。」

小孩子撇了撇嘴，不屑道：「你也沒的啥學問，連靜坐都不會，還得我師父教你。」

徐鳳年點頭道：「你師父本來學問就大，否則也當不上你們燕羊觀的監院，我比不過他又不丟人。」

孩子一臉驕傲道：「誰都說我師父算命準！」

徐鳳年望向細碎星光搖晃在河面上的弱水，沒有作聲。

孩子說出真相，「師父臨睡前讓我來跟你說聲謝，我本來是不願意的，可他是我師父，總得聽他的話。」

徐鳳年自嘲道：「你倒是實誠人。」

孩子不再樂意搭理這個傢伙，把腦袋擱在彎曲膝蓋上，望著弱水怔怔出神。

他轉頭慢慢說道：「那天渡河，我是真看見了穿紅袍的女水鬼，你信不信？」

徐鳳年笑道：「信。」

說話間，弱水中一抹鮮紅遊走而逝。

徐鳳年想了想，從書箱拿出一遝草鞋，有三雙，抽出兩雙給孩子，「本來只做了一雙，後來見著你們，就又做了兩雙。你不嫌棄，就當離別之禮。」

孩子驚訝地「啊」了一聲，猶豫了小片刻，還是接過兩雙草鞋，這會兒是真不那麼討厭眼前遊學士子了。

孩子抱著草鞋，「喂」了一聲，好奇問道：「你也會編織草鞋啊，那你送誰？」

徐鳳年平靜望向水面，輕聲道：「你有師父，我也有師父啊。」

◆

駱道人清晨時分睜眼，沒尋見嗜睡的徒弟，奇了怪哉，這小崽子別說早起，便是起床氣也大得不行，起身後眺望過去，才發現徒兒拎了一根樹枝在水畔胡亂擺架子，胡亂？

駱道人很快收回這份成見，負手走近，看到底子不薄的徒弟一枝在手，每次稍作凝氣，出手便是一氣呵成，如提劍走龍蛇，尤其貴在有一、兩分劍術大家的神似。

駱道人瞪大眼睛，敢情這小崽子真是天賦好到可以望水悟劍，無師自通？可駱平央才記起自己根本沒有教他劍術，不是怕教會徒弟餓死師父，而是駱道人本就對劍術七竅通了六竅——一竅不通！駱道人沒瞧見徐公子身影，等徒弟揮了一通，汗流浹背停下，這才見鬼一般疑惑問道：「怎的會劍術了？」

這塊小黑炭「哼」了一聲，拿枯枝抖了一個劍花，咧嘴笑道：「徐公子誇我根骨清奇，就教了我這一劍，我琢磨著等回到燕羊觀，青岩師兄就不是我的對手了。」

說起那個仗著年紀大、氣力大更仗著師父是觀主的同門師兄，孩子尤為記仇，總想著學成了絕世武功就打得他滿地找牙。駱道人皺眉問道：「那位徐公子還懂劍術？」

孩子後知後覺，搖頭道：「應該不會吧，昨晚教我這一劍前，說是偶然間從一本缺頁古譜上看來的，我看他估計是覺得自己也學不來，乾脆教我了，以後等我練成了絕頂劍士，他也有面子。」

孩子記起什麼，小跑到河邊，撿起兩雙草鞋，笑道：「師父，這是他送給咱們的，臨行前讓我捎話給師父，說他喜歡你的詩稿，說啥是仁人之言，還說那句『劍移青山補太平』，頂好頂好。最後他說三十二首詩詞都背下了，回頭讀給他二姐聽。反正那傢伙嘮嘮叨叨，可我就記下這麼多，嘿，後來顧著練劍，又給忘了些，反正也聽不太懂。」

老道人作勢要打，孩子哪裡會懼怕這種見識了很多年的虛張聲勢，倒提樹枝如握劍，把草鞋往師父懷裡一推，諂媚道：「我背書箱去。師父，記得啊，以後我就是一名劍客了，你就等著我以後『劍移青山』吧！」

駱道人無奈笑道：「兔崽子，記得人家的好！」

孩子飛奔向前，笑聲清脆，「知道啦！」

駱道人低頭看著手中的草鞋，搖頭嘆道：「上床時與鞋履相別，誰知闔眼再無逢。」

◆

徐鳳年獨身走在弱水岸邊，內穿青蟒袍的一襲紅袍悠哉浮游，陰物天性喜水厭火，陰物丹嬰見水則歡喜相更歡喜，時不時頭顱浮出水面，嘴中都嚼著一尾河魚，面朝岸上徐鳳年，皆是滿嘴鮮血淋漓，徐鳳年也懶得理睬。

那對師徒自然不會知曉擺渡過河時若非他暗中阻攔，撐羊皮筏的漢子就要被拖拽入水，給陰物當成一餐肉食。孩子將其視作水鬼，不冤枉。

徐鳳年晚上手把手教孩子那一劍，是氣勢磅礴的開蜀式，不過估計以師徒二人的身分家底，孩子就算日日練劍，到花甲之年都抓不住那一劍的五分精髓。武道修習，自古都是名師難求，明師更難求，入武夫四品是一條鴻溝，二品小宗師境界是一道天塹，一品高如魏巍天門。駱道人已算是有心人，還是個道觀監院，窮其一生，孜孜不倦尋求長生術，可至今仍是連龍虎山天師府掃地道童都早已登頂的十二重樓，都未完成一半。這便是真實的江湖，有人窮到一吊錢都摸不著，有人富到一座金山都不入眼。

徐鳳年突然停下腳步，蹲在地上，把書箱裡頭的物件都搬出來曬太陽。

算是拿一個南詔去跟西蜀遺孤換來的春秋劍，劍氣之足，徐鳳年只能發揮十之五六。

那次雨中小巷狹路相逢，差點就死在目盲女琴師的胡笳拍子。

藏有大秦古劍三柄的烏匣。

由龍壁翻入秦帝陵，那一襲白衣。

一把春雷。白狐兒臉登樓否？

一部刀譜，止步於青絲結。

身上那件後兩次遊歷都睡不卸甲的軟冑。

十二柄飛劍，朝露、金縷、太阿都劍胎臻滿。

一雙還不知道能否送出的草鞋。這份活計是跟老黃學的，記得第一次缺門牙老頭遞過來一雙草鞋，徐鳳年跳腳大罵這也算是鞋子？後來覺得草鞋總比光腳走路來得強，穿著穿著也就習慣成自然，那次剛回北涼王府，重新穿上舒適墊玉片的靴子，竟然反倒是不習慣了。

身為世襲罔替的藩王世子，可以平白無故得到多珍稀玩意，但徐鳳年不知不覺也拿命拚到了一些東西，但同時隨著時間推移，會失去很多不管如何努力都無法挽留的人、物。吃了多少苦，這個不能說，說了別人也只當你豬油蒙心不知足，是在跟餓漢說葷菜油膩，所以遇人只能說享了多大的福。

徐鳳年將這些家底一件一件放回書箱。

陰物丹嬰來到岸上，歪著腦袋用悲憫相望向這個傢伙。

◆

離陽王朝曾經在徐驍親歷督工下，打造了一張史無前例的巨大驛路系統網，驛站是點，驛路是線，線上輔以烽燧和軍事重鎮以及戍堡，構築成片，望讓人而生畏。

如今離陽東線邊防幾乎完全照搬當初的框架，而吸納大量中原遺民的北莽，也開始不遺餘力地刻印這份事實證明無比有效的戰爭骨架，其中烽燧煙墩僅茂隆所在的龍腰州嘉魚一郡，便有大小總計百座，按照三線分布，十里一座，連綿相望，邊烽相接，每逢戰事，狼煙依次四起。

女帝曾經夜巡邊境，興之所至，登烽燧而親自燃火四炬，於是下一刻全州燈火熊熊，三條烽燧線如同三條火龍，當晚查知有一座烽燧誤時失職，連同正副燧帥三人在內的九人，全部就地斬首，十燧長斬臂；一州烽燧統領降職為一員普通烽子，下旨永不得升職。

北莽有幾線驛路僅供軍伍通行，曾有一位權勢炙手可熱的皇室宗親私營鹽鐵，在龍腰州境內與一隊南朝騎卒衝撞，盡殺之，消息不知為何洩漏，女帝手刃這位親外甥時說，私販鹽鐵可不死，縱馬驛道該死兩次，然後此人的年幼嫡子就給從家中拉出來活活吊死。這以後，此類驛路再無雜人往來。

離谷軍鎮那一線驛路早已是驚弓之鳥，那四千鐵騎一路奔襲，馬蹄所至，驛站和烽燧無一例外盡毀，誰都知道離谷六千守軍就已經是一隻甕中鱉，撤不敢撤，戰不敢戰，瓦築和君子館兩大雄鎮就是前車之鑒。

瓦築擺開架勢主動出擊，離谷在茂隆之前，不得不承擔起拿命換命去消耗那支孤軍的殘酷使命，只能祈求南朝廟堂上大將軍們可以迅速給出應對之策。兩戰過後，昔日無比倨傲的南朝都再無任何一個軍鎮可與北涼軍精銳戰力比肩的氣焰。

離谷面臨滅頂之災，人心惶惶，加上封鎮閉城，那些在城內不得出的高門大族子弟不少都是要麼抱頭痛哭，要麼今朝有酒今朝醉，明日要死明日死。蒙在鼓裡的百姓，因為戒嚴，反而不如消息靈通的權貴豪紳們那般心死如灰。

離谷不好受，茂隆也是兔死狐悲，城中許多家族趁著尚未封城，都拖家帶口往北逃，一如當年春秋士子北奔的喪家犬景象，竟然都是那北涼軍和人屠禍害的！

茂隆梯子山烽燧，建於山崗之巔，夯土結實，夾有穿鑿而過的堅硬紅柳枝巨木，燧體高大，由於此山臨近邊軍重鎮茂隆，梯子山烽燧額外多配烽子三人，一燧之內有十二人。前些年各州烽燧不管北庭南朝，只用北人，南朝人士不得擔當烽子，只是近兩年才得以進入烽燧，然後兩者迅速持平，為此皇帳方面抱怨極大。

梯子山烽燧十二人剛好南北對半，燧帥三人中有兩人位是南朝人，另外一名副燧帥是個粗人，哪裡鬥得過其餘兩位，被排擠得厲害，這就使得莽人烽子十分尷尬，一日不如一日，先前還敢偷偷喝幾口酒，如今一經逮住就得遭受一頓鞭刑。

梯子山資歷最老的一個老烽子是典型莽人，剃髮結辮，臉部輪廓粗獷，體型頗為雄偉，可惜只是個沒膽的窩囊廢，以往出燧後私下喝酒比誰都凶，如今甚至乾脆連酒都戒了。兩位南朝燧帥沒事就喜歡拿他當樂子，使喚如豬狗，深夜值勤的辛苦活都安丟給他，這老傢伙也不吭聲。

唯一一次發火是老烽子的俏麗女兒來探望，給副燧帥半路截下調戲，拖入半山小樹林。其餘烽子看笑話之餘，也好奇這麼個廢物怎的就生出如此水靈的閨女，若是不幸長得隨爹，那還不得五大三粗，這輩子也就甭想嫁人了，至於那次副燧帥大人是得逞還是失手，外人也就只能閒來無事猜測幾句。

南朝烽子瞧不起，北庭烽子也厭惡，老傢伙裡外不是人，日子過得孤苦伶仃。唯獨一個新入梯子山燧臺的雛鳥烽子，跟這個綽號悶葫蘆的傢伙還能說上話。這名不合群的新丁姓袁名槐，袁在南朝是乙字姓，也屬於屈指可數的大姓，只不過沒誰認為這等大族子弟會樂意來做註定沒有軍功的烽子。

袁槐大白天的不用當值，老傢伙既然不再去烽燧臺外喝酒，就澈底無處可去，總是縮手縮腳站在烽燧臺內陰暗處向外瞭望，看了好些年也不膩歪。袁槐是個眉清目秀的烽子，小腰纖細得跟娘們兒差不多，梯子山人盡皆知燧帥向來葷素不忌、男女通吃，都尋思著這姓袁的是不是拿屁股換來的烽子身分，烽子雖說相比正規邊軍是既無油水也無前途的清水差事，可比起許多行當還是要舒坦，起碼曬不著、餓不到，每月俸錢也不落下。

袁槐也不看那位老烽子，問道：「你說離陽王朝有多少座烽燧？」

年歲不老，只是相貌蒼老的老烽子沙啞道：「這會兒不清楚，前五、六年得有一萬兩千座。」

袁槐摸了摸青頭巾，好奇道：「聽燧帥說離陽王朝的關內烽燧，每日子時，發火一炬，以報平安。咱們怎麼就不照著做？」

有一張苦相的老烽子嗓音如同風沙磨石，輕聲說道：「平定春秋八國，生怕內亂反復，就得靠這太平火傳遞訊息去太安城。」

袁槐笑道：「那離陽皇帝肯定累，哪天沒瞧見太平火，就沒得睡，還得把文武大臣喊去禁內。」

老烽子平淡道：「做什麼不累。」

北莽全境烽燧不報平安火，是女帝陛下親自下旨決斷。

不平安時才燃狼煙，朕照樣還你們一個太平便是。

何等自負！

袁槐嘆氣一聲，揉了揉當烽子後黝黑粗糙了許多的臉頰，「家裡祠堂的臺階肯定爬滿青苔了。」

老烽子不言語。

袁槐自顧自說道：「要是在家裡，這會兒我喜歡抓宵燭蟲子裝入囊，做成一只螢囊，都不用挑燈就可以夜讀。」復又轉頭玩笑道：「項老頭，你閨女那麼水靈，跟畫上天仙似的，要不嫁給我算了。」

老傢伙難得笑了笑，沒有說好還是不好。

袁槐瞪眼道：「給個準話，是不是大老爺們兒！」

老烽子搖了搖頭。

袁槐轉頭嘀咕道：「小氣！」

袁槐是一陣東、一陣西的毛躁性子，馬上問道：「項老頭，你說我啥時候能當上燧帥？」

老烽子盯著他看了幾眼，撇過頭說道：「你？不行。」

袁槐急眼道：「憑啥我不行？」

老烽子輕聲道：「當官要深藏不露，就像女人的胸脯。」

袁槐愣了一下，提高嗓門大笑道：「呦，你還知道講道理？」

老傢伙平淡道：「大道理只要是個人就都懂幾個，尤其是到了我這個歲數的老傢伙。」

袁槐白眼道：「跟你說話就是無趣。」

一名年輕烽子大踏步走入，對老傢伙頤指氣使道：「項老頭，去，跟爺去集市拎幾壺酒來，酒錢先欠著。」

老烽子默不作聲，就要離開烽燧給同僚買酒去，至於這些烽子欠他的酒錢，日積月累，不說五十兩銀子，三、四十兩肯定跑不掉，不過他就是一團爛泥巴，任人拿捏慣了。

袁槐看不過去，替項老頭打圓場，說他去。那位把占便宜視作天經地義的烽子怒目相視，見袁槐嘻嘻笑笑，巴掌大小的臉蛋，下巴尖尖的，細皮嫩肉處處跟娘們兒差不多，心裡就沒了火氣，可他也覺得下腹憋著一團邪火，只是這姓袁的極有可能是燧帥的玩物，他膽子再大也不敢放肆，不過能過過手癮也好，覥著臉說「好兄弟」，就要去摟他的肩膀，被袁槐靈巧低身躲過，溜了出去。

在梯子山混吃等死的烽子大失所望，狠狠盯著袁小子的屁股下狠力剜了幾眼，心中暗罵自己真是想婆娘想瘋了，回頭再看那個老不死的晦氣貨色，不由吐了口濃痰，這才大搖大擺走出去。

◆

梯子山烽燧有兩匹馬，一匹給燧帥臨時騎了前往軍鎮茂隆，賣酒的集市得有二十幾里路，袁槐跟看守馬匹的烽子說請所有兄弟喝酒，也就得以騎馬下山。

下山時，袁槐跟一小隊吊兒郎當的邊鎮騎卒擦肩而過，為首一個俊哥兒跟烽燧裡的傢伙差不多德行，瞧見了他，也是眼神玩味，還吹了一聲口哨，袁槐忍下惡寒，快馬加鞭。

騎隊總計六騎，跟為首騎兵小頭目只差半個馬身的一員騎卒輕聲問道：「不解決掉？」那名前一刻還玩世不恭的小頭目收斂神色，眯起眼，微微搖頭道：「放在後邊殺。記住一點，重鎮附近的烽燧，未必只有九名烽子。」

面容清俊的騎卒「嘿」了一聲，「翰林哥，都殺了一路了，光是咱們就搗掉七座烽燧，心裡有數得很！」

沉默時越發冷峻的李翰林呼出一口氣，「小心總不是壞事，兄弟們不能再把命丟在北莽了。除掉這座烽燧，接下來就沒咱們兄弟的事情。回去以後……」

李翰林沒有繼續說下去。

有幾人能回？

李十月咬了咬乾裂嘴唇，眼神陰冷，重重點了點頭。

離梯子山烽燧半裡路有一道關卡，一名烽子正在涼蔭底下靠樹打瞌睡，連並沒有刻意包裹軟布的馬蹄聲都沒將他吵醒，不幸中的萬幸，一根弩箭瞬間透過頭顱，釘入樹幹，烽子死得不痛苦，僅是腦袋往後輕微抖動出一個幅度。

騎卒故意在關卡稍作停留，然後慢悠悠上山。

烽燧煙墩外有兩名南朝烽子在插科打諢，都等著袁槐買酒回來解饞，見著身披茂隆輕甲的騎卒懶洋洋出現在視野，以為是軍爺來這邊找熟人，擠出笑臉上前恭維幾句，六騎同時下馬，李翰林笑著跟一名烽子勾肩搭背走向烽燧，隨口問道：「你們燧帥在不在，老子好不容易逮住機會溜出來透口氣，說好了一起去今晚茂隆喝花酒，可別放鴿子！萬一北涼真打過來，老子是死是活都兩說，這會兒趕緊找幾個娘們兒痛快痛快。」

烽子心裡那個羨慕垂涎啊，嘴上賠笑道：「對對對，軍爺說得在理，是要痛快。軍爺要是信得過，小的斗膽幫軍爺領路，茂隆的勾欄，小的熟門熟路。」

步入烽燧遮擋出來的陰影中，李翰林哈哈大笑：「你小子上道，爺喜歡。」

上道。

是真上道了，黃泉路。

李翰林動手的同時，李十月也拗斷另外一名烽子的脖頸。李翰林給了個眼色，陸斗嘴中叼住一柄匕首，腰懸矛囊，高高躍起，雙手鉤入燧牆，向上迅捷攀沿，悄無聲息翻身而入。

一標五十游弩手，可戰兵卒也就只剩下他們六人。伍長李翰林，副伍長陸斗、李十月，還有三名俱是將涼刀換成莽刀的精銳游弩手，其中重瞳子陸斗已經乾脆不配刀。

烽燧內，李翰林殺紅了眼，本以為塵埃落定，梯子山烽燧除去騎馬下山那位女扮男裝的清秀烽子，已經全部殺盡。他讓陸斗和李十月搜索燧內是否有暗室，不曾想一名老烽子莫名其妙在隱蔽處偷襲了李翰林，當時他正要去取一些烽燧文錄，結果是馬真齋替他擋下那記陰毒刀子，鋒銳短刀將八尺北涼男兒捅了一個透心。

那烽子明顯是高手，一刀致命，抽刀時還撩帶出弧度，整個心口子嘩啦一下給拉開。馬真齋死前還在說要回到北涼，就拿上銀子捎帶給幾位戰死兄弟的爹娘妻兒。

老烽子出刀迅猛，李翰林艱辛招架，給那身手不俗的蠻子劈中了肩頭，好在尚未發力，老而彌辣的烽子就給循聲趕來的陸斗一拳轟爛後背，這還不夠，陸斗按住他的腦袋，砸向牆壁，整顆腦袋如拳捶西瓜，倒地時血肉模糊，全然認不清面孔。

陸斗看向李翰林，後者搖搖頭說沒事。

李翰林走到馬真齋屍體前蹲下，幫他闔上眼睛。

李十月嘴唇嚅動，還是沒有出聲。

李翰林平靜道：「陸斗，你精於追蹤，騎上我那匹腳力最好的馬，去追那名下山的烽子，記住，只追二十里，追不到就馬上回來，跟我們在前一個烽燧碰頭。」

陸斗沉默走出烽燧。

李十月一拳砸在牆壁上。

李翰林抬起頭，說道：「咱們龍象軍根本沒打算吃掉離谷，就看誰會掉進離谷、茂隆這個圈套了。」

◆

董卓親率八千騎兵晝夜奔馳，趕赴茂隆。

他一開始就準備捨棄離谷。

董胖子只是瞧上去很胖，實則是那種半點都不臃腫的壯實，當下一騎當先。

不斷有遊騎前來回報軍情。

董卓麾下的烏鴉欄子，在北莽八十欄子中穩居第一。

八千南朝首屈一指的精銳騎軍，氣勢如虹。

董卓習慣性磕著牙齒，眼中浮現陰霾。

兩刻鐘後，一百烏鴉欄子竟然無一人返回。

終於，一騎疾馳而來，滿身鮮血，後背插滿弩箭。

董卓快馬加鞭，阻擋他翻身下馬稟報軍情的動作，「坐著說。」

這名瀕死的烏鴉欄子嘴角滲血，竭力咬字清晰：「前方三里，有重兵埋伏！」

說完便斷氣死絕。

董卓伸臂扶住屍體，不讓其墜落馬背，長呼出一口氣，握拳抬起一臂。

全軍肅然。

戰意昂揚。

董卓按兵不動。

一面「董」字大旗在風中獵獵作響。

前方又名葫蘆口，兩頭廣袤中間收束狹窄。

一百烏鴉欄子想必就都死了那裡。

董卓的耐心一直很好。

對面知道董卓騎兵知曉了埋伏，見他不打算向前推移，便由葫蘆口急速擁出。

黑壓壓列陣鋪成一線潮。

四千龍象軍。

八千董卓軍。

兩軍對峙，陣前一名黑衣少年手中提拽著兩具烏鴉欄子的屍體，在身後騎軍展開衝鋒以前，他將屍體朝董卓方向高高拋向空中，墜地後摔成兩攤爛泥，這樣的尋釁讓董字大旗後的八千騎兵都咬牙切齒，加大力度握住手中利矛，下意識夾緊馬腹。

這些久戰沙場的老卒都趁間隙抓緊留心掛鉤裡的兵器，一旦相互嵌入陣形，早上些許抓住莽刀，就多一分殺人機會和活命機會。一杆黑底紅字的鮮豔大旗迎風招展，這對位於逆風向平原上的董字大軍來說，戰馬奔速會得到一定程度的滯緩，只是當老卒們抬頭望了一眼那個猩紅「董」字，頓時心無雜念。只等董將軍一聲令下，就要將這僅僅半數於己的疲憊之師碾壓成灰。

許多騎卒心中不約而同默念一首質樸小謠：董家兒郎馬下刀馬上矛，死馬背死馬旁。

董卓手中持有一杆綠泉槍，曾是提兵山的鎮山之寶，董卓做成了女婿，就被提兵山山主當作女兒嫁妝送出。董卓身後有十八騎，戰馬甲冑都並無異常，只是不像董字騎那樣清一色手中持矛馬鞍掛物，兵器怎麼趁手怎麼來，其中過半人數都腰間懸劍，十八騎臉上也無老卒獨有的肅殺氣焰，相對意態閒適，但周圍素來以眼高於頂著稱的領兵校尉沒有半點輕視，尤其是望向一名空手坐馬背上的清臒老者，都有些由衷敬畏。畢竟提兵山第二把交椅，不是誰都有本事去坐的。

少年帶著一頭體型駭人的黑虎開始奔跑，董卓手中綠泉槍原本槍尖指地，猛然抬起，向前一點。

兩軍幾乎同時展開衝鋒。當兩支騎軍拉開足夠距離，並非誰先展開縱馬前衝就一定占優，若是距離過大，一鼓作氣過後往往士氣開始衰竭，第一矛遞出的通透力也要折損。但是此次對壘而戰，碰撞前的雙方距離，都可以保證將各自馬速和衝擊力提至極點。

大地在馬蹄錘擊下震顫不止，黃沙彌漫。

兩線潮頭向前以迅雷之勢推進。

尋常騎戰，不管是口哨還是嘶喊，衝鋒時騎卒喜好出聲以壯聲勢。一些馬術精湛的騎卒，在對衝臨近時，為了防止戰馬臨陣退縮，損傷速度，都會甩出遮馬布罩住戰馬雙眼。只是四千龍象軍和八千董卓軍都尤為反常，皆是沒有這類多餘舉動，騎卒與戰馬同時起伏，充滿無聲的鐵血韻律。

以十八騎為首的六十餘提兵山武人，和四千戰騎已經衝出，董卓停馬而立，身後帶著兩千遊騎，其餘兩千遊騎繞出一個弧度，避開正面，從左右雙方以錐子陣形刺向兵力相對薄弱的龍象軍。

董卓靜等一錘定音。

雙方初次接觸，便都是入肉入骨。

一名龍象騎和一名董家騎兵幾乎同時將長矛刺透對方胸甲。戰馬繼續前衝刺，兩人棄矛抽刀，側身而過時，又各自劈出一刀。

龍象騎一刀砍去那北蠻子的腦袋，無視重創，側頭躲過一矛，正要拚死砍出一刀，不防給後邊董家騎兵一矛挑落，長矛在空中擠壓出一個弧度。

北涼騎卒死前一手丟出涼刀，一手握住長矛，不讓矛尖拔出身軀。敵騎鬆手抽刀，彈掉飛掠而至的涼刀，繼續策馬沉默前衝。

有兩騎連人帶馬對撞在一起，戰馬頭顱當場碰碎，騎卒躍起馬背，兩矛借勢刺中敵人胸口，雙方同時往後墜落，但都握住了矛，尚未來得及步戰，以步戰騎，就給雙方跟上的騎兵準備一矛穿透頭顱。

膂力驚人的戰騎可以一矛刺落敵騎，藉著戰馬衝鋒餘力抽矛再殺，一名龍象騎長狠辣一矛貫穿了兩位北蠻子的胸膛，兩具屍體墜馬時仍是如糖葫蘆串在一起。

他腋下夾住凌厲一矛，將沒有第一時間果斷棄矛的董家騎兵擰下馬背，一刀削掉了半片腦袋和整只肩頭。

有落馬重傷未死的北莽騎兵臨死仍然砍斷北涼馬腿。

兩軍互為絞殺，盡是瞬間高下生死立判後一衝而過，除去幾名馬戰超群的校尉手不棄槍矛，在前衝途中不斷抽殺敵騎，但也根本不可能說一騎慢悠悠前行，被十數騎兵圍住，任由他一矛掃殺，更不可能因為碰上了旗鼓相當的敵將，返身再戰幾十回合。

只有一個例外，這條漫長戰線的中段位置，仍是出現一個有違常理的龐大空心圓，先前黑衣少年當空躍起時，給一名手無兵器的清瘦老者雙手拍在當胸，轟然落地，緊接著被十八騎或馬背或下馬傾力截殺纏鬥。

一方大將只要親身陷陣，在春秋時期便一直是註定要遭受潮水攻勢的醒目人物，這類角色附近就成為一塊大砧板，血肉屍體層層疊加。黑衣赤足的徐龍象在率軍入北莽後，哪怕在瓦築已經被刻意針對阻截，仍是直到今日才真正意義上被攔下腳步。

青衫老者正是提兵山一人之下的宮樸，內力雄渾，跟山主常年印證武道，其餘十七騎盡是提兵山以一敵百的勇夫，更別說還有四十幾名提兵山蓬萊扛鼎奴，個個身高九尺，天生力大如牛，習武後就浸泡在藥缸中，錘鍊至江湖人稱偽金剛的境界。只可惜遇上了生而金剛的徐龍象，只要被少年近身撕扯住，就是分屍的下場。

大圈中，已經躺下十幾具缺胳膊少腿的蓬萊奴。此時徐龍象無視一名提兵山劍士的劍刺後背，一拳洞穿一位扛鼎奴的心口，慢悠悠拔出心臟，隨手丟在地上；利劍刺中黑衣少年後背，中年劍士心中震駭，此子分明沒有依賴氣機遊浮遍身去抵禦利器加身，三十年浸淫劍道，頗為自負手中劍一劍刺中少年後心，竟然不論如何遞加劍氣，都不得入肉分毫。

黑衣少年慢時極慢，快時更快，嫌那柄青鋒長劍不夠爽利，往後一靠，主動往青芒縈繞的劍尖上湊，不等劍士脫手棄劍，好生生一柄江湖上小有名氣的利劍就給剎那壓彎，然後崩斷。少年後靠之勢委實太快，劍客不僅長劍斷去，整個人都給撞飛，胸腔碎裂得一塌糊塗，向後飄落，跌入黃土，死得不能再死。

那頭黑虎仰天長嘯，爪下扣住一具蓬萊巨漢的模糊屍體，輕輕一鉤，就將屍體粉碎，鮮血浸透黃沙。

黑虎撲向下一位距離最近的魁梧巨漢。

不急於跟黑衣少年近身絞鬥的宮樸見狀怒喝一聲：「孽畜！」

黑虎被宮樸攔腰一掌打得側飛出去，落地後仍是滑出去五、六丈遠，才搖頭晃腦站起，一騎提兵山武者就提槍戳來，長槍刺背足足一尺，黑虎渾然不覺疼痛，四腳著地下陷，蓄勁後連人帶馬都給撲殺，持槍騎士被這頭齊玄幀座下黑虎一口咬斷腰肢，觸目驚心。

在斬魔臺被打趴下，對黑衣少年認主的通神畜生，一甩硬如鐵的鞭尾巴，在背後蓬萊奴從頭到胸劃出一道血槽，繼而向前撲倒另一名悍不畏死的巨漢，後者滿臉漲紅撐住黑虎嘴巴，不讓牠下嘴，黑虎整顆頭顱都向下一砸，將那巨漢的手臂折斷，並且把他的腦袋砸得陷入泥土。

滿臉怒容的宮樸奔至，一腳將黑虎再度踹飛，一氣滾落了十幾名涼莽皆有的騎兵。

徐龍象全然不管黑虎那邊戰事，看似輕描淡寫一掃臂，就將一名提兵山劍客攔腰斬斷，他拉住其上半身，旋出一個圓弧，又將一名扛鼎巨漢胸部砸了個稀爛。一名面容木訥的年邁劍客劍如梨花雨，每一劍點出刺在赤足少年身上，便藉著劍尖反彈收勢身形後撤幾丈，來來回回，眼花繚亂，瞬間便是九十餘劍，手腳頭顱臉頰心口腹部，無一遺漏，一連串金石相擊聲，清脆非凡。

老劍客試圖找出這瘋魔少年的命門，當一劍抵住眉心，見那凶名直追北莽洛陽的年輕魔頭咧嘴一笑，才要趁著劍身微曲復原的後勁移步，將道門踏罡步斗融入身法的劍客才踩出一步，就讓那瞬間趕至身前的少年一拳打在左耳側，老者匆忙運氣抵消七八分殺機，可千鈞巨力所致，身體憑空離地如同倒栽蔥。

徐龍象握住其雙腳，往地面向下一戳，如擲矛入地，久負盛名的劍道名家就給擠壓得不見頭顱，只見胸口跟黃沙地持平。

徐龍象輕輕一腳踢斷這位劍術宗師的雙腿，瞥見那柄無主之劍，猶豫了一下，彎腰撿起，輕輕拋起，雙掌抵住劍柄劍尖，一柄劍給合起的掌心碎成無數片。

他雙手握住劍片，舉目望去，瞧見了兩名僅剩劍客，身形暴起，嚇得這兩位魂飛魄散，顧不得什麼名劍風流，撒腿狂奔，一名跑得不夠快，被黑衣少年一掌揮中臉頰，滿嘴碎片，面目全非，堂堂劍士死於被劍片兒餵飽，淒涼滑稽至極；另外一名劍士因為有蓬萊巨漢赴死阻攔，躲過一劫，但已是肝膽俱裂，再無半點戀戰的心思，不管事後是否被提兵山重罰，迅速向後撤去，身形沒入騎軍。

徐龍象嗜殺如命，撕掉一名巨漢，正要找尋下一位目標，被宮樸以一記取名提山的肩靠給撞得踉蹌幾步。宮樸怒髮衝冠，大踏步前衝，一步一坑，雙拳巨力撕裂空氣，裹挾風沙，復爾給予這位少年悍然一擊。徐龍象雙腳離地，一腳踢中宮樸肩頭。

雙雙後退，滑出相距十幾丈的距離後，又同時止住身體，兩人如兩軍騎兵如出一轍，對撞而去，宮樸一拳砸在少年額頭，少年一拳回在他胸口，以兩人為圓心，一大圈黃沙向外瘋狂飄蕩。

徐龍象吐出一口血水，右拳砸在左手掌心，揚起一個獰笑。

宮樸鼻孔滲出兩抹鮮血，被他輕輕抹去。

一旦投入兵力超過萬人，然後全軍死戰至一兵一卒都不降不撤的戰事，春秋以前不見任何史載，春秋中唯有妃子墳一戰，那一戰人屠義子排在第二的袁左宗僅留下他一人。他以一萬六千輕騎死死拖住了西楚最為精銳雄壯的四萬重甲鐵騎，這才讓當時還未稱作北涼軍的徐家軍完成對西楚的戰略圍困，迫使西楚戰力全線澈底龜縮，最終促成了號稱一戰定春秋的西壘壁戰役。

那一戰，在妃子墳墳頭上，護在白熊袁左宗身邊的十六卒，皆是尋常士卒，因為三十餘校尉將領早已死淨。那一戰起始，袁左宗便身先士卒，從騎戰到步戰，殺敵將領十六人，一杆銀槍殺敵騎一百七十餘，若非陳芝豹違令帶兵救援，袁左宗就註定要死於妃子墳。

當白衣陳芝豹走上墳頭時，袁左宗雙手扶槍而立，全身是血，血汙得不見面孔。

一般而言，軍力損耗達到三分之一，軍心就會開始潰散，春秋中有無數梟雄藉著亂世伺機揭竿起事，小有氣候便忙不迭自封為王，自稱皇帝，但這類魚龍混雜的軍伍大多數遇上精銳正規軍，往往是一觸即潰，不堪一擊，不乏五、六萬起義軍被數千騎軍追殺百里的荒唐戰事，更不提什麼死戰不退了。離陽王朝權臣各懷鬼胎，說顧劍棠坐在徐驍那個位置上，也可以平定春秋，卻從未想過顧劍棠能否帶出袁左宗這樣的悍將，帶出春秋大定後仍是軍心凝聚的北涼三十萬鐵騎。

◆

葫蘆口一役，堪稱慘烈。

從正午偏後時分兩軍開始衝鋒，一直殺到了黃昏。

葫蘆口黃沙彌漫，就不曾停歇過片刻。

四千龍象軍跟六千董卓軍幾乎史無前例地從馬戰打成了步戰！

若非親眼看見，說出去都沒有人會相信。

董卓能夠在南朝破例占據三大軍鎮，在南朝廟堂上敢跟幾位大將軍紅脖子瞪眼，是靠著董字旗麾下共計有六萬豺狼之師，這六萬兵馬，女帝御駕巡邊時曾親口詢問這個董胖子，他日戰事大啟，肯不肯拿六萬換六萬，換一個南院大王？言下之意，董卓六萬軍馬足可拚掉北涼三十萬中的任意六萬騎軍。至於那個奸詐如狐狸的董卓如何答覆，自然無人得知。

董卓雖然面沉如水，但嘴角似笑非笑。

身後兩千遊騎兵始終沒有投入膠著戰場。

北莽西線驛路烽燧連同戍堡軍鎮在內的完整系統，看似完善，可終歸不曾遭受過戰事的血腥浸染，華而不實，董卓一直看在眼中，心知肚明，卻不曾一次在廟堂上提及。像這次八千龍象軍孤軍深入，竟然一路打到了軍鎮瓦築，都不見一縷狼煙，事後吞掉君子館，烽燧曾有短暫燃煙報信，但接下來南朝就再度成了睜眼瞎，龍象軍馬蹄所指，離谷、茂隆前方的數百座烽燧都毫無音訊，連董卓自己都沒有預料到四千龍象軍竟然不是去攻打離谷，而是一路奔襲，來設伏截殺援兵。

如果不是自己調教出來的八千兵馬，恐怕就真要給這支龍象軍啃得骨頭都不剩了吧？

董卓還在等。

這次突發戰事，他的騎軍雖說也是一路疾馳增援離谷，但也稱不上以逸待勞，只不過相對經歷兩場惡戰後的龍象軍還是要占據優勢。董卓想到了四千對四千，會陷入頹勢，但沒有想到兩千遊騎軍參戰，還是沒能一舉打垮掉如弓弦崩到極限的龍象軍。

董卓抬了抬屁股，依稀可見戰場上黑衣少年和提兵山宮樸的身影。

這個胖子嘖嘖道：「真是能打啊，好不容易覥著臉跟老丈人從提兵山要來的十八騎，加上四十幾個蓬萊巨漢，有宮老爺子坐鎮，就還是差不多都給宰光了。這仗打完，媳婦還不得幾天不讓我爬上床？」

一名遊騎將領策馬來到董卓身邊，低聲詢問道：「將軍？」

董卓搖了搖頭道：「不急。」

健壯將領小心翼翼問道：「僵持下去，宮山主恐怕就要？」

董卓直截了當說道：「就是要等到他死。」

跟隨董卓多年征戰的將領毫無異樣，面無表情地安靜退下。

當下天色就跟頑劣孩子往白紙上潑墨一樣，墨越多，夜色也越來越濃。

戰事終於將歇，董卓招了招手，那名將領迅速趕來，這個胖子笑道：「傳令下去，咱們兩千騎去殺那名黑衣少年，盯著他殺，其餘龍象軍殘餘都不用理會。誰摘下那少年頭顱，是去南朝廟堂當個實權四品大員，還是在我董卓麾下官升三階，隨他挑。」

將領咧嘴會心一笑，沉聲道：「得令！」

董卓提了提綠泉槍，終於要親身陷陣。

六千軍馬，換四千龍象軍和一顆人屠次子的腦袋，值不值？

董卓冷笑道：「這趟老子看來是要賺大發了。」

◆

葫蘆口外五十里，八百騎兵縱馬狂奔。

一律白馬白甲。

為首一名俊逸高大騎將手提銀槍。

暮色中的葫蘆口東端戰場，黃沙漸停又漸起，當一聲號角響起，兩軍默契地停下殺伐，等待最後一場戰事。

一名長了張娃娃臉的年輕龍象騎兵「哇」了一聲哭出來，抬頭對身邊一位並肩作戰的熟悉校尉哽咽道：「小跳蚤死了。」

一身甲冑支離破碎的校尉艱難咧嘴，不知是哭是笑，也不知如何安慰這名麾下士卒。這孩子祖上幾代都是北涼邊境牧人，打小就馬術精湛，入伍時，別的新人還得每天給戰馬摔上十次、八次的，他倒是連鑽馬腹都能要出來了，當時校尉就在場親眼看著，滿堂喝彩，二話不說就拎進了龍象軍，左挑右挑，跟挑媳婦一般用心。好不容易挑中了一匹才從纖離牧場投入軍中的戰馬，半生不熟，不起眼，唯獨給這孩子相中，後來證明這匹馬真是匹好馬，腳力極好，爆發力也足，可貴之處在於衝鋒時願意與馬隊齊頭並進。因為這匹馬性子跳脫，熟悉戰陣的閒暇時，喜歡在孩子身邊蹦跳，就有了個「小跳蚤」的暱稱，那孩子恨不得睡覺都去馬廄，萬一心愛戰馬得了小疾小病，給戰陣演練中木矛捅腫半張臉也只會傻樂呵的孩子心疼得只會哭，真是比將來娶進家門的媳婦還要上心了。

這場戰事，這孩子不賴，光是被他看見的殺敵人數就有倆，也是最後一批從馬背下來步戰的龍象騎兵，不知多少敵騎的戰馬給這小子拿刀劃破了肚腸、砍斷了馬腿，校尉知道這股子伶俐勁頭是殊為難得的天賦，許多百戰老卒都未必有這份本事。

校尉瞥了眼孩子的下巴，鬍子都還青澀著，他本想著再過一、兩年就給這孩子破例當個媒人，把侄女交到他手上，也算肥水不流外人田。才十九歲不到的小娃兒，連女人的滋味都沒嘗到過，今天死在這裡，真是可惜了。

拍了拍孩子肩頭，校尉輕聲道：「到了下邊，跟兄弟們比一比誰殺得多。咱們如果死得早，指不定還能在黃泉路上追上他們。死得晚，就多殺幾個蠻子。」

娃娃臉騎兵抹去淚水，笑著點點頭。

校尉瞥了一眼遠處的黑衣少年，由衷崇敬。不知哪兒冒出的一股江湖頂尖高手，拿命去纏鬥不休，五、六名三尺青峰竟能生出劍氣的劍客，四十幾個刀槍不入的巨漢，好在都給小將軍殺雞屠狗般收拾得一乾二淨。敵軍歹毒處還不止於此，先是一名打不死的青衫老先生跟小將軍對毆了半天，後邊又在騎兵中鬼祟藏了一名年輕劍客，裝孫子裝了許久，不料一劍竟然刺透了小將軍的右邊胸口，陰險一劍之後，便不見蹤跡，澈底撤出戰場。

校尉是老兵油子了，說完全不怕死那是自欺欺人，如他這般官職和閱歷的傢伙，早過了年少熱血的年齡，再說還是拖家帶口，無緣無故讓他坦然赴死，校尉腦袋又沒有被驢踢了！只不過能進入北涼戰力名列前茅的龍象軍，左右官帽子大小相當的袍澤們比起許多其他北涼將領，都要勇悍和善戰，彎彎腸子不多，帶出來的士卒，也要相對一根筋。對龍象軍上上下下而言，只要各自上頭敢衝敢死，他們就敢戰，養兵千日、用兵一時，怕死就不進龍象軍了。

校尉也是從小卒子當起，誰沒有從老卒嘴中聽過那些蕩氣迴腸春秋戰事？褚祿山一千輕騎開蜀道，妃子墳一萬六千騎死戰至最後一人，陳芝豹西壘壁一戰平天下，襄樊攻守戰，太多了。校尉知道葫蘆口一役後，也必定會有熟人與人說起，提及自己名字，都會豎起大拇指，這些言語與撫恤銀兩一起傳回家鄉，也算對得起那些兒時跪拜過的祠堂牌位，以後自家孩子長大後，也能直起腰杆做人。

披紅甲的董卓軍只餘下不足六百殘兵，支撐著他們誓死不退，是身後那支由將軍親率的兩千遊騎，以及擅自後撤者立斬的董家軍法。當回首望去，一股鮮紅洪流般湧來，一杆大旗尤為鮮明，這些精疲力竭到一坐下就可以大睡三天的董家騎兵都如釋重負，繼而感到有些荒涼——所向披靡的董家精騎，六千對陣四千，竟然輸了。

腳邊都是昔日袍澤的死屍，跟北涼人的屍體雜亂疊加，許多次步戰廝殺，踩入黏稠血水中，每次抬腳比起踩在砂礫中還要吃力，許多甲士就是一不留神跌倒，就給對手劈砍而死，大戰之酷烈，早已不知是死在北涼刀還是自家莽刀之下了。

因為北莽少有險地可供依據，北莽軍鎮布局一直呈現出進攻態勢，無形中就讓絕大多數北莽軍誤認為那北涼軍，什麼三十萬鐵騎雄甲天下不過是陳芝麻爛穀子的舊帳了，春秋八國軍力參差不齊，如何能跟北莽相提並論？因此提起偏居一隅的北涼軍，再保守的校尉將領，也只是以為涼莽兩軍戰力持平，北莽的問題不在於吃不掉北涼，而在於何時南下踏平。

董家騎兵是公認能與拓跋菩薩十八萬親軍位於一線的精銳勁旅，尤其是董家騎兵擅長回馬槍，幾次規模在兩萬左右的東線激烈戰事，董家騎兵能夠保證一撤百里而不散，這趟救援茂隆軍鎮，聽聞對手只有孤軍深入的四千騎兵，誰不視作唾手可得的大軍功？

一名董家騎兵長呼出一口氣，扶了扶頭盔，低頭看去，想起那首不知何時在軍中盛傳的歌謠：「董家兒郎馬下刀、馬上矛，死馬背死馬旁。家中小娘莫要哭斷腸，家中小兒再做董家郎。」

兩軍六百對九百，已經無戰馬可騎乘，只是以步戰結陣對峙。

黑衣少年被穿胸了一劍，刺客一擊得手便撤，連劍都不收回，他隨後與宮樸整場酣戰都未曾拔去那柄劍；提兵山副山主早已經是筋脈寸斷，成了一具無骨屍體。

少年摸了摸那頭變得通體赤紅的黑虎四下張望，從腳邊一名戰死騎兵腹部抽出一柄刀，騎兵是龍象騎兵，刀竟然是北涼刀，可見這一場血戰亂到了何種地步。

徐龍象一刀斬去宮樸腦袋，彎腰撿起，攥著頭髮拎在手上，然後高高提起，九百龍象軍頓時一齊嘶吼震天：「死戰！」

一名校尉見許多騎卒手中都握有北莽刀，沉聲道：「換刀！」

沒有一匹戰馬，只有九百柄北涼刀。

六百董卓騎兵也同時換刀。

董卓不是那種喜歡親自衝鋒陷陣的將領，但這葫蘆口一戰打到這個份上，他不得不戰，心中也想著要親手砍死幾十號龍象騎兵。南朝不管如何唾棄這個死胖子的人品，但都不敢否認董卓的帥才，大將軍柳珪甚至將這個時不時頂嘴犯強的後生拔高到顧劍棠、陳芝豹那個高度，認為董卓在北莽和離陽王朝那一場註定要波瀾雄闊的戰爭中繼續崛起，成為繼拓跋菩薩後北莽的又一位軍事柱石。

董卓手持綠泉槍，一騎當先而衝。他死死盯住那個漸成強弩之末的囊中物——人屠次子徐龍象。

世人皆知董胖子貪生怕死，但這並不意味著董卓戰力平平。提兵山這次為了他這個女婿，是付出了血本，蓬萊扛鼎奴拿出了大半，客卿出了三分之一，甚至連被譽為北莽金剛第一的宮樸老爺子都搬動出山，這樣一支死士隊伍，竟然都沒能累死黑衣少年，何況還有一名朱魍首席殺手助陣。

董卓不得不服氣，換成任何一名指玄境高手，都要乖乖死上兩次還不止，董卓早知道是這樣，就是抱著老丈人的大腿，撒潑打滾也要求著老丈人親自出馬。

事已至此，多想無益，董卓也不是那種拿得起、放不下的人，他的底線是願意再拿一千遊騎性命去活活堆死那個徐龍象。

屍橫遍野，會阻滯騎兵攻速。

六百董卓步戰騎卒只是拖住九百龍象軍，並不戀戰，當兩千騎兵臨近，六百步戰騎卒迅速向兩側奔離戰場，騰挪出一片衝鋒空間。

兩千遊騎如洪水沖刷過九百座礁石。

類似中原農耕的秋收割稻穀。

這種蠻橫無理的以逸待勞，取得了情理之中的巨大戰果。

一個回合就斬殺龍象軍將近兩百人，己方僅損失八十騎。

董卓一杆綠泉槍，輕而易舉挑死掃傷了十幾名疲憊至極的步戰騎兵。

陣亡的八十騎中半數是被黑衣少年連人帶馬撕碎。

穿透整個步戰陣形，董卓調轉馬頭，望著那個千瘡百孔仍是屹立不倒的礁石群，以董卓的冷酷無情，仍是浮現一種說不清、道不明的感覺，將來自家六萬董家兒郎，就要跟這樣的北涼軍旅直面交鋒嗎？就算最終成為南朝廟堂唯一的權臣，又能剩下多少？董家軍是他費盡心血用十年時間培養出來的嫡系，死一個就少一個，空缺極難填充，所謂的轉戰千里、以戰養戰，跟東線顧劍棠交戰，他還有這個信心，跟北涼鐵騎過招，董卓信心不大。

董卓展開第二撥衝鋒，除此之外，還撥出數百騎擔當起迂迴遊獵之責，不給那龍象軍殘部任何喘息機會。

娃娃臉騎卒瞥了眼身旁連殺兩騎後被一名北蠻子用矛穿透的熟悉校尉，沒有什麼哀傷表情，只是握緊了手中的北涼刀。

小跳蚤死了，總愛說葷話的老伍長死了，如今校尉也死了。都死了。

怎麼都該輪到自己了。

他咧嘴笑了笑。

第二撥衝鋒過後，六百龍象軍又戰死三百人。

當董卓準備徹底解決掉這群冥頑不化的北涼士卒時，竟然不是他們率先展開衝鋒，而是黑衣少年開始朝他奔來。

是要拿命拖延時間嗎？

董卓瞇起眼，上下牙齒互敲。

離谷軍鎮此時不出意外已經趕來清理戰場了。

◆

葫蘆口黃沙驟起。

天地間只見白馬白甲。

董卓狠狠吐了口唾沫，瞪眼罵娘道：「我操你黃宋濮、柳珪、楊元贊這些老不死的祖宗十八代，拐騙老子來跟大雪龍騎軍死磕！」

董卓毫不猶豫吼道：「伍長起，下馬，換馬給步戰兄弟。撤！」

白甲銀槍的將軍趕至戰場，望了一眼兩千董卓軍，沒有追擊。

走到胸口插有一劍的黑衣少年身前，恭聲道：「末將袁左宗見過將軍。」

少年只是歪了歪腦袋，問道：「我哥呢？」

第九章 徐鳳年終遇斯人 龍樹僧安然涅槃

撤退時，董卓兩千遊騎和六百步卒拉開一段距離，顯得銜接疏鬆，董卓在奔出三里路後「吁」了一聲，拉住韁繩，綠泉槍尖慢慢在黃沙地上劃出一條溝壑，回首望去，很遺憾那支大雪龍騎沒有趁勢追擊。

董卓努了努嘴，摘下紅纓頭盔夾在腋下，也不介意在麾下將士面前露出一張苦瓜臉，唉聲嘆氣。一名下馬做步卒的嫡系校尉大步跟上遊騎軍，來到董卓馬下，三里路佯裝潰敗，跑得跟喪家犬一般，停腳時其實氣定神閒，滿嘴髒話，不外乎唾棄那北涼第一鐵騎沒膽量，董胖子調教出來的將士，大抵都是這副德行。

董卓將綠泉槍放置在擱架上，戴好頭盔，說道：「走。」

那個跟在董卓一人一騎屁股後頭的校尉生得虎背熊腰，聞言問道：「將軍，咱們真就這麼走了？不殺一個回馬槍？」

董卓沒有回答部下的詢問，他不說，那名校尉也就打消了追問的念頭，這便是董家軍的默契。董卓不光善於帶少數精銳騎兵長途奔襲，而且用兵極為擅長回馬槍，許多激烈戰事甚至可以在微小劣勢乃至於局勢持平的情況下一氣撤退幾十里甚至數百里，掉頭再戰，繼而奠定勝局。

須知回馬槍戰術就是一柄雙鋒劍，用得好有奇效，用不好就是聰明反被聰明誤，假戲真做，那就真的要一潰千里，兵敗如山倒。這需要對己方軍心士氣和敵方戰力韌性都有洞若觀火的透澈認知，這類動輒拿幾百上千條性命做代價的術算推演，絕非紙上談兵。

董卓自言自語道：「六千打四千，打了個平手，龍象軍的戰力差不多被咱們摸出個底子了。瓦築洪固安輸得不冤枉。」

校尉「嘿」了一聲，言談無忌諱，「將軍這話說的，要是給朝廷裡那些閣老們聽著，又得說咱們不要臉皮了。」

董卓磕著牙齒，微微抬了抬屁股，家裡那位皇親國戚的大媳婦總調笑他屁股蛋長老繭，摸著硌人，讓他少騎馬。董卓是頂天的聰明人，看似是閨房畫眉之流的私語趣話，其實言下之意，是讓他這位夫君少親身陷陣，畢竟還年輕，又有皇帳外戚身分，少些冒險掙得的軍功，只要熬得住性子，總能往上爬到高位。只不過這一趟增援岌岌可危的離谷、茂隆，他不親自帶兵前來，確實放心不下。

被龍象軍打掉六千親兵，說不心疼那是假話，董卓素來是名副其實的冷血無情，只要心裡小算盤沒算虧了，也就懶得故意裝出如何傷心傷肺。不過董卓的六萬兵馬精銳所在，不在騎兵，而在於一萬兩千步卒，要是後者折損六千，董卓早就去南朝黃宋濮幾位大將軍那邊堵門口罵娘了。

前行幾里路，又見董家軍五百騎，這支精兵默默融入大軍。董卓從來就以詭計多端著稱，不太喜歡做將全部身家孤注一擲的搿命買賣，他的回馬槍之所以用的次數不多，卻能夠次次成功，就在於每次後撤，事先都會有總兵力起碼六分之一的隱匿騎軍保持精氣神全滿，用作回馬槍的槍頭。

葫蘆口一役，董卓原本以為龍象軍既然敢設伏打援，一般用兵老道的將領負責調兵遣將都不會傾巢出動，故而起先並未將正數八千騎投入戰場，事實證明除了龍象軍沒有後手一事出乎意料，董卓其餘的估算沒有出現任何紕漏，若非那名應該就是白熊袁左宗的無雙猛將橫空出世，董卓不光可以吃掉四千龍象軍，還可以一舉絞殺人屠次子。

董卓當然不是怕了大雪龍騎，真要拚，加上後頭的五百餘騎兵，也能澈底拚掉袁左宗，只不過想要殺死袁左宗和徐龍象就難了。董卓自認是一個很會過日子的男人，打理六萬董家軍就跟小家子氣男人打理小家庭一般，得不見兔子不撒鷹才行。既然殺不得此行唯一的目標徐龍象，多殺幾百甚至幾千北涼軍，對於大局不痛不癢不說，還要從自己身上剮下好幾斤肉，董卓肉疼，不樂意做。

死胖子哭喪著臉，無奈道：「這趟回去，以後是別想著去老丈人那裡藉著拜年名頭順手牽羊了。這還不止，恐怕個把月都要摸不著小媳婦的手。」

宮樸和客卿以及蓬萊扛鼎奴的全部陣亡，董卓對於眼睜睜看著他們為自己戰死，毫無愧疚，只是對於以後的布局麻煩不斷、鬧心不已，畢竟老丈人統領那座與軍事雄鎮無異的提兵山，也是出了名的城府冷酷。

校尉小心翼翼問道：「將軍，咱們好像不是去茂隆的方向啊？」

正在氣頭上的董胖子瞪眼道：「去急著投胎啊，沒瞧見北涼王親軍大雪龍騎都冒頭了？才來了八百騎，其餘的呢？還不是去啃離谷、茂隆了？否則四千龍象軍會出現在葫蘆口等著咱們進他們的褲襠？」

那名校尉撓了撓頭，悄悄白眼道：「我姐早說不讓將軍來接燙手山芋，將軍非不聽。」

董卓擠出一個燦爛笑臉，招了招手，「耶律楚材，過來過來。」

校尉毛骨悚然，放緩奔跑速度，對將軍的招呼左耳進、右耳出。

董卓笑咪咪道：「小舅子！」

校尉乖乖上前，果然結結實實挨了一腳，出過氣的胖子這才覺得神清氣爽，「你見你姐長得多絕代風華，再看看你，歪瓜裂棗。我第一次跟你見面就說了，你小子肯定不是你爹娘親生，指不定就是隨手撿來的。」

身為董卓小舅子的校尉，那可是實打實的皇室宗親，當下聽到這種大不敬言語，竟也不敢反駁，可見董胖子淫威之盛。

一肚子悶氣，攤上這麼個無賴姐夫，實在是老天爺打瞌睡啊。

董卓突然收斂了輕鬆神色，「有屁快放。」

只會被人當作陷陣莽夫的校尉跑在董卓戰馬附近，說道：「一萬龍象軍贏了擅自出城的瓦築軍，不稀奇。可君子館據城不出，竟然還能有戰力齊整的四千龍象軍出現在葫蘆口，這裡頭足以說明君子館那邊有狀況，咱們北莽軍鎮雖說不如中原邊防控扼之地軍鎮那樣高城險峻，君子館卻也不是龍象騎軍就能攻下的，拿一支攻城器械完全跟不上的騎兵去攻城，實在是滑稽，這只能說明北涼對北莽邊軍的滲透遠遠超乎南朝的設想，說不定洪固安頭腦發熱出城拒敵，都有諜子作祟。」

董卓不點頭不搖頭，繼續問道：「那你說說看龍象軍孤軍深入，葫蘆口剩下的四百，加上先前剩下的傷病，整整一萬北涼精銳已經剩下不到兩千，這麼大代價，圖什麼？」

經常被董胖子調戲是「金枝玉葉」的校尉想了想，說道：「瓦築君子館離谷、茂隆四鎮，說到底都是易守易攻的軍鎮，除去兵力，沒有太多價值，北涼軍除非傻了，才會留兵駐守，等著南朝幾位老將軍去尋仇。說實話我也想不通這場仗打了什麼，是不是北涼王老糊塗了？還是說急著把次子送入北涼軍當將軍？」

董卓踹了一腳，小舅子躲得快，一腳落空的胖子氣笑道：「說了半天都沒說到點子上，你姐說得對，讀兵書讀死了，不知道去探究兵書以外的東西了。」

校尉習慣了姐夫的打是親、罵是愛，厚著臉皮笑道：「將軍英明神武，幫著給小的說透了。」

董卓清淡笑道：「原先邊線臨近北涼的所有軍鎮，就戰力而言，都相當自負，以為可以跟北涼鐵騎光明正大地一對一不落下風，不光是洪固安這些將軍如此認為，更有中原遺民老幼念想著返鄉，想著祭奠先祖，或是懷念南方富饒安逸的水土，故而暗地裡使勁推波助瀾，眾人拾柴火焰高，可惜都他媽的是虛火。先是南朝軍伍輕視北涼軍，繼而是整座南朝廟堂浮躁，難免影響到北邊王庭和皇帝陛下的心態，陛下急匆匆拿佛門開刀，或多或少是因為覺得可以一舉拿下北涼定天下了。」

校尉猶豫了一下，說道：「那就打唄。北涼軍既然僅憑一支龍象軍就讓龍腰州雞飛狗跳，分明可以往死裡打一場。咱們南朝這般眼高於頂，真打起來，肯定吃虧啊。北涼為什麼在這個時候出兵，難道被我說中，北涼王是真的老糊塗了？如今這場仗打下來，龍腰州幾乎毫無還手之力，女帝陛下引以為傲在她手上編織而成的驛路烽燧戍堡大網，碰上了打造驛路系統的老祖宗北涼王，結果一下子就給打成了篩子，才知道根本沒得玩。如此一來，咱們北莽用兵更為謹慎，再花上幾年時間真靜下心去不玩花哨的，而是認認真真打造實用的烽燧驛路，北涼軍豈不是就徹底北上無望，安心南縮了？」

董卓緩緩吐出兩個字，「時間。」

校尉愣了一下，一頭霧水問道：「啥？」

董卓撫摸了一下馬鞍側的綠泉槍身，輕輕說道：「徐驍這隻虎老威猶在的北涼山大王在等北涼世子有足夠的實力去世襲罔替，去全盤接手北涼軍。但想要讓那個年輕世子在跟陳芝豹的爭鬥中不落下風，一來徐驍出力不討好，怎麼出手都是錯，二則陳芝豹有春秋大戰中積攢出來的巨大先天優勢，所以徐驍必須要在這幾年中慢慢雪藏陳芝豹，為他的長子爭取時間。若是北莽南下太快，就算匆忙扶起世子上位，北涼軍心肯定仍是多數倒向陳芝豹，恐怕到最後也就大雪龍騎和龍象、鳳字營這幾支親軍會留在徐字王旗之下。話說回來，這趟敲打北莽，用次子領兵的龍象軍幾乎是北涼王唯一的選擇，既能夠為兩個兒子鋪路，還能在陳芝豹身後那座山頭那邊說得過去。這次出兵北莽，沒有拿你的嫡系去填窟窿，面子上過得去。說到底，徐驍的吃相很好看，北涼軍內部方方面面都沒理由指摘。」

董卓自言自語道：「換成是我，一樣會不惜代價，就算龍象軍全部打沒了，也不心疼。將才帥才，肉疼心疼，都是不一樣的。何況龍象軍還留下兩千，事後重新成軍，可以隨便拉出八千兵強馬壯的騎兵。龍象軍戰力減少不會太多，我用屁股去猜都知道這八千兵力肯定是某位或者幾位在北涼王換代時會保持中立的人物手中的精銳老卒，如此一來，就等於新北涼王和陳芝豹的一番暗中此消彼長了。這種手筆，是兵書上讀不來的陽謀。」

校尉呆了一呆，喃喃道：「那人屠謀劃得這麼遠啊。」

董卓笑道：「要不然你以為北涼能跟北莽、離陽三足鼎立？我聽說北涼王府聽潮亭有一位謀士叫李義山，先前一直被兩朝大人物們低估成只會治政一方，說他論起帶兵和廟算，連死了好些年的軍師趙長陵都比不上。我看啊，都是李義山的韜晦，這個讀書人，正奇兼用，才是值得我董卓去敬重的人。北涼軍三十萬鐵騎能夠在十幾年中保持戰力，偏居一隅之地而強盛不衰，大半功勞都是李義山的。他若是死了，我很好奇誰還有資格和能耐為新任北涼王出謀劃策。」

校尉嘿嘿笑道：「就不能讓朱魍刺殺了此人？」

董卓拿北莽刀刀鞘重重拍了一下小舅子的頭盔，「才給你說陽謀的緊要，就動這類歪腦筋，真是茅坑裡的石頭，教不會！」

校尉委屈道：「將軍你不就是以詭計多端享譽咱們北莽嗎？」

董卓破天荒沒有多話，在心中自嘲：『老子這叫有幾分好處出幾分力。』

校尉受不住姐夫的沉默，好奇問道：「將軍，你說那人屠的次子挨了掏心一劍，會不會死？那傢伙在咱朱魍裡頭可是有『掏心』的稱號。」

董胖子想起朱魍首席刺客的那一劍，惋惜道：「那一劍的風情呀，可怕是可怕，但還沒能到刺死徐龍象的地步。」

◆

葫蘆口戰場，白熊袁左宗望著徐龍象胸口那一柄劍，怒氣橫生，他是離陽王朝軍中戰力躋身前三甲的將領，知道這一劍的狠辣，不可妄自拔出，劍鋒初始分明是刺在了心口上，只是徐龍象氣機所致，才滑至左胸，一刺而入。

不光是劍鋒通透胸口，利劍離手，猶如一截無根柳枝，隨手插入即可成蔭，劍氣在黑衣少年體內茂盛生長，不斷勃發。徐龍象何等體魄，直到現在，胸口鮮血才略有止血的趨勢。

袁左宗雖然怒極，但養氣功夫極佳，輕輕咬牙，記住了這名刺客，朱魍的當家殺手，號稱「一截柳枝掏心窩」。

徐龍象問了第二個問題，「還要往北才能找著我哥嗎？」

袁左宗微微心酸，搖頭笑道：「義父說到了葫蘆口就可以回家了，世子殿下很快就可以返回北涼。」

徐龍象「哦」了一聲，「那我在這兒等等。」

袁左宗說道：「不用，義父叮囑過，殿下回家不經過這兒。」

袁左宗本以為會勸不動這位天生閉竅的小王爺，不曾想黑衣少年只是用心思索了片刻，就點了點頭。

袁左宗望著血流成河的沙場，第一次期待著那位大將軍嫡長子返鄉。

他此時才記起徐鳳年竟然已是三次出門遊歷。

◆

北涼驛路上，楊柳依依，一名書生牽著位小女孩，無馬可供騎乘，也別提付錢雇用一輛馬車，不過走得不急，驛路楊柳粗壯，走在樹蔭中還算扛得住日曬。

一大一小相依為命，這一年多時間走得倒也開心，本就是苦命出身，都不怕吃苦。

「陳哥哥，我們是要去見那位徐公子嗎？」

「也不一定，我想不想見他，還要等走遍了北涼才知曉。當然，他肯不肯見我還兩說。他畢竟是世襲罔替的北涼世子，不是一般人。」

「徐公子是好人呀，還去許願池裡幫我撿錢呢。後邊他送給我們的西瓜，吃完了用皮炒菜，陳哥哥你不也說好吃嗎？」

「好人也有做壞事的時候，壞人也有做好事的可能，說不準的。」

小女孩也聽不懂，只是笑著「哦」了一聲。

書生見四下無人，偷偷折下一截長柳枝，編了一個花環戴在小女孩頭上。

他曾自言死當謚文正，他曾給將軍許拱遞交〈呈六事疏〉，他曾在江南道報國寺曲水談王霸中一鳴驚人。

這位就是攜帶小乞兒遊歷大江南北的窮書生陳亮錫。

遙想當年，陽才趙長陵初見人屠徐驍，攜帶丫鬟家僕浩蕩六百人；陰才李義山則獨身一人，也是這般落魄不堪。

◆

五十餘頭駱駝成一線在戈壁灘上艱難前行，商隊成員都以絲布蒙面，大多牽駝而行，唯有一名身材纖秀的人物騎在一匹初成年的駱駝上。

牽駝人是名年邁卻仍舊魁梧的老人，裝束清爽簡單，顯然是這支駝隊的領頭人，腰間掛了只羊羔皮製成的大水囊。騎在雙駝峰之間絲綢鋪就精緻軟鞍上的人物總有這樣那樣的問題，大多天馬行空，讓遊歷羈旅經驗極其豐富的老人都要措手不及，不知如何作答。

他們這一路行來，竟然遇到了接連兩次原本常人畢生難遇的海市蜃樓，兩次沙蜃俱是海上孤島仙境的稀罕畫面，恐怕也就傳說中的道德宗浮山可以媲美了。騎駝人物詢問蜃樓的真假與起源，好面子的老人也就只好支支吾吾，實在被糾纏得無路可退，不得不轉移話題，說些道聽塗說的野狐精怪軼事。

騎駝人言語輕柔，「洪爺爺，是不是過了這片戈壁灘就到北邊大城池了？」

老人笑道：「小姐，這塊戈壁灘還有得走呢，記得上次火焰山嗎，看著近，足足走了大半天，古人說望山跑死馬，就是這個道理。」

駝背上的人物竟是女兒身，她伸手揭開一些阻擋黃沙入嘴的絲巾，呈現出一雙讓人倍感清涼的水靈眸子，只聽她好奇問道：「洪爺爺，咱們自己儲水也不多，為什麼還要送給那位遠遊士子一囊水，他說給銀子，你都不收。」

姓洪的壯碩老人輕聲道：「出門在外，能結下善緣，不管大小，總歸是一樁好事，老僕我當年在沙漠裡落難，便是小姐的爺爺仗義相救，要不然洪柏今兒就是黃沙下的白骨了。再說咱們身上掛袋水囊不多，可真遇上了困境，還能殺駝取水，頂多就是少去一駝貨物。銀子這東西，說到底還是死的，比不得活人。」

女子點頭笑了笑。

老人由衷誇讚道：「小姐從小便是菩薩心腸，好人有好報。以後啊，肯定能找到門當戶對的好人家嫁了。」

這趟是偷摸著混入駝隊的女子又問道：「洪爺爺，可是我讀那些江南刻印的才子佳人小說，大家閨秀可都是對落魄書生一見鍾情，沒見哪位女子去找門當戶對的相公啊。這是為什麼啊？」

老人一陣頭大，憋了半天，說道：「小姐你看啊，那些書生大多也都會金榜題名，衣錦還鄉，然後與女子白頭偕老，小姐讀這類禁書，可不能只看到大家閨秀們的荒唐，那些姑娘眼光可不差，萬千書生進京赴考，鯉魚跳龍門，能跳過龍門的就那麼幾條，偏偏就給她們瞧上了，這說明書上的小姐比起咱們做了半輩子買賣的生意人，眼光還要毒辣，是不是這個道理？若是姑娘不幸看走眼，上錯花轎嫁錯郎，寫書人也就不樂意寫了。」

年輕女子恍然，有些汗顏笑道：「以往從哥哥們那邊偷禁書，只顧著看花前月下、卿卿我我，當下臉紅以後也就忘掉，這個道理還真沒想明白，虧得洪爺爺說透了。」

老人哈哈笑道：「才子佳人若是沒得團圓，那算什麼才子佳人。小姐以後嫁了人可得過得好，若是被欺負，洪爺爺就拚得被老主人趕出家門，也要拾掇他。」

她搖頭道：「我才不願意嫁人，爹娘和哥哥對我這般好，就足夠啦。要是以後的相公三妻四妾，花天酒地，我可要哭死。」

涼莽之間除去擺在檯面上的茶馬古道，還有幾條檯面下的絲路綢道，打著各式各樣的貿易幌子，多是由邊境商賈往離陽王朝江南道和舊西蜀等地購置綢緞，賣給北莽王庭權貴。治國嚴苛的女帝對此還算有些人情味，睜一隻眼、閉一隻眼，並未取締那幾條道路。

只要有關係門戶，就是一本萬利的買賣，不過幾千里漫長路途，賺的錢都是血汗錢，早些時候的絲路商人，不少都死在了路上，也就是這些年離陽、北莽兩國安定，戰事停歇，才迎來絲綢之路的鼎盛時期，因為絲綢大多以駱駝為馱運工具，江南道便有大量類似駱駝驛、白駝橋的地名。

這支駝隊屬於南朝澹臺家偏房一支。澹臺是甲字大姓，大族自然有大族的氣魄，但支撐起派頭的還是要靠各種生財有道，嫡長房一直以書香世家自居，君子遠庖廚，兩袖清風得厲害，更別提跟黃白物打交道，髒活累活就都落在不被青眼的偏房頭上。

澹臺家族枝繁葉茂，老太爺膝下子孫滿堂，未必都記得住一半的姓名臉孔。洪柏所在一支不過是小枝椏，否則那位小姐也絕不敢混入駝隊。高門大閥裡規矩森嚴，誰會允許自家姑娘去拋頭露面？這名被寵壞的女子叫澹臺長樂，嚮往澹臺家族的故地西蜀，恰好商隊在舊西蜀境內有千畝蜀桑，她入蜀時正是桑柔四郊綠疊翠的美景，差點不想回家。過了涼莽邊境，沿著絲路向北，越發荒涼難行，好在她吃得住苦，總能苦中作樂，讓洪柏負擔小了許多。

這位生長在朱門高樓內的澹臺小姐總有莫名其妙的問題，洪柏這次南下舊蜀、北上王庭幾乎把滿肚子墨水都給抖摟一空，再有小半旬就可以穿過戈壁灘到達皇帳屬地邊緣，到時候返鄉，小姐估計就顧不上問為什麼。此時洪柏給她由絲路淵源說到了北涼，三句不離本行，說到了離陽王朝的官服補子，繼而說到了誥命夫人的補子。

說到這一茬，久經患難的老人也是感觸頗深，「咱們南朝官服都是由春秋中原那邊演化而來，像夫人她在慶典朝會上穿戴的補服，就是從四品，應了女憑夫貴那句話。當然也有許多女子是憑子得富貴，春秋時那些皇宮裡的娘娘們兒尤其如此。」

她歪著腦袋問道：「可我爹是武將，為何我娘的補子是禽紋補子？」

洪柏笑道：「小姐，這有講究的，女子嫻雅為美，崇文而不尚武。不過天底下還真就有一襲女子官服，可能前無古人、後無來者。」

她瞪大眼睛問道：「誰的？」

洪柏牽駝走在燙人的鹽鹼戈壁上，笑道：「北涼王妃的補服，便是那一品獅的獸紋補子，傳言極為華美，稱得上是天衣無縫。哪怕與北涼王的蟒袍掛在一起，也不失了半點風采。」

澹臺長樂久居深閨，終歸只是喜歡那詩情畫意的女子，對王朝更迭從來不去問津，對於那北涼王妃，也只聽說早逝，沒能享福幾年。洪柏卻是市井草莽出身，走南闖北，也曾有幾遭讓常人豔羨的因緣際會，壯年時在中原江湖上也闖蕩出不小的名聲，至於為何裹入士子北奔的洪流，又為何在澹臺偏支寄人籬下，估摸就又是一些不能與人笑說的辛酸事了。耳順之年後，舞刀弄槍不多，反而撿起了年輕時候深惡痛絕的書籍，修身養性。

老人提起這位王妃，也是自發地肅然起敬，輕聲道：「這位王妃，曾是三百年來唯一的女子劍仙哪。」

她自然而然問道：「劍仙是什麼？可以踩在劍上飛來飛去嗎？」

未入二品的洪柏哪裡知曉陸地神仙境界的高深，耿直性子也由不得老人隨口胡謅，只好訕訕然道：「約莫是可以的吧。」

她撇頭掩嘴一笑，好心不揭老底，洪柏成精的人物了，老臉一紅。

澹臺長樂斂去輕微笑意，問道：「咱們南朝有劍仙胚子嗎？」

洪柏搖頭道：「聽說離陽王朝那邊多一些。劍道一途，不得不承認，自古便是中原劍客更風流，以前有我那一輩江湖翹楚的李淳罡，現在有桃花劍神鄧太阿，我想以後也肯定是離陽人，輪不到北莽做劍道魁首。」

女子一臉神往道：「劍仙啊，真想親眼見上一見。」

洪柏不好明面上反駁，只是低聲笑道：「一劍動輒斷江，要不就是撼山摧城，咱們凡夫俗子，還是不見為妙。」

天地之間驟起異象。如同脾氣難測的老天爺動了肝火，驀地狂躁起來，跟老天爺討口飯吃的行當，如佃農耕種，如牧人趕羊，最怕這個。澹臺長樂不清楚厲害輕重，洪柏卻已經是臉色蒼白，面容頹敗，駝隊裡常年走絲路的老商賈也是如出一轍。

澹臺長樂舉目眺望，天地一線宛如黑煙彌漫，遮天蔽日，正午時分，天色就逐漸暗淡如黃昏。在黃沙萬里中行走，一怕陸地龍汲水，再就是怕這種沙塵暴，前者相對稀少，後者一般而言多發生在春季。

如今已是由夏轉秋，怎的就無端攤上這種滔天禍事？關鍵是這次沙塵暴尤為來勢洶洶，遙望遠處那風沙漫天的恐怖架勢，洪柏如何都沒料到會在這座戈壁灘遇上這種規模的風沙，當機立斷，駝隊在戈壁灘上已是退無可退，便命令駝隊開始殺駝剝皮，剔除內臟，騰出一具駱駝骨架，好讓澹臺商旅鑽入其中。五十餘頭駱駝彙聚一堆，再披上駱駝皮遮住縫隙，興許可以躲過一劫。

平時一些小沙暴，還可以躲在屈膝駱駝附近，今天這場巨大沙暴是萬萬不敢托大了。好在澹臺家族豢養的駱駝骨架都大，可以一駝擠兩人，至於這般全然不計後果的計較，能否躲得過風沙，就看天命了。

聽說要殺駝避風，女子捨不得座下那匹處出感情的白駱駝，哭紅了眼，怎麼都不願意抽出刀子宰殺剝皮。洪柏跟手腳利索的駝隊成員都顧不得那批價格等金的貨物，快刀殺死相依為命的駱駝，忙著摘掉內臟胃囊。

沙塵暴已是近在咫尺，已經抬頭可見一道高如城牆的黑沙從西北方推移而來，捲起飛沙走石無數，呼嘯聲如轟雷。回頭見到小姐竟然還在跟那隻白駱駝兩兩相望，老人急紅了眼，顧不得是否會被小姐記仇怨恨，提刀就要替她殺了駱駝以供避難。

正如老人所說，駝隊所載貨物很值錢，但人命更值錢，這支商旅人員俱是澹臺絲綢貿易的精英，死了誰都是家族短時間內難以填補的損失，更別提澹臺長樂是老主人最寵溺的小孫女，甚至連老太爺都打心眼裡喜歡，她若是夭折在這場風沙中，洪柏沒臉皮活著回去。

洪柏大聲喊道：「小姐不能再拖了！」

她滿臉委屈，哭紅腫了眼眸，楚楚可憐。

洪柏心中嘆息，提刀就走向那匹駝隊中最為漂亮的小白駱駝。

澹臺長樂轉過頭，雖然心中不忍，卻沒有不懂事到阻攔的地步。

她轉頭時，猛然瞪大那雙流光溢彩的秋水眸子，只見一襲黑衫內白底的負笈書生飄然而至，她還以為看花了眼，使勁眨了眨眼，只是一眨眼工夫，他就擦肩而過，到了舉刀的洪柏身邊，按了按老人手臂。

洪柏抬頭一臉茫然，曾經跟駝隊借了一囊水的書生搖搖頭，好似示意洪柏不用下刀。洪柏猶豫不決時，應該是那及冠年數負笈遊學的書生不知好歹地繼續前掠，一掠便是飄拂五、六丈，說不盡的瀟灑風流。

澹臺長樂看得目瞪口呆，他不是那手無縛雞之力的讀書人嗎？當時見他出錢買水，她還在心裡笑話他不識遊歷險惡，竟然敢單槍匹馬在黃沙荒漠裡出行。

那時她曾泛起一股不為人知的女子心思，只覺得似他這般的俊逸書生，就該在荒郊野嶺的破敗古寺孤廟裡挑燈夜讀，說不定還會有狐仙去自薦枕席呢。好在那時候絲巾蒙面，也沒有誰看到她的俏臉兩頰起桃紅。

書生孤身前掠，距離那堵黑牆只差大概三里路。

書箱有一劍出鞘。

一襲紅袍橫空出世，出現在書生身側。

正是徐鳳年的書生除去春秋一劍浮在半里路外空中，更祭出十二柄飛劍，在他和紅袍陰物四周急速旋轉不停。

一座渾然大圓劍陣憑空而生。

劍陣結青絲，十二柄飛劍應時而煅，自然有半數屬陰劍，但朝露、金縷幾劍都是陽劍，想要結陣圓轉如意，就要借陰物丹嬰一臂之力。

商旅只聽書生說了一字，如道門仙人吐真言，如釋教佛陀念佛音。

「起！」

沙流所至，被劍陣阻擋，兩邊洶湧流淌而逝，唯有劍陣前方被迫使拔高，在眾人頭頂就像是有一條黑虹懸空，劃出一道圓弧，再在眾人身後幾里路外墜落。

瀏臺駝隊完完全全位於這等異象之中，洪柏被震撼得無以復加。

竟然真能親眼見識一位劍士能夠以人力抵天時！

一炷香時間後，黑虹與沙塵一同在後方推移，眾人所處位置的天地復歸清平。

負笈書生早已不見蹤跡。

劫後餘生的商旅駝隊面面相覷。

女子癡癡望向前方。

落在洪柏眼中，依稀記得五十年前的江湖，也是有許多女子這樣癡然望向那一襲仗劍青衫。

一劍出鞘，天下再無不平事。

洪柏輕聲感慨道：「真像李淳罡啊。」

◆

黃昏中，徐鳳年終於走到了寶瓶州邊境地帶的弱水源頭，是一塊滿目青翠的綠洲，如一顆綠珠鑲嵌在黃沙圓盤中，格外讓人見之歡喜。徐鳳年在綠洲邊緣的碧綠小河畔掬水洗臉，朱袍陰物在水中如錦鯉遊玩嬉戲。

出北涼之前，知道的消息是這裡戒備森嚴，不光是長年駐紮有一支六百皇帳鐵騎，更夾雜有許多影子宰相李密弼麾下的捕蜓郎和捉蝶侍，交織成一張大蛛網，由一名朱魍頂尖殺手劍客領銜，既是保護那位古稀老人，也是嚴密監視，不論出行賞景路線，還是每餐菜肴都要盡數上報主子李密弼，加上老人自身心腹勢力，兩者對峙同時又相互配合，抵禦層出不窮的復仇刺殺。

在徐鳳年看來，實在是與先前得到的消息不符，暗樁稀疏，那支駐紮十里以外軍營的勁旅也從六百人驟減到寥寥兩百騎。徐鳳年掬幾捧涼水洗完臉龐，隨即釋然：老人在北莽眼中再如何虎死不倒架，澈底棄權五、六年後，久居幕後頤養天年，聲望自然不如從前那般讓人忌憚。

北莽、離陽廟堂大勢如出一轍，起先大抵都是南相北將的格局，若說南院樞密大王黃宋濮開了個南朝為將的好頭，其實更早之前，就有人早早在北庭皇帳以春秋遺民身分，位居高位，堪稱一人之下、萬人之上，當初每次女帝陛下狩獵，與群臣畫灰議事，也唯獨此人能讓桀驁難馴的王庭權貴心悅誠服，北莽以後能夠順利推行書生治國，可以說正是這位老者的功勞。徐鳳年此行的目的便是見這位被女帝譽為北莽柱石的老人，誰能相信一個註定跟北莽不共戴天的北涼世子過關斬將，辛苦走了數千里，就是自投羅網？

徐鳳年揀選這個臨水的僻靜位置，沒有急於進入綠洲腹地，該處分明就是一座奇門遁甲大陣，胡亂涉足，說不定就要給當成刺客擒拿。行百里者半九十，徐鳳年枯等到暮色沉沉，朱袍陰物始終是那副飽暖無憂的散淡姿態。

徐鳳年凝神屏氣，如同老僧入定，記起了小半旬前在戈壁灘上遇到的騎駝女子，不用看面相就知道是龍女相，否則以徐鳳年如今的道行，也不會露面去借什麼水。至於後頭的出手相助，倒也沒有太多念頭，無非是念在一水之恩，湧泉相報。

古書上記載這類蜃女每次入汪洋或者入荒漠，就會出現海市蜃樓，差別無非是海蜃或者沙蜃。蜃屬於蛟龍，吐氣成樓，跟共工相等天生神力不同，與那鳳妃相可母儀天下也不同，蜃女相自古以來便被尋求長生不老的帝王視作尋訪仙山的鑰匙，凡人所見海市蜃樓自然是假，但這假象畢竟無法無緣無故浮現，終歸是有所依才行。

歷朝歷代皇帝授意方士出海尋訪仙人仙山，隊伍中必然會有一名龍女相伴，可如何以具體祕術指引，就不得而知。那名女子以後是否會淪為帝王的鑰匙，徐鳳年漠不關心，也不是他一個自身地位都岌岌可危的世子可以決定的。

世間有幾人能如羊皮裘老頭年輕時那般快意恩仇？大多數武夫行走江湖，吃疼吃虧以後都信奉多看少做少說的宗旨。一個徐驍，傳首江湖，一個北莽女帝，納為鷹犬，輕輕鬆鬆就讓兩個江湖的所有江湖人全部身不由己了。

徐鳳年猛然睜開眼，望向水邊踩踏而就的小徑，小道盡頭有一老一小結伴而來，稚童生得唇紅齒白，騎竹馬而來，憨態可愛。以一竿青竹做胯下馬，嘴上輕嚷著駕駕駕，孩童穿了一襲寬袖道袍，神色天然，讓人見之忘俗。

孩子身邊的老者鬚髮皆白，身材高大，文巾青衫，自有一股清逸氣，老人一手牽著竹馬稚童，一手握有兩卷經書，見著了沒有隱匿行蹤的徐鳳年，似乎毫無訝異，鬆開小道童的手，朝徐鳳年笑著揮了揮手，像是久別重逢的忘年交。

徐鳳年之所以不躲不避，是猜測出了老人的身分。昔日北莽王庭第一權臣的徐淮南，出身遼東，仔細推敲起來，竟然是比徐驍年長一輩的遠房親戚，只不過這種關係可以遠到忽略不計便是。

徐淮南，在士子北逃之前就已經到達北莽，成為慕容氏女帝篡位登基的首席謀士功臣，學富五車，一生所學盡付與北莽朝政。離陽初定春秋，挾大勢衝擊北莽，正是他力勸尚未坐穩龍椅的女帝南下御駕親征，才有了今日的南北分治天下。離陽第二次舉國之力北征，也正是本已卸任歸田的他重出茅廬，制定戰略，使得新貴拓跋菩薩擊潰離陽三線。

他這些年隱居弱水畔，名義上是當年府上出了一名左右雙手倒賣軍情的雙面諜子，惹來女帝震怒，不得不致仕退出王庭，實則是當之無愧的功勳元老徐淮南在對待慕容一族的態度上跟女帝產生嚴重分歧，心灰意冷，才黯然出廟堂入江湖。所謂震驚朝野的諜子案，不過是雙方各退一步的一個臺階。

看著這位曾經步步登頂然後緩緩而下的老人，徐鳳年難免百感交集。眼前這位，可是論威名、論功績，實打實都可以跟徐驍相提並論的權臣。

徐鳳年恭敬作揖行禮，精神氣極好的老者緩緩走近，扶起以身涉險的徐家後生，端詳了幾眼，欣慰笑道：「我這老頭子想破腦袋也沒想到會是你來看我，我甚至想過有沒有可能是徐驍親自造訪，委實是天大的驚喜啊，不愧是我徐家人。我很早時候就說嘛，沒些膽識的魂魄，都不敢投徐家媳婦的胎。」

徐鳳年笑意苦澀。

徐淮南摸了摸身邊竹馬稚童的腦袋，望向漣漪陣陣的河水，輕聲道：「放心，涼莽邊境動靜很大，我這邊抽掉了一個很關鍵的朱魍劍客，因為猜到你要過來，就藉機調走了大部分皇帳騎卒，這兒看上去最危險，卻也最安全。清明時節，留下城殺了陶潛稚，後邊又跟拓跋春隼打了一架，讓那不知天高地厚的小將種吃了個啞巴虧，一路行來，趁手殺了啖人心肝的魔頭謝靈，敦煌城引來了鄧太阿出劍，好像在黃河那邊還跟公主墳扯上了恩怨，你這後生，實在是讓老夫大開眼界。當時我就說，只要你能活著到弱水，我不管如何都會見你一面。來來來，咱們坐著說。」

徐淮南和徐鳳年坐在水邊草地上，憨態稚童突然作怒容，提起竹馬就要朝水中劈下，氣機之重，讓徐鳳年出現一瞬窒息。

朱袍陰物躍出水面，也是要翻江倒海的模樣，好在徐淮南握住了那一截青翠竹竿搖了搖頭，稚童這才斂去氣機，復歸天真無邪的神情。

見到徐鳳年眼神異樣，老人洩露了些許天機，不過點到即止，溫顏笑道：「我也分不清是道門一氣化三清的無上神通，還是斬除三屍上十洲的生僻手段，不過身邊這位，肯定是苦命孩子。這幾年茅舍門可羅雀，懂得燒冷灶這種公門修行的聰慧人也逐漸熬不住性子，越發減少，虧得有這孩子陪著，才不覺得年老乏味。」

對道教正統而言，龍虎金丹一直是被視作僅有可證長生的正途，符籙外丹都是旁門，更別提斬三屍這種不見任何典籍記載的左道。再者，徐鳳年也沒心思在這一點細枝末節上刨根問底，只是一名小小道童就能讓陰氣趨於飽滿的陰物如臨大敵，北莽是不是太過於藏龍臥虎了？

年已古稀卻不見任何年邁疲態的徐淮南盤膝而坐，輕聲道：「既然你敢來這裡，我就破例跟你坦誠相見，說幾句本打算帶進棺材的心底話。若是一年前，我會按約定替徐驍給北涼謀劃吞莽一事，畢竟我談不上忠於王庭，也沒有做女子裙下臣的嗜好。之所以做離鄉犬、賣國奴，為女帝鞠躬盡瘁，只是因為是對春秋和離陽憋了口惡氣，既然如此，我也就樂得見著涼莽橫生波瀾，這比較棋局復盤還要來得有趣。

當然，我跟徐驍一樣都是出了名的臭棋簍子，不過棋劍樂府的太平令，棋盤內外都是貨真價實的國手。他遊歷離陽十數年，摸清了脈絡，這次返回皇宮，對症下藥，打了一局大譜，黑白定乾坤，囊括了北莽、離陽、北涼，我的謀士位置，自然而然被這位新任帝師取而代之，我這些年的待價而沽，便成了不小的笑話。徐鳳年，你說王庭既然已無我的用文之地，我哪怕厚著臉皮復出，又能做什麼？」

徐鳳年默不作聲。

言語中有自嘲意味的徐淮南不去看這位跋山涉水而來的年輕世子，「是不是很失望？」

徐鳳年點頭道：「說不失望，我自己都不信。」

徐淮南果真是打開天窗說亮話，緩緩說道：「我生時，自然是滿門富貴，我死後，註定不出十年便是滿門抄斬的下場。一半是因為我故意不約束族人，由著他們鮮衣怒馬，為非作歹，而我做北院宰相時，也刻意跟耶律、慕容兩姓交惡已久。

另一半是女帝終歸是女人，女子記仇是天性，她死之前註定要跟我算舊帳，退一萬步，就算她念舊不為難我，下一任北莽皇帝，也要拿我後人開刀。我自認對得住族人，三十餘年如日中天，是尋常人幾輩子都享受不到的榮華富貴。唯獨一人，不能死，或是說不能死得如此之早，也算我對失信於徐驍的一點補償。」

徐鳳年抬起頭，迷惑不解。

徐淮南輕聲笑道：「當年徐驍有趙長陵和李義山做左膀右臂，我也不是神仙，給不了兩位，只能給你這將來的北涼王其中之一。你要是信得過，就放心去用，他本就是要在四十歲前活活累死的命。」

老人指了指自己腦袋，「我這一生讀史而懂和自悟而得的陽謀韜略與陰謀詭計，都傳授於這位不起眼的偏房庶孫。」

不用徐鳳年詢問，老人便笑道：「他已經在出發去北涼的路上，你們該相見時，自然會相見。」

徐鳳年正要起身致謝，便被老人擺手攔住，「本就是欠你們父子的，老夫能在北莽平步青雲，也少不了徐驍的助力。」

徐淮南突然笑道：「記得我年少離家時，本意是立志做一名儒家經學家，行萬里路後，再讀萬卷書，能夠訓詁注疏就好，哪裡會想到走到今天這一步。」

徐鳳年無言以對。

徐淮南拍了拍徐鳳年的肩膀，和藹道：「以後的天下，畢竟要讓你們年輕人去指點江山啊。」

老人唏噓以後，繼而問道：「聽說你練刀、練劍都有氣候，可有北涼刀？我想瞧上一瞧。」

徐鳳年搖頭道：「來北莽，不好攜帶北涼刀，只有一柄春雷短刀。」

老人拍了一下自己額頭，笑道：「老糊塗了，短刀也無妨。」

徐鳳年從書箱裡拿出春雷刀。

徐淮南放在膝蓋上，凝視許久，「老夫生已無歡可言，死亦無所懼，之所以耐著不死，就是等著給那名孫子一份前程，再就是少了一個安心赴死的由頭。老夫既然欠了徐驍，就再不能欠你，而且老夫也想到了一個不負任何人的做法。」

徐淮南抽出春雷刀，遞給徐鳳年，那張滄桑臉龐上的笑容無比豁達，「來來來，割去徐淮南的頭顱，裝入囊中，返回北涼，去做那北涼王。」

◆

談不上乘興而來，也不好說是敗興而歸。徐鳳年還是那個背書箱遠遊子的裝扮，紅袍陰物依舊隱蔽潛行，只是多了一顆含笑而亡的頭顱。

行出三百里，見到兩騎縱馬狂奔去往弱水河畔茅舍，其中一騎馬背上的男子玉樹臨風，北人的身材，南人的相貌，見到徐鳳年後頓時臉色蒼白，下馬後踉蹌行來，跪地捣住心口咬牙哽咽，嘴上反復念叨著「知道是如此」。

徐鳳年心知肚明，也不勸慰，冷著臉俯視這名被徐淮南寄予厚望的庶出子孫。如此陰冷的初次相逢，實在是大煞風景，哪有半點史書上那些賢君名臣相逢便恨晚的絕佳氛圍。剩餘一騎坐著個侍讀書童模樣的少年，見到主人這般失魂落魄，順帶著對徐鳳年也極為敵視。男子早已及冠，卻未及三十，失態片刻後，便斂藏神情，不悲不喜，揮去書童試圖攙扶的手臂，自行站起身，讓書童讓出一匹馬，主僕共乘一馬，三人兩馬一同默契地前往南方。

一路上經過各座城池關隘，溫潤如玉的男子都能與沿途校尉們把臂言歡，不過少有稱兄道弟的矯情場面話。穿過小半座寶瓶州南端，繞過王庭京畿之地，即將進入金蟾州，在一棟邊荒小城的客棧停馬休憩，冷眼旁觀的雙方終於有了一場開誠布公的談話。

客棧生意清冷，偌大一方四合院就只住了他們一行三人。

夜涼如水，姓王名夢溪的侍童蹲坐在院門口石階上，對著滿天繁星唉聲嘆氣，院內有一張缺角木桌，以及幾條一屁股坐下便會吱呀作響的破敗竹椅。

徐北枳不飲酒，入宿時卻特意向客棧購得一壺店家自釀的酒，此時擱在相對而坐的徐鳳年眼前，看著他倒酒入瓷杯，徐北枳平淡開口道：「都說濁酒喜相逢，你我二人好像沒這緣分。」

徐鳳年平靜道：「這名字是你爺爺親自取的？」

徐北枳扯了扯嘴角，「起先不叫這個，六歲時在徐家私塾背書，爺爺恰巧途徑窗外，將我喊到跟前，有過一番問答，以後就改成了北枳。橘生南為橘，生於北則為枳。以往我不知道爺爺取名的寓意，現在才知道是要我往南而徙，由枳變橘。爺爺用心良苦，做子孫的，總不能辜負老人家。

改名三年，九歲以後，我便跟在爺爺身邊讀史抄書，與爹娘關係反而淡漠。也許世子殿下不知，爺爺已經留心你許多年，尤其是從北涼王拒絕你進京起，到你兩次遊歷，爺爺耗費了大量人力、物力去截取第一手消息，我敢說他老人家是北莽內第一個猜出你身分的人。」

說到這裡，徐北枳的視線投向徐鳳年所在的屋子，擱在膝上的一隻手，五指輕微顫抖不止，桌面上一手則並無異樣。

徐北枳一瞬後即收回視線，語氣波瀾不驚：「爺爺這麼多年一直有心結。解鈴還須繫鈴人，自然解結一樣還須繫結人。世子親身赴北莽，比起北涼王還來得讓在下感到匪夷所思。實不相瞞，我曾經建議爺爺不等你臨近弱水，就將你擊殺，既然是死結，就以一方去死為終也罷。」

徐鳳年笑了笑，一口飲盡杯中酒。

徐北枳終於流露出淒涼面容，低頭望向他眼前空無一物的桌面，「只是沒想到死結死結，換成了他老人家去死。之前爺爺還說就算見了你的面，誰生誰死還在五五分之間。」

徐鳳年低頭喝第二杯酒時不露痕跡地皺了皺眉頭。

徐北枳抿起嘴唇，注視著慢飲濁酒的徐鳳年，近乎質問地開門見山說道：「你既然不願做皇帝，來北莽做什麼？來見我那不問世事多年的爺爺做什麼？哪家藩王嫡長子如你這般瘋瘋癲癲？你將北涼軍權交由陳芝豹又如何？」

徐鳳年瞥了他一眼，拿了一只空杯，倒了一杯酒，緩緩推到他桌前。

徐北枳搖了搖頭，不去舉杯，神情頓了一頓，竟是隱約有哭腔，自言自語：「對，我不喝酒，便不知酒滋味。」

徐鳳年這才說道：「我第二次遊歷返回北涼，來你們北莽之前，臨行前一晚，徐驍跟我坦白說過，我頭回跟一個老僕出門，一個叫褚祿山的胖子就鬼鬼祟祟跟在我後頭，暗中聯絡了北涼舊部不下五十人。北涼三十萬鐵騎的反與不反，就在徐驍一念之間。生在亂世，都沒有做亂世犬，徐驍笑稱狗急還知道跳牆，他這個臭棋簍子，真要被皇帝拉扯著去下棋，萬一在棋盤上輸了，大不了一把掀翻棋墩子，看誰更翻臉不認人。

第二次堂而皇之遊歷江湖，我才窺得北涼潛在勢力的冰山一角，徐驍事後說這份家當，陳芝豹拿不起。當初踏平春秋六國，徐驍被封北涼王，陳芝豹原本可以去南疆自立門戶，帶著北涼近八萬嫡系兵馬趕赴南方，裂土分疆，成為離陽第二位異姓王，既然他當時拒絕了當今趙家天子，也就怨不得他這個早已給過機會的義父吝嗇。在北涼，家有家規，要在國有國法之前。」

徐北枳默然沉思。

許久以後，他默念道：「氣從斷處生。」

徐鳳年換了個閒適寫意的話題，笑問道：「能否告知稚年道童的身分？不問清楚，我總覺著不舒服。」

徐北枳看了一眼手指旋轉空酒杯的徐鳳年，坦誠而生疏說道：「我也不知內裡玄機。只知道十年前道童來到徐家，十年後仍是稚童模樣。」

徐鳳年嘖嘖道：「豈不是應了那個玄之又玄的說法？」

兩人異口同聲說出兩個字：「長生。」

這個說法脫口而出後，兩人神色各異，徐鳳年藏有戾氣，徐北枳則充滿一探究竟的好奇意味。徐北枳自幼跟隨爺爺浸染公門修行，本就是長袖善舞的玲瓏人，善於察言觀色，見到徐鳳年露出的蛛絲馬跡，留了心，卻沒有問詢，不曾想徐鳳年主動透底說道：「我跟一隻躲在龍虎山證得小長生的老王八有恩怨，如果你真到了北涼，樂意放低身架為虎作倀，以後你等著看熱鬧就行。」

徐北枳沒有接過這個話頭。

徐鳳年起身道：「馬上要進入金蟾州，恐怕以你爺爺的滲透力，在那兒通行就不如在寶瓶州輕鬆了，都早些歇息。」

徐北枳欲言又止，直到徐鳳年轉身都未出聲，直到徐鳳年走出幾步，他才忍不住開口，嗓音沙啞，「你取走我爺爺的頭顱返回北涼，才算不負此行。」

一張儒雅面皮的徐鳳年停下腳步，轉身望向這名比自己貨真價實太多的讀書人。

徐北枳雙手死死握拳擺放在腿上，不去看徐鳳年，「我也知道爺爺是要幫你助漲軍中威望，畢竟割走堂堂昔年北院大王的頭顱，比起帶兵滅去十萬北莽大軍還要難得。我只想看一眼，就一眼！」

徐鳳年問道：「徐北枳，你不恨我？」

極為風雅靜氣的男子淒然笑道：「我怎敢恨你，是要讓我爺爺死不瞑目嗎？」

徐鳳年「哦」了一聲，轉身便走，輕輕留下一句，「你要見你爺爺，很難，我葬在了弱水河畔。」

徐北枳愕然。

夜深人靜，在門口用屁股把臺階都給焐熱了的侍童百無聊賴，聽聞動靜轉頭後，一臉不敢置信，滴酒不沾的主人不僅舉杯喝光了杯中酒，似哭非哭，似笑非笑，仰頭提起剩有小半濁酒的酒壺，咕嚕咕嚕悉數倒入了腹中。

◆

手長過膝的中年男子在道德宗天門外，曾讓那位素來眼高於頂的棋劍樂府更漏子汗流浹背，可這樣的梟雄人物離開道觀以後前往極北冰原，渡過黃河之前，一路上始終毫無風波，臨近黃河上游，也沒有任何一躍過河的駭人舉動，老老實實給艄公付過了銀錢，乘筏過河，他就如同一尊泥菩薩，沒有脾氣可言。

須知天下武夫，他可以並肩的王仙芝那次近五十年頭回離開武帝城，離陽王朝便提心吊膽用數千鐵騎去盯梢，生怕這個喜歡自稱天下第二的老傢伙惹出是非。兩朝兩個江湖都信了那個說法，只要這個男人跟王仙芝聯手，就可輕易擊殺天下十人中的剩餘全部八人，足以見得這位姓拓跋的北莽軍神是何等武力！

若是以為只要是個頂尖武夫，就都得是那種放個屁就要驚天地、泣鬼神的江湖雛鳥，哪怕面對面見著了拓跋菩薩，恐怕也要遇真佛而視作俗人。

北莽皆知拓跋菩薩不信佛道，但是親佛宗而遠道門，尤其是跟國師麒麟真人同朝輔佐女帝，二十年來竟然連一次都不曾碰面，很像是死敵離陽王朝的藩王不得見藩王。

這一日，雲淡風輕，年輕時極為英武挺拔的拓跋菩薩走下皮筏，雙腳才堪堪踏及渡口地面，黃河水面就出現了一陣劇烈晃蕩，猶如河底有龍作祟，驚得艄公繫緊筏子後，也跳上岸，不敢再去掙這點碎銀子，渡口等待過河的眾人只覺得一個晃眼，就發現先前活生生一個中年漢子不見蹤跡。

空曠處，不苟言笑的拓跋菩薩瞧見一名老道人。

手持一柄麈尾，鬚髮如雪，道袍無風自飄搖，真是飄然欲仙，舉世罕見的神仙風骨。

拓跋菩薩語氣平淡道：「國師，可知擋我者死？」

老真人一揮拂塵，灑然笑道：「我是國師，國師不是我。死不死，貧道都無妨。」

拓跋菩薩一臉厭惡道：「裝神弄鬼。」

下一刻，恍惚有雷在拓跋菩薩全身炸開，原本矮小的漢子瞬間高達九尺。

那一雙如猿長臂再不顯得有任何突兀。

泥菩薩過河才是自身難保。

拓跋菩薩過河，神佛難擋。

◆

傳言道德宗有大山浮空，離地六百丈，山上宮闕千萬重。李當心扯起黃河水淹道德宗，大水由天門湧出，沖刷玉石臺階。

白衣僧人飄然落地，走在一個滿眼翠綠的狹窄山坳，走到盡頭，豁然開朗，坳內並沒有世人想像中的恢宏建築群，僅有一座道觀依山而建，是一座雕刻有一張太極圖的圓形廣場，陰陽雙魚相互糾纏，整座廣場顯得返璞歸真，異常的簡潔明瞭。陰陽魚圖案中有雲煙霧靄嫋嫋升起，直達蒼穹。

白衣僧人抬頭望去，有數十隻異於同類的巨型白鸛盤旋遞升，可見有道士騎乘，道袍長衫寬袖，襯托得好似騎鶴飛升的仙人，這些道德宗道人顯然原本是逗留觀中的祭酒道人，李當心挾江造訪還禮，迫使他們往天上而逃。

在李當心的視線中，除去道人和白鸛，果真有一座大山浮於空中。

眾位道人乘坐白鸛上浮，有一位年輕道士則是從高聳入雲的浮山輕輕飄下。

這名負劍道人落於陰陽魚黑白交會處，一夫當關。

道士瞧上去二十七八的歲數，極為男子女相，竟然有幾分媚態。

李當心才瞧了一眼就嗤笑道：「不愧是臻於聖人境的麒麟真人，還真是手腕了得，連一氣化三清的祕法都給琢磨出來了。怎麼，要請貧僧拔九蟲斬三屍？只不過剩餘那兩尊假神仙呢，不一起出門迎客嗎？也太小家子氣了。如今三教各出一位聖人，我師父且不去說，就算儒聖曹長卿，也是敢將皇宮當茅廁的風流人物，你這位縮頭藏尾的北莽國師，對比之下，可拿不出手。」

貌似年輕的道人和煦笑道：「無禪可參的李當心，也要金剛怒目了？貧道不與你做口舌之爭，只是站在這兒拭目以待。龍樹僧人讀金剛經修成不動禪，既然你執意怖畏，貧道今日也動也不動，由著你出手。」

李當心簡簡單單「哦」了一聲。

也不再多說半字廢話，朝浮山方向探出雙臂，一身白色袈裟驟然貼緊偉岸身軀，繼而雙腳下陷，地面過膝。

白衣僧人將整座浮山都拽了下來！

轟然壓在那年輕道人頭頂。

◆

李當心獨然入天門，單身出天門。

掠過近千臺階，蹲在地上背起了全身金黃的師父。

幾位道德宗國師高徒都不敢阻攔。

老和尚已是垂垂將死矣。

老和尚笑了笑，問道：「打架也打贏了？」

白衣僧人「嗯」了一聲。

「徒弟啊，山下是不是有『情深不壽』這麼個說法？師父也不知道當年答應你娶媳婦是對是錯啊。」

「這可不是出家人該說的道理。」

「道理不分出世入世，講得有道理，就是道理。佛法也未必盡是佛經上的語句，佛經上的語句也未必盡是佛法。東西和南北，尤其是你家那個閨女，就很會講道理，我聽得懂，就給心甘情願騙去糖葫蘆，當時聽不懂，就不忙著給，有些時候慢慢想通了，記起要給這妮子送些吃食，小閨女還來了脾氣，不要了。」

「師父，少說兩句行不行，這些事情你自個兒回寺裡跟我閨女說去。」

「來不及啦。」

李當心身形再度如白虹貫日，在黃河水面上急掠。

「光說領會佛法艱深，咱們兩禪寺很多高僧，都比你師父懂得多，不少還能跟朝廷官府打交道，出世入世都是自在人，師父當這個住持，實在是蹲茅坑不拉屎。唉，這些年都愁啊，也虧得出家人本就剃去了三千煩惱絲。」

「跟師父同輩的他們啊，比起師父少了些人味兒，既然尚未成佛，不都還是人。」

「這話可不能說，傷和氣。」

「師父，這是誇你呢。」

「為師知道，這不是怕你以後當別人面說，你跟師父都討不了好。」

「師父你倒是難得糊塗，南北都是跟你學的。」

「其實說心裡話，滅佛不可怕，燒去多少座佛寺、多少卷佛經，驅趕多少僧人，師父不怕，怕的是佛心佛法不長存。一禪的那一個禪，當下還是小乘，以後能否由小乘入大乘，師父是看不見了。」

「師父，我不希望看見那一天。」

「嘿，作為南北的師父的師父，其實也不想看到那一天，不過這話，也就只能跟你說說。」

說完這一句話，滿身乾涸金黃色的龍樹僧人吟誦了一遍阿彌陀佛，便寂靜無聲。

白衣僧人李當心停下身形，扯斷一截袈裟，捆住師父，閉眼雙手合十，往九天之上而去。

這一日，道德宗數百道士和近萬香客抬頭望向那佛光萬丈，皆聞有《金剛經》誦讀聲從蒼穹直下。

這一日，有數千通道者轉為虔誠信佛。

第十章　李翰林榮歸故里　徐鳳年巧遇青鳥

一位稀客拜訪淨土山那座遍植楊柳的小莊子，身為主人的白衣男子親自站在莊子門口，當他瞧見駝背老人從馬車上走下，露出一抹莊上人難得一見的會心笑容，快步向前，畢恭畢敬喊了一聲義父。

老人點了點頭，仔細環視一周，嘖嘖笑道：「才知道北涼邊境上有這麼個山清水秀的地兒。」

若是老人的嫡長子在場，肯定要拆臺反駁一句瞎說什麼山清水秀，連半條小溪都無，附庸風雅個屁啊。外人看來，這麼一對不溫不火的義父子，實在無法將他們跟北涼王和小人屠兩個稱呼聯結起來，市井巷弄那些上了歲數的百姓，總誤以為這兩位大小閻王爺一旦相聚，總是大塊吃人肉、大碗喝人血，嚷著明兒再殺幾萬人之類的，可此時徐驍僅是問些莊子上肉食果蔬供應麻煩不麻煩以及炎炎夏日避暑如何的家長裡短，陳芝豹也笑著一一作答。

這是徐驍第一次踏足小莊子，莊子裡的僕役在陳芝豹的庇護下過慣了短淺安穩的舒坦日子，少有認出徐驍身分的慧眼人，好在徐驍也不是那種喜好拿捏身分的人物，根本不計較莊子下人們的眼拙，若是新北涼道首位經略使李功德這般勢利人物，肯定要恨不得把那些僕役的眼珠子剜出來餵狗，陳芝豹反而雲淡風輕，甚至不刻意去說上一句，從入莊子到一處柳蔭中落座，從頭到尾都不曾道破徐驍身分。

莊子周邊不樹高牆，楊柳依依之下，父子二人可以一眼望見無邊際的黃沙。一名乖巧婢女端來一盆冰鎮荔枝，冰塊都是從冰窖裡一點一點拿小錘敲下來的。荔枝這種據說只生長在南疆瘴地那邊的奇珍異果，每隔一段時日就送往莊子，只不過陳芝豹少有品嘗，都分發給下人，無形中讓莊子裡的少女們一張小嘴兒養得極為刁鑽，眼界談吐也都傲氣，偶爾結伴出莊子遊玩，踏春或是賞燈，別說附近州郡的小家碧玉，就是大家閨秀，撞上這些本該身分下賤的丫鬟，也要自慚形穢。莊子雞毛蒜皮都要操心管事的老僕也不是沒跟將軍提過，只不過性子極好的主子次次一笑置之，也就不了了之。

老管事私下跟莊子裡年輕後生或是閨女們聊天，總不忘念叨提醒幾句咱們將軍治軍極為嚴厲，你們造化好，要是去了北涼軍旅，早給剝去幾層皮了。從未見過將軍生氣的僕役，尤其是少女們總是嬉笑著說被將軍打死也心甘情願啦。從北涼軍退下來的老管事無可奈何的同時也是欣慰開懷，板臉教訓幾句之餘，轉過身自己便笑得燦爛，心想都是咱們這些下人的天大福氣啊。

徐驍揀了一顆別名「離枝」的荔枝，剝皮後放入嘴中，詢問那名不願馬上離去的秀氣丫鬟，「小閨女，多大了？」

丫鬟本來在可勁兒偷看將軍，被那位老伯伯問話後嚇了一跳。莊子很少有客人登門，她也吃不準這位老人的身分，猜不透是北涼軍裡的現任將領，還是州郡上的官老爺，只覺得瞧著和藹和親，再說官帽子再大的人物，也不敢來這座將軍名下的莊子撒野，她也絲毫不怯場，趕忙笑道：「回伯伯的話，過了年，就是十六。」

徐驍囫圇咽下荔枝，也不吐核，大聲笑道：「那有沒有心上人，要是有，讓你們陳將軍做媒去。」

長了張瓜子臉美人胚子的小丫頭臉皮薄，故意抹了淺淡胭脂水粉的她紅臉扭捏道：「沒呢。」

陳芝豹顯然心情極佳，破天荒打趣道：「綠漆，哪天有意中人，我給妳說媒。」

整顆心都懸在將軍身上的小丫鬟不懂掩飾情緒情思，以為將軍要趕她出莊子，一下子眼眶濕潤起來，又不敢當著客人的面表露，只是泫然欲泣的可口模樣。

徐驍覺得小閨女活潑生動，哈哈大笑，陳芝豹則搖頭微笑。叫綠漆的婢女被兩位笑得不知所措，不過也沒了尷尬，跟著眉眼舒展起來，笑容重新浮現。

徐驍笑過以後，似乎有心考校她，又揀起一顆飽滿荔枝，問道：「綠漆丫頭，知道這是啥嗎？」

亭亭玉立於柳樹下的二八女子，人柳相宜，笑著回答道：「荔枝唄。」

徐驍點了點頭，「離了枝的荔枝，以前聽人說一日變色、兩日褪香、三日丟味，四、五日後色香味全無，半旬後更是面目可憎，比起咱們北涼幾文錢一斤的西瓜都不如。離枝，這名字好，熨貼，確實也只有讀書人想得出。」

生怕客人小覷莊子上事物的丫鬟趕緊反駁道：「老伯伯，咱們的荔枝可新鮮得很！」

陳芝豹不置一詞，揮了揮手，小丫鬟不敢造次，乖巧退下，只是猶有幾分孩子氣掛在臉頰上的憤憤不平。

陳芝豹等她遠離，這才緩緩說道：「當年義父一手打造的南邊驛路，除去運輸紫檀黃花等皇木，以及荔枝與山珍海味這些名目繁多的貢品，仍算暢通無阻，其餘就都不值一提了。若非張巨鹿親自督促太平火事宜，烽燧這一塊幾乎更是荒廢殆盡。」

徐驍瞥了眼冰盤中粒粒皆似才採摘離枝的新鮮荔枝，笑了笑，「居安思危，跟知足常樂一樣難。」

陳芝豹突然說道：「義父，今年的大年三十，要不跟世子殿下一起來這小莊子吃頓年夜飯？我親自炒幾樣拿手小菜。」

徐驍促狹道：「歸根結底，是想讓渭熊吃上你的菜吧？」

陳芝豹無奈一笑。

北涼夕陽下山比起南方要晚上一個半時辰，可再晚，還是會有落山的時分。父子二人望向那夕陽西下的景象，徐驍觸景生情，輕聲說道：「這些年難為你了。」

陳芝豹正要說話，就聽徐驍笑問道：「跟那棋劍樂府的銅人祖師以及武道奇才洪敬岩接連打了兩場，如何？」

陳芝豹微笑道：「雖說外界傳得神乎其神，其實我與他們都不曾死拚，也就沒機會用上那一杆梅子酒。」

這位久負盛名的白衣將軍皺眉道：「那洪敬岩是個人物，跟我那一戰，不過是他積累聲望的手段，以後等他由江湖進入軍中，註定會是北涼的大敵。」

徐驍搓了搓手，感慨道：「北莽人才濟濟啊。」

領兵打仗，在軍中有山頭，在所難免，但是陳芝豹卻從未傳出在北涼政界有任何朋黨營私，不論是李功德這種雁過拔毛的官場老饕餮，還是起初清譽甚高後來叛出北涼的州牧嚴杰溪，甚至眾多文人雅士，陳芝豹一概不予理睬，離開金戈鐵馬的軍伍來到清淨僻靜的莊子，都是閉門謝客，更別提去跟誰主動結交，可以說在人屠義子陳芝豹的身上找不出半點瑕疵。私下更是清心寡淡，無欲無求，如此近乎性格圓滿的人物，讓人由衷敬佩，也讓有些人感到更加可怕。

陳芝豹看了眼天色，小聲說道：「義父，天涼了。」

徐驍點點頭，站起身搖頭道：「真是老了。」

陳芝豹先前在莊子門口迎接，更是一路送出莊子，等徐驍坐入馬車，白衣仍是駐足而立，久久沒有離去。

◆

大將軍顧劍棠坐鎮邊關以後，邊境全軍上下頓時肅然。

但是邊軍上下瘋傳以治軍細緻入微著稱的大將軍，竟然收了一個吊兒郎當的玩意兒做義子！在離陽王朝，滅掉兩國的顧劍棠軍功僅次於那位臭名昭著的北涼王，而且顧大將軍口碑不輸任何一位鴻儒名士，待卒如子，禮賢下士，用兵如神，朝野內外盡是美言，不聞半句壞話。連帶著顧劍棠有多房貌美如天仙的妻妾，都成了一樁神仙眷侶的美談，長子顧東海、次子顧西山都年少便投身行伍，也不曾辱沒顧大將軍的威名，戰功頗為顯赫，成就遠超同輩將門子弟。殊為不易的是他們跟京城紈褲們劃清界限，不相往來，從無一次觥籌交錯。

這樣一位與北涼王相比劣勢只在於年齡，以後優勢同樣也在於年齡的大將軍，怎就讓一個姓袁的浪蕩子進入家門，這讓許多人百思不得其解。

做慣了喪家之犬和那過街老鼠的袁庭山比誰都堅信自己會飛黃騰達，所以即便他一躍成為天下刀客魁首的顧劍棠半個義子，也只是覺得理所應當，毫無應該感到萬分僥倖的覺悟。他在江南道報國寺差點喪命於那武當年輕師叔祖的劍氣之下，一口氣逃竄到了北境，雖說偶爾想起還是有些心有餘悸，經常從噩夢中驚醒，嚇得跟掉進水缸裡一般滿身冷汗，握住做枕頭的刀就要殺人，可這份懼意，非但沒有讓這名徽山末流客卿灰心喪氣，反而越發拚命習武，得到龍虎山中老神仙的饋贈祕笈，境界暴漲，用一日千里形容也不為過。

自認練刀大成後，他就不知死活地去尋顧劍棠比試，硬闖軍營，斬殺八十人後，給大將軍麾下數百精銳健卒擒拿，卻因禍得福，顧劍棠答應跟他在校武場過招，大將軍徒手，袁庭山持刀，結果給大將軍雙指握刀，袁庭山使出吃奶的勁頭都沒能從指縫間拔出刀，還被顧劍棠一腳差點踢爛肚腸，被當作一條光會嚷嚷不會咬人的狗丟出軍營。

不曾想一旬過後，的確曾經奄奄一息的袁庭山又活蹦亂跳開始二度闖營。這一次顧劍棠沒有親自動手，只是讓次子顧西山跟袁庭山雙雙空手技擊，結果顧西山差點被不知輕重的袁庭山勒死。

顧東海摘下佩刀，從兵器架上提了兩柄普通制式刀步入校武場，自己留一把，一把丟給袁庭山，兩人酣戰了百餘回合，袁庭山一條胳膊差點被劈斷，咧嘴笑著說認輸，事後不忘搖晃的胳膊順手牽走那柄對他而言十分優良的軍刀。

一月之後，開始三度闖營，得了個癩皮狗綽號的袁庭山這一次在顧東海身上連砍了十幾刀，所幸這次沒下死手，只是讓大將軍長子重傷卻不致命。

走火入魔的袁庭山拿刀尖指向高坐點將臺上的大將軍，叫囂著「顧老兒有本事今天一刀剁死老子，否則遲早有一天要將你取而代之」。

那以後沒被大將軍當場剁死的癩皮狗就成了邊境上人人皆知的瘋狗。

再後來，這條心狠毒辣並且打不死的年輕瘋狗無緣無故就給大將軍的幼女瞧上眼。

明擺著袁庭山既是義子，又是半個顧家女婿。

袁庭山當下並無實權軍職，只是撈了個從六品的流官虛銜，一年時間內倒也靠著大將軍的旗幟籠絡起出身江湖綠林的百來號散兵游勇，最近半年時間都在尋釁邊境上的那些門派，有著順我者昌、逆我者亡的跋扈氣焰，顧大將軍對此並不理睬。

邊境一線幾乎所有二、三流宗門幫派都給袁庭山騷擾得雞飛狗跳，其中幾座為人硬氣、行事刻板的幫派直接給袁庭山屠戮一空，偶爾會留下一些婦人老幼，而瘋狗袁殺人歸殺人，眼都不眨一下，倒也不去做強搶民女、霸占婦人的低劣勾當。

這一次袁庭山又剿滅了一個不知進退的百人小幫派，照舊是幾近雞犬不留，期間有一員悍將狗腿子饑渴難耐，殺人滅口時見著了位我見猶憐的美婦，脫了褲子就按在桌上，才想要行魚水事，給袁庭山瞧見，一刀就將那倒楣漢子和無辜女子一併解決了性命。

有一名女子偷偷跟隨袁庭山一起意氣風發、仗劍江湖，騎馬回軍鎮時，轉頭看著玩世不恭後仰躺在馬背上的男子，嬌柔問道：「殺了那淫賊便是，為何連那婦人也殺了？」

袁庭山冷硬道：「女子貞節都沒了，活著也是遭罪。」

女子輕聲道：「說不定她其實願意苟活呢？」

袁庭山沒好氣道：「那就不關老子卵事了！」

女子還要說話，袁庭山不耐煩地怒道：「別跟老子嘮叨，這還沒進家門，就當自己是我婆娘了？」

出身王朝第一等勳貴的女子被一個前不久還是白丁莽夫的男子厲聲訓斥，竟然不生氣，只是吐了吐舌頭。

袁庭山陰晴不定，坐直了腰杆，嬉笑道：「對了，妳上次將妳爹撰寫的《練兵紀實》說到哪兒了？」

正是大將軍顧劍棠小女兒的顧北湖來了興致，說道：「馬上要說到『行軍十九要事』。」

袁庭山白眼道：「行軍啊，老子也懂，精髓不就是一個『快』字嘛。妳看我這些手下，騎馬快，出刀快，殺人也快，搶錢更快，當然一見風頭不對，逃命最快。」

在京城出了名刁蠻難伺候的顧北湖興許真是惡人自有惡人磨，在袁庭山這邊卻反常的溫順聽話，聞言掩嘴嬌笑一聲，然後一本正經說道：「行軍可不是如此簡單，我爹不光熟讀歷代兵家書籍，更仔細鑽研過春秋時多支善於行軍的流民賊寇。爹與我說過，這些寇賊雖不得大勢，但賊之長技在於一個『流』字，長於行軍，每營數千或數萬作定數，更番迭進，更有老弱居中、精騎居外，行則斥候遠探，停則息馬抄糧，皆是暗含章法。

而且我爹還十分推崇盧升象的千騎雪夜下廬州，以及褚祿山的孤軍開蜀，經常對照地理圖志，將這些勝仗反復推敲。不說其他，僅說圖志一項，一般軍旅，繪圖皆是由兵部下屬的職方司掌管，戰前再去職方司索要，但我爹軍中卻是每過一境之前，案頭便必定有一份毫釐不差的詳盡繪圖。春秋之戰，我爹親手滅去兩國，進入皇宮，搶到手的第一樣東西可不是那些美俏嬪妃，也非黃金寶物，而是那一國的書圖，以此就可知一國城池扼塞，可知戶口和那賦稅多少。」

她模仿大將軍的腔調，老氣橫秋地微笑道：「一國巨細盡在我手。」

顧北湖說得興致盎然，袁庭山則聽得昏昏欲睡，她原本還想往細了說那行軍十九條，見滿心思慕的男子沒有要聽的欲望，只好悻悻然作罷。

袁庭山冷不丁說道：「喂，一馬平川。」

顧北湖瞪了眼口無遮攔的袁庭山，又迅速低頭瞧了自己平坦胸脯一眼，滿腹委屈。

不曾料到袁庭山太陽打西邊出來地說了句人話：「我想過了，妳胸脯小是小了點，但還算是賢內助，只要不善妒，以後娶了妳當主婦其實也不錯。」

顧北湖瞬間神采奕奕。

可惜袁庭山隨即一瓢冷水當頭潑下，「醜話說在前頭，我以後肯定要娶美人做妾的。大老爺們兒手頭不缺銀子的話，沒個三妻四妾，實在不像話，白活一遭了。」

顧北湖小聲嘀咕道：「休想，你敢娶賤人回家，來一個，我打死一個；來兩個，我毒死一雙，來三個我我……我就回娘家跟我爹說去！」

袁庭山捧腹大笑。

顧北湖見他開心，她便也開心。

娘親似乎說過，這便是女子的喜歡了。

袁庭山低頭，伸手摸了摸那把刀鞘樸實的制式刀，抬頭後說道：「我爹娘死於兵荒馬亂中，葬在哪兒都不知道，我這輩子就認了一個師父，他雖然武藝稀鬆，對我卻不差，一日為師、終身為父，我好歹知道老傢伙的墳頭，妳要嫁了我，回頭同我一起去那墳上磕幾個頭。這老頭還嗜酒如命，到時候多拎些好酒，怎麼貴著怎麼來。顧北湖，妳覺得堂堂大將軍的女兒，做這種事情很跌份掉價嗎？」

女子咬著嘴唇使勁搖頭。

袁庭山咧嘴笑了笑，一夾馬腹，靠近她，滿是老繭的手揉了揉她的青絲。

◆

原先只是一州境內二號人物的刺督李功德，一躍坐上整個北涼道名義上第二把交椅的封疆大吏後，為官已經有些喜怒不形於色的深厚火候了，只是一封家書到正二品府邸後，他就開始笑得合不攏嘴，逮著府上僕役，見人就給賞銀，屁股後頭捧銀子的管事本就細胳膊瘦腿，差點手都累斷了。李老爺刮地皮的本事，那可是整個離陽王朝都首屈一指的行家老手，發錢？稀罕事！

經略使大人在府內花園慢慢轉悠，平日裡多走幾步路都要喊累的富態老人今天恐怕都走上了幾十里路，卻依舊精神奇佳，頭也不回，對那管事笑道：「林旺啊，老爺我這回可硬是長臉面啦，那寶貝兒子，出息得不行，且不說當上了萬中選一的游弩手，這次去北莽境內，可是殺了無數的北蠻子，這等摻不得水的軍功，甭說豐州那屁大地方，就算全北涼，也找不出一隻手啊，你說我兒翰林如何？是不是那人中龍鳳？」

叫林旺的老管家哪敢說不是，心想老爺你這事兒都顛來覆去說了幾十遍了，不過嘴上還是要以義正詞嚴的語氣去阿諛拍馬，「是是是，老爺所言極是，大少爺如果不是人中龍鳳，北涼就沒誰當得起這個說法了！」

不過在曾經見慣了少爺為禍豐州的老管家心中，的確有些真切的震撼，真是老爺祖墳冒青煙了，那麼一個文不成、武尚可的膏粱子弟，進了北涼軍還沒兩年時間，就真憑自己出人頭地了。

李功德皺眉道：「你這話可就不講究了，當然要除了兩位殿下之外，才輪到我兒子。」

林旺趕忙笑道：「對對對。」

北涼境內戲謔這位經略使大人有「三見三不見」，「三見」是那見風使舵、見錢眼開、見色起意，「三不見」則是不見兔子不撒鷹、不見棺材不掉淚、不見涼王不下跪。這裡頭的學問，好似說大不大，說小卻也不小，反正仁者見仁，智者見智。

北涼官場上眾多勢利眼，都以李大人這位公門不倒翁的徒子徒孫自居。那些丫鬟婢女們聽說那暴戾公子即將要帶著顯赫軍功衣錦還鄉，除了半信半疑，更多是大難臨頭的畏懼感。李功德既然不見涼王不下跪，好幾次聖旨都敢不當回事，接過手轉過身就隨手丟棄，可想而知，這位在官場上一帆風順的邊疆權臣是何等乖戾。有其父必有其子，李翰林投軍以前，作為李功德的兒子、世子殿下的狐朋狗友，無愧紈褲的名頭，劣跡斑斑，若非有這兩道免死金牌傍身，早就該拖出去千刀萬剮。

「老爺、老爺，啟稟老爺，公子騎馬入城了！」

一名門房管事急匆匆嚷著跑進花園，湊巧不湊巧摔了個狗吃屎，更顯得忠心可嘉。

經略使大人身後的大管事瞧在眼中，不屑地撇了撇嘴。

李功德看著，一張老臉笑成了花，咳嗽了幾聲，吩咐大管家道：「林旺，去跟夫人告知一聲。」

四騎入城，入城後勒馬緩行。

為首李翰林，左右分別是重瞳子陸斗和將種李十月，還有一位尋常出身的游弩手袍澤，叫方虎頭，虎背熊腰，長相凶悍，不過性情在四人中最為溫和。四騎入城前先去了戰死在梯子山烽燧內的馬真齋家，親手送去了撫恤銀兩。不光是馬真齋，一標五十人，幾乎死了十之八九，這些陣亡在北莽境內的標長和兄弟們的家，四人都走了一遍。

還有半旬假期，說好了先去李翰林這裡逗留幾日，李十月說重頭戲還是去他家那邊胡吃海喝，總得要養出幾斤秋肥膘才甘休。這位父親也曾是北涼武將的游弩手剛剛躋身伍長，他一直以為李翰林只是那家境一般殷實的門戶子弟。

當李十月望見那座派頭嚇人的經略使府邸，看到一本正經穿上正二品文官補服的老人拉住新標長的手，不顧官威地在大街上老淚縱橫，就有些犯愣，一名身穿誥命夫人官服的婦人更是抱著李翰林哭泣，心疼得不行。

方虎頭後知後覺，下馬後早已有僕役牽走戰馬，這才拿手肘捅了捅李十月，小心翼翼問道：「十月，標長的爹也是當官的啊，怎麼，比你爹還要大？」

李十月輕聲笑罵道：「你個愣子，這位就是咱們北涼道經略使大人，正二品！你說大不大？我爹差遠了。他娘的，標長不厚道，我起先還納悶標長咋就跟豐州那惡人李翰林同名同姓，原來就是一個人！狗日的，幸好我原本就打算把妹妹介紹給陸斗，要是換成咱們標長，我妹還不得嚇得半死。」

除了府上一干經略使心腹，還有一名極美豔的女子站在李功德身邊，跟李翰林有幾分神似，不過興許是眼神天然冷冽的緣故，讓長了一雙媚眸子的她顯得略微拒人千里。

她見著了打小就不讓自己省心的弟弟，再如何性子冷淡，也是悄悄哭紅了眼睛，使勁擰了李翰林一把。

北涼女子多英氣，但也有幾朵異類的國色天香，嚴東吳以才氣著稱北涼，而李翰林的姐姐李負真，就純純粹粹是以美貌動人心魄。徐鳳年身為世子，又跟李翰林、嚴池集都是關係極為瓷實的哥們兒，可謂近水樓臺，可惜跟嚴東吳從來都是針尖對麥芒，誰都看不順眼；至於除了漂亮便再無奇殊的李負真，說來奇怪，她竟是比嚴東吳還要發自肺腑地瞧不起徐鳳年，前者還會惹急了就跟世子對著尖酸刻薄幾句，李負真則是多看一眼都不肯。

她前兩年鬼迷心竅對一位窮書生一見鍾情，那會兒李翰林正幽怨世子不仗義，瞞著自己就跑出去遊歷四方，知曉了此事後二話不說就帶著惡僕惡狗將那名還不知李負真底細的酸秀才一頓暴揍，不料不打還好，挨揍以後清楚了李負真大家閨秀的身分，守株待兔多日，尋了一次機會將一封以詩言志的血巾遞給李負真貼身婢女，一主一婢相視而泣，如果不是有人通風報信，李負真差點裹了金銀細軟跟那書生鬧出一場私奔。

李翰林本想神不知、鬼不覺宰了那個敢跟世子搶他姐的王八蛋，沒奈何他姐死心眼，閉門絕食，說他死她便死，要做一對亡命鴛鴦，好說歹說，才給勸下。李翰林不敢往死裡整那傢伙，暗地裡也沒少跟那小子穿小鞋，天曉得這書生竟是越挫越勇了，連當時仍是豐州刺督的李功德都有幾分刮目相看，私下跟夫人一番權衡利弊，想著堵不如疏，就當養條家犬拴在家外頭看門好了。

幾次運作，先是將書生的門第譜品提了提，繼而讓其當上了小吏，等到李功德成為經略使，雞犬升天，這書生也就順勢由吏變成官。官吏官吏，官和吏，一字之差，那可就是天壤之別。後來徐鳳年遊歷歸來又白馬出涼州，就再沒有跟這位不愛男子皮囊、獨愛才學的女子接觸。

她也樂得眼不見、心不煩，恨不得那世子一輩子都不到李府才舒心。

幾位一起出生入死的游弩手大踏步進了府邸，李十月三個都沒有什麼畏畏縮縮，早已練就一雙火眼金睛的李功德何等識人功力，見了非但沒有生怒，反而十分欣慰，到底是軍伍能打磨人，兒子結交的這幾位兄弟，以後才是真正能相互攙扶的北涼中堅人物。

李翰林見過了府上幾位長輩，沐浴更衣後，跟陸斗三人一頓狠吃。當夫人見到那個喜歡挑肥揀瘦拍筷子的兒子一粒米飯都不剩，吃完了整整三大碗白米飯，又是一陣心酸，坐在兒子身邊，仔細端詳，如何都看不夠，喃喃自語：「曬黑了，也瘦了許多，得多待些時日，若是軍中催促，你爹不敢去跟北涼王說情，娘去！」

李翰林除了陸斗那啞巴，給李十月和方虎頭都夾了不知多少筷子菜肴，做了個鬼臉玩笑道：「娘，軍法如山，妳瞎湊啥熱鬧，慈母多敗兒，知道不？」

夫人瞪眼道：「慈母怎就出敗兒了，誰敢說我兒子是敗兒，看娘親不一巴掌甩他臉上！」

經略使大人撫鬚笑道：「有理，有理啊。」

豐盛晚宴過後，李功德和夫人也識趣，雖有千般言語在心頭，卻仍是忍著不去打攪年輕人相處。

一座翹簷涼亭內，方虎頭在人領路下七繞八拐，好不容易去了趟茅廁，回來後嘖嘖稱奇道：「標長，你家連茅房都寬敞富貴得不行，今兒可得給我找張大床睡睡，回家後好跟鄉里人說道說道。」

「瞧你這點出息！」

李十月拿了一粒葡萄丟擲過去，方虎頭笑著一張嘴叼在嘴裡，李十月再丟，就跟遛狗一般，方虎頭也不計較，玩得不亦樂乎。

陸斗罵人也是古井不波的腔調，「倆憨貨。」

李負真安靜賢淑地坐在一旁，看得目瞪口呆。

她當然不會知道在北莽那邊，方虎頭給她弟擋過幾乎媲美北涼刀的鋒利刀子，李十月在情急之下直接用手給方虎頭去拔掉數根箭矢，其中一根烏鴉欄子的弩箭就曾穿透他的手掌。

李負真更不會知道作為先鋒斥候的他們一路赴北，拔除一座座烽燧，這些游弩手曾經付出了怎樣的代價。

李翰林突然轉頭望向李負真，問道：「姐，還喜歡那窮書生？」

李負真神色有些不自然，李翰林也不想讓姐姐難堪，很真誠地笑了笑：「姐，只要妳不後悔就好。」

感到很陌生的李負真一時間不知如何作答。

李翰林望向亭外，「以前我沒有資格說什麼，現在可能稍微好些。那個書生心機深沉，兩年前我這般認為，現在更是如此。畢竟我自己就是個壞人，看壞人總是很準。可既然妳執意要喜歡，我總不能多做什麼。但妳錯過了鳳哥兒，姐，妳真的會後悔一輩子。」

李負真緩緩低頭，兩根纖細如蔥的手指撚起一片裙角，問道：「因為他可能成為北涼王？」

李翰林驀地哈哈笑道，「當我什麼都沒說。」

望著去跟方虎頭掰手腕的弟弟，李負真只覺著很茫然，索然無味，告辭一聲，就離開了涼亭。

李功德來到涼亭遠處，站得很遠。

陸斗一腳踢了一下忙著與方虎頭較勁的李翰林，李翰林小跑到他爹跟前，嘿嘿笑道：「爹，有事？難不成還是娘管得緊，跟我這個當兒子的要銀錢去跟同僚喝花酒？要多少？幾千兩別想，我兜裡也才剩下不到一百兩，爹，對付著花？」

李功德罵了一聲臭小子，緩緩走開。

李翰林猶豫了一下，朝陸斗三人擺擺手，跑著跟上，摟住老爹的肩膀，跟這位在北涼罵聲無數卻仍是他李翰林心目中最為頂天立地、英雄氣概的老男人，一起前行，但做了個仰頭舉杯飲酒的手勢，就稟性難移地笑道：「爹，兒子掙了銀子，不多，卻總得孝敬孝敬你老人家，要不咱爺兒倆喝幾斤綠蟻去？」

這一天在城內離李氏府邸不遠的一座雅致小酒樓裡，經略使大人跟當上游弩手標長的兒子，連酒帶肉，才花去了寥寥十幾兩銀子。

那些年，這個兒子經常在老人故意藏得不隱蔽的地方偷去動輒千兩銀子，去涼州或是陵州一擲千金，可李功德其實都不心疼。

更早時候，為了換上更大的官帽子，出手便是整箱整箱的黃金白銀，李功德也不心疼。

這一天，才花了兒子十幾兩銀子，老人就心疼得不行。

◆

宋玉井是一名考評中上的捕蜓郎，雖然年紀不大，僅二十五歲，卻已經在李密弼編織的那張大網上蟄伏了十二年，從無紕漏，因此才得以監視在朱魍名單上極為靠前的徐北枳。

北莽版圖遼闊，而捕蜓郎和捉蝶娘才寥寥數百人，若是人人都要單對單盯梢，未免過於捉襟見肘，足以見得徐北枳在影子宰相李密弼心目中的重要性。宋玉井盯了這名徐家庶出子弟已經六年，恐怕是世上對徐北枳生活習性最為熟悉的存在。

徐北枳及冠以後便經常出門遊山玩水，這一次攜帶侍童王夢溪兩騎出行，宋玉井起先也並沒有覺得如何異常，只是當朱魍內部代號「六」的弱水茅舍傳出那個驚人消息，宋玉井可以說是如遭雷擊——北院大王徐淮南給人割去頭顱，身首異處！

昔年北莽第一權臣的頭顱至今下落不明！

與徐淮南同朝為官多年的主子李密弼已經親自趕赴弱水源頭，就在茅舍住下。宋玉井身為掌控北莽王朝祕密的核心人物，十分清楚李密弼跟這位由如日中天漸漸到日薄西山的北院大王關係不俗，堪稱君子之交，故而這些年名義上看似嚴密監視茅舍，卻也只是派出朱魍頭號殺手一截柳，並非其他精於找尋蛛絲馬跡的角色。

一截柳擅長殺人，自然也擅長殺同行，實則是保護徐淮南不被皇帳宗親落井下石。那支鐵騎勁旅也由徐淮南舊部將領發號施令，可以說徐淮南致仕以後日子過得還算舒坦寫意，有李密弼親自把關，不至於有不利於北院大王的流言蜚語傳入皇宮王庭。

宋玉井一直以為全天下能要徐淮南性命的，除了女帝陛下再無他人，可朱魍素來是陛下剷除異己的那把慣用袖中刀，既然不是朱魍，會是誰？宋玉井打破腦袋也想不通，也不敢去深思。與那天大祕密一起出現在宋玉井這邊的，還有數名考評不輸於他的提竿男女，男三女二，宋玉井被臨時授符可以調動寶瓶、金蟾兩州所有朱魍勢力，外加一千兩百騎的兵權，可宋玉井卻毫無手握大權的激動，只有戰戰兢兢。

徐淮南一死，牽一髮而動全身，這根北莽中流砥柱的坍塌，註定要激蕩廟堂。徐家之前都是由徐淮南支撐，絕大多數子孫沒有一個拿得出手，唯獨徐北枳至今不顯山、不露水，卻是唯一有希望撐起家族大梁的關鍵人物，是抓是請，主子在信上沒有講明，都需要宋玉井自己去把握力道輕重。

只是宋玉井很快就感覺到這趟任務的棘手，除了侍童王夢溪，徐北枳與那名陌生臉孔的書生竟然憑空消失，宋玉井第一時間就撒開大網撈魚，將大半提竿派遣往金蟾州南部或尋覓或堵截。若非侍童繼續南下，而不是掉頭往北，宋玉井直接就可以更加省事省心，僅留一名捉蝶女跟蹤侍童。

儼然成為一枚棋子的侍童由寶瓶州入金蟾州邊塞，再橫向行去數百里，最後竟是北行，稍作停留，才繼續往南而去，走了整整一旬時光，帶出一個莫名其妙的大圈子。

期間宋玉井按照侍童的詭異走向，不敢掉以輕心，不斷反復樹立和推翻自己的推測，幾次更改命令，不光是他本人，幾乎所有提竿都跟著精疲力竭。偶爾碰頭，他們臉上雖沒有怨言，宋玉井也知道這些吃人不吐骨頭的傢伙難保不是腹誹無數。其中不乏有人提議直接殺掉侍童，簡單了事，宋玉井心中譏諷站著說話不腰疼，並未接納建議。

在真相浮出水面之前，宋玉井不希望交惡於徐北枳，百足之蟲死而不僵，徐家這棵大樹即便要倒，也絕不是一、兩年內的事情，尤其是徐淮南暴斃，跟徐淮南關係雲遮霧罩的女帝陛下沒了那根喉中鯁，說不定還要封賞寬慰徐家那幫蛀蟲。

宋玉井如何都料想不到徐北枳一直就遙遙跟在侍童屁股後頭，路線大致相同，只不過都保持一日腳力路程。徐北枳從徐鳳年手上戴上了虯鬚大漢的面皮，徐鳳年亦是換了一張，不再背負書箱，而是換了一只行囊讓僕人模樣的徐北枳背上。

兩人今日在一座金蟾州鬧中取靜的小酒館進食，徐北枳起先聽聞要讓侍童做誘餌，雖然沒有拒絕，心中卻已經低看了幾分這位世子，只是一路行來，幾次在荒郊野嶺見他跟一隻朱袍魔物用古怪手勢交流，徐北枳才澈底重新審視起這名膽敢孤身赴北莽的未來北涼王。

兩人坐在酒館臨窗位置，看似意態閒適地聊起了軍情祕事如何傳遞一事。徐北枳最近開始貪杯，一逮住機會就會小酌幾杯，至於什麼酒，是佳釀是劣酒，也都不忌口，不過每次徐鳳年看他喝酒都跟蹲茅坑拉不出屎一個模樣，瞧著就難受。

徐北枳喝酒入腹，只覺得滿腹燒燙，忍不住「嗤」了一聲，這才慢慢說道：「你猜你斬殺魔頭謝靈一事，茅廬這邊獲知消息，花了多少銀錢？」

徐鳳年笑道：「總得有一百兩黃金吧？」

徐北枳搖頭道：「一文錢都沒有花，這件事由京城耶律子弟在青樓說出口，很快就捎到了茅舍。」

徐北枳又問道：「你再猜茅廬去確定你曾經在敦煌城待過一段時日，花了多少。」

徐鳳年想了想，「我還是猜幾百兩黃金。」

徐北枳笑道：「少了，約莫是九百兩黃金。」

徐鳳年嘖嘖道：「真捨得下血本。」

徐北枳明明喝不慣酒，喝酒氣勢倒是豪邁，一口飲盡，將杯子輕輕敲在滿是油漬、擦拭不淨的桌面上，望向窗外，因為生根面皮而顯得粗獷面容的一個糙漢子，眼神竟是如女子般柔和，所幸只有徐鳳年跟他面對面，這位不知何時才能一鳴驚人天下知的讀書人感慨萬千：「想要找一個精通易容的諜子，無異於大海撈針，我跟爺爺數次挑燈通宵去推算你的行進路線，那段日子，他老人家精神氣很足，戲言這樣的捉迷藏，就跟他年輕時吃過的南方糯米糰子，倒也有嚼勁。你可能不知，仿照離陽趙勾而成的朱魍，其實不是出自李密弼一人之手，爺爺曾經幫忙打造了大框架，李密弼能夠成為女帝第一近臣，被譽為影子宰相和第九位持節令，爺爺有一半功勞。他們兩人，都是在中原春秋懷才不遇的讀書人。」

說到這裡，徐北枳略作停頓，望向徐鳳年，「養士的本事，慕容女帝是當之無愧的天下第一人，趙家天子也不差，北涼王——」

徐鳳年截口笑道：「他啊，大老粗。再者春秋一戰，本就是武夫鐵騎跟筆桿子文士的較勁，推倒了高門豪閥後，士子們無家可歸，無樹可依，自然記恨徐驍，就別提去投效這個屠子了。」

徐北枳搖頭道：「養士也分兩種，養貴士，養寒士。需知『士』這個說法，最開始也僅是遊士，例如那些因縱橫捭闔而名留青史的縱橫家，諸子百家中搬弄唇舌的說客，後來士子相聚成門閥，才開始養尊處優。如今大廈已傾，大多數就得為稻粱謀，何況寒士階層的廟堂崛起是大勢所趨。北涼王很多事情不好做，你可以。天下士子，本是你家聽潮閣的千萬尾錦鯉，如今就像那聽潮閣與江河相通，豢養錦鯉與野鯉雜處，你若能揀選其中少數，就可成事。自古謀士托庇於明主，不外乎想要乘龍借勢，扶搖直上。」

徐鳳年笑道：「你要是跟徐驍說這類大道理，他能當著你的面打瞌睡。」

徐北枳一笑置之。

弱水茅舍，一名穿一身華貴蜀錦的乾瘦老者從京畿重地連夜趕到後，就一直坐在水邊，身邊便是被割去頭顱的徐淮南。

老人親自查過傷口和茅廬四周，就揮手讓手下離遠了，僅留下一名提著無燈芯燈籠的年輕婢女，似乎不想有多餘人打攪他與死去的老友。

夜幕中，老人伸出乾枯如老竹的手臂，手指撫摸著霜白鬢角，喃喃自語：「年輕時候一起來到亂象橫生的北莽，你說你要做成可以劍履上殿、入朝不趨的千古名臣，還笑話我氣量狹小，不是做大事的，跟在你後頭耍耍陰謀詭計就行，還能有個好死法。你看看，現在如何了，我仍是能夠錦衣夜行，便是八位持節令和十二位大將軍見著了我，也就只敢背後罵我幾句斷子絕孫不得好死。你呢，連有膽子給你奔喪披麻戴孝的子孫都沒一個。

你器重那徐北枳，一身所學盡付與他，念在情分上，我一直猶豫要不要痛下殺手，徐老兒，要不你托個夢給我？我也就放過他了。

本以為我能拚了半條命，也要保你死在他之後，你啊你，怎麼拍拍屁股說走就走了，還走得如此憋屈，圖什麼？還債？還給誰？人死如燈滅，我就不刨根問底了，省得你在下頭罵我。如此一來，我倒是輕鬆了。你放心，且不說徐北枳，到時候徐家兩百多條性命，我總歸會給你留下一兩人的。」

自顧自念叨的老人嘆息一聲，沉默許久，抬了抬手臂。

提著燈籠的盲聾啞女婢便立即彎腰，將沒有燈火的燈籠放在權勢滔天的老人眼前，繼而遞出一把精緻小剪。

籠中有幾十隻蝶。

老人摸出一隻，雙手如老嫗燈下繡花那般輕輕顫抖，從蝴蝶中間剪成兩半。

「你死以後，這籠中蝶，就數那位太平令最大隻嘍。」

◆

徐北枳平時幾棍子打不出個屁，唯有喝酒以後，尤其是喝高了，就會管不住舌頭，什麼都能說，也什麼都敢說。大概是肚子裡的墨水實在太多，每次不等說盡興說通透，就已經酣睡過去。

柔然山脈貫穿金蟾州東西，南麓平疇相望灌渠縱橫，入秋以後，視野可及都是青黃相接的喜人畫面，與離陽王朝的南方農耕區幾乎無異；柔然北部則是廣袤草原。柔然山勢陡峭，成為一道天然屏障，除去那些缺口峽谷構成的徑道，南北無法通行，這些條徑道就成為控扼南北交通的咽喉。

北莽在此設有柔然五鎮，傍峽谷築城障，設兵戍守，五鎮分別是老槐、柔玄、雞露、高闕、武川。此時徐鳳年、徐北枳兩人行走的蜈蚣谷白道，就在柔玄軍鎮轄境。柔玄徑道分主輔兩路，主道位於谷底，寬敞便於戰馬疾馳，輔道鑿山而建，幽暗潮濕。

柔玄軍鎮的名聲都被一座山峰所掩蓋，蜈蚣道商賈稀疏，除去輔道盤旋難行如蜈蚣枝節外，主要還是因為畏懼這裡的土皇帝——第五貉。這個擁有一個很古怪姓名的男子，便是提兵山的山主，私下也被稱作柔然山脈的共主，因為除去柔玄軍鎮在他直接掌控之下外，還有老槐、武川兩鎮的統兵將領出自提兵山。

作為北莽王朝超一流的宗派，提兵山無疑跟廟堂結合得最為緊密，人人皆卒。當第五貉的女兒嫁與南朝最有希望成為第十三位大將軍的董卓後，提兵山就被推上了風口浪尖，帳庭那邊馬上有人跳出質疑第五貉是狼子野心，不甘臣服朝廷，所幸女帝陛下一如既往地對這位她落難時曾出手相救的江湖武夫給予信任，第五貉的獨女大婚時，還派人送上一份破格賀禮，一道聖旨將她收為義女，誥命夫人的補服品秩猶在董卓官階之上，無形中讓董胖子淪為北莽南北兩朝的笑柄，嘲諷董卓為軟飯將軍，更笑話他娶妻兩次，次次都是攀龍附鳳，稱得上是入贅兩家。

走在昏暗蔭涼蜈蚣道上，小徑外沿雖有簡陋榆木護欄，但石板沾水地滑，只學了一些強身健體拳術的徐北枳走得戰戰兢兢，好在徐鳳年就走在他的右手邊，這才心安幾分。這條山壁間的輔道寬丈餘，高一丈五，堪堪可供一驢一騾載貨緩緩通行，靠內牆根遍布青苔，壁頂不斷滴水，奔跑中的戰馬極易打滑，一塊一塊青石板鋪就的路徑有許多縫隙，也會讓馬蹄打拐，若非馬術精湛，馬匹又熟稔蜈蚣道，恐怕沒有誰敢在這裡抖摟騎術。

腰間新懸了一只酒葫蘆的徐北枳懼高，怕分心跌倒，始終不敢說話。這趟南下他們原本按照徐北枳的布置，揀選商賈繁多易於魚目混珠的困肚銁徑道，但是那位被侍童取了個「柿子」綽號的徐鳳年在酒肆上聽到一個傳聞，說有人要在提兵山再次尋釁大宗師第五貉，就拉著徐北枳興沖沖地趕來湊熱鬧，這讓習慣謹小慎微布局的徐北枳有些頭疼。

只是這顆柿子執意要見識見識提兵山的氣魄，徐北枳總不可能撇下他獨自走困肚銁，加上蜈蚣道險峻坎坷，這一路上，他沒少給徐鳳年擺臉色。說到底，兩個年紀都不大的豪門子弟，徐北枳遠未將他視作可以值得自己去鞠躬盡瘁的明主，而徐鳳年也不認為需要對徐北枳故作姿態。招賢若渴？我師父李義山一人便抵你幾個徐北枳了！相比起來，徐鳳年更樂意接納永子巷十局裡的那名盲棋士，或是那個相逢在江南報國寺裡那位惜書如命的寒士。不過徐鳳年不否認，徐北枳比起徐淮南這些久在廟堂沉浮的老薑塊，仍顯得有幾絲稚氣未脫，但比自己這個半吊子還是要超出一大籌。

蜈蚣道寂寥得跟黃泉路差不多，見四下無人，徐鳳年也就不為難談不上有何武藝的徐北枳，親自背起行囊。但即便如此，徐北枳還是要每隔十幾里路就要停腳休憩，約莫是有幾分感激徐鳳年每次主動停歇的照顧顏面。

徐北枳稍稍壯膽走在視野開闊的護欄邊上，望著柔然山脈南邊的千里肥沃，終於開口問道：「世子殿下為何會習武？不怕耽誤了以後的北涼軍務嗎？藩王子孫，如果得過且過，自然少不了榮華富貴，趙家天子想來會樂見其成。可要維持世襲罔替的殊榮，總是要殫精竭慮的，靖安王趙衡便是賠上了一條性命，世子趙珣更是入京。富貴險中求，何況你還會是離陽王朝僅有的異姓王，擔子之重，我想天底下也就只有北涼王和世子殿下你們父子可以感受。我本以為你會是那個最瞧不起江湖莽夫的人，畢竟當年北涼王親自毀去了離陽江湖的大半生氣。北涼王府內藏龍臥虎，鷹犬無數，何須世子殿下親自學武練刀？誘以名利，一聲令下，總會有不計其數的高手替你賣命。」

徐北枳不喝酒時說的話，大多是這麼個強調語氣，總是帶著一股質詢味道。

徐鳳年正想著心事，乾脆就不搭理這位已是無家犬但尚未寄人籬下的徐淮南接缽人。

被忽視的徐北枳也不生氣，自顧自說道：「俠以武亂禁，但兩個朝廷都史無前例對各自江湖具有統治力，北莽這邊江湖直接成了朝廷的奴僕，離陽王朝也有給朝廷望風的鷹犬，窩裡鬥得厲害。這種苟延殘喘的江湖，我實在想不通有什麼必要親自去下水。」

徐鳳年突然笑了笑，一屁股坐在腐朽不堪的護欄上，看得徐北枳一陣心驚肉跳。

世子殿下望向這位喜歡高屋建瓴看待時局的高門俊彥，平淡道：「徐北枳，你親眼見過飛劍兩千嗎？親眼見過以一己之力讓海水升浮嗎？見過一縷劍氣毀城牆嗎？」

徐北枳平靜搖頭道：「不曾見過。自古以來便是一物降一物，西蜀劍皇替天子守國門，不一樣被你徐家鐵騎碾壓得屍骨無存？成名已久的江湖人為何不願去戰陣廝殺？還不是因為怕陰溝裡翻船。再者精銳軍旅中往往都有專門針對頂尖高手的類似武騎，我猜你們離陽首輔張巨鹿這些年不遺餘力地將帝國賦稅傾斜北邊，一定會讓顧劍棠扶植起一支應付北莽江湖武力的勢力。你別看如今提兵山、棋劍樂府這些山頭十分氣焰驚人，一旦被驅策到沙場上陷陣廝殺，也經不起幾場大規模戰事揮霍。」

徐鳳年笑道：「你這是在諷諫？罵我是不務正業？」

徐北枳提起酒葫蘆喝了口酒。

徐鳳年不怒反笑，真誠嘆氣道：「你的看法跟我二姐如出一轍。只不過我這個世子，及冠以前也就只有不務正業一件事可以放心去做，你不能奢望我韜光養晦的同時又包藏禍心，我也不怕你笑話，至今我都沒什麼嫡系可言，仔細算一算，好像就鳳字營兩、三百號人還算有些交情。我倒是希望有人朝我納頭便拜，可第二次遊歷，襄樊城外蘆葦蕩一役，府上一名東越劍士死前不過是罵了我一句狗屁的世子殿下，那時候我便知道天底下沒誰是傻的。」

徐北枳抹去嘴角酒水，調侃道：「原來是不敢坐龍椅，而不是不想。」

徐鳳年無奈道：「雞同鴨講。」

徐北枳緩緩說道：「當下發生了幾件大事，分別是我朝太平令成為眾望所歸的帝師，頭回浮出水面的趙家皇子趙楷持銀瓶入西域，白衣僧人入雲說法《金剛經》，道德宗在女帝支持下開始集一國之力編撰《道藏》，張巨鹿著手抽調幾大藩王的精銳騎兵趕赴北疆，其中以燕剌王和靖安王趙珣兩位最為不遺餘力，與天子同父同母的廣陵王趙毅出兵含蓄，被兄長召見入京，當面斥責。離陽開始流傳《化胡經》，有了謗佛斥佛的端倪，據說天下各大州郡只得存留一寺，兩禪寺都未必可以倖免。」

徐鳳年笑道：「我更好奇你們北莽劍士劍氣近黃青上武當，還有就是齊仙俠攜呂祖遺劍去南方觀海練劍。至於那個跟我有過節的吳家劍冠吳六鼎，聽說帶著劍侍去了趟吳家九劍破萬騎的遺跡，帶走了三柄祖輩古劍，境界大漲。」

這回輪到徐北枳無奈道：「對牛彈琴。」

徐鳳年跳下護欄，輕聲道：「老和尚竟然死了。」

徐北枳疑惑道：「兩禪寺住持龍樹僧人？」

徐鳳年點了點頭，不再說話。

兩人一個雞同鴨講、一個對牛彈琴，再說下去也是索然無味，就繼續趕路。腳下的蜈蚣道盤旋彎曲，也沒什麼拿得出手的遺址景點，一樣走得乏味。

走到一處上山下山的岔口，見徐鳳年毫不猶豫往山上行去，徐北枳皺眉問道：「真要去提兵山？」

徐鳳年笑道：「當然，想見一見北莽女子的風情，竟然一次落敗差些斷了一臂，還敢跟提兵山山主叫板。要是長得漂亮，就搶回北涼，到時候可別跟我爭。」

徐北枳當然知道後一句是玩笑話，他對這顆柿子，談不上如何高看，卻也不敢有任何低看。一味魯莽行事，徐鳳年就是有十條命都活不到今天。只不過朝夕相處一旬多，徐北枳從未問過徐鳳年的武道境界高低。

行至半山腰，被提兵山關卡阻擋，徐鳳年才知道旅人到這兒就得止步，不是誰都可以上山觀戰。看到身邊那位「虬髯大漢」笑而不語，徐鳳年只得乖乖敗興下山，如徐北枳所料，徐鳳年還沒有喪心病狂到要撞破南牆的執念。

下山有兩條線路，兩人走了一條僻靜小徑，故意跟眾多一樣吃閉門羹的北莽觀戰武人岔開。適宜觀景處有一座仿江南水鄉建築風格的雅致涼亭，亭外並無甲士巡視，只站了幾名衣著華貴的健壯僕從，氣機深厚，神華內斂，以徐鳳年看來，竟然有一人入二品，其餘幾人也都在這道龍門的門檻附近；亭內有一大一小兩女背對他們，年輕女子盤膝坐靠著廊柱閉目養神，背有一杆長條布囊包裹的兵器，小女孩托腮幫趴在長椅上。

亭內地上有大小兩雙繡鞋，一雙青一雙紅。

小女孩在輕聲唱著一首小鄉謠，嗓音清脆。

私塾的先生在問知否知否，是誰在樹上喊知了知了。

小月亮悄悄爬過了山岡，池塘裡是誰吵醒了星光。

村頭是誰搖晃了鈴鐺？叮噹叮噹叮叮噹……

徐鳳年站在原地不肯離去，徐北枳看到那幫不好惹的扈從已經留心這邊，虎視眈眈，就扯了扯徐鳳年的衣袖。

下一刻，徐北枳心知不妙，但緊接著就只覺得滑稽荒誕。

徐鳳年一掠入亭，背對徐北枳和措手不及的提兵山扈從，輕輕給那名青衣女子穿上了那雙青繡鞋。

◆

唱完「知否知了」小歌謠的女孩趴在長椅上，轉頭瞥見這人闖入了亭中，初時錯愕以後，一張小臉蛋就像陰雨後驟放光明，無比歡喜。

徐鳳年給青衣女子穿上了青繡鞋，轉頭對這個小妮子豎起食指在嘴邊，做了個噤聲的手勢，孩子立即雙手使勁摀住嘴巴，生怕漏嘴了祕密，然後似乎覺得這樣的動作太唐突，頗有淑女風範地正襟危坐起來，可惜發現自己光著腳丫，一雙織有孔雀緞面的錦鞋還躺在地上，就有些臉紅。

亭外提兵山扈從顯得如臨大敵。

武人境界如何，一出手就知道大概差距。這名書生模樣的年輕人輕而易舉便闖入涼亭，不由得他們不驚駭戒備。一來亭中的小姑娘是提兵山的貴客，是山主女婿董胖子留在山上的心肝，他下山時曾揚言餓著了小姑娘丁點兒，他就要每天晚上拿著鑼鼓從老丈人第五貉的院落敲到每一家、每一戶；再則那名青衣負槍女子上山挑釁山主，雖敗猶榮，北莽武人崇武情結深入骨子，敬重所有確有斤兩的強者，即便她是一個不明來歷的年輕女子，也並不如何敵視，提兵山上下都將她當作半個客人；最後便是震駭於陌生男子的實力。三者累加，這些都是客卿的提兵山扈從忌憚到無以復加。

闖亭時，一名身居二品實力的客卿曾用兩指摸著了一小片衣袖，只是不等這位小宗師發力攥緊，就給類似江湖上跌袖震水的手法給彈開，兩根手指此時還酸麻刺痛。

亭子內外氣氛微妙，倒是小女孩打破僵局，依次伯伯叔叔喊了一遍，然後以毋庸置疑的語氣請他們先上山，這等明面上不傷和氣的圓滑做派，顯然師從她的董叔叔。

這些時日，提兵山也習慣了小丫頭的老成，加上她被那位自領六萬豺狼兵馬的提兵山姑爺寵溺到無法無天，一番權衡，幾位被第五貉安排貼身護駕的扈從默默離開，但都沒有走遠，只是在涼亭視野以外靜候，再由一人去山主那邊稟報消息。

徐北枳想破腦袋也沒想到是這麼個雲淡風輕的結局，只不過也不去做庸人自擾的深思，便在亭外俯瞰大好風光。爺爺曾經說起江南婉約的風土人情，是北莽萬萬不及的，那兒的女子才真正是水做的，不似北莽女子，摻了沙子，三十歲以後往往就粗糲得不行。

徐鳳年跟青衣女子並肩而坐，伸手摘去狹長槍囊，露出那杆剎那槍的真容，問道：「妳怎麼也來北莽了？跟徐驍苦苦求來的？」

她把一面臉頰貼著微涼的梁柱，柔聲道：「不想輸給紅薯。」

徐鳳年啞然失笑，「瞎較勁。」

她默然。

徐鳳年看了眼她的左臂，「妳就不知道揀軟柿子捏啊，跑來提兵山找第五貉的麻煩，這不是找罪受嗎？聽說他還很給妳面子，親自出手了？」

她點了點頭。

徐鳳年微笑道：「要不然等會兒我替妳打這一陣。妳家公子現在歷經磨難，奇遇連連，神功大成，別說第五貉，就是拓跋菩薩也敢罵他幾句。」

未出梧桐院，便稱不上對公子百依百順的她輕輕搖搖頭，輕聲道：「不打了，陪公子回北涼。」

院中僅有兩位一等大丫鬟，她和紅薯各有千秋。

一直被冷落晾在角落的小女孩咳嗽幾聲，偷偷穿好了繡鞋，瞪大眼睛凝視這個一點都沒有久別重逢情緒的「負心漢」，這讓滿懷雀躍欣喜的她倍感失落，只得好心好意出聲提醒他這兒還站著自己呢。

徐鳳年可以理解董卓把她安置在提兵山，只是沒料到真能半路碰上，被她一眼認出也不奇怪，她本就有望氣穿心的天賦，好在她沒有露餡，否則給提兵山知曉底細，少不得一場疲於奔命的狩獵逃亡。

個子躥高一些的小女孩手中握著一只小漆盒，是徐鳳年在飛狐城集市上給她買的奇巧，只是盒內儲藏的蜘蛛早已死去，這不是如何精心飼養就能改變的結局。漆盒本就廉價，用織網去「乞巧」的蜘蛛品種也一般，如今盒內便只剩下一片稀稀拉拉的破網。

董卓離山時本想偷藏起這只礙眼的奇巧盒子，給個理由說下人打掃房間弄丟了，可熬不過閨女的幽怨眼神，只得厚著臉皮從袖口裡拿出，說董叔叔翻箱倒櫃刨院子，好不容易給找著了。

徐鳳年看著這個曾經也算患難與共的小女孩，百感交集，一大一小竟然還能遇見，真是恍若隔世了。

小丫頭陶滿武瞥了眼亭外背有沉重行囊的徐北枳，記起當初自己被這個傢伙拿飯食要脅著去背那大袋錢囊，就有些替那個相貌粗野的叔叔打抱不平。她隨即心中嘆息，這個吝嗇到連喜意姨送給她的瓷枕都惦念的小氣鬼，到哪兒都不忘記使喚別人做苦力，虧得自己這些時日還擔憂他會不會沒銀子吃飽飯。

徐鳳年笑問道：「我教妳的那套養氣功夫，沒落下？」

陶滿武立即按部就班將叩金梁、敲天鼓、浴面等全部演練了一遍，沒有一絲一毫差池。

徐鳳年從她手上拿過小木漆盒，打趣道：「破玩意兒還不扔了？妳董叔叔可是有金山銀山，妳就算跟他要比妳人還大的奇巧也不難，我幫妳丟了。」

徐鳳年作勢要將奇巧丟出涼亭，陶滿武可勁兒跳起，雙手死死抱住他那隻手臂，整個人滑稽地吊掛在那裡。

青鳥眼神溫暖，憐惜地摸了摸陶滿武的小腦袋，她也不知為何小丫頭會對自己抱有親近感，她重傷後，陶滿武就黏糊在身邊。她這段日子在提兵山山腳養傷，也或多或少聽聞了一些小道消息，知道她爹是北莽邊境留下城的城牧，無緣無故給人襲殺，傳言是皇室宗親兩姓子弟下的黑手，可至今凶手下落不明。而軍伍出身的武將陶潛稚跟董卓又是親如兄弟的袍澤，小姑娘的娘親也不幸死在奔喪途中，陶滿武自然而然就被南朝炙手可熱的軍界權貴董卓帶在身邊，前些時候涼莽毫無徵兆地開戰，聽說董卓領兵前往離谷、茂隆救援，陶滿武就給留在了沾親帶故的提兵山。

公子孤身赴北，嗜好每日殺北涼士卒的陶潛稚死於清明節，公子湊巧與陶滿武熟識。

青鳥瞪大眼眸望著公子。

小姑娘無意間瞥了一眼認識沒多久的青衣姐姐。

知曉她天賦異稟的徐鳳年並沒有阻止。

青鳥發現小姑娘鬆手落地後淚流滿面，那種複雜至極的矛盾眼神，如同昂貴奇巧盒中的一張蜘蛛網，密密麻麻沒有縫隙，本不該出現在一個天真善良小女孩的眼眸中。

陶滿武只是流淚，也不哭出聲，最後將小漆盒子狠狠砸在徐鳳年身上，跑出涼亭。

青鳥茫然望向公子。

徐鳳年苦笑道：「她有看穿人心的本事。」

自知無意間釀下大錯的青鳥一臉悔恨，正要說話，徐鳳年擺擺手，將剎那槍重新藏入布囊中，一臉平靜道：「本來就沒想著矇騙她一輩子，早一天知道真相，她也早一天輕鬆。不過這種事情我自己說出口，也難。被她自己識破，剛好。」

雖說不明就裡，但也知道有大麻煩纏身的徐北枳正要提醒可以逃命了，徐鳳年卻已經站起身，把剎那還給青鳥，自嘲笑道：「走了走了，咱們三人啊，就等著被提兵山攆著追殺吧。」

徐鳳年握住徐北枳一臂，帶著毫無異議的青鳥，一同往山下急速掠去。

徐北枳只覺得騰雲駕霧。

但三人沒有直接向南逃亡，而是祕密折回柔然山脈中，徐北枳不得不暗嘆一聲真是藝高人膽大啊，善於自省的徐北枳在山中一條溪畔休息的時候，有些動搖。

士子北奔時帶來許多東西，象棋是其中一項，比較圍棋還要更受北莽歡迎，昔年權傾北莽的北院大王在圍棋上是名副其實的臭棋簍子，下起象棋則是爐火純青。徐北枳在爺爺身邊常年耳濡目染，雖說縱橫十九道也十分熟稔精通，但個人喜好還是偏向棋子司職明確的象棋，也時常與爺爺徐淮南對局時下成和棋。

記得老人第一次搬出一副象棋棋盤，就跟幼年的徐北枳說下此棋，何時能有想要和棋便和棋的棋力，才算徐北枳出師。但在徐北枳眼中，爺爺與人廟堂政鬥，總是斬草除根，做法跟下棋手法截然相反，直到這次赴死，徐北枳才知道這一局涼莽和棋，竟然代價巨大到徐家棋子盡死只餘他一人的地步。

徐北枳既然是讀書人，理所當然以不出九宮格的「士」自居，他瞧不起江湖莽夫，也是因此，士輔佐帝王，運籌帷幄，何須親身殺敵？江湖高手不管如何力拔山河，高手自有高手殺，傳聞創造象棋的黃龍士本身更是將「士」之作用發揮到淋漓盡至的境界，那個年輕時候曾說要為天下開萬世太平的毒士黃三甲，可謂毒殺了整個春秋。如此超脫廟算直達天算的人物，才是徐北枳極力推崇的。

只是這一切都建立在局面大好的情景之中、棋盤之上，徐北枳才有可能大展手腳，身處劣勢，被敵方殺至君主身側，徐北枳自問能否力挽狂瀾？

徐北枳突然有些理解讀書入聖的大官子曹長卿為何成為天象武夫，為何三入皇宮了。

當山窮水盡，手邊無棋子可擺布時，說到底還是要自己走出九宮格去。

徐北枳要入的棋局，是偏居一隅處於下風的北涼，而非已經成勢的北莽或者離陽。

這恐怕也是爺爺教誨他如何下出和棋的關鍵所在。

求勝先慮敗。

徐北枳不禁抬頭望向那個坐在石頭上悠閒乘涼的年輕人，那麼眼前這個傢伙早已想到最壞的局面，北涼全盤覆滅，不得不去孤身殺敵復仇？

可能嗎？

徐北枳不相信。

青鳥從一棵大樹上躍下，有些匪夷所思，「公子，提兵山沒有任何動靜。」

徐鳳年皺了皺眉頭，撿起一顆石子丟入溪水，略微出神，自言自語道：「這本帳看來是算不清楚了。」

◆

提兵山那邊，小姑娘哭著跑開，那些沒敢遠離涼亭的扈從見著這一幕，下意識就要殺下山去。只是她擠出笑臉解釋說青衣姐姐跟熟人下山，她有些捨不得，眾人將信將疑，也不好詢問什麼。不過那名女子若是可以不去飛蛾撲火，也算好事，說到底，在北莽江湖久負盛名的山主便是打贏了一名年輕女子，傳出去也不好聽。

陶滿武走了一小段路程，就不讓扈從跟隨，轉頭跑向涼亭，見到那只漆盒，彎腰撿起，就要狠狠丟到山下。

可她抬起手，抬了半天，還是沒能鼓起勇氣丟掉，然後好像自己又被自己的不爭氣給氣哭，跑到亭子外，蹲下身，用小手挖了個坑，將盒子埋入土中。

擦去淚水，回到山上的雅靜小院子，爬上床，抱著那個瓷枕縮在角落，用棉被將自己藏起來。

當今天下只知梅子酒，不知剎那槍。

◆

徐鳳年坐在溪邊巨石上，脫去鞋襪，將雙腳放入潺潺流淌的沁涼溪水中，膝蓋上擺有這一杆槍仙王繡的遺物。

王繡雖然名字中帶了個柔媚的字眼，生平大半所使槍術卻都是走至剛至猛的純陽路數。王繡天生膂力驚人，為高手領入槍術一途，成名之後以戰養戰，更有一人一槍深入北莽砥礪武道的壯舉，幾乎將那一代北莽武林給殺穿，捅出一個莫大窟窿。

上一輩稱雄江湖的四大宗師中，王繡又有「臂聖」一稱，以有力降無力，出槍快如奔雷。剎那槍槍尖圓而鈍，因為王繡臂力，加上無與倫比的出槍速度，已經根本不用在乎槍尖是否鋒利。王繡武力堪稱冠絕中原北方，只是口碑毀譽參半，緣於槍仙性格偏執，出手對敵必殺人，惹下無數樁仇怨，自然而然，王繡就被許多江湖人士視作武德有虧，有宗師實力卻無宗師氣度。

王繡作為屈指可數的外家高手，在花甲之年後武道境界不退反進，槍法返璞歸真，堪稱超凡入聖，一生所學概括為四字訣，離陽王朝原先都不信陳芝豹能夠在二十歲出頭便青出於藍而勝於藍，光明正大耗死王繡，但隨著跟洪敬岩以及銅人祖師接連兩戰，都不落下風，離陽、北莽都開始默認白衣小人屠是毋庸置疑的槍術第一人，而那一杆世人從未得見的梅子酒，也開始傳遍天下。

青鳥站在徐鳳年身邊，忙裡偷閒，給他大略說起自己的北行經歷，「奴婢先去了姑塞州一個大宗派，名叫孫氏槍林，宗主孫白猿是南朝成名已久的槍法名家。」

徐鳳年笑道：「這個門派，肯定是跟風吳家劍塚的稱呼。不過孫白猿這老匹夫，我在聽潮閣裡的祕錄檔案上見過，不簡單，不算地道的一品高手，但跟許多另闢蹊徑的武學奇才一樣，跳過金剛境界，精研道法，順勢摸著了指玄的門檻，稱得上是一位指玄偽境的頂尖高手。妳怎麼打贏的？偷襲刺殺？」

青鳥搖頭道：「去槍林之前，在大漠上悟得了四字訣中的『崩』。到了孫氏槍林，孫白猿興許是久未親身過招，槍術有些凝滯生疏，被奴婢一槍崩碎了頭顱。」

徐鳳年頓時啞然，笑道：「那妳怎麼逃出來的？」

青鳥平靜道：「邊打邊逃，奴婢本就是殺手出身，精於偽裝潛匿，殺了大概七十餘孫氏子弟，順便領會了『拖』字訣，又稱之為回馬槍，被人追殺時，身陷絕境，反殺最為適宜。」

徐鳳年屈指輕彈那杆不沾塵埃的古樸長槍，點了點頭。

青鳥繼續說道：「姑塞州的荒槊軍鎮有位正值壯年的校尉，是個古怪複姓，名字也記不得了，只知道號稱北莽軍中槍法可以躋身前三甲，都說他最大遺憾是沒能與陳芝豹過招。奴婢潛伏進了軍鎮，此人恰好在校場上半夜練槍，陰柔至極，奴婢的崩槍也占不到便宜，幾十回合後，就用一記拖槍捅爛了肚腸。」

說到這裡，青鳥笑了笑，「反正也輪不到他來殺陳芝豹。這次追殺比較棘手，荒槊軍鎮出動了幾百隻馬欄子，奴婢逃了整整一個月，期間又有幾名朱魍提竿加入，等奴婢潛入龍腰州，他們才甘休。」

徐鳳年看了眼她的冷淡笑意，輕聲感慨道：「這名北莽猛將姓斛律，是北邊一位權勢皇室宗親的斷袖姘頭，殺得好，算是報了當年北莽江湖在女帝授意下成批混入北涼進行暗殺的仇，也讓他們知道什麼叫來而不往非禮也。妳啊，跟白衣僧人的還禮道德宗，有異曲同工之妙。」

她搖頭道：「奴婢只會些粗劣殺人手段，哪裡能和幾近聖人的白衣僧人相提並論。」

徐北枳閒來無事就在一旁豎起耳朵旁聽，這位原本打心眼小覷江湖武夫的讀書人，早給青鳥一系列語氣淺淡的直白講述給震懾得不輕，聽到這一句話，更是輕聲道：「殺得人，方能救人，姑娘不用妄自菲薄。」

青鳥可沒有好脾氣聽人隨口誇讚，冷冷瞥了徐北枳一眼，便讓徐北枳感到頭皮發麻，趕忙眼觀鼻、鼻觀心，扭頭望向溪水。

果真一物降一物，這讓徐鳳年忍俊不禁，微笑介紹道：「這位是徐北枳，他爺爺就是北莽曾經的北院大王。徐公子的學問也很大，一肚子經世濟民的錦繡才華，這趟跟咱們一起回北涼，還指不定人家樂意不樂意給我出謀劃策。」

青鳥轉頭微微點了一下下巴，就算是致禮，「見過徐公子。」

徐北枳擺擺手。

青鳥猶豫了一下，「公子可知道一萬龍象軍奔襲瓦築、君子館在前，大雪龍騎軍碾壓離谷、茂隆在後？」

徐鳳年平靜道：「聽說了，黃蠻兒的一萬龍象軍沒剩下多少，在葫蘆口運氣不好，跟董卓的親軍撞上，四千龍象軍幾乎打光，還被一個綽號一截柳的朱魍殺手刺了一劍。」

青鳥咬了咬嘴唇，默不作聲。

徐鳳年轉移話題，笑道：「孫白猿和姓斛律的雖然都是一流高手悍將，可畢竟還是遠不能跟提兵山第五貉媲美。」

青鳥說道：「四字訣第三訣是『弧』字。」

徐鳳年立即了然。

奠定王繡大宗師地位的巔峰一戰，正是這尊臂聖與符將紅甲一場長達三天三夜的廝殺，王繡以弧字槍形成江河倒瀉之勢，硬生生讓當時如日中天的符將紅甲沒有一次機會還手。三弧成勢，九弧成一小圓，八十一弧成一大圓，以此類推，讓人嘆為觀止。但弧字槍真正大圓滿，還是等到王繡去跟同為大宗師的李淳罡尋釁。

那時候的李劍神真真正正是拔劍四顧無敵手，正處於兩袖青蛇之後和閉鞘劍開天門之前。那時候的李淳罡，其意氣風發，劍意之盛，公認舉世無雙，王仙芝尚未一戰成名，李淳罡輕輕一指，就將一位南海赤足行走江湖劍仙一般的女子給避回宗門，唯有王繡算是勉強讓李淳罡真正意義上的出手對敵，甚至對王繡的弧字槍讚不絕口，戰後兩人對飲，李淳罡更是有過一番指點。

弧字訣，大開大合，唯有遇上不能匹敵的對手，才能發揮得淋漓盡致，故有「弧槍不弧時我便死」的壯烈說法。

徐鳳年沒有出言安慰，只是挪了挪，拍了拍石頭。

青鳥猶豫了一下，肩並肩坐在他身邊。

徐北枳望著這對應該是主僕身分的男女，記起涼亭中他給她穿鞋那一幕。

徐鳳年輕聲說道：「等下第五貉來了，交給我對付。」

青鳥握緊剎那槍，沉重點頭。

第十一章　徐鳳年大戰魔梟　世子爺一夜白頭

聰明反被聰明誤。

徐鳳年本來憑仗著有陰物祛除痕跡，折返柔然山脈，不說一勞永逸，提兵山只要出兵追擊，肯定要被朱袍丹嬰牽著鼻子走上一趟冤枉路，殊不知竟然被第五貉給守株待兔了。

最危險的地方就是最安全的，安全個屁！

徐鳳年站起身時，陰物已經如同一頭猩紅巨蝠倒掛在一棵樹上，徐北枳也察覺到事態不妙，很默契地將行囊丟給徐鳳年，做完這個動作，徐北枳便看到有十幾精騎縱馬奔至溪水下游，雙方間隔不到二十丈，都不夠一張劣弓勁射的。

靠山吃山，柔然山脈蘊含豐富鐵礦，五大軍鎮都盛產重甲鐵騎，在北莽王庭極負盛名。這十幾騎除去為首一名英武男子，紫衫閒適，腰間挎了一柄不同於莽刀的烏鞘寬刀，其餘扈從連人帶馬都披有沉重甲冑。

山林間無路可供戰馬選擇，但是這些騎兵分明縱馬疾馳，發出的聲響，在徐北枳聽來，卻是可以忽略不計。徐鳳年盯住佩刀男子手背上停有的一隻黑鴿，皺了皺眉頭。

柔然特產哨鴿，徐鳳年是知道的。這傢伙手上這隻便是柔然山脈的六齡奴，有個暱稱叫作「青眼相加」。與絕大多數信鴿不同，這種青眼在三年以後才算步入成熟期，以六年為飛信最佳時期。爆發力和遠途耐力都屬一流，尤其歸巢性堪稱絕頂。只是徐鳳年本身是熬鷹鬥犬的大紈褲，對鴿子也算熟稔，更別提在草原上被拓跋春隼遊獵，吃過苦頭，潛逃時十分小心，格外留心天空是否有鷹隼哨鴿出現，確認無誤後，才敢返回柔然山脈。

這位同時執掌提兵山和一座軍鎮的北莽梟雄人過中年，擁有典型北莽男子的相貌輪廓，只是裝束更近南朝遺民。他一手隨意搭在烏鞘刀上，刀鞘由烏蟒皮製成，繫繩，尾端裹有一團黃金絲纓。

正是提兵山山主的第五貉一直在觀察徐鳳年，見這個慢慢背好一柄長劍的年輕人視線投在信鴿上，第五貉嘴角扯了扯，善解人意地輕抖手臂，六齡奴振翅而飛，只是拔高到與扈從騎士頭部相等時，便出現一個急停，然後下墜，在離地三尺的高度懸浮，再如箭矢瞬間沒入樹林。

徐鳳年笑了笑，都不用第五貉言語解釋，就知道了玄機，原來六齡奴的特殊在於低空而掠。

相傳曾經救過北莽女帝一命的第五貉問話青鳥，視線則一直停留在徐鳳年身上，「本人已經答應與妳再戰一場，為何不告而別？」

徐鳳年代為答覆，「既然打不過就不要打了，女子打打殺殺，煞風景。」

面對這樣潑皮無賴的說法，第五貉也沒有動怒，只是輕聲笑道：「北涼王繡的弧字槍，本就是置之死地而後生的搏命槍術，上哪兒去找我這麼好的箭靶子。不過話說回來，之所以第一次交手沒有痛下殺手，是我知道槍仙王繡幼年得女，可惜這位小姑娘的弧字槍精髓才使出四、五分，就想著再戰一場，要一口氣看齊全了，再來定她的生死。提兵山畢竟不是那酒肆茶樓，想走？沒這麼容易。不過這會兒，比起領教弧字槍，我更好奇你這個年輕人是北涼哪個門派走出的過江龍？用你們中原的江湖行話，要不咱們搭搭手？」

徐鳳年一臉為難道：「你老人家貴為提兵山山主，又是赫赫有名的江湖前輩，跟我一個無名小卒的後生一般見識，不妥吧？」

第五貉鬆開刀鞘，雙手疊放在馬背上，一根手指輕輕敲打手背，搖頭道：「歷來都是後浪推前浪，要是按年紀、按資歷算，大家都可以去當縮頭烏龜了，等活到了一百歲再出來顯擺。」

徐鳳年笑道：「山主說話風趣，相見恨晚，相見恨晚啊。」

第五貉有些無奈道：「你嘴上說著不跟我打，那能不能將三柄古劍馭回匣子？這劍氣可不小。如果決心要跟我打，那知會一聲，省得到時候我出了手，你卻連是怎麼死的都不知道。」

徐鳳年搖頭笑道：「不打不打。」

第五貉清晰感知著出匣三劍的凌厲劍氣，冷笑道：「你這德行，跟一個姓董的差不多，是我這輩子最深惡痛絕的，不過我就只有一個女兒可以嫁人，被當作免死金牌，你的運氣明顯就差多了。」

徐鳳年還是那副欠揍的表情，「不打緊，反正你老人家身子骨還健朗著，不用急著跟我打，回山上再生個水靈閨女出來，我十八年後來找她就行。」

青鳥想笑卻沒有笑，憋得有些難受，握緊了剎那槍末端，果然還是殺人更自在一些。

第五貉仰天大笑，眼神開始變得極其陰沉，「真是一個模子刻出來的潑猴。」

第五貉胯下坐騎猛然四腿下跪，整條背脊都給折斷，一抹紫色身形暴起，瞬間就懸在徐鳳年眼前，對著頭顱一刀劈下。

刀名「龍筋」，北莽女帝登基後犒賞功臣，第五貉被欽賜了這柄象徵皇帳第一武夫的名刀，連戰功累累的軍神拓跋菩薩都不曾有此殊榮。

徐鳳年不敢絲毫托大，一身大黃庭攀至頂樓，春秋一劍橫在頭頂，原本想要駕馭三柄得自於秦帝陵的古劍耍一出圍魏救趙，只是不等三柄雪藏八百年終於重見天日的短劍飛至第五貉身邊，提兵山山主手中龍筋便壓得徐鳳年氣機動搖，三柄飛劍出現顯而易見的一絲凝滯，的確是遇人不淑，遇上劍道遠未大成的主子，是不幸，遇上這般超一流對手，更是不幸。

溪邊泥土本就不結實，一刀之下，手提春秋劍的徐鳳年雙腳下陷足足一尺，第五貉身體在空中一旋，順帶龍筋抹過春秋劍鋒三寸，便將徐鳳年整個人給牽引得橫移側飛出去。

徐鳳年腳下泥土翻滾四濺，雙腳拔出地面後騰空黏在一棵大樹上，敗退的同時，三柄大秦古劍根本不去徒勞襲刺第五貉，都給他彈指分別釘入四周三根樹枝，跟手中春秋劍總算湊足了東南西北四個方向。

分神馭劍是完全不用去想，徐鳳年清楚對敵第五貉，分心無異於自盡，只求任何一劍脫手時，能夠及時換一柄劍當作兵器，貼身軟甲不可能抵擋得住那柄龍筋的一刀劈砍，即便不至於當場立斃，一旦重傷，也就跟死沒兩樣。

出刀後的第五貉氣勢驟然凝聚，不愧是有資格睥睨北莽江湖的大梟，他存了心要貓抓耗子，不急於追擊，駐足原地，冷笑道：「倒是有些小聰明。可別只會些小聰明，那就太讓我失望了。」

戰事真正開啟，生死都在一線間，徐鳳年也就沒有任何動嘴皮子的閒情逸致了。

徐鳳年心目中真正敬重的高手，大概就只有羊皮裘老頭和老黃了，都不是那種喜歡占據上風就跟人念叨大道理的劍客，更不可能位於劣勢就嘴硬，一件事一劍了！一邊廝殺拚命一邊說些類似今兒天氣不錯的廢話，要不就是相互感慨人生，這等婆婆媽媽算怎麼回事，早幹嘛去了？

徐鳳年一呼一吸，不再貪心駕馭多柄劍之後的春秋，頓時紫氣縈繞，透出劍鋒長達一尺之長。自古武道競技，都逃不過一寸短一寸險的規矩，就像那李淳罡曾有過大雪坪飛劍數千的劍仙手筆，但老劍神本人也語重心長教訓過最喜歡講排場的徐鳳年，這種手段，用作蓄養劍意的捷徑，可以，嚇唬門外漢也可以，對陣旗鼓相當的死敵，則毫無裨益。

李淳罡直截了當地舉了兩個鮮明例子，一丈距離以內，他自信可以用兩袖青蛇擊殺任何一名未到陸地神仙境界的高手，就算是呂祖轉世的齊玄幀，也不敢讓王仙芝近身全力一拳，倒是拉開距離以後，只要入了一品境界，誰都可以打鬥得花樣百出，真正的死局死鬥，往往都是近身後幾回合就要生死立判。

羊皮裘老頭最後一次傳授劍道，抬臂提劍後，說劍開天門看似氣勢如虹，其實不過是三尺青鋒三尺氣，唯有這樣，才有資格讓李淳罡我自詡「開得天門殺得仙」。

徐鳳年執意要不退反進，正合了第五貉的心意，這位已經有些年數沒有酣暢殺人的提兵山山主，就怕這小子胡亂蹦躂逃竄，龍筋刀宰了他也沒意思。再者江湖的有趣便在於，不管境界如何高聳入雲的超一流武夫，一樣可以始終博採眾長，熔冶一爐，化為己用，尤其是第五貉這些幾乎「定勢」的頂尖強者，能看到的祕笈肯定早已翻爛，該殺的人都已殺掉，反而需要一些個驚才絕豔的後輩，去帶來極為難得的那種靈光一現。某些大局未定的天才，也許距離武道純熟還有一段路程，但往往擁有一些羚羊掛角的玄妙招式，第五貉就在等這份意外驚喜，顯然這位書生劍士還真就讓他刮目相看了。

劍勢劍氣一概翻滾如春雷陣陣。

此子劍道登堂入室，第五貉在他能夠以氣馭劍時就確定，但沒有料到劍劍互補，氣勢可以這般蔚為大觀，委實有些訝異。

第五貉站在原地，跟徐鳳年一直保持一柄龍筋外加一把春秋劍的間距，心甘情願成為一座箭垛子，任由徐鳳年劍氣肆意絞殺，他自不動如山。

提兵山山主不曾出現在武榜中，理由很簡單，第五貉寧做雞頭，不做鳳尾，一日不曾登頂獨立鼇頭，跟幾位後輩並列其中，豈不是丟人現眼嗎？要知道如今天下第九的斷矛鄧茂，當年他的矛便折在第五貉手上，鄧茂的境界一日千里，而第五貉卻整整十年都停滯在指玄境上，離那天象終歸有一層捅不破的窗戶紙，這讓心高氣傲的第五貉如何能夠忍受。

第五貉的愛女第五雀，女大不中留，嫁給了他如何都看不上眼的董卓，本就憋了一大口惡氣，副山主宮樸戰死在葫蘆口，客卿和蓬萊扛鼎奴折損嚴重，更是讓第五貉異常煩躁，今天遇上這名闖入提兵山的年輕劍客，算他倒楣，第五貉何須計較你靠山是誰，背景厚薄？

第五貉單手提龍筋抵御劍氣，淡然提醒道：「該我了。」

徐鳳年的劍勢本已臻於圓轉，深得李淳罡一劍遞一劍的真傳，稱不上任何瑕疵，只是當第五貉輕輕一刀挑，徐鳳年的劍氣滾走龍壁，這面龍壁就出現了一絲不易察覺的裂紋，緊接著幾乎是一瞬間就潰散。

底蘊這東西，畢竟還是需要日積月累，老薑理所當然比嫩薑要辛辣上許多。徐鳳年沒有任何驚懼，第五貉的守勢滴水不漏，他也不奢望劍氣翻滾能夠亂了他的陣腳，攻守一隙，往往就是轉機，但對敵這樣的老狐狸，徐鳳年不能自作聰明地主動賣出破綻，就等著第五貉這一刻的變守為攻。

龍筋撕裂了龍壁，徐鳳年便一報還一報，一氣不曾吐的他咬牙再納一氣，傾力一式貼身牽動的扶搖，劍氣粗如一道龍汲水，拔地而起。

第五貉皺了皺眉頭，刀法終於第一次由簡入繁，扶搖龍捲被龍筋刀劈得支離破碎，接著踏出一步，左臂探出，一掌拍在徐鳳年額頭上。

徐鳳年的身體斷線風箏般倒飛出去，但仍是一腳趁勢踩在了第五貉胸口。

一襲華貴紫衣出現礙眼的灰撲撲腳印，第五貉在一指撇去一柄毒辣暗器後，這才輕緩拍去胸口塵土，那輕飄飄一腳不過是個幌子，殺招還是刺向他眼珠的一枚小飛劍。

第五貉不動聲色說道：「原來不光是駕馭匣內長劍，還有袖中短劍可供驅使，不過我既然被稱之為北莽資歷最老的一名指玄武夫，對於指玄之玄，還算有些心得感悟，不論是氣機所動，還是更為隱蔽的心意所指，我都可預知七八。你若不信，如果還有些隱藏飛劍，不妨一一飛出，我閉目不出刀，如何？」

徐鳳年落地後屈膝倒滑，從溪邊滑入溪水中央才止住，在水中站起身後，眼中有幾分不加掩飾的譏諷。

第五貉心知肚明，越發覺得有趣。這小子還真不是初出茅廬的雛兒，平常那些出自高門大派的世家子，學了些本領就想著在江湖上揚名立萬，突兀遇上高出一大截的對手，這種攻心術極易得逞，未曾死戰就會先弱掉大半氣勢，之後就更是任人宰割。

第五貉見識過太多這樣的初生牛犢，盡數夭折在自己這種不太惜才的前輩手上，因此第五貉栽培提兵山上的武學奇才，都是異常冷血，要麼丟入軍伍第一線打磨，要麼派去刺殺實力比他們高出一線的強者，絕不會像棋劍樂府那般護犢子，一味寵溺在羽翼下。

第五貉提刀緩行，龍筋刀本就不彰顯的刀芒越發收斂，「我許諾你，要是能夠離開這條小溪，我就放你一條生路。」

一旦開始想著逃命，就真不用打了。

◆

在她面前，沒有誰敢自稱出身槍術世家。

王繡在天下槍林的地位，如同李淳罡之於劍道。

十餘柔然鐵騎自恃騎術超群以及胯下戰馬出類拔萃的負力，同時提起長槍，只是雙方相距極近，戰馬的血統和馴養再優良，也不能在承載一名重甲騎士的前提下進行爆發式衝擊，兩匹戰馬同時踩著細碎步子，率先殺向青衣青鞋的清秀女子。

他們這十餘騎皆是跟隨山主久經沙場的競技武騎，對陣軍旅甲士和江湖人士都十分擅長。兩杆漆黑鐵槍，居高臨下，一杆刺，一杆掃，左邊刺向青鳥眉心，右邊掃向青鳥臂膀。

青鳥曾經是個為達目的不擇手段的刺客，入莽練槍以後殺人手法渾然一變，契合王繡剛猛魔怔的槍法宗旨，尤其是當王繡的剎那由女子之身的青鳥使出，更為賞心悅目。

剎那槍出，明明是招式簡樸的一記筆直遞出，槍身竟然彎曲出一個詭異弧度，猩紅槍身外弧撞在鐵騎刺額一槍的槍身上，撞偏了這一槍後，剎那槍身借力再曲弧，弧口瞬間變了一個反向，把掃臂一槍又給崩掉，然後剎那槍擰直一戳，透過戰馬頭顱點在馬背上甲士的胸口，槍身一曲生弧度，槍頭勁頭蓄勢一崩，就將那名騎士的胸甲炸裂，整個人被挑飛到空中，尚未墜地就已氣絕人亡。

王繡的崩字訣，傷人身體血肉更傷人經脈氣機。朱魍首席刺客一截柳的插柳成蔭，可以讓劍氣生根，這等陰毒劍術，其實便悟自王繡的槍法。

王繡一生挾技遊天下，狹路相逢從不讓步，出手更不留情。北莽這二十幾年中有無數武夫精研王繡槍術，王繡就像一條黃河蛟龍，身死之後，後輩江湖探河尋寶，有人不過撿起一鱗半爪，有人拾起龍鬚，唯獨一截柳抓住了那顆驪珠。

青鳥自幼見識王繡這個武癡的練槍行徑，近水樓臺，更繼承了父輩的天賦，對於四字訣的領會，遠非一截柳這些外人能夠想像。那會兒雄鎮北涼武林的王家，總能在內院見到一個小女孩，不論寒暑，都在一步一肘練習出槍，滿手老繭提一根木杆子不斷抽擊。

青鳥在對撞狂奔中一抖剎那，纏住一杆鐵槍，手中剎那的槍頭劃出一個氣勢磅礴的渾圓，一名騎士的整顆頭顱就給摘掉。她一腳踹在擦肩而過的戰馬腹部，連人帶馬都震出三四丈外。

奔襲中，腳尖一點，躲過雙槍絫刺，手心滑至剎那中端，槍式旋出一個大圓，大圓更有剎那槍帶出的本身弧度，如同一條套馬繩在空中晃蕩，蓄勢至圓滿，剎那離手後，以她為圓心，二十步以內，三騎連人帶鐵甲再帶戰馬都給截斷，或斷腰，或斷頭。

青鳥繼續弓腰前衝，剎那恰巧飛蕩在她手邊，一槍震出，在一名騎士面目前三寸處急停，不等鐵騎暗自慶幸這殺人如麻的女子氣機衰竭，旁人就看見他的一張臉便塌陷下去，慘不忍睹。

青鳥輕拍槍桿，剎那槍環繞到身後，格擋住作刀劈的一根凌厲鐵槍——弧字能殺人，也能防禦。背對騎士的她雙臂敲在槍身上，剎那槍頓時彈砸在那名騎士的胸口，青鳥轉身，右腳後撤一大步，握住彈回的剎那，變橫做豎，便是一個回馬槍拖字訣，將那名本就已經臉色如金箔的慘澹騎士腹部捅出一個大窟窿，青鳥微微提槍，巨大挑力使得尚未死絕的騎士飛向天空，她抽槍，復爾一戳一攪，這名甲士的屍體就開了花。

她四周，能夠站著的沒幾名騎士了。

僅剩下小半數目的騎士眼神交會後，都準備展開誓死一搏。

青鳥眼角餘光望向小溪那邊的風波。

還要殺得再快一些。

◆

徐北枳想死的心都有了，原本不信鬼神之說的讀書人此時給如同紅蝠的陰物四臂扯住，吊在遠離險地的一棵大樹上，先前幾次遠觀，朱袍丹嬰都是一面示人，四臂齊齊縮入大袖，這會兒徐北枳近距離望著那張地藏菩薩悲憫相，清清楚楚感知到它的四條胳膊，不由默默閉上眼睛。

他曾經跟爺爺爭執過「子不語怪力亂神」這七字的注疏，徐淮南與歷代儒士持有相同見解，將「怪力亂神」譯成怪異、勇力、叛亂、鬼神四事，徐北枳則認為不應是簡單建立在儒家對墨家敬奉鬼神的非議基礎上，怪力亂與神之間並非並列，而是間隔，亂作動詞用，神專指心智。這會兒徐北枳倒是覺得自己大錯特錯，又是念經念咒又是口誦真言。

陰物根本沒有理會如墜冰窖的書生，那張歡喜相面孔望向遠方，似乎在猶豫要不要幫忙。朱袍廣袖內披有青蟒甲的陰物丟掉手中累贅，摔了徐北枳一個七葷八素，它那具不看雙面四臂其實也算玲瓏有致的嬌軀開始緩緩上浮，高過頂端枝椏，大袖招搖，襯托得一雙不穿鞋襪的赤足越發雪白刺眼。

徐北枳偶然抬頭瞧見這一幕，更加戰慄，難道真是從酆都跑出來的鬼怪不成？丹嬰僵硬扭動了一下脖子，它的視野中，有繁密如蝗群的眾多甲士棄馬步行，向山上推進。

陰物摸了摸肚皮，打了個嗝。

常人酒足飯飽才打嗝，它是饑餓難耐時才會打嗝。

◆

溪上第五貉譏諷道：「倒要看你能躲到何時！」

動了怒氣真火的提兵山山主將龍筋往後一拋，他壓斷馬背時抽了刀，繫有金絲團子的刀鞘就留在了死馬附近，插在地面上，這一拋刀，便將龍筋歸了鞘。

第五貉本就不是以刀術著稱於世，既然曾經徒手折斷了鄧茂的長矛，就很能說明問題。

第五貉棄刀不用後，瞧了一眼晃蕩起伏的小溪下游，發出一聲冷笑，也不再刻意懸氣漂浮在溪水之上，跟徐鳳年一樣潛入水中。

徐鳳年終於現出身形，渾身濕透，提了一柄劍氣如風飄拂的春秋劍。

溪水從他頭頂迅速退去，高度下降為腰間，雙膝，最後只餘下腳底的水漬。

實在是無路可退、無處可藏了，第五貉所占之地，成了分界線，小溪被這名紫衣男子阻截，不得靠近那條橫線一丈，洶湧渾濁的溪水在他身後止住，不斷往兩岸漫去，溪水張牙舞爪，像一頭隨時擇人而噬的黃龍惡蛟。

徐鳳年做了個讓第五貉覺得反常的動作：將鋒芒無匹的春秋劍還鞘。

刀歸鞘，那是第五貉有所憑恃。

劍歸鞘。

急著投胎嗎？

第五貉大踏步前奔，如悶雷撼動大地，魁梧男子每走一步，身後溪水便推進一步。

徐鳳年一掌回撤，掌心朝內，一掌推出，掌心向外。

十二飛劍結成一座半圓劍陣，是以那結青絲的手法造就，取了「雷池」這麼個還算響亮的名字。

第五貉則是實打實一力降十會，毫無花哨手段。相距五步時，身形側向擰轉，一拳便狠狠掄下。徐鳳年一掌扶搖撐住那摧城撼山的拳頭，雙腳下陷泥地，沒過膝蓋，一掌托塔式，疊在掌背，竟是不躲不避硬生生要扛下這一拳。

第五貉怒氣橫生，一壓再壓，徐鳳年膝下淤泥濺射開來，迅捷過羽箭，第五貉身後的溪水一樣搖晃厲害。徐鳳年的劍陣凝聚不散，並不是要做那多餘的攻勢，而是借十二飛劍的劍胎扶襯大黃庭，人與劍陣靈犀相合！

第五貉一腳踹出，面無表情的徐鳳年右掌下拍，左掌推向第五貉胸口，既沒有拍散那一腳，也沒有觸及那一襲紫衣，徐鳳年僅是卸去一些勁道，便徒勞無功地往後掠滑出去，雙腳跟刀子在溪底割出一條溝壑。

不等徐鳳年站定換氣，第五貉一記鞭腿就掃向脖頸。

徐鳳年斜過肩頭，雙手擋住，光是看半圓劍陣的顫抖幅度，就知道這一腳的勢大力沉，整個人瞬間陷入溪岸等人高的泥濘河牆中。

第五貉一腳踏在徐鳳年心口，將他後背推入泥牆幾尺深，猶有閒情搖頭取笑道：「虧得有十二柄不輸吳家劍塚的飛劍，不取人頭顱，還能算是飛劍嗎？」

第五貉雙手探空一抓，然後五指成鉤，一座由青絲結雷池的劍道嶄新陣法就給巨力撕扯得搖搖欲墜。

徐鳳年不給他毀掉雷池的機會，肩撞向第五貉。

第五貉一手扯住劍陣，一手橫臂揮出，卸去徐鳳年的氣機，使之和劍陣頓時失去牽引。

第五貉一腳踩地，高高躍起，一記肘擊轟向尚未穩住身形的徐鳳年。

溪底出現一個寬丈餘、長丈餘的大坑。

這還是徐鳳年拿海市蜃樓削去第五貉一肘十之八九勁道的後果。

第五貉獰笑道：「就這些斤兩，也敢跟我叫板？」

第五貉停步站定，不再追逐落魄狼狽的徐鳳年，拉出一個天人抛大鼎的威武大架，當空一拳。

徐鳳年氣機流轉速度攀至習武以來的頂峰，雙手畫圓復畫圓，仍是無法澈底消弭這一拳的迅猛罡風。

身軀被擊中後，彎曲如弓。

徐鳳年嘴角滲出烏黑血跡，含糊不清道：「我曾醉酒鞭名馬。」

第五貉不留情地展開碾壓式擊殺，只見溪底紫衣氣勢洶洶，黑衣劍客不斷被擊飛倒退，在乾涸的溪底，已經足足打出了一里路距離。

第五貉甚至都沒有聽清徐鳳年的下一句，「我曾年少擲千金。」

攻勢連綿如雷霆萬鈞的第五貉逮住一個機會，抓住徐鳳年雙腿，朝身後溪水丟出。

徐鳳年的身體劃破了洶湧溪水。

一氣劃出大半里路。

徐鳳年單膝跪地，一指輕彈身後春秋劍鞘，「我曾春秋換春雷。」

春秋劍與劍鞘一起飛出，刺向一只行囊。

徐鳳年一柄出鞘春雷在手。

站直以後，徐鳳年微微屈膝，右手雙指併攏，左手春雷刀尖直指第五貉。

「我曾溪底殺指玄。」

徐鳳年吐出一口濁氣，開口直呼名諱道：「第五貉，你好歹是貨真價實的指玄境高人，一而再、再而三跟我這麼個小輩玩心計，煩不煩？」

第五貉搖了搖頭，「與人較技動不動一招取人性命，那是我很久以前才做的事情。好不容易逮著你這麼條入網之魚，實在是不太捨得殺快了……」

說話間，第五貉再度一刀劈出，手臂掄出的幅度遠遠超出之前招式，聲勢同樣遠勝起初壓斷馬背的那一刀。

徐鳳年體內氣機流轉，竅穴猶如金蓮綻放。躍出水面，迎向這一刀。

徐鳳年將起手撼崑崙，融入了劍招。

身形才起，身形便墜，沉入水底，隨後整條溪水以第五貉和徐鳳年為一條中軸線，向溪水上下游兩邊依次炸開，末尾聲響已是幾里路外傳遞入耳。那一條中軸，早已裂開溪邊河岸，通往密林深處。

這一刀，可不像是想要慢慢殺的手法。

前些時日柔然山脈有過一場暴雨，使得溪水比人略深，徐鳳年被一刀迫入水底後，就不見蹤跡。

第五貉蜻蜓點水踩在水面上，偶爾會輕描淡寫劈下一刀。

一條原本平靜如一位嫻靜浣紗小娘的小溪，溪水劇烈晃動，浸透岸邊，更有溝壑縱橫，向岸上蔓延，觸目驚心。

第五貉耐心極好，慢慢斬動溪水，在等待那小子狗急跳牆，想要離開溪水的那一刻。

也在等待下一個驚喜，他相信這名年輕劍客還有一些如同壓箱保命符的後招。

但是第五貉竟然開始驚訝地發現，自己好像有失去耐心的跡象。

趨於成熟的大指玄境界，種種玄妙，既有竹籃打水撈月的本事，也有鏡花水月的法門，第五貉皺了皺眉頭。

再度斬水十九。

溪水渾濁不堪。

第五貉終於不打算再耗下去。

以游魚式狼狽逃竄的徐鳳年雖然看似命懸一線，但心如止水。

借意養意。

閉鞘養意，本來就是李淳罡讓後輩萬千劍士拍案叫絕的獨創。

徐鳳年還要另闢蹊徑，練劍以後，用劍意養刀意。

如今甚至有了一個更為精確的說法，是以他意養己意。

老匹夫你斬溪水，我養意！

◆

左手刀。

溪水在兩側一瀉而下，第五貉如同一座中流砥柱，瞇眼望向這名不斷積勢的年輕刀客，按照提兵山山主二十年前的行事風格，也就早早出手破勢，一舉宰殺便是。可當第五貉躋身指玄境後，眼界豁然開朗，宛如一幅長卷鋪開，內容是證長生，畫首問長生，畫尾指長生。翻看這幅畫十多年，第五貉受到境界浸染，心性也都有些微妙變化，越發沉得住氣，這並不意味著第五貉開始向道向善，而是到達指玄境，看待世間萬物，有跡可循，有法可依。

第五貉雖然不清楚徐鳳年在藉著自己龍筋斬溪去養神意，但第五貉何嘗不在等徐鳳年去幫他的那幅指玄長生畫卷查漏補缺。左刀春雷，一袖盈滿溪水的青氣，在第五貉眼中，那就是一個肢解神意化作招式的精彩過程，正因為這脫胎於李淳罡兩袖青蛇的一袖青龍太過玄奇，第五貉的耐心就格外好，每漲一分氣韻，第五貉就能夠瞭解得透澈兩分，事後就裨益三分。

第五貉不殺青鳥，是求弧字槍精髓，留著徐鳳年，同樣是不認為一個名不見經傳的後生會對他造成威脅，慢慢誘引，讓其使出幾手壓箱絕技，供他參悟，第五貉何樂不為？

第五貉悟得指玄一境中往往只有寥寥無幾大真人才能獲得的竹籃撈水月，簡單而言，就是一種依葫蘆畫瓢的本領，水中撈月，竹籃提起，水波蕩漾，圓月破碎，兩手空空，但第五貉卻可以在念識中拼湊出一塊稍小的鏡月，這比起過目不忘要超出太多範疇，妙不可言。

江湖百年，擁有這種一眼記長生的天賦，屈指可數，真是用百年一遇都不過分。武帝城王仙芝便是一個，至今還沒有聽說有第二人，這也是王仙芝在成名之前嗜好觀看高手過招的根源，一個門外漢看一品高手競技廝殺，除了熱鬧，就算瞪大眼睛看一百遍，能看出什麼門道？而第五貉的指玄，是滴水穿石而成的苦功夫，讀書百遍方能其義自現，加上獨到天賦以及種種機緣，才證得指玄。

刀勢已如洪水滿湖。

幸好無人觀戰，否則第五貉接下來的動作一定讓人目瞪口呆。

第五貉學徐鳳年輕微屈膝，作握刀狀，直指徐鳳年。但是很快第五貉便打消現學現用的念頭，弄出幾分形似不難，想要神似，出乎意料的艱辛，這讓第五貉有些納悶，什麼樣的刀法，能讓已是指玄境的自己都覺得模仿吃力？一個撐死了初入金剛境的後輩，第五貉本以為把握八分神意信手拈來，現在看來倒是小覷這名刀劍兼修的小子了。在第五貉「收刀」一瞬，春雷刀一袖青龍，驟然掠至提兵山山主眼前。

說不清是刀式、道不明是劍意，第五貉眼前鋪天蓋地的青氣，大有一氣激蕩三千里的氣魄。這條青龍頭顱直撲第五貉，身軀長達幾十丈，翻滾而衝，裹挾渾濁泛黃的溪水，恰似青龍汲水。青龍所至，溪水悉數給裹離溪中，要麼融入青龍身軀做鱗甲，要麼蕩到岸上，使得這一袖青蛇氣勢驚人。且不說殺傷力如何，就是氣勢神韻也足以令人嘆為觀止。

第五貉心中暗暗訝異，下定決心剷除此子，江湖新起之秀，說不定就是將來有資格與自己去爭奪天下十人那十張珍稀椅子的對手。

馭劍不同於一字之差天壤之別的御劍，不過一般劍士可以馭劍幾丈也都算是小宗師，但也有例外，吳家劍塚就有稚童馭劍刺蝴蝶的誇張說法，所以對見多識廣的第五貉而言，原先見識到徐鳳年可以飛劍傷人，並不算如何驚世駭俗的手段，這讓第五貉照搬不來的一袖刀，可就另當別論！

第五貉第一次流露出鄭重其事的眼神，伸出一掌擋下青龍頭顱，僅是左腳往後滑出幾尺。青黃一袖龍猙獰搖晃，第五貉身前一丈處好似風雨飄搖，使得他不得不左手一拳砸向將氣意凝聚實質的青龍頭顱，碩大頭顱轟然歪向溪底，硬生生鑿出一口深井，溪水不斷湧入其中。

三尺青鋒三尺氣，每近一尺殺三丈，真正殺招在第五貉拍散外洩氣機後也崢嶸畢露，一直指向第五貉的春雷刀尖近在五尺之外。一襲寬大紫衣劇烈震盪，第五貉兩鬢髮絲齊齊往後飄去，右手屈指有二，夾住了春雷刀尖！

指玄指玄，就有那屈指叩長生的無上神通。

左手春雷遞進。

第五貉身體這一次被逼退數丈，期間又屈指敲刀身百餘下，一次敲擊，兩人身畔某處就毫無徵兆地響起雷聲，眨眼百聲雷。第五貉的屈指一彈，次次都彈在春雷之上，叩長生，更是去叩擊徐鳳年氣機運轉的縫隙，只要流露出一點蛛絲馬跡，第五貉就能夠抓住機會，既讓這小子騎虎難下，脫手棄刀不成，又可教他全身經脈寸斷，竅穴稀爛。讓第五貉第二驚的是眼前一刀蔚然的年輕後生不光是劍道走偏鋒，出刀更為凶悍，關鍵是氣機之充沛，更是到了匪夷所思的地步。

大器晚成的第五貉自認在眼前小子這個年紀，恐怕一半氣機都不到。彈指近百，沒有抓住絲毫破綻，這讓第五貉確實大動肝火，不由瞪眼輕喝一聲，不再一味硬擋春雷刀尖，將短刀和那小子一起往自己身側牽引，一拳砸向其太陽穴。

一直閉目聚神韻的徐鳳年手腕一擰，春雷在左手手心旋轉開來，朝第五貉便是斬腰一刀！

一死換一死。

徐鳳年敢做，第五貉不捨得做。

第五貉身體扭曲如盤松，但那衰減大半銳氣的一拳仍是砸在了徐鳳年腦袋上，同時徐鳳年還以顏色，身體晃蕩傾斜如武當山上的撞鐘，撞而不倒，趁勢一腳再次踩踏在第五貉胸膛，這一腳比起初次的軟綿綿，要凶猛無數，一直閒庭信步的紫衣山主也給踹得身形不穩。閉目的徐鳳年後撤幾步，並無大礙，歸功於體內大黃庭孕育金蓮一氣綻放一百零八，每次一瞬枯萎凋零五十四，再在剎那之間怒放五十四，始終保持搖搖曳曳一百零八朵長生蓮。

第五貉是千金子不坐垂堂的心態，也從不認為自己會以身涉險。

徐鳳年卻從一開始就真正意義上地拚命了。長生蓮能夠謝了又綻放，都是徐鳳年拿命去孕育的。

春雷已經不在手上，但下一招本就不需要手上握刀。

徐鳳年雙手輕輕往下一壓。

第五貉身後春雷往上一浮。

地發殺機，蜿蜒六千里。

人與春雷刀都不曾動，第五貉卻不斷揮拳砸出。

場景荒誕。

有些人有些事，不提起，不代表忘記。往往是能輕易說出口的人事，才容易褪散。

徐鳳年不是那種一開始就城府深深的權貴子弟，也不是一開始就將心比心知疾苦的藩王世子。溫文爾雅的陳芝豹，諂媚如狗的褚祿山，不苟言笑的袁左宗等等，除了這些在北涼王府圍繞在徐驍身邊一張張捉摸不透背後正邪的面孔，讓徐鳳年躲在徐驍身後從年幼一直看到年少和及冠，唯獨讓心性涼薄的徐鳳年發自肺腑去感激的兩個老頭，都已去世——缺門牙愛喝黃酒的老黃，沒有機會知道年輕時候到底是如何風采冠絕天下的李淳罡。

牽一匹劣馬送老黃出城，出城前，老黃好似早已知道一去武帝城不復還，那時候絮絮叨叨說了許多，其中有一句話，「少爺，俺老黃比不得其他大劍客，就只會九劍，其中六劍都是快死之前悟出來的，其實也不是怕死，就怕喝不著黃酒了，要不就是想著這輩子還沒娶著媳婦，就這麼來世上走一遭，虧。那時候，總怕死了就沒個清明上墳敬酒的人，這回不一樣了，怎麼比劍都覺得值當了。」

當時徐鳳年提了一嘴，說這話多晦氣啊。老黃咧嘴一笑，缺門牙。

徐鳳年比誰都怕死，他死了，難不成還要一大把年紀的徐驍給自己上墳？

李淳罡在廣陵江一劍破千甲，事後護送徐鳳年返回北涼，路途上，徐鳳年問羊皮裘老頭一輩子最凶險的一戰是跟誰比試。

獨臂老頭當時坐在馬車上摳腳，想了想，指了指手臂，卻也沒道破天機，將那個人、那個名字說出口，只是笑著跑題說了一句：「徐小子，牢記老夫一句話，當你將死之時，不可去想生死。」

這兩位都曾在江湖登頂的老人，都已逐漸被人忘卻，就像每年春節，家家戶戶門上新桃換去了舊符。

徐鳳年緩緩睜開眼睛。

陰間陽間，一線之間悠悠換了一氣。

他曾在山巔夜晚恍惚如夢中，親眼見到天人出竅神遊，乘龍而至。

他也曾站在龍蟒之間。

他曾說要斬龍斬天人。

李淳罡說初次提劍，都自知會成為天下劍魁！

徐鳳年用六年性命換取一刀。

大蟒吞天龍。

天地寂靜，溪水緩流。

第五貉緩緩低頭，心口透出一寸刀尖。

七竅流黑血的徐鳳年倒拔出春雷刀，調轉刀尖，一手提住第五貉的脖子，一刀，再一刀，復一刀，重重複複，刀刀捅入第五貉的身體。

◆

好一場惺惺相惜不愧是一步一步走入指玄的巔峰武夫，除去幾近致命的透心涼一刀，後續幾刀，第五貉臉色竟然毫無異樣，只是淡然俯視這個像是走火入魔的年輕人。

不過第五貉的金剛體魄，被初始一刀擊潰氣機，棘手在於類似一截柳枝，殺機勃發，第五貉空有磅礡內力，短時內也無法重新積蓄起那些散亂氣機，如一條大江給劍仙劃出數道溝壑分流，而且後面那幾刀，刀刀都有講究，都刺在關鍵竅穴上，如同江水入分流，又給挖了幾口大井。第五貉雖然沒有任何示弱神情，但有苦自知，這回是真的陰溝裡翻船了。

提兵山山主沙啞開口：「最後那一刀，怎麼來的？」

徐鳳年眼神冷漠地望向這個指玄境界高手，沒有出聲，只是又給了他一刀。

這一刀來之不易，外人無法想像。借了李淳罡的兩袖青蛇與劍開天門，借了老黃的九劍，借了敦煌城外一戰的鄧太阿和魔頭洛陽，借了龍樹僧人在峽谷的佛門獅子吼，更借了那一晚山頂上的夢中斬龍，一切親眼所見，都融會到了那一刀之中。

龍虎老天師趙希摶初次造訪北涼王府，曾經私下給徐鳳年算過命，但話沒有說死說敞亮，只說世子殿下不遭橫禍大劫的話，活個一甲子總是沒問題的。

徐鳳年不太信這些命數讖緯，但這一刀，最是熟諳大黃庭逆流利弊的徐鳳年掂量一下，恐怕得折去約莫六年陽壽，以六十計算，一下子減到五十四，這讓從不做虧本買賣的徐鳳年想著想著就又給了第五貉一刀。

「你我其實都清楚，不殺我才能讓你活著離開柔然山脈，因為八百甲士已經上山，就算你劍仙附體，也斬不盡柔然軍鎮源源不斷的六千鐵騎。這恐怕也是你出刀頻繁卻不取我性命的原因。」

徐鳳年咧嘴笑了笑，再度捅在了紫衣男子一處緊要竅穴上。被拎住脖子的第五貉真是厲害，這般處境，還照樣像個穩操勝券的高人，這份定力，著實讓人感到毛骨悚然。

第五貉嘴角淌出鮮血，臉色平靜道：「我可以答應你，今日仇我不會今日報，等你離開柔然山脈，我才派人對你展開追殺。」

第五貉並沒有說那些既往不咎的豪言壯語，也沒有自誇什麼一諾千金，但正是這樣直白的言語，在結下死仇的情景下，反而勉強有幾分信服力。

徐鳳年抬頭問道：「你不信我會在你心口上再紮一刀？」

第五貉默不作聲，嘴角扯出一個譏諷笑意。

徐鳳年停刀卻沒有收刀，自嘲道：「天底下沒有只許自己投機取巧的好事，我知道你也有免死保命或者是一命換一命的手腕，不過你是提兵山山主，位高權重，更別提有望摸著陸地神仙的門檻，就別想著跟我一個小人物玉石俱焚了，這買賣多不划算。我呢，接下來該捅你還是會毫不猶豫地下手，你大人有大量，見諒一個，否則你一旦接續上氣機，我如何都不是一名大指玄的對手，這點小事，山主理解理解？」

第五貉笑得咳嗽起來，仍是點了點頭，盡顯雄霸一方的梟雄風采。

徐鳳年心中感慨，經受如此重創還能談笑風生，能不能別這麼令人髮指。感慨之餘，他輕輕鬆手，任由第五貉雙腳落地，但春雷刀也已經刺入紫衣男子的巨闕竅穴，而且不打算拔出，唯有如此，徐鳳年才能安心。

若不是在第五貉的地盤，徐鳳年恨不得在這傢伙身上所有竅穴都拿刀刺透了。陰物丹嬰已經摸著肚皮返身，滿嘴猩紅，不過都是柔然甲士的鮮血，一副吃飽喝足的模樣。

它從林中拎回徐北枳，青鳥收起行囊背在身上，三柄大秦鐵劍也藏回匣中。

小心駛得萬年船，徐鳳年收袖了九柄飛劍，三柄劍胎圓滿的太阿、朝露、金縷則分別釘入第五貉三大竅穴璿璣、鳩尾、神闕，與春雷相互照應，澈底鉗制住第五貉的氣海。

提兵山山主笑容淺淡，沒有任何抗拒，任由這個謹小慎微的年輕人仔細布局。

一襲華貴紫衣破敗不堪的第五貉越是如此鎮定從容，徐鳳年就越發小心翼翼。

不用徐鳳年說話，第五貉揮手示意包圍過來的甲士退下。

一行人下山走到山腳，提兵山扈從按照第五貉命令牽來四匹戰馬，確認沒有動過手腳，徐鳳年和第五貉同乘一馬，再跟柔然鐵騎要了四匹戰馬，青鳥、陰物、徐北枳各自騎乘，一匹牽帶一匹緊隨其後。

第五貉完全沒有讓柔然鐵騎吊尾盯梢的心思，讓這支上山時遭受陰物襲殺的騎軍在山腳按兵不動。

策馬疾馳南下。

第五貉好似遠行悠遊，輕聲笑道：「王繡老年得女，又收了陳芝豹這麼一位閉關弟子，能夠讓王繡女兒替你賣命，加上你層出不窮的花樣，連李淳罡的兩袖青蛇都學得如此嫻熟通透，聯結我先前入耳的廣陵江一戰，大概也猜出你的身分了，在北涼，實在很難找到第二個。不愧是人屠的兒子，徐鳳年。」

興許是表示誠意，第五貉甚至都不伸手去擦拭血跡，「涼莽和離陽都在傳你是如何的金玉其外、敗絮其中，這些年隱藏得很辛苦吧？呵，說句心裡話，你我二人雖已經是不死不休，可要是能早些見到你，我寧願將雀兒嫁給你。溪底一戰，大開眼界，對我來說，輸得憋屈是憋屈，卻還不算委屈。」

徐鳳年語氣平淡道：「馬背顛簸，身上還插了一柄刀，就算你是大指玄，少說一句，少受一些苦頭不好嗎？」

魁梧紫衣道：「這點苦頭不算什麼。我極少問同一個問題兩遍，但確實好奇你那最後一刀。」

一直留心四周的徐鳳年根本不理會這一茬，皺眉問道：「你竟是連六齡奴青眼都沒有捎上？真要大大方方放我離開柔然南麓？」

第五貉一臉譏誚，語氣冷淡了幾分，「我何須跟你耍滑頭，輸了便是輸了。」

徐鳳年問道：「你就不怕到了僻靜處，我一刀徹底斷了你生機？」

第五貉哈哈笑道：「徐鳳年啊徐鳳年，你要是真敢，不妨試試看。」

徐鳳年跟著笑了起來，「算了，都說不入指玄不知玄，你這種拔尖高手的門道，千奇百怪，先前我必死時，自然敢跟你拚命，既然有了一線生機，也就不捨得一身剮將皇帝拉下馬了。」

第五貉嘖嘖道：「世襲罔替北涼王，徐鳳年，以後我怎麼殺你？」

徐鳳年笑問道：「反悔了？」

第五貉望向道路兩旁在北莽難得一見的青黃稻田，輕輕說道：「那樣殺起來才有意思。

你別忘了，我還是北莽將軍，柔然山脈到北涼邊境，幾乎是一馬平川。」

復又聽他突然說道：「聽說涼甘走廊盡頭，接近西域高原，窩藏有一支成分複雜的六萬蠻民，一直不服教化，挎刀上馬即是一等勇武健卒，當年都曾被毒士李義山驅逐？」

徐鳳年納悶道：「你想說什麼？」

第五貉陷入沉思。

疾馳一宿，馬不停蹄，天濛濛亮時，早已不見柔然南麓的沃土豐饒，滿目黃沙荒涼，徐鳳年終於停下馬，回頭望去，一直閉目養神的第五貉也睜開眼。

徐鳳年握刀春雷，和第五貉一起下馬，問道：「就此別過？」

第五貉淡然說道：「好，你我就此別過。」

「我問你一句，答不答隨你。」

「知無不言。」

「我抽出短刀後，如果反悔，回過頭再來殺你，你我雙方各有幾分勝算？」

「你一身本事，加上王繡女兒的弧字槍，再加上那頭朱袍陰物，殺一個沒有鐵騎護駕的重傷指玄，勝算很大。」

「那加上你那暗中跟隨的三名提兵山客卿？」

「被你知曉了？」

被揭穿隱祕的第五貉哈哈大笑，「持平。如此一來，才能有一個好聚好散。」

徐鳳年跟著笑起來。

敢情是要離別一笑泯恩仇？

背對徐鳳年的第五貉眼眸逐漸紅中泛紫，氣息運轉則並無絲毫異樣。

一生不曾受此屈辱的提兵山山主隱忍一路，怎會不送給那未來的北涼王一份離別贈禮？

他要一腳踏指玄，一腳強行踩入天象。

偽境遺禍，比起一顆未來北涼王的頭顱，也不是那麼不可接受。

三名盯梢客卿，無非是個各下臺階一級，使得表面上皆大歡喜的障眼法，第五貉就在等待徐鳳年抽刀換氣的那一瞬。

徐鳳年果真緩緩抽出春雷。

春雷才離開身軀，不等徐鳳年去收回三柄飛劍，太阿、朝露、金縷便主動炸出身體。

第五貉披頭散髮，伸出雙臂，仰天大笑。

有一種舉世無敵的自負。

即便是天象偽境，對付三人聯手，也是綽綽有餘。

徐鳳年輕聲道：「長生蓮開。」

第五貉眨眼間，紫色雙眸變金眸。

天地驟然響驚雷，烏雲密布。

第五貉氣機洶湧，已是完全不受控制，只能緩慢僵硬地艱難轉頭。

再給老子一炷香時間！

提兵山山主就能暫時超凡入聖，成就地仙偽境。

徐鳳年笑容陰沉地走上前，春雷刀截向第五貉的脖子，極為緩慢，一點一點才得以削去腦袋，朱袍陰物已經飄飄蕩蕩來到第五貉身後，一嘴咬住無頭紫衣男子的脖子，瘋狂汲取他的修為。

徐鳳年割下這顆腦袋。

如釋重負。

「天象偽境算什麼，我將一身大黃庭金蓮縮成一顆長生種子，植入你一個竅穴，何時花開由我定，這不就直接送你入陸地神仙偽境了。這份大禮大不大？

在柔然山上，你要是捨得由指玄墜金剛，而不是這會兒強入天象，在利弊皆有的偽境和百害無一利的跌境中選擇前者，我恐怕怎麼就要交待在山上。

指玄高手了不起？就可以想著萬全之策，什麼虧都不吃？老子都已經豁出去拚掉整整六年壽命，連大黃庭都沒了。第五貉，你不該死，誰該死？」

徐鳳年喃喃自語著，望著手上的頭顱，又看了一眼朱袍飄搖同時兩面呈現金黃的浮空陰物。

世間少了一個大指玄，又多了一名大指玄。

與此同時，徐鳳年跌境了。

卻不是從大金剛初境跌入二品。

而是跌入偽指玄！

◆

汲取第五貉一身道行的陰物驟得大氣運，那一張歡喜相竟然歡喜得有了幾分靈氣人氣，捲袖一旋，身體凌空倒飛，紅袍陰物如一隻大紅蝠飄向遠處隱匿的三名提兵山客卿。

徐北枳只聽得傳來一陣慘絕人寰的撕裂聲和哀號聲，他親眼看到這一場莫名其妙的死鬥，如墜雲霧，有太多問題層層疊疊，壓得他喘不過氣來。徐北枳看到徐鳳年搖搖欲墜，青鳥掠至身後，沒有攙扶，只是背靠背而站，她身體微微前傾，讓徐鳳年不至於跌坐在地上。徐北枳心有戚戚然，上哪兒再去找這麼一對主僕。

背靠著青鳥，徐鳳年伸手抹去滿臉黑如濃墨的汙血，不去徒勞地運氣療傷，大黃庭都已不在，作為一方證長生的藥引子植入第五貂體內，當下空落落的，正想說話，卻見左手春雷刀輕輕脫手墜地，徐鳳年昏迷之前仍是沒能說出口讓青鳥小心那頭陰物。

不知過了多久，徐鳳年似睡非睡，似醒非醒，恍惚之間，只覺得身處一座小池塘中，遍植蓮花，可惜僅是枯殘老荷，否則看那些掉落蓮葉上紫中透金的花瓣，滿池蓮花綻放時的風景，一定宜人。

徐鳳年這才記起是入秋的光景了，他只知道自己位於蓮池，卻不知曉是盤膝坐水還是浮立池塘上方，好似七魂六魄如一塘殘荷，餘韻所剩不多。

徐鳳年就這麼漫無目的地望著池塘，期間有初秋黃豆大雨潑下，暮秋風起吹蓮葉，再有冬季鵝毛大雪撲壓，一池蓮葉也都盡數毀去。終於等到入春驚蟄，徐鳳年才看到一枝蓮花緩緩從空蕩枯寂的池塘中升起，唯有一朵小小紫金蓮，雖然只是一枚小巧的花骨頭，遠未含苞待放，但徐鳳年由衷喜悅，想起了年幼時新掛桃符的喜慶。

初入北涼時，朝廷戶部和宗人府相互推諉，連象徵性支出幾萬兩紋銀都不肯，徐驍便自己掏腰包在清涼山建成規模違制的藩王府邸，王府落成時，春聯內容都由李義山制定，再讓徐鳳年提筆寫就，其中印象最深的便是「嘉長春慶有餘」六字。

徐鳳年癡癡望向那枝微風吹拂下不住晃動的花苞，可它偏偏就是不願綻放，徐鳳年等啊等，等到頭疼如裂，猛然睜眼時，哪裡有什麼小塘孤蓮，就只看到青鳥的那張憔悴容顏。

看到世子殿下醒來，青鳥那雙沒了水潤的眼眸才有了一絲神采，徐鳳年發現自己躺在一張墊了兩張被單的硬板床上，聽見青鳥輕聲道：「公子，我們已經穿過了金蟾州，但徐北枳說不能直直南下，就繞了一些，現在位於姑塞、龍腰兩州接壤的偃甲湖上。」

徐鳳年問道：「我睡了幾天？」

青鳥淒然道：「六天六夜。」

徐鳳年長呼出一口氣，全身酸疼，還吃疼就好，是好跡象，不幸中的萬幸，沒有直接變成廢人。

徐鳳年坐起身，青鳥服侍著穿好外衫後，他來到船艙外，站在廊道中，扶著欄杆，「我知道妳在想什麼，怪罪自己害我惹上了第五貉？其實不用，就像一個人從來沒有小病小災，真要攤上病事，恐怕只一次就熬不過去了，還不如那些一年到頭經常患病的傢伙活得長久。再說了，我進北莽以前，就有想過一路養刀，最終拿一名指玄境高手開刀，殺一個跌境的魔頭謝靈，不過癮啊。」

青鳥沒有出聲，徐鳳年也知道自己刻薄挖苦別人在行，安慰別人實在蹩腳，就笑道：「告訴妳個好消息，我如今已經是指玄偽境了。」

青鳥一直小心翼翼準備攙扶徐鳳年孱弱身體的手顫抖了一下。

一入偽境，往往就意味著終生不得悟真玄。大指玄竹籃可撈月，偽境指玄竹籃打水不過一場空。

徐鳳年也懶得報喜不報憂，坦誠說道：「照理說，我有大黃庭傍身，加上龍樹僧人的恩惠，已經進入大金剛一途，失去大黃庭就等於失去大金剛，升境不如說是跌境來得準確，而且偽境的弊處在於以後極難由偽境入真境。

但咱們啊，總得知足常樂，偽境咋了，那好歹也是指玄的偽境，那位在京城裡威風八面的青詞宰相趙丹坪都還沒這境界呢。大黃庭沒了，我以為未必不可以春風吹又生。一品四境，釋教的金剛不壞，道門的指叩長生，儒家的天地共鳴以至法天象地，然後便是殊途同歸的陸地神仙，對尋常武夫而言，四境依次遞升，少有跳脫境界的怪胎，三教中人，拘束就要少很多，也不喜歡以陸地仙人自居。

不管這次是提升境界還是實則跌境，我都算找到了一條路，就算是歧路，我也想要一口氣走到底，看看盡頭是什麼樣的風光。退一萬步說，徐驍也不過拿不上檯面的二品武夫，前段時間我跟徐北枳有過爭吵，誰都不服氣，其實心底我也認為他說得不錯，在其位謀其政，做北涼王還得靠謀略成事。一介匹夫，既然沒本事去兩座皇宮取人首級，也就沒太大意義了。」

徐北枳就站在不遠處，苦笑道：「實不相瞞，如今倒是覺得你說得更對一些，技多不壓身。」

徐鳳年問道：「咱們走這條線路？」

徐北枳沉聲道：「偃甲湖水師，將領是我爺爺的心腹門生，我原本獨身去北涼，就要經過這裡。」

徐鳳年笑道：「偃甲湖水師，這是北莽女帝為以後揮師南下做打算了。南北對峙，歷來都不過是守河守淮守江三件事，而其中兩件都要跟水師沾上關係，確實應該早些未雨綢繆。」

徐北枳聽到三守之說，眼睛一亮，可惜徐鳳年沒好氣道：「這會兒沒力氣跟你指點江山，再說了這三守策略出自我二姐之手，你有心得，到了北涼跟她吵去。」

徐北枳微笑道：「早就聽聞徐家二郡主滿腹韜略，詩文更是盡雄聲，全無雌氣，在下十分仰慕。」

徐鳳年打趣道：「給你提個醒，真見著了我那脾氣古怪的二姐，少來這一套說辭，小心被一劍宰了。」

徐北枳收下這份好意，望向湖面，嘆氣道：「我爺爺一直認為北莽將來的關鍵，就是看董卓還是洪敬岩做成下一個拓跋菩薩，這次第五貉在你手上暴斃，可是給董卓解了燃眉之急，更去除了後顧之憂。

葫蘆口一役，董卓原本勢必和第五貉生出嫌隙，第五貉曾說只要他在世一天，董卓這個女婿就別想把手腳伸進提兵山和柔然山脈，如今女帝為了安撫失去七千上下親兵的董卓，再加上她本就一直想要在南朝扶植一個可以扶得起來的青壯派，我估計柔然五鎮兩萬六千餘鐵騎，皆是要收入董卓囊中了。董卓一直缺乏重甲鐵騎，有了柔然鐵騎，如虎添翼。」

徐鳳年笑道：「徐北枳，董卓想要來跟北涼掰腕子，恐怕還得要個幾年吧？」

徐北枳瞪眼道：「人無遠慮，必有近憂！」

徐鳳年嘴角帶笑點頭道：「教訓得是。」

徐北枳一拳打在棉花上，難受得厲害，冷哼一聲轉身進入船艙，繼續讀史明智去。

徐鳳年趴在欄杆上，看到一張面泛金黃的古板臉孔在與自己凝視對望。

徐鳳年伸手敲了敲它的額頭，笑道：「算你還有點良心，沒有過河拆橋，也沒有落井下石。」

黏在戰船牆面上的陰物咧嘴一笑，這麼人性化的一個活潑表情，嚇了徐鳳年一跳。

徐鳳年問道：「既然你沒有離去，說明我還算是一份不錯的進補食材，還有潛力可挖掘？好事、好事。對了，你真要跟我去北涼？」

躋身指玄圓滿境界的陰物丹嬰僵硬點了點頭。

徐鳳年笑道：「我跟第五貉勾心鬥角，不亦樂乎，那叫惡人自有惡人磨。但咱倆不一樣，都是直來直往，我跟你說好了，只要你護著我返回北涼，那件大秦青蟒甲就送你，以後你就當北涼王府是你的新巢，如何？」

仍然沒有說過話的陰物似乎想要以地藏相轉換歡喜相，徐鳳年一指按住，笑罵道：「別轉了，大白天的也瘆人，我知道答案就行。」

四臂陰物悠悠然滑下船身，一襲朱紅袍子在湖中隱匿不見。

徐鳳年轉身靠著欄杆，看到青鳥的黯然，顯然吃了陰物的醋，幾乎想要捧腹大笑，不過知道她臉皮薄，也不揭穿，忍著笑意問道：「第五貉的腦袋收好了？」

青鳥點了點頭。

徐鳳年伸了個懶腰，「這趟北莽之行，慘是慘了點，時不時就給追殺，但也一樣收穫頗豐啊。」

這艘規模與春神湖水師黃龍規模相等的戰船緩緩駛向偃甲湖南端，三日之後，入夜，船頭站著一名近乎滿頭白髮的年輕男子。

徐北枳在遠處喟然長嘆。

青鳥坐在船艙內，桌面上橫有一杆剎那槍。

公子才及冠，已是白髮漸如雪。

徐鳳年雖未照過銅鏡，卻也知道自己的變化，只是這三天一直臉色如常，心如止水。

黑髮成白霜，應該是喪失大黃庭以及殺死偽天人第五貉的後遺症，只是看上去怪異了一些，比起折壽六年，不痛不癢。他還曾跟青鳥笑著說總能黑回來的，萬一黑不回來，剛好不用擔心以後當上北涼王給人覺得嘴上無毛、辦事不牢，老子頭髮都白得跟你祖宗差不多了，辦事還能不牢靠？實在不行，拿上等染料塗黑也是很簡單的事情。

徐鳳年安靜望向滿湖月色，相信停船以後，大致就沒有太多波瀾，可以一路轉進龍腰南部的離谷、茂隆，趕在入冬之前，回到北涼王府。

徐鳳年輕輕出聲，「玄甲、青梅、竹馬、朝露、春水、桃花，蛾眉、朱雀、黃桐、蚍蜉、金縷、太阿。」

如將軍在將軍臺上點雄兵。

十二柄劍胎皆如意的飛劍出袖懸停於空中。

已是劍仙境卻仍是最得指玄玄妙的鄧太阿見到此時此景，恐怕也要震驚於徐鳳年的養劍神速！

——雪中悍刀行第一部（六）扶搖上青天　完

高寶書版集團
gobooks.com.tw

DN 248
雪中悍刀行第一部（六）扶搖上青天

作　　者　烽火戲諸侯
責任編輯　高如玫
封面設計　陳芳芳工作室
內頁排版　賴姵均
企　　劃　方慧娟

發 行 人　朱凱蕾
出　　版　英屬維京群島商高寶國際有限公司台灣分公司
Global Group Holdings, Ltd.
地　　址　台北市內湖區洲子街88號3樓
網　　址　gobooks.com.tw
電　　話　(02) 27992788
電　　郵　readers@gobooks.com.tw（讀者服務部）
pr@gobooks.com.tw（公關諮詢部）
傳　　真　出版部　(02) 27990909　行銷部 (02) 27993088
郵政劃撥　19394552
戶　　名　英屬維京群島商高寶國際有限公司台灣分公司
發　　行　英屬維京群島商高寶國際有限公司台灣分公司
初版日期　2021年 2 月

國家圖書館出版品預行編目(CIP)資料

雪中悍刀行第一部（六）扶搖上青天 / 烽火戲諸侯著. -- 初版. -- 臺北市：高寶國際出版：高寶國際發行, 2021.02
面；　公分. --（戲非戲；DN248）

ISBN 978-986-361-981-9（平裝）

857.7　　109021009